无边界文本
文学与全球化

斯文德·埃里克·拉森（Svend Erik Larsen）◎著

庄佩娜◎译

四川大学出版社
SICHUAN UNIVERSITY PRESS

Danish edition *Tekster uden grænser* is originally published by Aarhus University Press, 2007.
Simplified Chinese edition of *Tekster uden grænser* is published by arrangement with Aarhus University Press.
Simplified Chinese edition © 2019 Sichuan University Press
四川省版权局 图进字 21-2019-217

图书在版编目（CIP）数据

无边界文本：文学与全球化 /（丹）斯文德·埃里克·拉森（Svend Erik Larsen）著；庄佩娜译. — 2 版. — 成都：四川大学出版社，2024.3
（文明互鉴：中国与世界 / 曹顺庆总主编）
ISBN 978-7-5690-6615-9

Ⅰ．①无… Ⅱ．①斯… ②庄… Ⅲ．①世界文学－比较文学－文学研究 Ⅳ．① I106

中国国家版本馆 CIP 数据核字（2024）第 051621 号

书　　　　名：	无边界文本：文学与全球化
	Wubianjie Wenben: Wenxue yu Quanqiuhua
著　　　　者：	［丹麦］斯文德·埃里克·拉森（Svend Erik Larsen）
译　　　　者：	庄佩娜
丛　书　　名：	文明互鉴：中国与世界
丛书总主编：	曹顺庆

出　版　人：	侯宏虹
总　策　划：	张宏辉
丛　书　策　划：	张宏辉　欧风偎
选　题　策　划：	黄蕴婷
责　任　编　辑：	黄蕴婷
责　任　校　对：	毛张琳
装　帧　设　计：	墨创文化
责　任　印　制：	王　炜

出　版　发　行：	四川大学出版社有限责任公司
	地址：成都市一环路南一段 24 号（610065）
	电话：（028）85408311（发行部）、85400276（总编室）
	电子邮箱：scupress@vip.163.com
	网址：https://press.scu.edu.cn
印　前　制　作：	四川胜翔数码印务设计有限公司
印　刷　装　订：	四川五洲彩印有限责任公司

成　品　尺　寸：	170mm×240mm
印　　　　张：	17.75
插　　　　页：	2
字　　　　数：	285 千字

版　　　　次：	2020 年 3 月　第 1 版
	2024 年 3 月　第 2 版
印　　　　次：	2024 年 3 月　第 1 次印刷
定　　　　价：	78.00 元

本社图书如有印装质量问题，请联系发行部调换

版权所有 ◆ 侵权必究

扫码查看数字版

四川大学出版社
微信公众号

前言：一只文化的鸭嘴兽

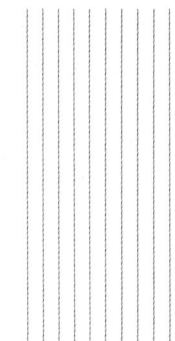

我们如何及为何在全球化文化背景下利用不断发展的媒体阅读文学作品？"全球化"这一词汇现今已成为包含诸多含义的流行语，我们除了借助它来描述全球化的现实，有时还用它来表达对不断变化世界的赞赏或轻蔑的态度，而其他时候它只是浮现于我们日常交流的言语中。但与此同时，"全球化"这一词汇在经济、政治及其他领域中又具有严格的定义。它与我们生活的方方面面非常紧密地联系在一起，因此不能简单地将其囿于特定专业领域。全球化的概念目前还是无限开放的，等待着人们将其具体化，以更接近我们的日常生活。正是此种无限开放性使得文学参与进来，而这也是本书的 大贡献。

我希望借此书告诉人们，文学不只展现世界各地机场的文学和柜台形象，它不仅是发展中国家的文档小说，还是那充当抗议运动的社会戏剧，因此深度参与全球化文化进程。当然，现今文学总是鼓吹世界热点问题：无限被边缘化的人民、由此及彼的旅行、财政闹剧、恐怖活动、媒体权力以及宗教冲突等，并且很多文学作品公开批判全球化的权力游戏、价值崩塌、战争与贫穷以及人类社区的变化。

然而，首先，文学不单呈现全球化的方方面面，更涉及人们对于全球化的感受经历。虽然所有地方的人们都能感受到这些经历,但方式却各不相同。不然全球化就只能是当地或区域性的,而非全球性的了。此种经历包括人类文化及生存基本模式的变化,例如时空中人们的空间感、物体感和运动感,以及在文化交流的复杂网络中翻译语言和其他文化系统的压力。同时它也关注修正个人及集体记忆的能力。上述问题深受全球化的即时影响,并且可以组成不同主题群。文学通过思考这些问题,将人类生活及我们放置并投入关于这些问题的强烈情感并融入主题的描写之中。

再者,文学不仅仅包含由时下热点而产生情感号召力的实时话题,它还将全球化经历置于更为宽泛的历史和文化语境之中,而非单纯在当代经济及政治的实用语境中来观照全球化。文学通常在翻译、语言影响、媒体、母题、文类及象征中实现不同文化和语言之间的跨越。它经常傲慢地认为全球化是早已经存在的,犹如一只跨越惯常文化和精神地图边界的文化鸭嘴兽。此种兽类往往前途光明,在我们星球漫长的历史长河中,其寿命超过了恐龙、剑齿虎和欧洲野牛。[1]

德国活版印刷发明人古登堡于 15 世纪在欧洲开始印刷书籍。这之后,书本跨越边境的活动明显加剧。它们可以去向任何地方,不管是通过走私还是公开传播,并且比口语的保留时间更长。因此,在现今多种文化的发展变迁中,只要在有新型的文化理解与含义出现的地方,只要在传统开放之处,总会出现文学的身影。文学赋予充斥于我们当下时代的跨边境全球运动某种特定意义,而这显然是单独主题无法企及的。文学在跨越边境的活动中将随身而带的悠久文化传统变成现代全球化,后者由此而获得崭新的含义及更为深刻的历史视角。

如果你认为文学与全球化的关系无关权力和金钱,那就太天真了!不管作者本人是否愿意,文学不可能脱离这两者。文学现在已不仅仅是创意和经历的战场。连系起作品、社会和公众的机构正在经历明显的变化:教育系统、文化大臣的宣传、书展、私人及社会分配网络、作者支持计划、作者权力以及国际

---

[1] 关于认识论和鸭嘴兽,参见艾柯(Eco,2000)。

奖项等。我们现在谈论的是文化权力，这是一种超级强大的权力。并且，我们也不应忘记经济市场在创作与阅读导向中的决定作用：出版公司的关注、著作与大型媒体的关系、电影版权、书本版权及电视节目等。我们正在谈论大笔金钱，真的是非常大的数量。

但是本书并非专注于上述复杂的关系，而是集中探讨文学阅读，重点探讨发现超越已知领域的场景时，身体实际感受到的被吸引的细节和感受的震惊度。这便是文学通过给予全球化一种历史维度，将其变成一种具体个人经历，来拓展全球化抽象传播的方式。不管是在狭隘的专业概念还是流行的日常语言中，这两个方面通常都是欠缺的。但若缺少这些方面，我们就不能与作为文化进程的全球化联系起来，而我们本身就身处其中，又同时在塑造这一进程。文学具有扣人心弦的强烈吸引力，它穿越边界，试图让我们从上述视角来理解世界。文学是一种具有独立性但却不乏全球性的思维。

思维塑造整体感，文本亦然。因此，我尽量只选取一些文本，有些长，而其他则较短小。有时我甚至参照片段及摘录，但我希望，这能激起读者想要阅读完整作品的兴趣。全球化观念中的文学不能仅仅浓缩为一些文本，但即便我将所选文本数量扩大十倍，它们也犹如喀拉哈里沙漠中的一杯水那样渺小。因此，一部好的作品要胜过10条引用、20个名字及30个题目。

本书九章前后连贯，具有一定的衔接性。但幸运的是，读者可以不受此束缚而任意阅读本书。因为，每个章节重点讨论某一限定主题，以方便不按照顺序阅读的读者。所有外文文献的英文版本可以在后面的参考书目中找到。所有非英文引文都已翻译成英文，源自欧洲语言的引文都已与原文核对。

不想参照参考文献的读者大可一气读完，而不受繁杂注释和参考书目的打扰。而那些想要进一步深入研究的读者，则可在每章的注释中找到我所使用的文献及其他补充信息。若读者对我的观点有所保留，参考书目列出了我所依据的文学及非文学作品。如果有人认为书目表太长，那你要知道它其实可以更长，长到从托尔斯豪恩（法罗群岛首府）谈到塔斯马尼亚岛。

教学、讲座、章节及文章是此书得以完成的起点。在此书付梓之际，我要感谢那些倾听我的想法、阅读本书及提出建议的各位朋友。首先，我要感谢奥胡斯大学比较文学系的同事们。我在这所大学从1998年工作至2014年。我还要感谢墨尔本莫纳什大学比较文学与文化研究中心的同事们。他们为我提供了一片宁静的港湾，让我得以安心工作，查阅资料，并开展相关讨论。我于2007年春天在那着手此书的丹麦文版写作。我最后还要诚挚地感谢四川大学文学与新闻学院的同事们。我于2016年开始在该学院担任"长江学者奖励计划"讲座教授一职。在本书的中文版由四川大学出版社出版之前，我更新了之前的丹麦文版内容。

哥本哈根和成都，2016年11月

目录 CONTENTS

第1部分 文学视野下的全球化

1 文化的呼吸 / 003
2 当全球化成为日常生活 / 019
3 文学对全球化的挑战 / 042
4 作为创造性谎言的知识 / 080

第2部分 全球化视野下的文学

5 导向未来的记忆 / 113
6 翻译的创造性动力 / 142
7 象征化世界 / 167
8 旅途地点 / 193
9 在移动中 / 218

不同的视角：世界文学还是世界范围内的文学 / 243
鸭嘴兽的故事 / 256

参考文献 / 258

第1部分

CHAPER 1
文学视野下的全球化

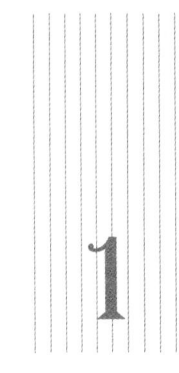

1

文化的呼吸

⊙ 无边界文本

1849年，年仅19岁的英德混血青年弗雷德里克·辛尼特从英国旅行至澳大利亚，当起了工程师。在17世纪及稍后的岁月中，澳大利亚一直是法国和英国殖民的战场，而荷兰则多半袖手旁观。那时，这片土地崎岖不平，不为人知，最适合被英国驱逐出境的罪犯，而此前他们则将荷兰及法国竞争者投入鲨鱼之口。气候和地貌，而非当地土著，是阻挡欧洲人进入此地的主要原因。欧洲人根本无视这些土著，更不把他们当作这个国家的主人。但后者完全无法理解这些想法。因此，这个国家不属于任何人，不管是英国人、法国人还是德国人，谁的呼声最高或射杀最远，就可将其据为己有（Lindqvist，2007）。当地土著并不觉得这片土地陌生、不便通行或者危险。他们和世界其他地区的土著一样随遇而安，四处为家。他们如同欧洲人一般，对其生活的地方及与地方的关系有着深刻的认识，这从他们的神话、传说、法律和规则中可见一斑，只是内容有所不同而已。那时主要欧洲大国，后来则是美国，才慢慢开始发现这块后来成为现代全球化主要舞台的文化大陆。

如同被欧洲人殖民的其他地方，大多数澳大利亚白人居住在海岸线一带。

有些稍偏向内陆，以务农为生，有些从商，而其他人则是之前的罪犯、传教士、探险者及掘金人。他们都无法入欧洲人的法眼，更称不上是文明人。而他们中的黑人更是不被考虑在内。但同时，欧洲人又认为这是一片待开化的土地。全球化从一开始便同时是地域和文化的进程。年轻的辛尼特赞成此种观念，但却不是以一种其他地方盛行的粗鲁方式。他在欧洲殖民地域不断扩大的进程中放弃了工程师这一职业，摇身一变，成了文化扩张专题的职业记者。

辛尼特坚信，文学毫无疑问是全球化进程必不可少的一部分，并非是在生活的基本物资有保障后才产生，它是这一进程的一部分。辛尼特于 1856 年出版了《澳大利亚虚构文学的领域》：

> 文学作品现今对于人类而言，犹如衣物一般重要，至少可以说，文学作品使人类生活得更好。即便在气候舒适、礼节简易之处，人们可以悠闲生活，而无需举借外债，然而，即使人们没有任何生活压力，还是常常会聚集在悲伤阴郁的演说者或歌唱者身旁。他们通过想象将未知事物付诸形象，为人们娱乐助兴。为了改变我们先前的观念而接受文学作品比衣物更为必需、传播更为广泛的想法，我们还是不否认文学与衣物有相似之处，比如两者在不同时代都呈现不同的形状，追随不同的潮流。（Sinnett, 1966：21）

辛尼特或许能够理解这位 150 年后生活在澳大利亚人烟稀少的内陆地区，且年仅 9 岁的少年迪戈。这也是辛尼特作品中描写的周围山区。如今人们依旧可以找到这些地方，但却发生了翻天覆地的变化，使得犹如月球背面一样的地方成了人类的家园。也正是在这些地方，出现了平铺直叙的基本需求。迪戈是黎巴嫩裔澳大利亚作家戴维·马洛夫在《伟大的世界》（1990）一书中的主要角色。他直白地讲述着珍贵的生活，这大大激发了他妹妹珍妮的想象力，而他的母亲得知此事后却非常生气：

> 他看到他母亲那一刻，就知道她有多生气。但是他还是情不自禁，不

能自己。他想要捕捉住这种非同寻常的可能性，并将之付诸语言；如果不那样做，这些东西就会在他的脑海中不断延伸扩大，那强大的力量让其有种抽离自身的感觉。但他现在却在咯咯傻笑，尽管这样看起来有点尴尬。(Malouf，1990：30)

他母亲最终也被说服。文学不是个体的狂想和大话。当人们叙述它并与大众分享时，文学则成为一种具体的行为。它能抓住我们，也能掌控并且改变整个局面：对珍妮的兴奋、母亲的愤怒和迪戈想要讲述的欲望，最后大家都一笑置之。文学是联结不同地区和文化的精神纽带，是所有文化不可缺少的一部分，塑造着那个地方的人民和历史。辛尼特对此了然于心，而迪戈则是付诸行动的那个人。整本书追寻着他们的脚步而展开。

一种权力运作着文学无边界的言语。尽管现实中，国家之间存在边界，但文字的力量使得文学作品跨越边界，由此而改变读者内心世界中熟知和未知的边界。文学作品决定着文化议程，即便作家被囚禁、流放或驱逐出境，或者被审查，甚至遇刺，仍然如此。大屠杀受害者安妮·弗来克不能走出门外，但其日记却可以，并且还在不断地流传至世界的其他地区。尽管她躲避在狭小的房屋内，但她的日记却在文学殿堂中占据一席之地。德国作家托马斯·曼离开德国来到美国，但他的作品却人人赶超了那些留在本土的德国作家，并且还获得了诺贝尔文学奖。无独有偶，俄罗斯作家亚历山大·索尔仁尼琴的作品在其国家和全球皆占有重要地位。

越来越多的此类作家出现在大众面前。他们来自一个地方，自愿或被迫生活在世界的其他地方，甚至还未安定下来，比如居住在巴黎的阿富汗籍作家阿提克·拉希米，巴尔的摩的伊朗籍作家阿扎尔·纳菲西，伦敦的华裔作家郭小橹，还有纽约的尼日利亚籍作家阿迪切。他们作品的译本变成了畅销书，甚至被改编成了电影，尽管这些作家在自己的国家都还没有立足之地——甚至现在都是，他们中的好多人都还未为大众所知。但未来这种状况会大大改变。在全球化进程中，来自近东和远东、非洲前欧洲殖民地以及诸如加勒比的多文化区域的作家，早已参与了改变边界的进程。这一边界既是全球化视野下我们脑海中对世界的认知，也指各个国家的实际边界。之前欧洲为世界中心时，欧洲作家也参与了同样的进程。

辛尼特正是居住在现代全球化出现之前由欧洲统治的殖民世界中。首先，同时也是最为重要的是，他想要告诉欧洲人，那些生活在已知世界外围的原始居民，他们的文学作品具有和我们欧洲文学一样的水准。虽然我们不大可能向一位澳大利亚人介绍莎士比亚，但那时的澳大利亚还是属于欧洲世界的，而辛尼特的作品还是展现了其潜意识的历史局限性。在作品中，他拒绝讨论土著的心理思维，即便在证明文学全球重要性时常常会提及他们。他在上述引用中总结道，即使是裸体的土著还是会情不自禁地听着一位黑人讲述。

如今，文学不仅跨越祖国和殖民地之间的边界，而且涉及所有地域和文化边界。交错的文学运动将所有这些边界联系起来，但并未形成固定的文化中心。俄罗斯籍美国作家弗拉基米尔·纳博科夫于1955年发表了全球畅销小说《洛丽塔》。1964年，在接受杂志《花花公子》的访问时，他提及自身一直处于不断迁移之中：

> 我现在是美国作家，但我出生于俄罗斯，在英国接受教育，在那我学习了法国文学，这之前我在德国待了15年。我于1940年来到美国，决定加入美国国籍，在这安家……我当时是愤然离开俄罗斯的，从那起，我就一直没有安定下来。（Nabokov，1973：26—27）

当他被问及为何他经常住在精装的宾馆套间时，他回答说自己不想困于熟悉的事物和地方之中。

在辛尼特思考欧洲化世界中的边缘人民的一百年后，全球化趋势在今天变得日益明晰。纳博科夫也承认他带有欧洲语言和文化背景，并且这一背景为他所用。不管你来自何方，你都只能利用自己的文化背景。但不同于辛尼特，纳博科夫做出了特定的选择。他选择成为美国公民，选择不断融入这个世界。他并不是要谈论流浪无根，而是当他来到每个不同地方后，如何感受当地与全球化之间的边界，而这一边界也正是属于他自己的。这便是他在作品语言及文化层面处理的重点。平铺直叙的辛尼特和技艺精湛的纳博科夫背景大不相同,生活在漫长的全球化进程中的不同阶段。文学也参与这一进程,由此我们不管身处何地,都能理解我们自己的文学。这不仅适用于评述上述两位作家,也符合本书的观点。

⊙ 语言装扮下的文化

尽管纳博科夫并没有用他自己所经历的痛苦来困扰我们,但跨越边界的这类作家和出版社确实一直在为此付出代价。这也同样发生在辛尼特身上。他离开欧洲时就有了肺结核的迹象,后来又在艰苦的工作条件下从事记者的工作,试图在主要是欧洲罪犯的殖民地上创立一种文化独立意识。他于1860年离开了人世,那时他还不到40岁。虽然并不是说作家就要比其他跨越边界的人付出更多的代价,但那些在国外努力的作家即便跨越了文化、语言和社会的边界,也确实没能在异国他乡的教育、工作及生活中得到任何便利。作为个体而言,作家也并没有比打破成规者有趣多少。他们只是全球化文化进程的日常参与者,只是比一般人更擅长讲故事,就像能让星星滑落天际一般那样使用语言,让人印象深刻。

纳博科夫也并没有向读者透露他的个人生活,只是叙说那些塑造他成为作家的状况。他说"我现在由于纯私人原因生活在瑞士",这并不是一条简单的信息,而是谨慎地告诉人们"这关你们何事?"(Nabokov,1937:28)因此,我们应该注重作家的作品而非他们的命运。他们的创作使得其他人及其自身的经历变得更为宏大,超越了自身及人们的生活,也扩大了读者的认知边界。但这并非因为文学是一种特殊的语言。事实上刚好相反。那是因为文学和我们日常生活所用语言是一样的,比如我们点一杯啤酒、要个座位、鼓励孩子、为所欠债务找借口,或者抒发情感及表达世界观等。文学也积极与我们生活中的其他媒体互动,并且完成得非常出色。小说被改编成了电影,而文学从电影中得到启发,以此来改进其叙述的视角和模式。

然而,媒体和图像、手势、声音、游戏和运动等都不能离开语言而存在。运动可以通过口哨和手势控制,但比赛的规则还是用语言书写下来的。甚至我无声的肢体语言也需要利用语言来告诉我和人们，我的肢体正在做什么。我们所见的电影、电视和数字图像之中也到处是语言，更不用说其背后的剧本、底稿和合同。

书本，这一最强有力的语言媒介，不会被其他媒介取代，但它与其他我们文化中所使用的媒介的关系却发生了变化。这一媒介隐约细微地塑造、影响我们的日常生活、琐碎事务、生活亮点及我们对未来生活方向的思考，由此将人们在全球化进程中所经历的开放不确定性诉诸其中。因此，语言是文化呼吸之"肺"。

然后，不同的文化并不共享同一语言。不管语言所掌控的经历和选择多么普遍，它们总是根植于这一语言发生作用的地区。图像、声音和姿势通常不为人知地跨越文化边界。但若文学也照此以往，我们就不得不注意到语言中当地理解与全球视野之间的张力。我们用当地的语言来谈论整个世界，这是个充斥着我们所用语言的意义和词汇的世界——不管是技术词汇、外来词汇还是普遍使用的习语谚语。法国公开施行掩饰从其他语言"走私"言说方式的政策，但它却不能阻止语言的跨边界活动。人们使用的语言从来都不是"纯粹"的，更不用说借助语言进行创作的文学作品了。一国之内文学与语言之间的关系犹如一场无性恋爱关系，与现实生活毫无关系，因为现实往往是"混杂淫乱的"。

因此，翻译就成为文学活动非常重要的部分，在现今全球语境下更是如此。通过翻译，我们不仅将言语及言说方式大致从一种语言转换至另一种语言，同时也挑战并开发了我们用所有语言进行表达的能力，包括我们的母语，由此扩展了这些表达方式的文化语域。16、17 世纪欧洲的《圣经》翻译不仅是欧洲内部各种语言的发展历程，更是作为书写和文化语言的欧洲各语种跨越边界能力的见证。作为《圣经》翻译源语文本的希腊语和拉丁语文本，本身就是译本。语言之所以一直发展的原因在于，它们所诉说的世界比使用语言的人们的范围要大得多。因此当它们在跨越使用者界限的情形下相遇时，就不可避免地会相互结合。区域与全球之间的边界径直穿过语言，而我们每次开口都会试图表达这一边界。

这也许就是为何语言也有开放的边界，并且这些边界在不断改变，由此而产生的混合语也许过段时间便获得了民族语言的地位，但它们随后慢慢被其他语言融合吸收。这就是现在的洋泾浜话、克利奥尔语和意第绪语结合世界上许多移民群体的语言一起发挥作用的方式。这些语言被塑造成还未完全被掌握的若干语言混杂的次语言，但它们在现实运用中却发挥着作用。由于这些次语言可以在某一特定区域不断变化的人口之间建立必要关系，它们最终会相互影响，包括影响当地的主要语言，由此而改变术语和主要用语。一种可以在不同层次使用的共同语言出现了。这就是为何在南非形成了公用荷兰语，而在中非一带则出现了斯瓦希里语。中世纪的地中海地区，存在一种鸡尾酒式的语言，使用接近拉丁语的早期意大利语，但又与希腊语、土耳其语和阿拉伯语相混合，这一语言成为跨区域和参与十字军东征国家之间贸易交流的共用语。这一"大杂烩"被称为"通用语"（*lingua franca*），使用至今。

所以那些认为英文是全球化主要语言的观点是站不住脚的。首先，现在已经出现了许多英文的不同类型，只要看看电脑上英文的拼写核对程序就可知道：英式英语、美式英语、澳大利亚英文及其他英文变体。再者，这些稳定的英文变体只是一小部分，能在国际性会议上进行即兴发言的全球化英文则是各种蹩脚英文的变体。它与中世纪出现的通用语一样，是一个将不同语言融入其中的"大杂烩"。这便是我们所掌握的英语，如果"掌握"这一词汇用在这还算恰当的话。但若一个会议同时出现十种或者更多这类蹩脚英语，人们就会感到非常疑惑。而我们还是照此进行，并且如同往常一样，在不参照标准英文语法的前提下圆满完成发言。IBM前总裁内里埃将这种交流所用的实用语言称为"全球语"（*globish*）。他一本正经地提到，此种变异语言到处都在发挥作用，但却给将某一主要英文类型作为民族语言的人们造成了很大的理解困难（Nerrière，2005）。

文学正是在这种广义的语言与文化基础的范围内使用语言的。语言的内在力量告诉我们，理解远比形式重要，尽管"语言纯正癖"者往往反其道而行之。这种力量就是文学的语言"跳板"。文学之所以是全球化的，并不是因为它发生在机场或某个遥远的国度，也不是因为它涉及国际恐怖袭击或太平洋航行的内容。我们将这样的文学仅仅称为"全球文学"，如同维多利亚文学、现代主义、南美的魔幻现实主义或者美国的南方文学一样，是一种新近出现的亚文学类型。这样的文学主要由一组主题和形式类似的特定文本构成，通常发生在离我们时代不算遥远的特定历史时期。但"全球文学"确实令人兴奋，并与我们息息相关。它会出现在这本书中，但不是探讨的重点。本书并非着重讨论我们如何阅读某一类文学作品，而是探讨如何利用不同时空的文学作品来观照我们身处其中的全球化和充满争议的文化进程。因此，探讨重点不是文本主题，而是读者参与文学的过程以及更为广泛的历史视角。

在全球化时代，所有地域对某些人群而言都很近，而对其他人而言，又都是那么遥远。所有地域都以其特殊的方式展示出全球化进程的印记，这可以作为人们理解这一进程的出发点。文学运用语言，其重点并非是将语言仅作为由韵律、节奏、令人兴奋的行为及汉字所润饰的外在媒介，而是让我们认识到，当地与遥远国度之间的际会，大都细微地发生在语言之中，而此种变化也只有借助语言才能完成。文学成为全球文化研讨会的万金油。

因而，文学语言显然是区别于日常用语的。它运用意象创造奇形怪状的汉字和不可思议的事件，由此改变时空的固定模式——事实上，它超越我们在现实世界所肯定的一切。正如辛尼特所言，文学赋予未知的一切以形式。然而，文学并未在现有基础上创造出其他的语言特性，比如我们畅想不可企及的假日和彩票中奖率时使用的语言，但它运用语言的意识目的性却强于日常语言的使用，这直接地体现在它使用语言时的极大快感之中。文学中，语言的自主意识得以明显体现，由此，其获得一种核心文化功能：这种自主意识让我们认识到，文学利用我们得以认知世界的同一语言来实现超越我们所期待的边界。

文学自主而有意识地使用语言便体现出其审美的一面。人们通常将审美与同内容毫无关系的光亮包装纸联系在一起。但确实，所有现实工作都必须注重相关材质以达到一定效果。机械师必须掌握其所用工具，并熟知所用材料的持久性和匹配度。自行车修理工要知道位于车座上的后部是如何压印上去的。注重所用材料并从中获得乐趣并不会使我们远离手头上的事情，相反，这有助于我们更加靠近它，文学亦是如此。

如果上述论述略显抽象，那就试想下，节奏韵律和文字游戏如何能立马抓住小孩的注意力，让其下次在一堆玩具中选取特定书籍，一遍又一遍地聆听声音的魔力和感受文字的即视感。审美让我们的所感所想变得具体化：声音、一本书的手感、布局、我们身体内不断重复的书本的韵律节奏，以及我们可以告诉他人并让我们回到自身的特殊东西。没有这些审美效果，文本就如同家具经销商放置在展架上的那些看似书籍，但却是从纸板箱上裁剪下来的纸盒一样虚假而空洞。不带审美意识的说唱者——那是不可能的！他用韵律节奏和文字游戏进行即兴主题说唱，不然也不可能在60秒内抓住我们的兴趣。这种在MC Fight Night上演的具体而富有效果的语言审美处理，莎士比亚如果在场，都可能将其融入自己的戏剧创作中。戏剧《罗密欧与朱丽叶》的开场本就是一场纯粹的战斗说唱。在处理有关性、身体、不同性别和种族的男男女女的字词游戏和韵律节奏方面，莎士比亚堪称说唱者。[1]

审美应是艺术尤为擅长的某一障眼法。新近发展的一种审美观认为，审美的最初含义很具体，并不专指艺术方面。它来源于希腊语"*aisthesis*"，意思非常简单，主要指与抽象思想"*noesis*"相反的感官经历。以"*-is*"结尾的希腊词汇通常指一个活动。所以审美关系到我们周围事物——自然事物或者人工制成品的方方面面，而我们用自己的感官来感受这些事物。艺术后来开始在我们创作的物品中扮演特殊的角色。自然的内在形式和法则通过艺术向我们展示出来，希腊雕塑因此并没有为希腊人刻画特定身体，而是制作我们可见可感的身体的完美形式，我们每个人都可以通过感官和经历获得对这些形式内在特点的具体感受。只是从那时起，艺术被认为是最重要的媒介，甚至对某些人而言，是唯一的媒介，而不再仅仅是个人具体感官经历的一种感受。

我在此试图保留"审美"这一词汇的最初含义。若文学有意识地创造审美效果，那目的只有一个，绝不是要逃离现实，恰恰相反，那些抽象、难以捉摸的关系变得具体、易于感知，与读者之间的距离变得更加接近。审美沟通了我们经历中抽象与具体的两面，因此是文学的主要文化功能。审美自主意识让文本与读者面对面："嘿，坐那儿——我和你说话呢。"水手出身的波兰裔英文作

---

[1] 关于莎士比亚戏剧中关于性的语言，参见基尔南（Kiernan，2006）。

家约瑟夫·康拉德在作品《水仙号上的黑水手》宣言似的前言中表达道：

> 所有艺术……主要是能吸引感官，而用书写语言进行表达的艺术目的也必须通过感官才能实现，倘若它的崇高目的是为了到达引起情感反应的神秘源泉。(Conrad，1986：ix)

迪戈正是借用这些源泉，使其母亲非常生气，使珍妮异常兴奋，他自身广受称赞，而最后所有人则以笑声收场。

后来，迪戈也描述了如此阅读的感受。成年后，他在1945年亚太战争中被日军俘虏，在马来西亚当奴工。他的战友迈克也非常喜欢阅读。而当迈克被抽打至死时，迪戈收到了艾瑞斯从家寄来的书信。他将书信内容铭记心中：

> 书信只有一百多字长，但这些文字只是信的一部分。阅读花费时间。这是很重要的。信纸在不断的翻折后开裂，而潮湿使字迹变得模糊不清，读起来有点儿费劲。每次他拿出信纸，尤其当他双手颤抖并且潮湿时，他很有可能会毁坏这些信纸。他喜欢未被翻折的信纸的外观，它们很轻——非常轻巧——在他手掌上，甚至污迹都很重要。同样地，他也很注重字迹的颜色，因为每封信，甚至同一封信的每页都会不同，由此你可以看出或者猜想，艾瑞斯还未写完一句话就放下笔离开的场景。所以你所阅读的并不只是信中的文字。(Malouf，1990：145)

正是阅读时这种全方位具体的感官经历紧紧抓住了他，这也发生在艾瑞斯写信中幻想一个更大世界以及触碰、感受信纸之时。正是艾瑞斯的感官经历一次次地向阅读书信的迪戈展现了一个超越文字的更大的世界。这也是我们聆听文字、触碰书本以及看到白纸黑字之际的感受。阅读既是重复，又是一种独特的经历。它使我们不像坐在电影院或电视机前那样需要可乐和爆米花，因为那时我们未能对屏幕本身产生直接的感官经历。文学是一种文化现象，并不是因为它或多或少带有可以被忽略的审美吸引力，我们借此欣赏文字的普通含义和它们深刻的意义。不是！文学是一种文化现象的原因在于，它本身就是一种审美现象，正因如此文学才得以触发读者对文本和世界的感官经历。

上述进程中文学的媒介就是语言，它是一种所有人共享的媒介。也正是如此，文学也是文化共享资源的一部分，尽管并非每个人都能阅读文学作品，享有相同的词汇量或掌握语言的能力。电影欣赏亦如是，尽管不是人人都去电影院或观看DVD，但电影却极大地影响着广告和商业、潮流趋势和城市景观等我们共享的外在视觉世界。不管你是否阅读文学作品，文学都深深地影响着我们使用的语言。此种影响的效果甚至流传至文学以外。不管我们是否意识到，表达、意象、俗语、思想、领会等日常用语不可缺少的组成部分都在文学这片广阔领域中不断生长。如果说文学拓展了世界，那么这个世界不是某一世界或某些人的世界，而是我们的世界。倘若语言是文化的"肺"，那么文学便是维持供氧的深深呼吸。

本书谈论我们为何及如何在全球化的视野下阅读文学作品。这里的文学也可以是早前创作的作品，只要构成我们理解这一视角的前提即可。本书的基本观点认为，文学首先不只是一组全球文学的文本，而是带有美学效果的动态语言和文化功能。如今我们只有将文学与全球化文化及其他形式媒介及其历史联系起来，才能理解它的重要性。正是这些媒介促使我们跨越已知世界从而给予人们体验全球文化的机会。

⊙ "睹物如初见"

如果读者认为他们即将读到另一种关于阅读文学作品的方式的介绍，那他们的预判完全正确，但我们的视角与其他介绍完全不同。近年来，由于受到移民、气候变化、自然保护、能源供给及宗教观念等因素的影响，世界范围内，边界大大开放，创造了新的交叉视野，并让区域生活全球化。但在地方自我意识加强的地区，新的屏障却设立起来。广义而言，我们创造了新型文化主题和挑战，从而催生了文学影响事物的新框架，因此，我们需要关于文学阅读的全新介绍，当然这样的介绍不限于此。

文化边界的变化不仅会在新创造的文学上留下印记。尽管放置在书架上的文本内容不再变化，但它们对于我们的意义却在不断变化，因为我们每次阅读时的文化视域在不断变化，所以会有不同的审美效果。当然，这其中也有新媒体的因素。全球化并非没有历史，尽管它戳破了全世界各地不同户外博物村宣扬当地生活历史的演讲"泡沫"，但是它鼓励我们去发现那些除了放置在显眼位置的书之外的其他更为古老的书籍，那是我们之前不曾注意的作品，以及其他我们有过不同理解的作品。它们同样构筑了我们现在还犹豫地站立其上的开放的文化平台。远在我们给予它名称之前，全球化就已经出现了（Osterhammel & Peterson, 2009）。面对当今文化平台中由历史文化所积累的文本和材料，全球化也诱使我们重新考虑如何从过去选择文本及解读文本，由此构筑"扶栏"以平衡我们当下的处境。

正是如此，我们不仅阅读新的文学作品，也赋予已存在的作品以崭新的含义。之前的欧洲殖民地，包括美国，当地居民在殖民之前及以后的文学传统凸显出来。这一重新发现，让现今来自不同殖民传统的居民与各自地区的历史更好地衔接起来。这一过程通常让人痛苦地认识到，在殖民大国大量掠夺当地原材料和文化产品之前，这些殖民地本是属于当地居民的。通过艰难的协商及法庭判决，一些当地居民现今得以重获某些权利，并要回了属于他们的土地，偶尔还会获得道歉。过去不能重演，但是通过此种方式，我们可以重写历史，让其在全球化语境下参与现实，使得历史不断更新。这并非算不上成功，但是如果没有古老叙事和其他艺术形式来维持之前被禁闭的传统，这一切不可能发生。尽管审视它们的文学史主要目的在于，在民族和当地其他舞台上将其作为异族新奇事物围起来，但是传统文本现今也通过跨越文化边界和观念阻隔而获得重生。如果一本书的介绍部分不能同时鼓励人们理解当代文学，重构传统文本和观念，那么它就不是在全球化背景下来介绍文学。①

在 2006 年莫扎特 250 周年诞辰的纪念会上，斯拉沃热·齐泽克提及我们用新视角重新审视传统所带来的不可避免的风险，那就是失去传统。鉴于此，

---

① 大多新近有关全球化视野下的文学的著作，尽管重要，但都只关注现代意义，比如拉玛赞尼（Ramazani, 2009）、杰伊（Jan, 2010）、奥斯卡瑞（Ascari, 2011）、菲利浦（Philip, 2013）。

他提到了《疯狂欲望》的一次全新演出,这次演出是对戏剧演出传统的颠覆性干预:

> 每次干预都会带有风险,因此必须用内在标准予以评判。当然有件事是确定的:忠诚于传统的最好方式便是承担这样的风险——规避它而固守传统,肯定会出卖经典的精神。(Žižek 2007:s. p.)

此种风险也存在于文学中。1958 年,获得诺贝尔文学奖的澳大利亚籍作家帕特里克·怀特在其散文《浪子回头》中描述了这一过程:写作,之前只意味着在文明开化情景下纯净心灵对艺术的实践,现今已演变成为在一堆字词中创造全新艺术形式的挣扎。由此我第一次将事物视觉化。(White,1989:16)文学可以让我们重新看待熟知的事物与传统,犹如我们第一次见到它们那样。[①] 我们可以选择以全新的方式让文学成为我们自己的文学,将熟悉的一切作为其他事物再次融入我们的语言。全球化迫使我们这样做,而文学早已开始这一进程。

传统就是当下获得历史视角的方式。然而,本书并不打算对文化及文学历史进行连贯描述。全球化既非漫长笔直历史的临时终点站,又非毫无历史的特定经济活动。全球化是我们重读部分历史并让其成为当下资源的缘由。因此,我主要选择以前阅读过的作品和使用过的概念,但是给予它们全新的视角。并且,我将历史语境与具体文本和问题联系起来,并非是要将这些语境用于清晰地描述历史发展的轨迹,而是要从中打开一个看待文学文本与具体事件的关系的普遍性视角。但是,本书的讨论会选择并重新使用涵盖大部分欧洲文化史的语境,以供全新阐释所用。

本书并非要讨论比喻、叙述或文类是什么,也不涉及类似于从奶油蛋糕顶部一层层深入,直到用马卡龙做的底部,从而获得深刻意义的阅读范式。所有

[①] 重写便是此种实践的例证之一,比如帕克和马修(Parker & Mathews,2011),还有麦康奈尔盖лок和霍尔(McConnell & Hall,2016),两者都尤其关注全球视角或更悠久的已知历史视角下以欧洲主要经典作品的现代文学重写,比如整个欧洲文化史中费德拉和俄狄浦斯故事的重写。

阅读都是选择性的，并基于全球化经历。我也不想对早期文学批评流派进行全面论述，我认为很多读者已经完成了这样的工作，这类书籍唾手可得。

倘若读者想要在此书中寻找关于文学的流行观点，便会发现一无所获。本书基本不直接讨论文学与国别文学史及文学经典的关系，而近年来人们却花费大量精力在经典的形成上。如果传统的观念认为艺术作品，尤其是文学艺术作品，大都应依附于国别概念，而对其国际传播或影响略有提及便可，那么此种观点是违背文学本质的。文学一直是全球思维的一种模式，它使当地经验与外面世界的内在交流得以具体化。若遭遇动荡时局，这种模式便会呈现出全新的内容，但文学可以让我们在不同的情形下都能使用这样一种思维模式。

一国文学表达有时会将所有跨文化线索串联起来，而这些线索正是文学的真正生命线。全球化世界中，国别文学史最重要的目的在于展示当地文学如何向外在世界展开，让其他地区融入进来。让罗密欧与朱丽叶丧失生命的并非维罗纳这一外在世界，而是维罗纳自身的不朽精神。文学培养我们避免阿米塔夫·戈什在《玻璃宫殿》中提到的"不朽精神代价"的能力（Gosh，2000：349）。

本书也不重点讲解全世界伟大作家及他们的传记。已有很多学者参与此种研究，并且产生了许多令人兴奋的提议，这些大多集中于虚构与现实、作为创造者的作家与作为社会个体的作家之间的灰色地带。本书以文本为主，并且将每位作家都视为威廉·莎士比亚。很幸运我们对他知之甚少，但同时他的作品又直击讨论的要害。其作品文本中的形式、母题及思想涉及更为广阔的文化背景，让读者得以通过阅读作品而踏上旅程。

⊙世界文学

如果任何人想要寻找完美的全球化文学作品样式的答案，那他肯定会大失所望。近年来，世界文学范式在全球化框架价值的艰难探讨中已经形成。[①] 但

---

① 我会在结论中讨论世界文学。那些想要提前阅览的读者，可以参照劳特利奇出版的手册：《劳特利奇世界文学指南》（D'haen, Damrosch, Kadir 2012）、《世界文学读本》（D'haen, Dominguez, Thomsen 2013）以及《历史回顾》（D'haen, 2011）。

是，世界文学并不意味着质量，而是指涉功能。世界文学包含已经存在的所有形式的文学，并且人们利用它在不同历史时期、文本、文类、当地及跨边界现象之间创造出新的联系。文学并非生来就是世界文学，但只要我们使用它，通过它解读世界，所有当地文学都可以成为世界文学。这常常发生在文学跨越由空间和时间所限定的文化边界之时：文学总是立足于当地，但又同时跨越这一界限。文本并不是因为挤入世界经典行列，才成为世界文学；它是通过改变文本语言的边界才实现这一目标的。所有文本都有这一功能，但有些做得更好。易卜生戏剧与学校演出的戏剧都是戏剧作品，但前者显然更为出色。优秀文学作品并非比其他作品更具世界文学特性，只是更擅长展现世界文学特性。我为此书选择文本正是基于此种观念。

当然，超越时空界限的完美艺术作品还是存在的。我们不可能忘记它们。我们对此心生艳羡，甚至畏惧，每一次阅读它们，都会获得不同的感受，而这与我们的知识、态度、生活经历及文化环境等方面的变化密切相关。有些人甚至不能离开这些作品而生活，但有一点可以确定的是，我们若要与完美为友，就很难生活下去。

完美并不是让作品成为世界文学的缘由。它不能说明文化进程中文学与语言的参与作用。若能偶遇这种完美作品，也是非常棒的体验。但在文学中——正如在现实中一样，完美是无法作为实践的设定标准的。许多我们无法失去的作者都无法达到完美。巴尔扎克的作品中充斥着冗余，狄更斯写作中有时不够清晰，荷马和但丁创作中若干处需要清理，而至于托尔斯泰的作品，就像需要提起的裤子，以免使腿根部过于褶皱。这些作者都处于文化进程之中，并带领读者进入这一过程，而他们自身对这一进程却毫无概观。他们在这样令人模糊的状态下写作，但正是这种不清晰和不完美令我们肃然起敬。

全球化给文学与读者都带来了这两者所不能决定的挑战。这些挑战源于发展中的全球文化所提出的需求与文学语言所提供的资源两者之间的际遇。在这一际遇中，新的文化语境能够利用文学与传统中被忘记或未知的资源，文学可以通过这些资源让我们更好地制订全球化的文化进程，因为毕竟如果没有我们，不管是身在何处的我们，文学都无法成为可能。

有些人会让我们相信当地与全球是完全互动的，因此现在我们都是"全球当地"（glocal）的。创造这一新词更多是一种机智而非明智的行为，它在本书中还会再出现一次。当边界向未知方向移动时，当地与全球的互动中充满了断裂、干扰和悬而未决的冲突，这要求人们谨慎睿智地将此过程重新贯连起来，而这一新词为这一事实披上了神秘的面纱。文学并非无缝的全球连接，而是上述开放互动的过程。文学是任由人们选择的表达形式，将人类经历投入更为广泛地决定当地生活的全球化进程之中。

倘若如此，则有两种有关阅读的基本态度。哈罗德·布鲁姆，也包括我，都提出疑问：我们如何及为何阅读文学？但在其著作《如何及为何阅读》（2000）的序言中，布鲁姆给出了不同的答案。读者是一匹孤独的狼，其对自身的关注力通过阅读不断得到增强。慢慢地，读者便超越了时空，以获得更为独立的自我意识。阅读与个人生活是平行而进的。成熟与完美的阅读要到最终才会实现。但我要说的是：这一切来得太晚。上述观点有一种无声的假设，即生命的不同阶段及其体验可以用测定成熟度的指标及其与养老金的匹配关系予以衡量——如果我在 25 岁时，行为就如同一位养老金领取者，我就早熟了。如果我在 70 岁高龄时还与年轻人一起玩耍，我就不够成熟。不管是否有文学，都不存在作为普遍规定性指标的理想成熟度。

本书提出了不同观点。当然，布鲁姆的观点无可非议，他认为文学作品和读者都是独特的现象，文学作品通过意义而读者通过想象在时空中穿梭遨游。然而，如同读者，文学作品往往是基于外在世界的，是历史性的。倘若我们不关注外在世界，而只是深入了解自身，那就是一种更高层次的盲目。下一章的主题是全球化，但不是抽象意义上的全球化，而是一种具体经历的文化进程。因此，它对文学及读者都是一种挑战。

2

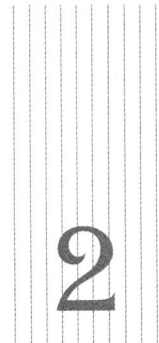

当全球化成为日常生活

⊙旧金山新移民中学

当我在1989年4月踏入这所高中的课堂时,我并非意识到自己进入了全球化。[①] 而当我离开这个课堂时,我也无从得知我曾经参与了全球化,但我却感受到我经历了一些新鲜的事物。这个地方就是旧金山新移民中学。它位于旧金山,在1980年至2010年接收移民儿童——"新移民"——一个成功融入当

[①] 主要从经济和政治视角出发的有关全球化的总体文学有很多。尽管我要讨论的不是此种视野下的全球化,但莱希纳和波利(Lechner & Boli, 2004)编写的全面文集非常有用,还有新近其他广泛传播的参考书目,比如斯科尔特(Scholte, 2005)、巴利斯和斯密斯(Baylis & Smith, 2013)以及艾丽克森(Ericksen, 2014),这些书目部分与跨国主义研究重合,又如用于当代视角的韦尔托韦茨(Vertovec, 2009),还有用于历史视角的霍华德(Howard, 2011 & 2012)。如在第三章中清晰表述的那样,此书中最重要的著作就是贝克(Beck, 1992, 1999, 2006, 2008)及贝克和伯恩(Beck & Bonβ, 2001)及其对贝克、吉登斯和拉什(Beck, Giddens & Lash, 1994: 1-55)的贡献。文学研究视角下更为相关的著作主要集中于文化研究,比如费瑟斯通(Fetherstone, 1990)、汤姆林森(Tomlinson, 1999)、博伊(Mudimbe-Boyi, 2002)、苏源熙(Saussy, 2006)和霍普(Hopper, 2007),以及有关特定全球化文化话题的著作中的直接文学反响。这些将在后面章节中提到:比如相对较新的世界主义话题(第3章)、认知不确定性(第4章)、文化记忆(第5章)和翻译(第6章),还有更为经典的话题,比如新型视角下的身体(第7章)、地点(第8章)及移动(第9章)。《文学和全球化》(Connell & Marsh, 2010)很有用。但就像是这个领域经常发生的情形,它过于专注于理论架构,而实际阐述甚至改变或者挑战理论位置的文本分析却很少。本书就是试图修正此种倾向的一种温和尝试。

地的项目①。在我与其他来自不同欧洲国家的 11 位代表一起，受美国富布莱特项目邀请，作为"国际访问学者"访学的那年，国际——这一词并不陌生——我也参与其中，但我在课堂上经历的一切却有所不同。现今，我把这种经历称为"全球化"。但在 1989 年，这一词汇才刚刚进入语言，但还未出现在我所用的语言中。

当时我与其他两位学者一起，一位是来自荷兰的克拉斯，另一位是来自当时还是南斯拉夫的斯捷潘。克拉斯对当时的情形描述如下：

> 在白色的电脑屏幕上，我们看见奥利西斯（地狱判官）、欧罗斯（太阳神）及其他古埃及众神的头部排列在一起，而下方则是走动、站立抑或坐着的身体，有些甚至还手握权杖或扇子。
>
> "通过点击鼠标，学生可以将头部安置于身体之上，同时他们还可以辨认由象形文字写成的众神名字。他们也可以用象形文字书写自己的名字，老师解说道。但这只是对最有才华的学生而言。大部分时间还是用于学习罗马和希腊的文化，这是那些来自拉丁美洲的讲西班牙语的学生最重要的基础。"
>
> "西班牙语是大部分学生的母语吗，奥斯乔夫斯基先生？"我问道。
>
> "是的。"
>
> "这所学校最大的种族是哪个？"
>
> "华裔。"
>
> "怎么可能？"
>
> "大多数来自秘鲁的中国学生都说西班牙语。"（Larsen, 1990：59—60）

---

① 这一学校于 2010 年 6 月关闭，见 http://www.cde.ca.gov/re/sd/details.asp?cds=386684783830163&Public=Y.（2016 年 12 月 29 日访问）；但是校友协会继续存在，见 http://www.classmates.com/places/school/Newcomer-High-School/17937651.（2016 年 12 月 29 日访问）。现在旧金山分布着年轻的移民。1995 年，罗德岛、纽约的新移民高中就此获得启发，现在还办得很好，见 http://insideschools.org/component/schools/school/1265.（2016 年 12 月 29 日访问）。面向移民孩子的特殊学校或者课程的开设与关闭反映出全球化社会的日常生活对于接收和融合移民的态度。近年来更是如此，不断加剧的移民浪潮激发了全球范围的排外情绪。

但这儿的孩子和老师参与国际化的方式却与我大不相同。我刚离开家门，加入立足于国家这一基点的国际舞台。在这坚固的基点上，构筑起一个形式多样且充满当地韵律的国际舞台。我们相互邀请加入其中，各自代表自己的国家。"国际化"(international)，正如这个词本身所暗示的那样，以不同的组合形式发生在边界明确的"国家之间"(inter-national)。这样的国际化世界很简单。它虽然大，但井然有序，并且有时因为变得迥然不同和稍许危险而使人兴奋异常。我居住在里约热内卢的贫民窟边上时，以及在约翰内斯堡的大街上感到不安时，对此有过亲身体会。

但当音乐骤停，我还是可以离开这个国际舞台，回到家乡。那儿，丹麦式的后花园等着我。它虽然也是这个世界的一部分，但却不掺杂其中。在家中，我可以消化所遇到的一切，直到音乐再次将我召入国际舞台。这是一个非常简单的操作。但同时，虽然在家时世界还是复杂的，但它却完全以当地的方式呈现：小孩去上学、放学后去运动或听音乐、职业和职业理想、与银行还算过得去的关系、工人的账单、学校董事会及类似机构所指定的社区生活。

我从美国回来后，当阿普杜拉与法蒂玛两兄妹来到我儿子的班上时，事情有了变化。他们是从黎巴嫩来的无国籍巴勒斯坦人，也是这所学校若干移民学生中的两位。阿普杜拉肩膀上有一个子弹孔，但却不刻意张扬，而是对其平常看待。但其他学生却非常惊讶。他们的父母不说丹麦语，而且父亲还可能病了，问题出在头部，我儿子知道这些，并且阿普杜拉在斋月中踢完足球后不允许喝饮料。电视形象，父母对报纸新闻的闲聊、对当地政治的回应，战争电影，将虚幻变成现实的海盗玩具等，所有这一切都变成了本已复杂的日常生活的一部分，而且大多数时候还犹如车轮上细细的辐条那样必不可少。但现在这不再仅是发生在国家舞台之外的事件。

所有这些，在旧金山新移民高中都稀松平常。新一批学生的到来并不会打断这样的日常。对每个人而言都一样，每一天都不是特别的一天，而是一如既往。种族、语言及国别的复杂性并不仅仅常见于课堂中，它也为每个人在家庭和学校构筑起生活的基点。自然，它会有日常的一些问题，正如在我孩子学校中构成基点的日常复杂性一样。但旧金山新移民中学的复杂性并不是一个特殊的问题或人们会讨论的话题。它只是存在于那儿。它就是那时的我们——那些访学者的处境，发现并在课上提出问题，但却没能获得答案。如今，我找到了问题的答案：全球化。

⊙ 全球化的不同观念

但人们是无法在字典中找到问题的答案的。全球化既非单词，也非术语，而是一个开放的问题。它不是一个具有明显边界的现象，我们也无需学习它的定义。它只是适用于世界上某些特定区域、特定知识形式以及特定选择的经历，比如我们在旧金山所感受的经历。

在古代，亚里士多德在关于形而上问题的著作中，试图定义自然。这是那时对全球化的唯一概念，比如包括每个人的人类生存框架。但是，他并没有进一步对所有语境下的自然一词进行定义。他说那样就会产生很多的定义，因为自然的方方面面是不可能简单归纳成一个定义的——自然是基础物质、形式、力量、原材料、基本元素、宇宙以及更多更多。这些分类并不说明自然是分裂的。相反，对于自然的不同定义可以用于不同目的。亚里士多德说，没有哪个定义可以穷尽自然或类似现象的所有方面，因为我们根本就做不到。但每一个定义又具有实用性；它让我们得以与特定环境中的现象联系在一起——获得关于它的知识，在实践中利用它，并将它与其他事物区分开来等。换言之，互补性知识的使用可以近似地解释这些现象，包括今天的全球化。我将进一步论述涉及文学的此种互补性。

我们正需要此种实用或语境化的知识来迎接全球化。同样的，根本就不存在涵盖全球化所有方面的单一定义。当然，也存在一些并非毫无道理的概念，但却不符合目前我们的要求：我们必须抓住一个能用于解释文学的全球化的概念。其中一种观念便认为全球化完全是一种经济现象。如果我们将此视为全球化的基本概念，或者是唯一正确或相关的概念，那么我们就忽视了全球化进程的所有文化效应。相反，宗教和种族冲突通常被解释为经济问题，以此寻得政治解决方案。由此全球化成了经济学速成课便能解决的问题，而不是对我们整个人类世界经历形成挑战的全面动力系统。

在现代全球化初期，采取此种统一的定义，也并非毫无益处，因为经济一直是一个重要动力，不管是对于紧随经济而来的宗教不平等还是社会灾难而言，都是如此。正是通过经济，全球化，其跨越边界的全球连接性，向人们展示出来，而这些边界也通常在经济和政治中有所涉及。我们当然可以说150年前，资本主义和科技进步产生了工业革命。但当工业化改变家庭结构时，你若还认为技术是邻居离婚的罪魁祸首，那就没有任何意义了。经济发展或许是全球化最主要的原因，但经济已不再能有效解释当下已成为复杂文化进程的全球化形式。

还有一种观点认为，首先且最为重要的是全球化描述了世界特定地区发生的事情，比如像欧洲的一些高度发达国家、美国、亚洲部分地区、上海地区、圣保罗以及其他一些地区等。此种意义上而言，全球化或许比经济概念更为宽泛，但它也只与生活在其中的人们相关。这一观念认为全球化将世界分割开来，有些被甩在全球化的后面，甚至完全没有搭上全球化这一专车。整体而言，全球化是一个带有障碍的进程，其中既包括受益者，也包括受害者。尽管这一宽泛定义在某些特定社会语境下是正确的，但我们还是会发现自己落入了狭隘经济边界的牢笼，并且还不能很好地理解全球化所带来的文化影响。

第三种观点则认为，当地与全球之间存在着明显对比，而全球化首先和此种对比有关。当地是静止的、受传统和语言约束的、具有特定文化习俗的地区，而全球则是动态的、外向型的、具有一定功能并且跨越边界而独立于当地历史的。因此，此观点通常将当地视为对全球化的一种对抗，而全球化则是对当地的一种袭击。然而，全球化如果不在当地展现自身，则一无是处。不然，它还能在何处展示自己呢？毕竟，尽管处于不同年龄阶段，居住的环境也会有所不同，但每个人都居住在当地。我们在居住的地方成为全球化的一员，当地是我们历经和参与全球化过程的平台。我不只是全球化的，而是借助丹麦和欧洲作为平台而参与全球化的。人们会选择不同地区建造房屋，购买公寓，但不是任何一个地方都可以。当地文化在面对外在世界时，只能并且通常意味着某些含义。当地文化若不能以其独特的方式应对这一挑战，就无法生存下来，只能作为一个保留地而已,这在全球化盛行之前也是如此。任何当地语言写成的最令人振奋的文学作品,不管是经过翻译还是以原著形式出现,总能很好地处理当地与跨当地之间不可分割的关系,而后者现在已经延伸为了全球化。

因此,从这层意义上而言,我们坚称全球化首先是一个过程,这一主张并未偏离正题。此过程通过诸如经济、媒体、通信、交通和生活方式等领域的共同境况消除不同文化与当地的差异性及各自特性,使世界更加整齐划一。全球化与历史上其他动态的国际网络形式是不同的,这种看法是正确的。这些网络可以追溯至古代贸易路线、战争、帝国建立和殖民化,所有这些都属于全球化的前提条件。如今,全球网络为我们的个人及共同生活提供了更为宽广的舞台,涉及更多的人民和机构,这些都远远超过历史上的类似进程。

然而,如果你认为共同的全球境况会自动产生一个整齐的文化生活,误解就会轻易产生,比如将自身视为全球化之外的西方世界民族主义运动,或者所谓伊斯兰国家。但是,很明显,如果没有短信、脸书(Facebook)、推特(Twitter)及其他社交媒介和网络途径,这些境况不可能发挥作用。虽然意见相左,但他们还是全球化世界的一部分,并由全球化所创造的差异与对比而获得重新界定。全球化并未产生一个完全同质的世界,而是为当地的不同发展设立了特定统一情景。作为一种文化进程,全球化首先形成了这些差异,其中有些在特定时刻因反对全球化的效应而成了由全球化决定的冲突。

⊙作为日常经历的全球化

当试图评价全球化在文化及文学方面的影响时,我们不能从全球化的起因或结构着手,而应着眼于它为我们的日常生活带来了什么。全球化所产生的变化要求我们创新思维,智库成员迪莫斯在其《思想的地图》一书中提道:"不仅仅关注科技精英、潮流创新课程或者企业超级英雄,而是认识到每个人都可以成为消费者、公民及创造者的这一事实。"(Leadbeater & Wilsdon, 2007: 51)英国全球化首先使我们在日常生活中所经历的一切具有了全新的复杂性,即便我们不那么认为:食物、环境、媒体、服装、工作、公众热议话题、语言使用,所有这些都是复杂的全球现象。正是这些由全球境况产生的冲突、希望和恐惧所组成的日常经历，形成了文学的滋养地。它是全球化视野的跳板，也是全球化世界结构和状态的支柱。这是无数匿名的全球化支持者的世界，也是旧金山新移民高中孩子的世界，当然也是我们的世界。

　　有时人们未能注意到他们日常环境的复杂性。这些环境变成了日常。而有时，人们则在未厘清所反对事件的起因之前，突然毫无征兆地随机反击，由此而造成不安，但事实上却毫无必要。只是这些不安变得让人难以忍受，因此，反抗便从某处爆发出来，而事实上它与全球化并没有太大的关系：利用宗教狂热或者复兴前工业社会来反对全球经济波动当然是不正确的，动机也不纯。但这种现象在21世纪的今天却很常见，甚至愈发频繁。全球关系早已与人们的想法及生活形成互动，比如宗教等，尽管事实证明，除了与全球化效应冲突之外，宗教的这部分内容与全球化完全无关。此种非统一性，正是全球化之复杂性非常真实的一部分。

　　正如其他文化进程一样，全球化文化进程因此呈现出三个相互关联的文化挑战。文学也涉及这些挑战，只是通过其特有的工具和潜力重新塑造了它们。本书的重点正是这些工具与潜力。这三种挑战涉及经历类型、知识模型以及通信方式。

　　（1）经历类型所受到的挑战。《全球化读者》（2004）的出版商弗来克·莱希纳与约翰·波利在此书的"经历全球化"章节中写道："没有人会经历全球化的所有复杂性，但全球化却是非常重要的，因为它塑造了亿万人民的生活。而且，更大范围的世界以当地形式呈现出来。"（Lechner & Boli，2004：106）全球化并非只是影响具体的由我们感官所接收到的个人事件，而且还会对我们的知识产生一定的影响。首先且最为重要的是，它影响我们对周围世界的经历。经历不同于观念和知识。观念，或者说观察，指的是我们利用自身感官而记录下某些事件。感官体验只是确认我们与事件和人物正好处在同一现实世界中。而经历则涉及我们对真实发生事件的感官证明，我们在其中不仅观察，而且还利用能够重复的实践技巧积极参与这些事件。经历具有互动性。如果某人问我如何系领带，我很可能说不清楚。但如果给我一条领带，我便会向他展示如何操作。我只是不确定我能胜任什么，但我却知道我是可以的，并且可以不止一次地证明。这就是经历。最后，知识是所有我们可以从观察及经历中抽取出来并将其付诸语言的。利用它，我们可以在不同的知识领域选择对与错，评估我们的选择，并将其表述为原则。知识不仅可以让我们重复我们力所能及的事情，而且还能改变我们所观察与经历到的边界。

讨论文学的出发点永远是从具体文本或者利用这些文本而获得的经历，对作者和读者皆如此。换言之，这就是一种阐释实践。经历是知识的基础，也是文学参与知识的不同文化形式的前提。经历可以证实我们从文本观察中得到的初步观念，由此，与文本的相遇就不仅是一种精神事实，而是我们参与现实生活的经历。只有将全球化作为日常经历理解时，文学才能处理这个话题，因为只有那时文学才能对我们塑造这种经历有所作为。在之前的第一章中，我强调了"经历"这一术语广义上的美学经验，而这也是文学面对全球化经历时，与其唯一相关的含义。

经历形成了各种类型，它们将不同的单独经历联合起来。有关于一辆车的经历并不仅仅意味着我曾经看见或坐在车中，而是我能对它做些事情。此种经历意味着我能开车，已经买下它，了解汽油价格波动以及常规检查的规律，我甚至还有装卸工具方面的知识。因此，对汽车的经历形成了一种经历类型。但当我注意到加油站汽油价格的变化与中东地区的一系列战争或者鹿特丹的原油价格有关，抑或我发现账单中驾照税的变化与环境保护税或二氧化碳排放量的国家协议有关时，我对汽车的经历类型就发生了变化，此种经历的连贯性由此打断，尽管汽车还是没有变化，但我却知道关车门时要稍用力，以确保它关好了。

此种断裂发生在全球化到来之前的所有主要文化变化之中。比如欧洲人来到现今美洲时所感受到的一切：每个人都会经历一些事情，但没有哪个人可以经历一切，因为对欧洲人而言，这是个未知的区域，而他们本身所有的理解方式在这儿完全用不上。这种全新的经历在大西洋两岸虽然颇受争议，但却无比真实。尽管踏上未知征途的人们在半途会逼迫自己接受眼前这一切，但他们最终还是会发现，他们怎么也想象不到未知世界的花花草草、人们和社会，并且对这一世界没有任何概念。而那些待在家中的人看到了由轮船运输回来的新奇事物及随之而来的事件，或者聆听特定人们的传奇经历，或者从亲眼见过美人鱼和亚马逊的可靠人士那儿打听到一些消息。由此，我们所熟悉的当地与外在世界的边界断裂了。欧洲各个国家不管在政治、经济还是文化上都因此而有所改变。有些欧洲国家变得更加激进，并将殖民权力的当地标准强行灌输到这一新世界之中。而其他国家则更加坦然地面对那些关于人类、自然和社会的全新认识和理解。文学则是这一进程中不可或缺的一部分，努力将对未知世界的想象融入已知或全新形式之中。

经历类型的变化也发生在工业化与城市化起步的 19 世纪早期，首先是在欧洲，然后扩散至世界其他地区。每个人都能亲自感受到自然、家庭、信仰、身体、空间、旅行、经济、政府形式、权力及教育等社会各方面的变化，但是没人能经历所有这一切或者这一切之联系方式。所有的一切都回旋于早期现代化这一"旋转木马"。文学也加入了这一行列，比如查尔斯·狄更斯、巴尔扎克、惠特曼、波德莱尔及爱伦·坡等作家。他们书写那些神秘、躁动及不可避免的事物，但却完全不知那些东西究竟是什么，是好还是坏。所有的一切都是模糊不清的，但却非常真实、盛气凌人。这也是莎士比亚在文艺复兴时期对世界的理解与看法。

如果作家认为他们对世界有一个清晰的认识，我们如今就不会对这些文学作品有太大的兴趣，甚至他们压根儿就不会进行创作，只要顺其自然地生活就好。通过文学，他们将一切新鲜事物带入读者的经验视野。全新的一切也可以变为读者的世界，尽管他们还不知道如何面对。文学处理的是经历类型，而不是单独的经历。正是由于早期或远或近的各地文学对这些经历类型提出挑战，经历类型才在当下重新获得了关注。

不可避免的，在新的经历被转化成知识之前，人们尽管心里清楚两者并不完全匹配，仍总是习惯于使用熟悉的经历类型与新经历进行交流。这也正是我们利用历史来认识变化的现实时所用的方式。这种交流模式并不是文学所特有的，而是适用于所有科学门类。在抵达知识概念的舞台之前，它通常以暗喻和意象的方式被人们理解。① 在 19 世纪，电被视为是流动的，因为人们将电通过电缆时的情形想象为液体流过管道。现在我们知道这是不正确的，但在日常语言中，基于自然水流经历的旧有类型，我们还是称它"电流"。最近的臭氧层空洞也是如此：将一个新近发现的现象融入已知经历类型之中。我们将其理解为一个空洞，但事实上，它是某一特定化学物质的低浓度聚合。

在科学实践中，这些都是前科学阶段跨越边界走向科学的例子，但在文学中，它们却是基本的创作思路。文本必须包含一些我们之前的经历，即我们所具有的想法和媒体知识。如果你要理解"'哈姆雷特疯了'这句话……你必须之前见过疯狂的人或者读到过这一类人"，美国哲学家查尔斯·皮尔斯这样说，并将其归纳为"平行观察"（Pierce，1998：494，209）。我更愿意使用"互补经历"这一表达——说"经历"是因为我们不仅利用我们所观察到的一切，还将其与我们的习惯做法联系到一起，而"互补"则是因为这一经历不仅与文本和意象是平行的，还反映了我们为了理解文本而与其进行的互动。

我们可能完全没有机会来到新移民高中，或者来到我在以下几章中即将展示的虚构大学，早已存在的互补经历是我们理解文本的必要前提。但这种经历也是我们被挑衅的必要前提，因为文本将我们的经历拉向全新的方向。我们也许不会受到作品内容的挑衅，但却会感受到作品对我们用于阅读的互补经历所产生的作用的影响。文本会让我们重新审视互补经历，犹如初见。

大多数时候，文学要求读者最大限度地使用互补经历，比如阅读俳句或狄金森的诗歌。其他形式的陈述需要最小限度的互补经历，比如使用信用卡进行网上支付或阅读新购置的洗衣机的说明书，人们想要知道的一切都在那儿。文学相比其他形式的表达，更多地在互补经历——在超现实主义与纪实小说的级差之间上下，迫使我们随时准备改变理解文本所需要的自然认知及互补经历的范围。我们阅读其他文化与历史时期的文学时，正是启动了这样的语域。相

---

① 除了作为一种修辞手法，以下著作也涉及隐喻的重要性，比如霍来德和奎因（Holland & Quinn, 1987）、莱考夫（Lakoff, 1987）、福科尼耶（Fauconnier, 1997）、拉森（Larsen, 1997）以及用于科学思维的著作，比如皮尔斯关于推论的研究（Pierce, 1992），施恩关于生成隐喻的研究（Schön, 1993），李泽戴尔关于历史视角下类比的研究（Leatherdale, 1974）。

比于来自其他文化背景的读者,那些熟知文本及其文化背景的读者所需的互补经历就要少得多,因为其他文化背景的读者需要面对他们全然不知的新经历。由此,文学在现今的跨国文化版图上尤为令人兴奋。

(2) 知识模型所受到的挑战。没有一种科学或者领域——遑论理论与方法,可以让我们一劳永逸地理解全球化的所有复杂性。如果真能实现理解的话,那我们就可以简单地依据这些理解而构筑起我们社会、日常生活及全球化的文化舞台。但是现今知识需求中的重要变化发生的速度和彻底性,使得确保个体知识必要连续性的传统也只能勉强地应对变化。哥本哈根大学的经济学教授雅各布·马德森于2005年4月25日的《丹麦政治家报》中说道:"所有我们用来预告通货膨胀的模型都崩溃了——现在情形是一团糟。"三年之后的2008年经济危机证实了这一说法。

因此,全球化不仅对我们的经历类型构成挑战,也给我们所依赖的知识模型造成了很大困难,而我们正是借助各种知识对所经历的一切做出可行的解释。科学的力量就在于它划分了我们所知的领域并将之系统化,因此,经科学得出的知识尽可能具体化与精准化。与当前无关的一切都被剔除在外,因此我们经常单独地看待经济、语言、原子结构、宗教和细菌。但是诸如中东动乱、移民浪潮或者气候变化等全球化现象,证实了主要与次要知识之间的边界移动是如此之快,以至于不再能将此类现象框进已知的知识模型之中。除了获得关于特定领域的具体新知识之外,一个新的任务便是去发现如何组合我们已有的知识,并且跨越边界、方式、理论及主题区域,由此获得可以被广泛理解与接受的新知识。

掌控这样的局面,由此为文化舞台上知识的使用提供必要的框架(这一舞台不仅是由产生知识的科学搭建而成的),是全球化所加剧的一种挑战。要跨越研究领域,比如气候变化以及随之而来的社会效应,就需要超越学科范畴,涉及不同领域,并重塑知识模型,以使其在研究中相互兼容。相反的,文化上的挑战则要串联起科学领域内外互补的知识模型。这些模型不可能完全兼容,但必须将其作为备选的非兼容模型予以考虑。它们至关重要,并且共存于对现今社会从政治到日常行为都有重要作用的知识之中。

文学对知识的理解正是如此。文学并不关注正确的知识，而是对实际接受并使用的相互矛盾的知识模型感兴趣，不管这些模型正确与否，刻意或是下意识的。即便是在我们这个以科学为导向的社会，在劝说人们戒烟、改变饮食习惯及刷牙要节约用水时，扎实的知识是远远不够的。而有些人甚至愿意用自己的生命来冒险试验一些知识模型，尽管这些知识在其他人看来更像是迷信。荣誉处决或者宗教性献身是我们必须认清的一种现实，尽管我们不能理解，更不用说认同支撑这些行为的教条。

科学知识也不可避免地需要在如此复杂的文化语境下进行工作。这一语境涉及个人不可预期性、认知不确定性以及远离科学的社会的理解。这些知识发挥社会功能的情形很少由科学决定。但我们正是生活在这一知识的复杂宇宙之中，而其在全球化世界中变得愈加巨大和复杂。文学所关注的正是知识的各种具体模型的相互矛盾之处及其实际影响，而非单一成分的正确性。

借用物理学家尼尔斯·玻尔的术语，我将这种模型称为知识的互补模型。在 1938 年一次会议中，他向与会的生物学家提出疑问：目前核物理研究领域所讨论的互补原则可以为关于人类知识的其他学科带来什么？（Bohr, 1961）生物学家可以将生物体作为原子和粒子的组合体来观察，但代价是他们必须放弃解释生物的存活意味着什么。在此，要认知一个物体，生命就不能被设置为前提。但如果你想要理解生物，比如生活着的人类，你就必须要考虑物理以外的因素，比如冲动、意图、记忆、语言、直觉、环境及生存场所等。玻尔的意思是告诉人们，我们不可能简单地将两种知识类型组合到一起，然后得出简单而全面的知识，因为我们在两种情形下提出的问题是不同的。人们必须认识到，对不同现象的理解需要不同类型的知识。每种知识从其自身而言都是正确的，但是不可能在共同基础上被整合到一起。玻尔认为，可以用一个闻名全球的术语概括它们，就是"互补"。而在文学中，这些互补模型是可以共存的。因此，文学文本通过使用互补经历和知识而发挥作用。

（3）通信方式所受到的挑战。显而易见，在此种情形下，经历与知识的交流需求在不断增加。现今通信课程的数量比其本身所涉及的主题还要多，用于调查使用者和选举人的焦点人群数量超过了人口数量，而政治家利用幕僚来掩盖他们的阴暗面。所有这一切都表明交流知识、信息及实际经历的最佳形式是不存在的，但是每个人还是需要使用并理解那些不同的形式。不管是门外汉还是专家，我们都有着相似的问题：我们如何能以简单但又不简单化的方式来传递复杂的现实经历？我们如何能表达对安全的需求，但又不意味着更多的监控，而是更多的移动和交流的开放空间？我们如何能传递顾虑，但又不至于导致失望而是加强未来的方向感？

不难看出，传播需要同时考虑一系列问题：我们传递的主题是什么？向谁传递？以何种媒介和教学工具？在何种情形之下？接收的基础是什么？采用何种视角？以及更多更多。所有这些元素的连续整体，我称之为传播形式。此种整体可以有一个完全固定的形式。我们知道在现今电视传播中需要考虑哪些因素，它们又是如何组成一个整体的。我们早在20年前就知道定义学校课堂教学的元素。只要单一元素被确定了，我们就能单独考量，然后一一确定它们对整体的贡献。但是如果涉及新的次要元素，比如新的主题，或媒介需要重新考量发送者和接受者的技术及相关假设时，我们就要从整体上重新探讨传播的形式。

在传播有关艾滋病的信息以及在教学中使用数字媒体时便是如此。但是我们也可能撞见之前未曾见过的传播形式，并且开始对其中的组成元素有所怀疑。博客、搜索引擎、数据区块链、文本信息、聊天室及社交媒体的使用创造了传播的新全球形式。我们还未完全掌握这些传播形式的结构、功能及影响，更别提控制这些传播形式，因此就不能高效而有目的地使用它们。有些人甚至将这一切视为相互矛盾的促成"后事实社会"的知识。

全球化对个别元素及整体的传播形式都构成了威胁。首先，这一问题关乎通信传播的权威基础。我们能信任通过谷歌或百度搜索到的一切吗？能信任电视新闻所播报的内容吗？能信任大臣、部长们的幕僚，发邮件、短消息和微博的人的身份，以及由新的教育辩证法则和跨学科项目推测而来的知识吗？在任何历史时期，只要传播的元素及整体形式相对稳定，我们就不可能追问其背后的权威。这一切都顺其自然，只要我们以恰当的方式进行日常的传播交流。或者正如丹麦古语所言："不管教堂有多大，教堂的尽头总有一位牧师。"

然而，此种信任在全球化层面可能遭到伪发送者的诈骗邮件的破坏。如果我们不够小心，他们就有机会攻击我们的电脑和服务器。而对现有传播形式的信心更可能受到所谓"假消息"的挑战，也许其中还混入了黑客。旧有的造谣模式只在当地有效，或者至少传播范围有限，其中的人为动机很容易被发现。现在则不同，假消息通过社交媒体、市场经济及黑客的组合而得以在全球范围内流传，其动机不外乎情感因素、炫技及获得不义之财，但却具有全球性的影响，有时甚至会造成潜在的全球威胁。假消息发送者的身份及区域在网络空间消失殆尽，而假消息传播的得益通过假冒网站的广告获得，这些网站看起来像是靠谱的新渠道。假设高效率撒谎的前提是充足的真理知识（Frankfurt，2005），那么假消息的制造者所要关注的东西并不少。如果被当场抓获，那么这就是制造新一轮假消息的好机会。随后，传统媒体会无意中重复这类消息，使这场骗局更具权威性，甚至引发新的骗局，公共信息的整体可靠性由此岌岌可危。2016年美国的总统选举使得全球开始认识到这类问题，但此外，其整体影响是，具有全球效应的信息传播形式的可靠性就此在全球范围陷入了恶性循环。①

全球化挑战传播的形式，与其权威的基础针锋相对。在学校，学生的情况由于全球化对儿童、成年人及家庭环境的影响而有所改变，其中当然包括移民这一因素。学生对媒体的消费及语言的使用与几年前大不相同。他们的经历类型不再相同，知识模型也向新方向演进。现今，必须不断结合收入评估及工作

---

① 关于虚假新闻的全球传播，比如 http://www.fakenewswatch.com.（2016年12月29日访问）。关于作为金钱机器的虚假新闻，比如《金融时报》，2016年12月16日，https://www.ft.com/content/333fe6bc-c1ea-11e6-81c2-f57d90f6741a.（2016年12月29日访问）。关于总统竞选，比如《华盛顿邮报》，2016年12月9日，https://www.washingtonpost.com/business/economy/russian-propaganda-effort-helped-spread-fake-news-during-election-experts-say/2016/11/24/793903b6-8a40-4ca9-b712-716af66098fe_story.html?utm_term=.a261457230a5.（2016年12月29日访问）；2016年12月29日美国联邦调查局报告，见 http://www.us-cert.gov/sites/default/files/publications/JAR_16-20296A_GRIZZLY%20STEPPE-2016-1229.pdf.（2016年12月31日访问）；或者，美国之外的新闻，见《卫报》，2016年12月2日，https://www.theguardian.com/media/2016/dec/02/fake-news-facebook-us-election-around-the-world.（2016年12月29日访问）。关于潜在致命效果，见美国有线电视新闻网2016年12月26日巴基斯坦总理在推特上发表合理应对核威胁的虚假新闻，http://edition.cnn.com/2016/12/26/middleeast/israel-pakistan-fake-news-nuclear.（2016年12月29日访问）。我希望所有这些网站都是可信的。

进度评估来重新选择传播形式。因此，传播策略的选择成为大多数传播形式不可或缺的部分。

没有必要寻找一种我们随时可以推出的无处不在的权威以传递经历或者知识，无论它是能获得机构支持的信仰、党派推崇的政治信仰，还是在所有学校普及的教学方案。学校也不可能让所有学生都用自己的母语整齐划一地正确写作。他们必须认识到，传播取决于主题、情形及受众，并且更多地要求从文化层面进行决策，而不是单纯地追逐传播技术。

由于没人能单独经历或开发我们都身处其中的全球的世界知识，所以每个人，包括专家，都依赖来自不同消息源头和传播渠道的经历和知识，并且身陷这一情形所产生的认知不确定性中。人类现实总是处于不断的调解之中，但此种调解在全球化世界中更为复杂。无意中提到"这是科学的看法"，并不能为传播提供一种不受质疑的权威基础；它仅仅提供了不可缺少的局部贡献。然而，在文学中，对传播权威的怀疑也不脱离常规；文学总是能直接抓住权威基础与不同传播形式中竞争媒介和信息之间的冲突，而这些传播形式是全球文化下我们所依赖的。谁有发言权？纵观历史，这一问题对文学与传播都至关重要，并且在全球化文化中赋予文学重要角色。

我在此提到的这三种挑战并非文化大厦内可供任意选取的装饰。相反，它们是其重要的基石。即便大厦不倒塌，或者未完工，到处堆砌着水泥块，或只有空空的承重结构，我们也不能忽略这些挑战。文化依据我们所经历的一切及使用的知识，使得经历类型和知识模型中的经历相互连贯。我们以不同形式将这些经历传递给他人，以证实其有效性。经历、知识和传播是文化结构的基石。

全球化文化进程对我们所熟悉的基本结构提出了挑战。如果我们遇到全新、开放及不确定的经历，但又不能忽视它们，那我们所使用的包含这些经历的字词、概念及表达形式便成了我们所做一切的尝试与实验。传播必须同时尝试不同的渠道，我们由此开始与新的经历联系到一起。文学有助于维持和更新这一基本的结构，因为通常这与字词的意义没有太大关系，而是与经历通过字词所获得的新意义有关。当然，文学并非在所有情形下都是最强有力或重要的因素，也不是唯一的因素，但却是必不可少的。我们身体中 70% 的水分与显微镜下四五克的铁元素对我们的生存同样重要。

⊙ 来自秘鲁的讲西班牙语的中国学生

回到新移民高中，我也许会问费尔南德斯·李、马日欧·傅或者凯瑟·杨，她们如何应对这些在经历、知识和传播方面的挑战。很有可能，她们会奇怪地看着我，好像我是误入女性洗手间的一位男士。她们并未将全球化作为学校的主题或话题。这只是她们的生活，或者就更广范围而言，全球化渗透了她们日常生活的细枝末节。但是，她们并未主动将这些挑战与自身联系起来，甚至都没有仔细想过。

她们在那儿各自坐着，每个人都有不同的家庭生活和混杂的历史经历。她们界定归属、价值及传统时，必须在中国、西班牙及南美文化之间进行选择。但她们并不是以一种粗略或者抽象的方式选择，而是自其来到美国后，在住宿、家庭、父母的工作、朋友、学校及业余时间等方面所经历的变化着手，因此也就不能很好地抓住这些经历的更大语境，更别提从大局观察它们。这些经历类型超越个人的视域，并且有些类型还可以追溯至她们所不曾记得的先辈。这些类型之间并没有必然的连贯性，除了它们多少由于随机、模糊的历史原因，而在她们现在的生活中聚集到一起。

她们的教师，奥斯卓夫斯基先生，也在经历着同样的情形。他的名字透露了他与这些孩子所经历的类似的东欧历史。他对地点、传统及价值观的经历也受到了个人选择、共同选择和偶然因素的改变，并且影响着他当下的生活。我侧眼看了看一起过来的访问学者克拉斯。他家族中的某些成员也移民出去了，用了罗斯福这个名字。我又想起了一同参观的斯捷潘。他每天都要给在那时还是南斯拉夫的家里打电话，以确认那个国家还存在——那个国家在我们 1989 年相遇后不久就不存在了。那之前，我还不知道会发生一场战争，巴尔干半岛将一分为二。但他却早已得知，因为这对他或他的家庭而言，都不是什么新鲜的事儿。

他出生在巴尔干半岛，随他的祖父母在美国长大，但后来又回国接受教育、找工作。打 10 岁起，他就和他的兄弟住在纽约皇后区的克罗地亚人聚集区。他们所有人，包括留在纽约的兄弟，都不是土生土长的克罗地亚人，犹如有些人不是正宗的塞尔维亚人一样。当他回国上大学时，他还要接受专门的母语语言培训，但他使用英语却是轻车熟路。他整个家族的一半人住在美国，是在第二次世界大战后作为难民来到这儿的，尽管家族人数可能会有增减。其中的有些人，包括斯捷潘的父母，来往于大西洋两岸，各自住上几年。正如这些学生一样，"这儿是我的归宿"这样的言语对他而言多少有些陌生。

我的名字叫拉森，大多数丹麦人都起这样的名字。我的家族最初在日德兰半岛西海岸某处的岸上，后来几代人又朝东前进了一点。我自己单独住在欧登塞，后来又来到了哥本哈根。这些地方对我而言就像家乡，就像对那时还不认识的来自克罗地亚的斯捷潘一样。我们只是以不同的方式"回到家乡"。也许我是那种有点让人感觉流离失所的类型。我的家成了全球化进程的一部分，而我自己也许没有意识到这些。那么这意味着什么呢？这意味着当我回家时，我需要细细观察下——"哦，我的家。"（Larsen，2016b）

上学的孩子也需要处理知识模型遇到的挑战。除了纯熟的英语语言外，还有其他以连贯的公共知识传递给他们的东西吗？历史课教学主题，并非以埃及众神及古希腊罗马文化为核心而设定。虽然欧洲殖民历史对他们的家族史有着很深的影响，但奥斯卓夫斯基先生很少提到这些讲西班牙语的孩子所共有的欧洲背景，并且他说，选择某一课程主题的真正原因既非其内容，也不是孩子们所共有的文化背景，而只是单纯因为教学标准的要求。

正是基于此，他所教授的一切成了可以理解的知识。他告诉我们，古希腊罗马神话是学生们多少能理解的，而埃及众神则主要针对高水平学生。那时对基础知识的要求不是既定的，而是选择性的，大多通过情景而非传统做出选择。因此，这是否能成为知识模型就值得怀疑。我想起了在家乡的孩子。也许他们正在上丹麦语或历史课程。这些主题也自然会对我们的知识构成挑战，但是事先就已做出了选择，无需深度验证，因为它在丹麦人所熟知的公共知识模型范围内。或许这些选择都应该予以再次验证？

传播形式的选择是一项突出的挑战。没有一种共同语言是不言自明的。这就是所有一切在全球语境下所处的境地。即便假设有一种共同语言，也不能确定它总是最恰当的。刚说的是西班牙语，但本来应该讲英语，而象形文字显然不能很好促成共同的口头交流。当然可以使用图像。孩子们正在进行着一项基本不止于语言的文化活动：借助文化中个体可以支配的媒介进行选择、组合、命名。现在情形是：选择身体和头部，把它们组合到一起；观察象形文字，用它们写下自己的名字，所有这一切都通过点击鼠标和敲击键盘完成。这并不是一种由共同文化调解的结果，而是在共同文化基础之上将文化建构为一种游戏的训练。在此，这一游戏就是一种新文化语境下的交流形式，尽管它没有太具体的语境。

这些孩子很愉悦地加入这些游戏，他们也会故意犯错，然后咯咯大笑。因特网正要来袭，但是孩子们的方式却正好重演了网络建构信息、知识及文化语境的方式。这种方式为现今经历、知识及传播成为全球化进程的有机组成部分发挥了基础性的作用。全球知识及经历与这一媒体传播关系紧密而复杂。不管是不是游戏，如果我们想要在信息和知识的交流中扮演重要的角色，我们就必须掌握媒介，并借助它不断地选择、组合及验证。没有人可以经历必须以全球化视野才能得知一二的一切。每个人都依赖于经过调整的、其他人掌握的知识、建议与经历的传递，而且我们并不是需要时才偶然为之，而是一直如此。我们能否继续我们的日常工作，取决于亚洲市场、中东石油、纽约的股市以及动荡的石油价格。关于这些状况的知识传播成了我们当下生活的一部分。

尽管会有人帮助新移民高中的学生融入新的文化语境，但他们自己在全球化真实到来之前早已做好准备。1989 年，我家有了第一台电脑，当时我完全不确定这是什么玩意儿。那时，它压根没有改变我交流和积累知识的方式，更不用说经历了，只不过是我的生活中多了一些异国元素，而我必须加以熟悉罢了。

⊙ 文化主模板不存在

学校课堂是全球化形象的浓缩。它向人们展示出孩子们将在一个需要作出选择的世界中生活，比他们的先辈面临更为动态和多样的现实，包括语言和地点，甚至传统和历史。后者也许乍一听有点矛盾，但却是现今多元文化社会中大多数人的基本生活状况。他们必须选择他们想要归属的传统。事实上，选择的情形更加复杂，因为我们生活的自然基础也部分地是由选择组成的，从全球环境危机、植物的转基因到个体的整容手术及假牙，无不如此。孩子们所促发的正是选择的文化进程，并且他们通过点击鼠标把它当成一项可以一起玩耍的游戏。

全球化是一个创造统一性的过程，但经历、知识及传播的挑战也同样加剧了已知的差异，并创造出需要进行选择的新差异。经历类型和知识模型的改变是我们及他人选择的结果。传播形式所主要调解的，便包括我们最简单的鼠标点击。标准化的传播情形也会引发个人的选择，这适用于每一个层面：拿起电话，打电话给公司、社区卫生中心或者公共部门，倾听由电子语音所播报的不同选择，并由此接通你想要说话的那个人。你一直都要极力猜测下一步需要做什么，有时也会犯错误，就要回到主菜单。如果你需要等待，你还会听到很多这个公司所提供的其他的优质项目，让你做出选择，或者你还得听等待音乐。我自己是很少听这些的，以免给我的耳朵增加负担，但他人也许会。

进行选择的人还要面临压力。选择就意味着承担责任："点击鼠标，并用象形字写下自己的名字！""好的，但是怎么写呢？""自己尝试一下！"——如果这些选择除了进行组合和思索疑惑，同时也导致个人化与束缚，那就意味着点击鼠标的人意识到这些最简单的选择的基本作用及它对选择人的要求。鼠标并不会自己点击。虽然点击这一动作一秒都不到，但必须有人点击，然后就会导致一系列后果。无人机所投下的炸弹或者因特网的全球病毒袭击都是由点击鼠标开始的。这些视角也许远远超出学生的理解范围，但并未超越他们的处境与现实，而且不仅仅是学校的孩子，我及家里的孩子也身处其中，即便现在不是，也迟早会身陷其中。如果没有意识到这些，处境就会更加危险。这同样也是一种选择。

你可以说这种情形展示了一种个人选择的全球文化概貌。这里的个人并不是传统意义上对即使一无所知的事进行选择并对前提和结果负责的个人。有人会说，我们可以三思而行。从这点上而言，我们只是私自对生命旅行的路径和内容负责。我们经常进行的是参与其中还是置身事外的艰难抉择，并且承担每种情形下的后果。我们只是做了一个艰难的选择。我选择旅行到美国，然后又回家。

但是这些孩子却不能以同样的方式进行选择，也不是那种意义上的个体。原因不在于他们是孩子，而在于他们所处的不同情形。不管他们如何三思而行，他们都无从得知前提和后果。有什么确定模式可供这些来自秘鲁、在美国生活、讲西班牙语的中国人参考呢？他们可不是生活在丹麦的丹麦人。即便是，这一难题就抛在每个孩子面前。借用卡米拉·梅尔森、菲利浦·劳斯的丹麦文采访录的题目《全球主义者》（2007），他们是全球主义者：

> 全球化并不是蒸发式的，抽象而让人难以捉摸。相反，它是极其具体的。全球化可以由拉斯、卡米拉、莫顿、索伦及梅特等来执行——以及其他我们在这本书中见到的人。……并且全球化也与你有关，因为这是你个人选择的结果，你的购物、电影以及网络习惯。……"你可以和我十来岁的儿子聊聊全球化对他在迪拜的日常生活意味着什么，"雅各布·伊利尔斯告诉我们，"他不会称之为全球化，但这就是全球化，这就是他日常所做一切的基础。"（Mehlsen & Laus，2007：182，7，183）

所以我们进行的每一次具体抉择，不管是大是小，不管是具体还是仓促严肃，也同样是对自身身份及文化基础的原则的选择，但我们常常没有意识到这一点。这些孩子，他们在相互闲聊用鼠标点击头部和身体时，就下意识地展示出：历史和传统不仅是个人拥有的东西，也是他必须做出的选择之所在。选择的这种细节与基础、有意识与下意识的两面性，并不是日常生活中的难题，相反，它就是对日常生活的简单化，是城市生活的一种类型（Beck，2006：10）。文学让这种不言而喻的简单生活变得具体，使人在文本中重现发现、体验它，或许还能验证我们的选择。

新移民高中的学生们在电脑上所做的练习，并不只是为了学习那些因在历史中做出过重大艰难选择而成为认同模范的伟大人物。相反，他们是在教会自己进行选择,以构筑起一种开放的情境,这样的情境有时可能是不可预测而令人困惑的,而他们必须学会判断自己与周围及之前的环境、其他人、其他责任和信息以及相关或不相关影响之间的关系。全球化并不会提供全能模型或者技艺训练,只会激发人们想象、实验及即兴创作。这就是文学正在实践并向我们展示的东西。因此首尔大学前校长郑云灿所说的话也就不足为奇:"开放、不偏不倚、合作的价值将来会与市场准则与全球标准一样重要。"(Leadbaeter & Wilson,2007:16)

也许这些学生中部分人将来会是这些价值的倡导者和实践者。这本书出版之际,他们已经成年,而他们早已为此做好准备。他们不应只是采取有限的行动,这只需要承担预期的责任,并模仿他人即可。他们应该选择一切都不大确定的情形,并且承担相应的责任。我们并不是因为有责任而选择,我们是在进行选择后才承担责任。我们是孤单的,但不是孤立的。我们所要形成的是全球化的个人。在这个意义上,孩子们没有选择是否加入其中的权力——他们已经身处其中。

我将一些想法传达至丹麦,那儿还是和往常一样。全球化并未消解地方的独特性,它只是唤醒这样的想法:地方的独特性并不会由于孤立而有所发展和增强。因为,在全球化前提下,我们立足于"当地性"这一有利地势来审视更大的包含多种义化及其标准的世界,而这也同时决定了当地的独特性。新移民高中的学生同时居住在不同的地方——中国、秘鲁及美国。斯捷潘和奥斯卓夫斯基先生的情况也差不多,他们必须将这个世界与他们的个人和家族经历联结起来,还有形成这些经历的地方历史。无论未来安居何处,他们都逃不出这样的选择。这就像我在某处所用的自动提款机上所写的一样:"世界在你脚下,银行在你指尖。"我记不起这个提款机在哪儿了,但是如果我找到它,不管它处在世界哪个地方,我便能认出,就是这个街角的这台自动提款机。

我同时也意识到,我并不只是在某时回家。回家其实是一种选择。我可以选择不回去,或者被迫回去,正如这些孩子的家庭和奥斯卓夫斯基先生那样。斯捷潘将来也会遇到这样的问题。回家意味着我确定那儿是我的归宿。但也许会有不同的选择,也许某天,不回家与回家里不再有那么大的割裂。在我按下按钮，决定去美国时，其后果是当时的我不能预见的。现在我才意识到这一点。

我开始想起我瑞士籍的外公外婆，他们选择在19世纪90年代来到丹麦。还有我的叔叔，他于20世纪20年代决定移民去加拿大。之前我都没怎么想到过他们，我总是把他们当成异类。也许这种想法是不对的，也许他们代表了一种全新的正常趋势。然而，他们一直都是移民，但同时又是当地人，只是参照系不同而已。他们是在丹麦的瑞士人，在加拿大的丹麦人，或者是瑞士籍丹麦人，丹麦籍加拿大人？全世界大多数人，或许是每个人，尽管在物质、文化及宗教上有所不同，但都会经历这些需要选择的困境，不管他们社会阶层如何，富有或贫穷，丹麦人或移民，男性或女性，孩童或成人，都是如此，就连那些从来没有听说过全球化，没有身处其中，没离开过当地的人都不能例外。早期殖民者单纯地认为，在欧洲人驻足之前，国家不属于任何人。此种思想已经不再适用，甚至连幻想都算不上。整个星球，不管是否有人类居住，现在都受国际条约控制，它是我们选择生活地点的框架。

然而，并不是所有人都有相同的选择机会，但是每个人的义务却是一样的。有需求与拥有统摄这些需求的权力不是一回事，尽管它们都是同一现实处境中不争的事实。我们显然都在一条船上，但处于单独的救生艇中——如果救生艇数量足够的话。全球化视野中这一系列有意无意的选择、细节基础、经历与权力、公平与不公、个体性与异质社区以及身份与责任，就是文学创作主题的源泉。早前创作的及新近创作的跨越地方边界的文学作品，都来自这一源泉，让读者能具体感受到这种跨越边界的经历与轨迹。

下一章我们的重点就转向文学：文学如何在全球化情形下应对我上面提到的三项挑战？我试图在全球化与文学之间建立联系，但不是谈论已经存在的联系。为了使联系具体化，我将其呈现为两个不断出现的人物的对话，这两个人都没有对这一联系发表过任何看法。

其中一位是已故德国社会学家厄尔里奇·贝克。他对全球化作为一种广泛的社会文化现象进行了一种全面、彻底但绝不简单的分析。对应于下一章的三个部分分别谈及的全球化的三项文化挑战——经历类型、知识模型以及传播形式，贝克的讨论以"大都市""风险社会""自反性现代化"三个标题出现。文学及其他审美现象对此种复杂性的具体化，并未被其他抽象的社会科学掩盖，社会科学由此获得了互补性知识。这一点由下一章的第二位主要人物，即作家凯伦·布丽克森提供。人们大都记得她的笔名——伊萨克·迪内森。她从未听谁说起过全球化，但是她却从自身欧洲背景出发，通过激发用以理解非洲大陆的互补经历，了解更为广泛的跨国语境下的经历、知识和传播。这些经历都反映在其自传体著作《走出非洲》（1937）中。

3

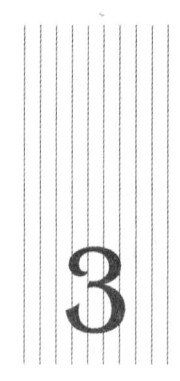

文学对全球化的挑战

⊙ 经历类型

世界公民

1789年，在美国脱离英国独立不久之后，法国大革命使整个欧洲都发生了颠覆性的变化。革命和独立这两件事都试图将人权与自由的其他表达方式付诸实践。人们将这些事件视为普遍的，而如今我们还可以用"全球化"这一术语描述它们。尽管备受争议，但这些权利至今还是我们跨越国界行为的唯一准则。一般而言，我们经常有很好的理由提到启蒙时代，那时我们试图寻找可以有效应对全球化的工具，彼时与此时却大相径庭。

在1789年8月的头几天，也就是革命还未完全失控至招致腥风血雨之时，汉利奇·坎帕正在巴黎。他是一位来自汉堡的思想开放的作家、教育者和出版商。他站在皇宫的花园里，那是当时公共活动空间的象征，也是难民的社交场所，那里有商店、咖啡店、小赌场及在街上行走或游逛的女孩们。你也能在那里看到巴黎的流行时尚，或发表政治意见。如果那时就有玛奇朵咖啡、寿司及卡皮利亚鸡尾酒，你也可以在那里找到这些东西。但是坎帕还是不能完全抑制兴奋的情绪。

> 不管从哪个方面而言，都可以将这个地方称为"巴黎的首都"。它不仅是整个城市，也是整个帝国的中心……任何人自打出生后，即便没有走出过这个神奇非凡的地方，也不会在那些环游过全世界的人面前矮一截，不管是在人类世界的知识方面，还是在愉悦玩耍方面，欣赏自然风景除外……只要一跨入这个地方，巴黎人就不再是巴黎人或法国人；他会立即变成彻底的共和党人，一个世界公民，对资产阶级或者传统的束缚与捆绑毫不关注，一无所知。(Campe, 1790: 72—74)

在这个特定的地方，一切都同时在现场，自然或非自然的，没有差别。坎帕在此体验到如何成为一个普遍个体，一个世界公民，感到在这儿甚至可以触碰整个世界。世界公民的基本经历在此类地方迸发出来。整个世界在此都融入一种具体经历之中。

在18世纪早期，对伟大发现的各式经历爆炸式地从各处汇入语言、概念及理论，并转变成普遍的社会原则，得到广泛传播。对于欧洲人及大部分其他人而言，整个世界都始于欧洲，而全世界都是普遍欧洲世界的延伸。因此，整个世界的印象、产品、人们以及原材料都陆续来到如同文化实验室的欧洲。在那儿，一切都转化为生产、知识、人文观点及社会结构，而这些又再一次由欧洲传向整个世界。在现代全球化进程中，欧洲是这种往返旅途的中心。来源不同、差别巨大的事物和思想在这儿和谐地融合到一起，其他地区犹如水中涟漪，一层层地围绕着欧洲这个中心。

受古希腊哲学家戴奥真尼斯的启发，世界公民也被称为世界主义者，不属于任何地方，但又同时属于任何地方，对社会事件漠不关心。"Kosmos"是古老的关于希腊宇宙的概念。它将从人趾间的砂砾到眼前的星空的所有具体元素集合起来，同时也聚集起统摄宇宙的所有基本原则。因此，大城市变成了这种经历的绝佳地点。"Polis"也源自希腊语，不仅意味着城市，也指国家。早在公元前4世纪，亚里士多德就在他的《政治》一书中，描述了一个带有此种社会和地缘结构的实体城市，将希腊作为中心，而周围的一切都受其控制。因此，"Polis"不仅是现实世界中的城市，也是一个城市化的社会结构。微观层面而言，"Polis"与"Kosmos"是同构的。世界主义者在他们所住的城邦中就能接触到宇宙，并且获得处于宇宙中心的经历。这就是坎帕在巴黎所经历的一切，一种全新的全球化经历类型由此开启了。

世界主义者并不一定是爱好旅行的人。沙龙展示出世界主义的特性，那里有航海家、探险者和殖民地官员，他们为沙龙植入世界主义特质。但是基于自身及他人的知识，世界主义者从这一系列经历中创造出一个和谐连贯的整体。他们活动于科学与文化、知识与传播的交界处。他们还是要旅行的，主要是在欧洲城市之间。有一些人去了美国，还有一些去了殖民地。大西洋两岸之间已建立起稳定的航线，去其他殖民地也有航线。他们旅行的主要目的是与其他世界主义者会面。他们身负世界秩序，将主要国际化都市作为出发点，在那里，他们参与上流社会，进入书房、咖啡馆、俱乐部以及现在逐渐得到许可的公共聚集地。在那些地方，他们就成了世界主义者。在伦敦，1763年，爱尔兰作家奥利弗·格登斯密斯来到一间酒吧——当然不是第一次来——鄙夷地听着一位夸夸其谈的当地常客表达着他对所有欧洲国家的偏见，英国除外。格登斯密斯以前旅行过，甚至环游欧洲，而他应该会更加偏向于"世界公民的称呼而非称其为英国人、法国人、欧洲人或其他任何世界主义践行者"（Goldsmith, 1992：97）。

地区及国家特性是边界，并且处于我们必须克服的偏见之中。世界主义者以适用于每个人的社会准则进行思考，并且他们在主流思想下发展出我们现今用以调控全球化世界的准则：普遍人权、民主、言论自由、性别平等、抚养教育的一般准则、不断跟进的社会改革以及用于调控冲突的全球秩序。

但是总有些地方要胜出，比如巴黎或者引人入胜的自然风光。在这两种环境下，人们都可以经历世界的整体性，并在其普遍自然性中看到它。基于此，便形成了有效的准则。在全世界第一个重要跨学科的知识集成工程，即1755年至1780年的法国《百科全书》中，公共知识被收集到一起，并向各个方向延伸。这是一项巨大的知识收集及传播工程，是18世纪的"维基百科"。这是人们第一次认识到没有哪个人、哪个通才可以收集所有的知识。全球化的知识网络也许此时并未诞生，但至少人们对它有所设想。

基于此，人们很有可能通过共同努力而在某个处女地上建立起特定的社会，以证实普遍的和谐可以实现。在美国、巴黎及其他地区，人们开始着手实施这样的工程。但真正的处女地常常就意味着殖民地，如美国、非洲、澳大利亚及太平洋上的小岛等。乌托邦的想法接二连三败下阵来。但是没有人想象过这种普遍准则是否可以由每个人来付诸实施。有些太狂野、与自然过于接近的人不太可能完成这样的任务。殖民地数千年的前历史不利于这些普遍原则的实施，因而可以忽略。但是对于那些有条件的人，比如欧洲人而言，这是可以实现的。然后，他们可以将那些处于严寒之地的人带入一个合适的以欧洲为中心的地点。

这肯定会导致冲突。首先，冲突出现在一个社会的新旧结构之间。法国大革命并没有很快消停。其次，出现了新型的以世界主义为导向的国家，它们不得不用自己的原材料、财富和市场在这个星球上争夺一席之地，以实现世界主义。最后，冲突也出现在世界主义精英与大众之间。后者在成为工业社会的一个阶级之前，开始挥舞拳头，团结起来。更不用说所有那些在其他地方借助服装、宗教、挨打和玻璃珠而得以欧洲化的人。但是实际的思考方式并不包括内在的冲突。冲突是传递中的错误，并且会随着继续发展而消失。人们只要仔细掂量事情，组织好不断增多并且可以将普遍准则变成具体当地生活的地点，就能避免冲突。自然的无穷无尽变成了社会前进的源源不断的动力，这是一种直线型的发展路线，就像是卓别林在电影结束而我们的梦正开始时，踏上没有尽头的高速公路一样。

日常世界主义者

乌尔里希·贝克借鉴启蒙时代的基本概念，对其重新定义，以帮助我们理解全球化的基本文化与社会特征。其中一个探索、拆解并以全新方式重新组装的概念就是"世界主义经历"[1]。人们在全球化中会有怎样的感受？在全球化

---

[1] 其他有关世界主义的重要著作有当代视角下的阿皮亚（Appiah, 2009），还有带有历史和当代观的施勒和欧文（Schiller & Irving, 2015）。

的地方会有怎样的经历？这是他在著作《世界主义视野》（2004）中的主要问题。他首先所做的就是颠覆坎帕所经历的一切。世界公民首先是直接从其具体经历出发，然后才会产生一种普适性想法。这种想法修剪我们的经历，直到所有摩擦与差异都消失殆尽，或者退居二线。但是据20世纪欧洲及其他地方所发生的一切来看，和谐乌托邦与经历冲突之间的张力不可能单纯地在世界主义进程中得以消除，而是通常伴随着流血牺牲。

所以贝克反其道而行之。世界主义的展望是一种审视现实多样性的方式，而不是朝向乌托邦式的统一。通过此种展望，人们在特定准则的基础上描述了不同地区社会与文化的差异。这些准则可以让我们将这些综合特性作为日常现实来理解。差异并不意味着缺乏秩序，而是缺乏一种共同秩序，一种普遍和谐的秩序。贝克的世界主义观念所要窥视的正是这种复杂秩序的形式。在经历中融入全球化特征需要额外的阐释努力，但这并不会消除冲突或差异，而是将这些差异纳入视野之中。全球化并不是我们所遵守的现实秩序之外的乌托邦理想，而是对事实的表达，即其秩序是已经存在的秩序。我们并不是18世纪的世界公民精英，而只是日常的世界主义者，就像旧金山新移民高中的学生一样。贝克说，精英培养了世界主义，而我们只是实际存在的世界主义中的日常世界主义者。18世纪的普适准则并不是我们可以用来克服全球化所产生的差异的思想，而是用以处理跨越现有边界的全球化差异的必要工具，借此我们得以与这些差异共存。

在巴黎庆祝或者在伦敦酒吧与作家斯密斯为伍的乌托邦世界主义者，梦想着可以在高度发达的地方实现其理想，而贝克声称他们不需要旅行到其他地方。世界主义观念就是在任何地方都可以审视一些东西，比如努克、东京、马尼拉、米德尔顿以及亚马孙热带雨林中的某处。所有这些都可以在同一个地方得到呈现，比如电视广播、电脑硬盘中的相册，东京的某个百万富翁通过纽约股票市场参与亚马孙热带雨林项目，或者在由费城火山喷发带来的灰烬所促成的令人难以置信的北极光中凝视努克居民。前提是人们能够正确理解报纸和电视，而且我们不能忘记任何一个凄凉的小城镇中的合资公司，那儿有来自世界各地的商品，它们都由于使用食物冷冻柜而增加了二氧化碳排放量，或者那儿也有国内外生产的有机食物。是的，我们并非一定要去到巴黎或者旧金山才能成为全球化的参与者。

我们可以将经历这些事情的地方称为什么呢？肯定不是坎帕在巴黎见到的一切，他肯定忽略了很多细节，就像热恋中的恋人一样。当然当时也有很多他观察不到的细节，也许是在当时他不可能经历这些事情，但后来我在旧金山的课堂上却深有体会。全球化的发生地并不是界限分明的具有统一或清晰共同特征的空间，我们无法将其用共同特性收集起来。甚至像巴黎这样的城市，那时也是人口混杂、文化多样，或者明智点说，完全是一团被权力和荣耀覆盖着的混乱。坎帕找不到可以让他忽略其他任何事情的一个共同特性。巴黎是一切的中心，而世界主义观念不会向某一点看，它只看得到那儿所有的一切，即处于当下的那个地点。

玛利亚·路易斯·布拉特在《帝国的眼睛》（1992）一书中建议用"接触区域"这一全球化术语来描述此种地点的经历类型。我偏向于用更直接的"相遇地点"这一表达。布拉特可能主要想到的是殖民或后殖民地区，但是这些地区与全球化之地在结构上是相互联系的。地点与相遇两者都具有若干维度。在这些地点，被地理及历史分开的人们跨越边界。也许他们只是相对偶然地出现在一个地方，但他们之间是具有束缚关系的，不管是暂时，还是一辈子。也不用像坎帕在巴黎那样刻意去寻找这些地方。这些地点之所以成为"相遇地点"，是因为人们在那儿相遇，而并非因为事先被选中。因此，这些相遇不仅包括具体的个人，也涉及将他们联系到一起的关系——权力、不平等、高压政治、冲突及不同的价值观，当地条件只是其中的一个成分，有时可能还不是最重要的成分。

相遇地点有横向的一面，由在街上遇到的人们组成。横向性在此指的是在同一时间框架内的共处。但是相遇地点也有纵向性一面。它包括之前就已发生的相遇，还有为当下相遇的人们提供文化前提的其他相遇。纵向性在此指的是在不同时间框架内的组合，一种现象先于甚至决定着另一种现象，就像过去与现在的关系一样。

横向性也许会有一个中心，比如巴黎，或者若干个中心，比如像在中世纪的贸易路线中那样。但是纵向性没有中心。当地传统不可能单独决定相遇地点的真正过去,或者是被带入真实相遇的文化前提。当地传统不能决定人们所携带的一切,或者是人们所依赖的传统。因此,相遇地点整体而言不可能有一个永久的中心。

因此,布拉特提道,相遇地点就是即兴创造相遇机会,以使其更具持久力的地方。没有人可以预见相遇的人,或者全然知道其他人所观察到的他自身的背景和站队。也许他自己都没有意识到这一事实,即一个人的身份背景包含着其他人可以看见的方面,但没有人可以预告此种组装后的集体性将奔向何方,以及人们在途中将何时以及如何被替代。没有所谓的中央委员会来告知这些来到旧金山的中国籍秘鲁人会面对什么,他们自己便能发现他们的中国及西班牙背景与美国身份组合到一起了。相遇地点的边界由于我们的活动而不断变化。布拉特也提道,对那些不参与地点多样性及冲突的人们而言,情况就会变得非常糟糕。

相遇地点不是我们进入的空房间,就像18世纪乌托邦支持者所梦想的那样,也不像学校暑假结束后粉刷一新的教室。这一全新的世界对当时的那些移民而言当然是新鲜的,但是对当地美国人和其他原住居民而言,却一如往常。相遇地点,其首先且最为重要的是,我们在那里必然参与已经发生的相遇——不管是人,还是文化、习俗、记忆、冲突、物体结构,还是语言的相遇。那些想要一个完全中立的相遇,或者不受即兴相遇调解,而是受控于有已知标准的地点的人,最后必然会无家可归。就像那些喜欢住在遥远乡村、不想受到外来者打扰的本土居民一样,他们最后会发现自己其实居住在大城市种族混合的地区;或者那些按照喀布尔习俗生活的移民家庭也许忘记了他们现在生活在一个西方主要城市的三楼,每周日上午还会被教堂的钟声惊到。如果我们参与其中,相遇地点就不会让我们感到流离失所,但它们对我们的经历类型构成了威胁。

家园中的全球温室

早在相遇地点全球化之前,文学就开始涉及相遇地点。它们常常集中于一件或两件事情：一个年轻人出发了，或者一位陌生人敲打房门。寻找新鲜事物的那个人在这个新的地点变成了陌生人，但他却携带着以往的经历。前者离开房门出发，而敲打同一房门的那个人也将遭遇同样的命运，只是次序颠倒了。文学有时幽默待之，有时悲剧化处理，但绝非漠不关心。文学的相遇地点让具体的经历能够面对那些没有空间来容纳新经历的经历类型。

在伊萨克·迪内森、凯伦·布丽克森的《走出非洲》中，我们可以发现文学如何在具体经验语境中采用贝克的世界主义观念。这本书中的一个小节是"法拉与威尼斯的商人"（Blixen，2013：139-140）[1]。从一开始，具体经历就受到不同目光的审视：这一章节将一个真实人物——布丽克森的管家法拉，与一个设想人物，即与莎士比亚喜剧同名的威尼斯的商人置于同一位置。布丽克森将我们引入如同锁链上的连接环那样的一系列故事中，到结尾，不可预期的经历发生时，其影响效果也就大大增强。她收到了一封有关哥本哈根喜剧表演的信件，而她又如此惦记莎士比亚戏剧表演，所以就想将自己的经历告诉人们。然后，有人变成了法拉。第一环是文艺复兴时期莎士比亚的叙述，第二环是将这一故事向新观众讲述的丹麦式表演，而第三则是讲述这一事件的丹麦信件。

这之后，布丽克森自己登台演出。她向法拉讲述莎士比亚，当然是口头上的，用英语、斯瓦希里语，或者两者都用。而我们则在阅读着另一个故事，即她向法拉讲述戏剧的整个场景。这个故事就是事件本身，而非她所讲的内容。她向我们先用英语，后来用丹麦语及其他多种语言讲述了这一事件，因为她的书被翻译成了其他语言。这一讲述链的两端是具体的事件——哥本哈根的表演和农场上布丽克森与法拉之间的相遇。他们之间的相遇打断了这一链条，揭示出后面形形色色的不同舞台，以及这些舞台所包含的经历类型。我们在阅读中所见证的，正是这样的揭示过程。

他俩在布丽克森农场的客厅相遇，想要传递的是农场上日常生活中的殖民式谦虚。布丽克森写道：如果有人碰巧路过，从窗户向里面望去，可能会想他

---

[1] 以下未有页码标注的引用均来自第139-140页。

们在处理家庭事务。这也是通常构建他们客厅相遇的经历类型。我们阅读到的叙述是事情并没有按照我们的预期发展——她把法拉叫过来，谈论戏剧的事情，向他解释过喜剧的情节。这一日常细节可以作为事情的结尾，但实际却不是。

"与他交谈"向前指示，表明这会在不久后发生。奇怪的是，她并没有继续用"并且向他解释"，而是使用过去时态"已经解释"。那时整个事件已经发生，并且她也已经透了口气。尽管如此，她还是继续。所以事件发生的实际顺序让最初的意图变得无关紧要。

布丽克森也许早就向法拉讲述过情节与角色。钱囊空空却满腔真诚的巴萨尼奥为了向鲍西亚求婚，就从安东尼奥处借贷。安东尼奥的钱马上就要到手，就先向犹太人夏洛克求援，借贷了一笔短期债务。这个犹太人不需要任何保证，只是要从安东尼奥身上割掉一磅肉的权利，大约重如心脏。求婚很成功，婚礼也举行了，但是安东尼奥的钱并未如期而至。犹太人拒绝接受鲍西亚的钱，翻三番都不行，而是执意要按照合同从安东尼奥身上割肉。聪明的鲍西亚在威尼斯最有威望的法官多戈面前组织了一场伪装的审判，并且裁定犹太人顶多割掉一磅肉，不多不少。而且只是肉，不允许流血。这当然是不可能的。所以多戈判定夏洛克放弃信仰和房产。他在犹太人和威尼斯人中变得无家可归，而在整个喜剧落下帷幕之前，安东尼奥最终获得了他等待的那笔钱。

布丽克森接下来的叙事向我们展示她与法拉的会面如何在客厅中通过莎士比亚的喜剧变成了不可预期的经历。客厅通常是处理日常事务的地方。这一情形对法拉而言是全新的，并且最终对布丽克森而言也是如此。她讲了两次那个故事。第一次，她描述了法拉的反应，并将它融入她所了解的法拉索马里及穆斯林背景之中。她还想象自己颈部后面有一个女教师式的圆发髻，向他解释那时借贷的规则、合同及相关法律。法拉对此一无所知。但这同时也向我们展示了索马里人是如何思考的，因为我们对此也一无所知。整个讲述谦谦有礼，但不乏屈尊之感。鲍西亚让法拉大开眼界："我能想象他将她视为自己部落的一员，船帆整装待发的法提玛，既狡猾又谄媚，出发准备征服他人……"然后她总结道："有色人种不会在小说中站队……在现实生活中有很强价值观及道义感的索马里人，而所有这些在他们的小说中都平息下来。"在这儿，虽然他们两个都在休假，但叙述、概览、殖民权力结构以及他们的日常关系都不够充足，他们因此闯入了一种全新的经历。对布丽克森而言，阅读莎士比亚的记忆让她从日常生活中偷得空闲。但是没有别的地方可去，除了他们谈论日常生活的客厅。她有诉说的需求，但他却没有倾听的需求。她跳出日常生活的需求在日常的权力结构中得以实现。她把他叫了进来。

至此，客厅似乎是一个界限分明的空间，一边是她、莎士比亚、欧洲文化、法律体系以及借贷规则，而另一边，则是法拉、索马里文化、伊斯兰、肯尼亚。两者虽然彼此尊重，但却有距离感。现在，客厅变成了相遇地点，相反的两方交织在一起，并且法拉和布丽克森必须靠即兴发挥来搞定这一切。在莎士比亚的推动下，他们超越自身经历类型，从日常生活中获得空闲。在此，他们发现两人在同等情景之下。她其实就是在通过向他描述事件来描述自身：他们都从日常生活中获得空闲。有倾听或讲述需求的一方与没有这一需求的另一方颠倒了。她的女教师角色不再有效，在结尾凸显出来的正是这种全新的经历。

最后一个部分，法拉掌控了局面，但不是通过教育布丽克森或者我们，而是通过问一些布丽克森无法解释的问题。这些问题如同她欲向他展示的标准阐释那样，都是对莎士比亚的真诚反应。地点改变了角色，文本也是。这个故事不再单独由布丽克森作为固定叙述者来讲述，而是以台词般的对话形式呈现，就像在哥本哈根的剧院一样。布丽克森只是插入了一些必要的旁白，比如"他说"和"我说"，以及其他描述法拉说话的一些台词。这些已不再关乎索马里人的思想与感受了，而关乎法拉看起来更像什么。此时此地，这个从外围被观察到的法拉，像舞台上的演员一样。法拉自己的理解并没有多大的问题，他立即准确抓住了观看这一戏剧的人所受的困扰：犹太人的角色。夏洛克是对的，他被欺骗了。他很简单纯洁，但是，他的需求却是不理智的，超乎所有能接受的标准。他既对又错。

布丽克森的开场介绍向法拉解释了一切，但却是一个谎言，一个简单而纯洁的谎言。法拉的反应表明布丽克森实际上并没有向他解释一切，而是触动了他脑海中的其他想法。他问道:"为什么没有人帮助犹太人?为什么他放弃了?——他完全可以用一个烧得滚烫发红的小刀来割肉,这样就不会流血。他为什么不一次割一点点肉然后在一起称呢?"他不想要任何的答案,因为他自己早有结论:"他可能会对这个男人造成更大的危害。"布丽克森唯一的答案就是没有任何答案。没有哪个教文学的老师能接受这样的考试答案:"但是在故事中,这个犹太人放弃了。"——就像学生解释圆的周长公式时说,"这就是圆周存在的方式",是不会得到数学老师称赞的。布丽克森的答案表明她被打败了,就像夏洛克用他亦正亦邪的行为打败了观看者一样。因此,法拉向布丽克森解释了夏洛克的开放性,但并非以说教的形式,而是通过以下的事实,即尽管他自己做出了生动而又敏锐的反应并投入她的诉说,但他还是将客厅变成了一个相遇的地点,超越了她的呼吸空气、教育法拉和我们的狭隘需求。

除开他的具体经历,便没有其他的结论。布丽克森无法在结论中总结经历:她还处在经历过程中。法拉获得了看待布丽克森和欧洲人思维方式的全新视角,而布丽克森也重新认识了自己、法拉及他们之间的差别。他就是那个可以用全新眼光看待莎士比亚并将这种想法传达给她的人。他更擅长处在夏洛克的位置上思考,而她虽然整体上以谦虚的态度去理解索马里人的思维方式,但相比法拉还是稍逊一筹。夏洛克甚至对法拉而言更加陌生:一个是欧洲文艺复兴时期的犹太人,另一个则是当代非洲穆斯林。

布丽克森和法拉两个人都在相互依赖的具体经历中,通过即兴对话展示了他们各自独有的理解方式。这在对话范围超越日常事务,并且开始涉及个人同文化的相遇时就显现出来了。这些相遇是经历类型的主要架构。相遇的横向与纵向面交错在一起,超出了他们有意识的控制。她展现了意图与意愿,并利用自己的权力叫他进来,而没有问他是否乐意。但她的意愿并没能控制事件的发展方向。在这个殖民空间中,丹麦人和索马里人,抑或是文艺复兴时的人和生活在如今的人,一封信中用丹麦语讲述的内容以及我们所读到的故事,蹩脚索马里语和英语、莎士比亚的英文——所有这一切都创造了超乎计划与意愿的相遇地点,它由具体情景中的经历决定。他们的经历由此成为一种全新的类型。

文本并不会因为所载事件发生在几内亚而获得全球化的名声,而是因为它谈及由全球化促发的与既定日常、当地经历的决裂。贝克正在寻找具体例子，以发现世界性的观念是如何直接指向高度具体化的全球化日常经验的：

> 那么我们所说的"世界性观念"意味着什么呢？全球观是一种无边无际的概念。一种在模糊不清的差别和文化矛盾环境中滋生的日常并具有历史警觉反射式的矛盾感。它揭示的不仅仅是一种"痛苦"，还有在这种文化混杂情形下塑造个人生活及关系的可能性。因此，它同时也是一种怀疑的、幻想破灭且自我批判式的观念。（Beck，2006：3）

正是此种视野让布丽克森向我们展示了她与法拉的相遇——一种在他们所具备的多元文化情形下生活的可能性，并同时在他们相遇的地点带着一种历史感与自我意识。这动摇了他们殖民现实的经历类型。文学中有贝克所寻找的与知识模型相关的例证。

⊙ 知识模型

风险性知识

大多数人会使用"危险""风险"或者"威胁"之类的术语来描述其所反对的不可言状的事物。也许现在这些词的使用频率要低得多，因为"风险社会"这一表达已悄然进入语言。如果人们选择小心谨慎的表达，就可以避免使用"危险""风险"及"威胁"这类词语。这便需要一种知识的特殊类型，而其定义却不太确定：关于未来的知识。但是，我们可以试图通过确定我们的知识来避开这种不确定性。这发生在科学及知识的日常扩张中，即我们通过努力学习这一实际经历来获取知识。所有文化都试图掌握更多知识，以便尽可能地控制未来。科学和伪科学的语言就内容而言没有任何的关联，它们的内容可以说是互补的，但它们的功能却是相似的：满足对未来可靠知识的基本需求。

我们总是倾向于在事物背后存在人类意志并带着与自然不可言状的气氛相关的危险时谈论风险和威胁。我们所需要的不过是找到引起风险的源头，然后进行反击。或许某些可以掌控和判断形势的人有解决办法，就像我们可以使用的杀虫剂、可以砍伐的树木,或者是可以拦住洪水的堤坝。我们如果没有可以积极应对风险的必要知识,就会开始去控制它。癌症或者阿尔茨海默病还没被攻克,刚才所提及的问题也是如此,它是不断持续但尚未完成的此种问题类型下的知识项目。但是,我们不能以此种方式来获得关于死亡及其他基本自然状况的特殊知识。至此,我们所知道的一切,只能告诉我们要面对现实,不管我们给在世的亲戚购买了多少份保险。文学处理的就是,当具体经历将计划好的未来变成未知现实时,包括关于死后重生这样不可企及的知识变成信仰之时,我们对未来的掌控与所采取的预防措施之间的差异。不同时期,这些差异虽然重要性不同,但却总是存在。

在《风险社会》(1986)一书中,贝克向我们展示了这一危险与风险、自然与文化、人类责任与非人类进程之间关系的原始概念,是如何不适用于全球化的。[①] 首先,人类的社会活动的影响完全不亚于甚至是最可怕的自然灾害。1986年的切尔诺贝利核灾难或者2012年福岛的核辐射,其危害与一些主要的自然灾害的危害是一样的。阿拉斯加或者墨西哥湾的油污染的潜在危险也不比这些地区的动植物所引发的任何自然灾害要小。其次,也是更为重要的是,贝克声称过去50年中风险已经变得完全不同,它成为全球化不可或缺的一部分。气候变化、臭氧层空洞以及由生活方式引起的疾病并非只是维持正常西方文化所产生的副作用,而是现今社会生存的预设条件。比如,想要消除与生活方式相关的疾病,就要改变整个工作和娱乐、上下班、家庭结构以及消费类型的社会结构,而这些正是整个社会运作的机制。依照贝克的观点,我们制造了风险是因为我们创造了福利,而后者又是因我们所创造的风险而存在的。在此,风险是后工业社会的预设条件之一。"不管你是否自寻死路,你都会有所遗憾",这就是索伦·克尔凯郭尔的观点(Kierkegaard,1992:54)。

[①] 贝克在《风险中的世界》(Beck,2008)中更新了其分析,更加强调环境问题。有关贝克的批判性介绍,参见梅森(Mythen,2004)。

不要自寻死路

贝克却不同意这种构想。他认为我们必须使用关于未来的新型知识，以及含有远超我们通常能依赖的元素的形式；必须创造一种关于现存社会的新型知识。我们对旧有的孤立风险的态度，就像我们应该在社会这台机器上从这里转下一颗螺丝钉，又调整那里的另一颗螺丝钉一样。此种控制未来的方式就直接转接到我们的政治系统及解决方案之中。这种思维模式基于如下信念：未来世界可以被一种理性化的预见控制，就如同控制人为进程中清晰可见的因果联系一样。这种知识类型从1789年坎帕所在的巴黎的世界公民观念中延续下来。

贝克的观点是，这不是我们需要的类型。当风险成为社会基本产品之一，并且风险社会与其自然基础的关系不再是单一的资源、浪费及节约的问题，而是与整个结构及其价值观有关时，风险就是我们思维以及组织事物的整体方式。处于风险之中的是整体而非单个因素或者事件。贝克所想到的并不只是关于经济、政治或者技术方面的知识，而是组成我们文化基础的知识模型。

关于未来的知识往往不可确定，因此需要超越不确定性的具体实例以获取可信度。现在情况还是如此，但主要是在一种新型知识模型的范围之内。在那儿，不确定性和可信度都由人类创造，并具有全球化的影响。因此，全球化知识工程是一个宽泛的文化项目，而不单是关于某一特定新型知识。此种开放性质对我们的能力构成了挑战，即我们保持必要的未来导向及其可信度的能力，由此人们在不断变化的情形下将生活置于未来的可能性之中。现今，这一情形比之前更加复杂，也更具跨地域性。

文学能够处理死亡、自然灾害或者巨大危险等主题，而我们对这些主题却知之甚少。文学也能或多或少展示出人类在使用未来知识方面展现出来的致命局限及无知。它描述了知识、信仰以及幻想如何在人们真正生活的文化中交织在一起，并且还可以提供难以置信但让人感觉良好的关于一切的故事，而这一切，最终以运转良好的形式出现，正如比文学更虚幻的节食约广告一样。关键在于，文学无法抑制自身改变所有经历的冲动，文学由此获得一种面向未知的方向感，这种方向感大则在乌托邦之中，小则在脆弱而短暂的希望之中，而希望是我们每天都需要的前进动力。抑或这种方向感就存在于我们的日常阅读经历之中,我们在其中大笑、感动或害怕,并深受吸引,以感受后面篇章中的经历。

当文学解构知识模型时,未来导向往往还作为一种基本的任务而存在,即将我们导向未知的能力。没有此种能力,我们及未来不可能存在。即便没有直接涉及自然与社会实际困境,文学也往往在语言中留有空隙,因此它总是时刻准备着构想出一种指向未知的知识。因此,哪怕那些朝我们眼睛抛洒砂砾,将碎玻璃渣置于我们嘴中,并且将整个文化崩塌投入我们脑海中的作家,还是觉得值得去找寻字眼,将其组合到一起,以吸引部分人的注意。文学经常这样自诩:不要自寻死路。

现在即未来

我将再一次引用《走出非洲》中的一段话,来展示此种源自过去的转变,即从已经崩塌的过去和如一潭死水的现在转向开放的未来。这一段来自此书上的介绍(Blixsen,2013:3)①。表面而言,这一段落似乎与全球化毫无关系,只是让我们注意全球化要求人们保持一种基本的未来导向感,即便此种导向感没有任何现有内容的支撑。贝克正是从此种语境出发来谈论无意识的世界主义的,尽管大多数时候他持一种消极的态度(Beck,2006:19-21)。他脑海中浮现的是当地传统消散带来的精神创伤、自身与其他民族和社会组织之间界限模糊的即时经历以及此种经历所带来的同情和愤怒的矛盾心情。与此同时,亲密的个人关系在开放的社会网络及全球论坛中创造出来。但不确定的世界主义同时也是一种积极的资源,因此强力的斡旋使得一种自我意识成为可能。它能接受反省及自我反省式的方式,以理解潜意识已被掌握的新现实,而这能够防止我们与过去彻底决裂,由此将现在导向未知的未来。因此,贝克设想了一种全新的社会学,文学实践在此种重组中一直积极存在,正如布丽克森在其著作开头对非洲的描述那样。

她描绘了坐落于肯尼亚恩贡丘陵附近农场那美妙如天堂般的景色,不仅呈

---

① 以下未有页码标注的引用来自第3页。

现了那儿的色彩、香味、形状及变化,还呈现了与这一特定环境的关系。在那儿,她的"个人存在"变成了另一个世界。她在早晨醒来,粗略地向我们展示了外面世界的细枝末节:这就是一切看起来的模样,但却并非全是事实。她的描述颇具浪漫色彩,远离外界喧嚣,比全球化更普遍,并且似乎也更加令人振作:

  这儿的地理位置加上海拔,创造出一种无与伦比的风景……在这儿你自由地呼吸,心情舒展。在这高地,你清晨醒来,感叹道:我在这儿,属于我的这个地方。

  但是她写作的基本心情有着更广泛的视角。她在著作开头这样写道:"我过去在非洲恩贡山脚下有个农场。"她还是在描写过去,描写一切已结束但她心中挥之不去的事情。

  这部著作的最后一句话展现了写作的背景。她现在正眺望着由于她的远航而即将消失在眼前的景色:"现在距离那么遥远,远处的四座山峰看起来那么渺小,几乎无法辨别,与在农场上看起来完全不一样。随着距离的拉开,山脉的轮廓渐渐抚平,变得平整。"(Blixsen,2013:212)第一次,这些山脉不再属于她,最终消失在她眼前和心中。正是此种消失点燃了此书第一句的灵感:"从前我实实在在地拥有过这些山丘和农场。整个世界都消逝了,但这片景色过去存在过,并且还在那儿,无与伦比的景色。"当下只不过是已经消失的过去,而未来正如商业允诺那样空空如也。但当她将此情形重塑成一种当下的独立经历,它随之变成未来导向时,这种情形就变成了一种超越自身的文化进程。她将景色及她失去这一景色的知识变成了一种关于开放未来的普遍知识模型。

  描述采用的是过去时态,尽管这一景色现在还在肯尼亚。她心中的那片景色存在于过去,我们也正是从这种景色中悟到一些东西,就像是铺散于这一消失上的一片薄膜:

色彩是干燥炽烈的，就像陶瓷上的色彩一般。树木稀松，其结构与欧洲的很不一样；它不低头或圆拱形生长，而是水平状地一层层铺开。这一形状使得那些高大孤立的树木看起来像一个手掌，使其更具英雄浪漫主义气息，就像是装备完整即将起航的帆船；也使得树干的边缘看起来很奇特，犹如整棵树都在微微颤抖一般。

正是这样的用过去时态的描述，让这消失的景色变得更加个性化。我们可以从一般文化背景下的欧洲与来自欧洲的文化意象的关系中理解这一景色：这种浪漫的态度，一艘卷起船帆、装备完整的船。她在书本末尾提到的距离不仅是个人和物理空间上的距离，也是非洲与欧洲之间的距离。她通过强化这一景色的壮观性来超越这一距离。借助这些意象，读者获得特定的关联，以理解这一陌生但却独特的世界，并由此激活互补经历。

她成功地将欧洲意象刻入非洲景色之中，由此将景色占为己有。这是通过包括技术、园艺及艺术工艺在内的意象而实现的——船只、修剪过的篱笆以及瓷器，所有这一切都是可见的人类活动成果。由此，她更加靠近当下，因为写作时她面对的就是这些工作。她通过意象和关联将景色变成语言的艺术品，一种我们阅读时可以看见的意象和听见的韵律。但是，她让我们相信，此种潜能早已存在于景色之中，并且与这些事物本身相似。在此，描述并不会立即让我们得知关于消失景色模样的知识，尽管其中不乏吸引我们感官的敏锐细节。首先且最重要的是，她强调了景色得以转变的审美细节，由此我们可以在当下再次更加地接近它。

她在描述间标志出了这种当下。"回顾当时在非洲高地的短暂居住，你会被曾有机会待在那样的一片高地的感受所震惊。"此时，她最终以远观者的身份坐在这儿，用她那语言制陶轮编制造出文本。景色让人以这种方式对其进行重构，它本身已经不再相同，它变成了"一种陌生的外在"，并且让人"震惊"。正如景色变得陌生，与人拉开了距离，写作时的她也与自身也拉开了距离。她用"你"来指代"一个人"，而不用"我"。现在时态是非人称的现在时态。她提及的这种由空气传播的感受与经历和自然相反，因此让她自己也变得和景色一样奇怪。景色再次为她所有，而现实中的当下被颠倒过来，漂浮于现实与虚幻之间——"空气……创造出极大的幻觉"。当下并未完全客观地依附于景色。她在文本中将景色刻画成一种海市蜃楼，由此我们漂浮于她所创造的意象之中，而从未驻足于景色本身。

最终，文本朝新的方向发展。"在这高地的空气中，你自由地呼吸，让人平静稳定下来，心情舒畅。在这高地中，你清晨醒来，思考着：我在这儿，属于我的这儿。"这些言语现在终于以第一人称讲述出来了。她往前进了一步并提到了"我"而不是"你"。正是这个出现在这一部书中的第一个"我"，为读者奠定了整本书的基调："我以前有个农场……"现在我们知道，我们并非打算倾听 位无法从怀旧情结中自拔的浪漫主义者，也不是要打探将表演者结成一团的令人极其痛苦的杂技演练。尽管她用了"我曾经"，这个出现在介绍部分的"我"将叙述者和读者的注意力转向存于她眼前的开放生活。描述并未导向过去景色或者是下方正在制造文本的制陶轮，而是导向一种作为希望的未来，"稳定与心情舒畅感"。她的身体、个体存在的生活——用上述贝克引用的话说——通过自我意识参与跨地域现实，从而转向了未来。

未来责任感是《走出非洲》中一个不断重复出现的主题，尽管这部著作以自传体形式出现：关于农场经济毫无希望的责任感、关于家庭责任感、关于殖民主义控制下马赛和基库尤人文化的责任感（在她离开后也是如此），以及普遍意义而言的在农场发展受到阻碍时为其寻求出路的责任感，不管其原因是死亡、火灾，抑或是迫在眉睫的破产。负责任就是要即兴创作以不断向前。过去代表了一整个世界，并且不能重复、延伸或者被改变。当卜在她创作时是具体真实的，不管她是作为农民还是作家，但同时也是虚幻陌生的。她在语言、记忆以及即兴创作中借助形象化联系重塑过去和当下。因此，她创造出了一种未来导向，由此获得自我认同及向前推进的内在愉悦，将失去变成了"适于生活"的现实。这再次印证了上述贝克的观点，她在不断向前的过程中找到了自我。

为表达赞同，贝克引用了凯尔泰兹·伊姆雷的话。我在稍后将回到伊姆雷获得诺贝尔文学奖的关于德国集中营作品《命运无常》中："没有必要将大屠杀刻画成一种显著的主题,由此让我们感受困扰现代欧洲艺术数十年的心灵创伤暗流。"(Beck,2006:3)这也同样适用于全球化。为了避免直接的主题化,而不是为图方便,我将绕开全球化经历而去思考其他的一些东西。这是要去寻找明显主题之外的其他具体化表现。布丽克森的文本并非是要处理大屠杀层面的创伤,但从结构而言,这是相同的:具有连贯性和自我认同的一整个世界,曾与其经历紧密连接在一起,现在却完全消失了。并且,对贝克而言,这是很多人对全球化的反应,不管是在日常的细节还是在主体语境之中。

在诺贝尔颁奖典礼的致谢辞中,伊姆雷提到他曾经读到过一份来自布痕瓦尔德的报告,上面提到他死于1945年2月18日,生于1927年。生卒年是错误的,是他自己撒的谎。"简言之,我之前死了一次,现在可以重新活一次。或许这才是我真实的故事。"(Kertész,2002:s. p.)这与布丽克森离开肯尼亚时的描述完全一致。她也曾经"经历死亡——一段超出想象的篇章,但又落入经历的范围之内"(Blixsen,2013:210)。创伤或者失去的范围本身并不能决定其重要性,这也同样适用于风险社会代表的可靠知识模型的丧失。这一切只是展示出在完全与这一世界断裂之前的对某一时间段的情感或怀旧渴望。失去的知识变得重要,是因为我们能在未来导向的知识模型中融入已经失去的具体知识,以及此种失去的必然性。

在另一篇散文《谁拥有奥斯威辛》(2001)中,凯尔泰兹指出,任何关于经历类型的知识都并不存在于对现实细节的真实描述中:"集中营只是想象的,仅仅是文学的,并非作为现实而存在。"为什么呢?因为细节并不会讲述关于"这个人,这个从集中营出现的健康没受到任何伤害的人(还有关于人类的概念)"的任何事情(Kertész,2001:268,270)。布丽克森文本所描绘的正是这种自我的形成:她通过农场的倒塌而成为一个"我"。在诺贝尔文学奖领奖词中,凯尔泰兹将此种情形的特征归结为未来导向,并和贝克引用了相同的话:"每次当我想到奥斯威辛所留下的创伤时,最后总是会想到如今生活在那儿的人们的活力和创造性。因此,在想到奥斯威辛时,我总是自相矛盾地考虑着未来,而不是过去。"(Kertész,2002:s. p.)

凯尔泰兹在文学中也实践着这种思考。思考是这一章最后一个小主题。贝克将思考重新定义为反思,并将其作为分析广义社会现象之全球化的标志性概念。思考同时也是文学实践的重要概念,即在自知审美的制陶工艺中,在此概念化的过程中,全球化分析与审美的结合回应了前者传播形式的挑战。

⊙ 传播形式

反思与传播

反光片是自行车上的安全装置,反射是一棵树在水面的倒影,而反射弧则是,比如使诺贝尔生物学奖获得者巴甫洛夫实验中的狗在听到铃声后产生分泌唾液的反应的神经回路。在英文中与"反射"同音异义的"反思"也发生在大脑中,并且这两个术语有一定的共同点。

数千年来,人们的基本观点是,思考的能力,尤其是思考事物的能力,是人类专有的天分,因为我们能使用语言,有自我意识。当我们将思考转化成辩论或者以文学、科学或者其他集中形式表达时,我们掌握到更多关于周围世界及生存基本特征的知识。我们在思考时习惯于忽略即时经历,以获得大于我们认知范围的概论。大学和智囊团就是代表人类社区进行广义组织化思考的机构。不管是个体还是机构,思考大多时候是一种普遍活动——我不仅仅思考自己的思想,同时也思考可以传达给别人的思想。

由此,我们通过思考改变我们对世界及自我的认识的边界。思考因而往往与用于传播的特定媒体相联系,尤其是语言,它由此与传播形式紧密联系在一起。在这一节中,我将传播形式的特征概括为决定传播所有因素的总和——媒体、内容、接受者以及文化假设等。思考从来都不只是潜意识的内在过程。它将我们周围的世界衔接起来,不管是在其之前还是之后,思考都包含于一种传播形式之中。

或许没有人会认为巴普洛夫实验中的狗在分泌唾液前会考虑一些事情或者想着某一种传播形式。它们的反射,犹如自行车上的反光片及一棵树在水面生成倒影一样,是一种自动化的现实。尽管如此,此种现象类型还是包含着深思熟虑的思考的某些特征。"思考"或者"反射"一词的本义是"向后弯",或者更广泛地说,是"照射"或者"成对"。自行车、树木或者狗之外的一些东西使得注意力朝向后面，对准自行车、树木或者动物，由此我们以全新的方式看待这些东西：危险中的自行车、作为审美本质的树木以及饥饿状态下的狗。事物被投射或复制到一个不同于被反射物的新媒体之中：车灯、水或者铃声，由此变成了特别的自行车、池塘或者狗。

基于此，"反思"一词往往用来描述人类活动，因为通过反思，我们复制或者折射自身想要了解的事物。我们站在完全不同的位置看待某些事情，而我们的注意力可以"向后"弯向它，因此我们也可以从不同于第一眼的角度来理解那些事物。自动生成的镜像只反映物体表面，而我们的反思从我们自己选择好的架构出发，最终要突破表面，直抵现象之后的本质。因此，反射与反思之间是存在差别的。

然而，两者的共同点是都可以重复。自行车反光片并不是隔天或者我们心情好时才起作用。水也并不是在5月的每天上午8点到10点才反射光线，而是时时刻刻都可以。它们并非是偶然随机的，因而能帮助我们理解这个世界。某些东西是自然发生的，就像自行车上的那个塑料部件：是材料的属性让光得以反射。其他例子如实验的结果，就像在使用仪器的实验室中一样，这也可以是巴甫洛夫的狗，或者是一大片藤蔓植物尽头用于阻止根瘤蚜攻击的玫瑰。

但是使用特定方式和理论来设计实验时，这些实验就会与人类的思考交织在一起。是我们人类自己定义了以实验、理论或者辩论的形式容纳事物的镜子。这就是我们建构研究的方式，同时也是我们每天一步步向前推进以恰当处理事物的方式。这种反思同时沿两条路径进行。一条路径指向我们思考的事物，另一条同时也以自我觉醒和批判的方式指向我们为补充思考而选择的媒体、渠道、表达及传播形式。不管这种反思是发生在文学、科学、艺术领域还是日常演讲中，我们都必须保持清醒以评估和确证关于反思的选择。

文学一直对我们执行的这种双重反思很感兴趣，而贝克则对我们在周围世界中遇到的反思最感兴趣。他使用"自反性"这一术语指出我们周围的社会和自然世界的某些特征，全球化的情形和过程也正以一种基本的独立于我们的方式反射于其中。我们可以接近其特征，以理解全球化，并对全球化采取一种积极的态度。但是，贝克也指出，全球化投射于社会和自然现实的特殊方式太过自相矛盾，因此我们无法立即将这种自反性转化到实践中去。因此，仅仅去观察这些特征进而变明智是不够的，就如同汽车司机依靠后视镜采取行动以避免事故一样。

因此，世界上必要的自反性激发了反思的需求。此种反思作为意识活动，让我们跨越不同的知识和传播形式，用以学习社会和自然。它还产生了其他想象与思考的需求，即我们同时也在思考全球化会给我们带来什么样的经历，以及我们如何应对这一反思并将其传达出来。文学处理的正是这种双重反思，并通过审美的自我意识触动此种反思。我在前一节中提到过这种审美意识。

当然，你也不能期望直接将文学反思与贝克的自反性联系到一起。贝克是一位狡猾的舞伴，他展示其思考的方式提供的是范围较广但不规律的舞蹈节奏，让我们完全跟不上。再者，自反性是其理论思考的核心，复杂难懂并且隐蔽的全球化进程很难调准节奏，让我们得以与音乐合拍。此种尝试往往是不成功的，而贝克的著作正延续了这样的尝试。在回到布丽克森的文本之前，我还是打算稍许绕开话题，去看看贝克关于自反性思考的基础、视角和局限。

当反思成为自反性

贝克以提出作为全球社会代码的"风险社会"概念而闻名，这一概念被置于与自反性相关的高度复杂的概念框架中。他在《自反性现代化》（Beck, Giddens & Lash, 1994：esp. 1-13；Beck & Bonβ, 2001：11-63）中展示了这些概念。他论述的出发点和其他人一样，都是欧洲的启蒙运动。正是在那时，不管是在政治经济还是文化传播方面，现代社会的形式激发了广义上的全球化。也正是在那里，贝克找到了与其自身拉开距离以更吸引人们注意的出发点。他将启蒙反思主要视为一种思想自反的概念——个人从被自我剥夺的自主权中解放出来，正如康德在1783年关于启蒙的文章《什么是启蒙运动》的头几句中写的那样（Kant, 2006：17）。康德的主要假设是，只要我们能考虑清楚事情，现实就可以被人类的意愿和意志控制。这有助于我们朝积极进取的方向发展，就像世界公民用人权及言论自由等原则对自己的行为进行持续的意识形态和政治批判，同时将理想化原则作为指导纲要。反思始于并终于执行人，而非周围的世界。这种负责任的反思大规模地出现在 18 世纪所有的书面传播形式中，其中一个明显例子便是法国的《百科全书》。

那时出现的社会是现今真实而充满差异的现实的开端，如同一个整体的某些显著特征越来越多地决定着细节，当地生活的全球情形由此出现。这些特征，就像经济、媒体、全球市场和跨国组织一样，不会表达孤立的次要问题，而是在其架构中，折射或反射出充满差异的整体。贝克所指的全球化自反性正是这种内置于现实进程中的自我反思。

为解释这个复杂的想法，贝克指出，此种自反性自 18 世纪以来可分为四个发展阶段。这些阶段的划分不以有思想和责任感的人为出发点，而是以触发反思需求的外在世界为出发点。他将此描述为现代化进程。当之前死气沉沉的封建社会或者强权君主制中的传统、机构、生产方式、人类观点消散时，当 18 世纪开始迈向下个世纪的城市工业化社会时，第一阶段的现代化便发生了。这种进程在 20 世纪的现代全球化之中再次出现，不过要在工业社会本身更为基本的想法和结构中。当想法和结构瓦解时，一种新的社会进程便在早期现代社会出现了，比如从老工业国家进口商品，又如终身学习、网络管理、跨学科知识的获得。新社会将工业社会的建立进程用于反对工业社会本身，并瓦解逐步建立起来的结构和基本想法。这种激进化，正如贝克所言，是自反性的第一阶段，并且是积极的力量。

再者，我们现今生活的所谓发达后工业社会，也面临着内在的问题，不是道德与政治的边界的问题，而是其自身实践活动的问题，即过去 50 年中风险社会的发展。我们创造了财富和进步，但随之而来的也有风险及阻碍。后工业社会面临自身的局限。这不是一个有意为之、可控制或者可改变的进程，不像在工业社会中那样，我们经过思考，找到一个大致的解决方案，然后移除我们不要的副作用，即风险。社会面临自身生产的局限，这是自反性的第二阶段，正是在此，自反性开始出现负面的效果。

当这种内在的困境从严格意义上的工业生产扩展到全社会、其组织机构及生活形式时，下一阶段就来临了。此时的风险主要不是和能源、交通、食品等特殊领域有关，而是关系到我们生活的整体，包括生产、技术、社会结构及基本的价值观。因此，依据惯守的价值观、组织形式及人类概念，我们面临着对文化边界的想象，并将其作为一种为未来的文化实践。涉及欧洲部分的所有讨论，包括未来福利社会、欧盟以及由此出现的预期矛盾、需求和可能便是这一阶段的主要内容。带有文化边界的社会是自反性的第三阶段。正是在此，与风险困境相关的创造性思维、想象及创造力的边界，紧紧地抓住了我们的要害，而这些正是社会演变时的特征。正是在此，自反性以风险的形式呈现，并构成了对我们的挑战。

第四个也是最后一个阶段，是批判性反思的一种新形式，贝克将此称为现代性向现代全球化的元转变（Beck & Bonβ，2001：31-53），它将引领我们重新理解如何与风险社会的内在不确定性共处。此种不确定性包括知识、教育、自我、组织、与自然的关系、全球网络等。这不是对我们不幸实践的一种反省，而是反思我们整体的文化能力，以便建立一种全方位、可持续并且面向人类的环境，从经由文化类型和全球联系的个人经历到人类生活的自然基础，无不如此。我们如何避免在自我溃败的过程之中陷入风险社会的困境？我们如何能够继续使用批判性自我反思，以挑战用于创造性思维的文化边界？对贝克而言，人类终究还是理性的生物，为了实现目的，可以开发相关知识，并将其用于未来，而且还会利用所有媒体和机构进行公共辩论。贝克自己就是一个很好的例子。但是此种反思，不像 18 世纪那样，主要针对自然边界以及人类不断调整边界的能力，而是主要涉及我们如何受限于自身在社会及整个世界中创造的一些特定边界，同时又必须理解改变世界的可能性。尽管世界的资源是有限的，但世界却是开放的。这有点像弹钢琴——琴键的数量是有限的，但是创造音乐的潜能却是无限的。以批判性反思推动形成共同的文化边界，是自反性的第四阶段，也是作为文化进程的全球化的核心。文学挑战的自反性正是此种反思的一部分。

但是贝克却无法回答我们如何能够将现代自反性传播出去，并在周围事物中发现它，以便使其成为内置于具体个人生活的一种普遍情形。然而，这也是他试图回答的，其目标就在于，努力让社会现实遭遇及其本身在全球化整体结构中变得可见可解，甚至让我们生活于其中，由此使得社会现实在日常生活的

自我批判式概念中得到记录。(Beck, 2006: 3)

他又紧密联系启蒙运动的自我批判工程。人类的责任之一便是在自身的社会现实中竭尽全力地进行批判式观察，并开发可以改变社会以及与他人讨论社会的知识，由此使得知识变成共识。然而，贝克并没有给出解决方案，只有对僵局的诊断，这与贝克自身的局限有关。首先，他涉及的历史从18世纪才开始，这让他忽略了更早的历史可以扩展其自反性范围的事实。其次，他将18世纪的反思作为一种学术式自我批判的思考形式，这一观点太过于狭隘。有一个例子可以证明此种狭隘性，并让我们注意到贝克未能察觉的历史视角。

不只是地震

1755年里斯本地震与1789年法国大革命一样，是改变18世纪社会观、宗教及人类的影响极大的单一事件①。1755年11月1日早晨，里斯本的大部分地区被水火破坏。里斯本位于特茹河上方，靠近大西洋。海下地震引发海啸，掀起巨浪，海浪一路涌向海岸，滚向河流，扫荡了里斯本的大部分地区。从自然方面而言，地震通常都有特定的级数与影响范围，这是其广义上的文化影响的基础。据估计，此次地震达到了里氏九级，与2004年圣诞后发生在泰国及其邻国的海啸相当。现在的估计是大约35 000到50 000人在此次地震中丧生。我们可以对比一下：1755年，哥本哈根有25 000人，都居住在防御工事内。地震发生时，人们正在教堂里庆祝天主教最为重要的宗教节日之一，即11月1日的万圣节。而这场地震发生在里斯本这一权力中心，教堂、城堡及宫殿，其中有些还是刚修的，都被夷为平地，很多社会显要人物罹难。关于这次地震，有很多宗教和道德解释，即上帝惩罚人类的罪恶，这是那次洪水的复现。凶兆、末日来临之际，上帝的审判是人们用来理解这次事件的阐释框架。

蓬巴尔侯爵受命指导里斯本的重建，而他一点都不在乎命运、洪水、祈祷及凶兆。他从社会语境来看待一切事物，并将其作为新知识、传播及组织的问

---

① 有关地震的文学很丰富，比如英文中的肯德里克（Kendrick, 1956）、斯文森（Svensen, 2006: 34—54）及拉森（Larsen, 2006），德文中的洛夫勒（Löffler, 1999），还有法文中的普瓦里埃（Poirrier, 2005）。

题。这次灾难折射出社会的所有优点与缺点，而不是上帝意志或上帝的仁慈惩罚的表达。我们如何开发新城？我们如何保留里斯本的主动性？现在我们会说利用媒体。蓬巴尔那时也意识到这一点，尽管第一家常规的报纸那时刚刚出现。他对新传播形式的利用成了自反性的一部分。

整个欧洲都能感受到这次地震。到处都是谣言，比如关于沼泽和湿地的运动、波希米亚温泉的涟漪、海平面以及延伸至波的尼亚湾港口水面的变化。里斯本需要富裕的外国商业公司留在那儿，而不搬迁到北边的鹿特丹或者其他地方。基于此，蓬巴尔确保里斯本当地报纸，即每周一期的《里斯本新闻报》于11月5号准时出版，并且此后未取消过任何一期。他要求大家一起行动，向国际商界传达出这 信息。因此，这份报纸不仅是有关灾难的重要消息来源，也是欧洲范围内共同探讨并理解全社会与这份报纸、自然与上帝的关系的消息来源。因此，消息在那个时候快如光速般传播开来：11月11号到达柏林，22号到达巴黎，26号到达伦敦，29号到达汉堡、维也纳、罗马，稍后到达卑尔根，甚至在12月15号到达哥本哈根，欧洲的其他角落也在传播路线中。

与此同时，蓬巴尔必须拥有可以转化为防控预报的精确统计知识，而这与自然界的预兆和语言不同。他向所有教区分发了关于具体情况细节的调查问卷：天气、前震动表现、动物的反应等。这些材料现在还保存着。再者，他以全新方式设计城市，基本上是从无到有的：笔直的街道一直通向海港，与河流形成直角，以便在任何情形下都将水流导向其他地方，也方便个人交通及货物的运输。这条路现在还在那儿。不管是否出于自然原因，自然灾害被反思为一种社会风险，虽然还不是现代意义上的风险，但也差别不大。对这次灾难的首要反应便是将其视为对城市建造及管理的一种反思。这种反思基于经验主义下的现代实用知识，因而成为此种自反性的积极部分。

但是只有接受两种一般原则，才有可能沿着这样的路径行动。一是意识形态原则：社会并不是按上帝及其意愿制作的宇宙模型，而是人类的责任区域。二是科学原则：人类经验领域最好的知识来源于观察及由此得出的理论，而不是预兆、思考或者《圣经》。这些基本的元视角对于粗鲁和注重实用的蓬巴尔人而言太过散漫，没有系统，这就导致了一个重要的文化欧洲的转变。如同其他重要的转变一样，这是一个发生在许多不同地区的共同但却不协调的运动。这些运动相互平行，从不交叉，如同今天的媒体描述的那样，到处都有关于气候的不同消息的平行发展。

传播最为广泛的意识形态层面的贡献源于弗朗西斯·伏尔泰。基于来自新的媒体信息的知识，伏尔泰在1755年圣诞前夕就发表了《里斯本灾难诗歌》，利用反讽攻击了肯定既有世界秩序及社会秩序的宗教解释。当时很多人认为里斯本就是上帝统治世界的绝佳样本，即持所谓的上帝正义的论点，认为现在人类已经堕落，因此活该遭受一巴掌：上帝不管做什么，最后总是对的，尽管有时对人类而言其正确性没有那么明显。

对伏尔泰而言，这个论点是自相矛盾的。为什么这么多无辜的妇女儿童以及偶尔过来观光的游客要成为上帝传达信息的炮灰？事情不该如此。结论是，不管上帝是否创造了这个世界，一切都已经结束了。从今往后，人类自己必须对现在及未来的社会结构负责；世界没有好坏之分，只是一个开放的挑战。此种责任意味着对人类环境的未来导向——希望，伏尔泰说，同时还包括我们自己获得知识并将其传达给别人的需求。上帝是不会传达给我们信号的，人类才会。因此，经历类型、知识模型以及传播形式的传统关系瓦解了，需要以全新方式重新组装。

德国哲学家康德是这一转折中的一个显著节点。直到1755年，他还是上帝正义支持者俱乐部的坚定一员。之前他一直想要成为地质学家，但他见过的唯一的石头就是柯尼斯堡的鹅卵石及城市花园里铺在小径上的大理石。对许多人而言，自然科学就如同抽象的哲学和经验主义方法论一样，但任何东西和宏大系统都未能产生于自然科学。康德设计了宇宙神学秩序的宏大系统，但是这场地震却冲走了他的系统，他因此决定改变道路。像伏尔泰那样，他从那时关于地震及其在欧洲大陆传播的报纸杂志上的一些小文章中收集经验材料，随后得出了实验性的解释（Kant，1994）。这些解释现在看起来可能显得古老，但是他将科学视为我们与经验联系在一起的一种方式，不管是实践上还是认知上的，并且认为科学的伦理任务就是要能够证实预测和警告。他将相关文章发表在公共杂志而非学术著作中。

经历、知识及伦理变成了康德后来创作的中心，它们直至现今还是我们思考自然社会及人类生活的不可或缺的基础，即便对那些没有读过康德著作的人而言也是如此。如康德所言，自然成为挑战，并不是因为它拥有强于人类的内在神学秩序，而是作为一种物质现实，它赋予我们具体经历的不确定性，此种不确定性强于我们的精神能力，我们无法逃脱。康德认为，社会应该被理解为一个世界社会。他将此视为发展的结果，而我们现在称之为"全球化"。伏尔泰、康德及蓬巴尔都属于启蒙运动中的世界公民。不管从文学、文化辩论，还是从哲学及现实政治层面讲，他们都是如此。从对灾难的反思中，伏尔泰看到了人从上帝的影子中而来，康德发现了经历与知识关系上的新需求，其中还孕育着我们对全球的伦理观念。蓬巴尔看到了社会需求及现实经验、具体知识和传播环节之间的可能性。合而观之，他们的反思让我们做好了在全球化中生活的准备，而其层面要大大超出贝克赋予启蒙运动的范畴。

反 思

地震来袭时，我们处在一个即将出现的新欧洲。我们回首过去，以更好地理解那个时代及其未来。生活在那时的人们也只能以我们现今的方式审视历史，这也是我们面向未知的全球化未来的方式。他们也将其熟悉的历史作为出发点，由此面向一个不再熟悉的全新世界。因此，关于地震的整个辩论及康德著作中的巨大变化，向中世纪及文艺复兴时期的社会结构、知识概念以及人类与自然和上帝的关系发起决战，就如同贝克用其熟悉的启蒙运动作为出发点一样。

于他而言，18世纪完全可以作为理解全球化进程中的自反性的基点。但是如果我们想要理解这一个时间段与反思的关系及其与里斯本之后的所有传播形式的联系，那么18世纪之前的历史还是可以带给我们一些其他的启示。与贝克的自反性类似，中世纪用来描述关系的核心概念，现今我们称其为"投机"。"投机"一词从来都是负面的，要么被用来描述抽象且完全脱离经验的大脑低速运转，要么是处于法律和道德边缘的经济措施。这也许就是贝克没有涉及这一概念的原因，但这显然是不明智的。

中世纪智者对投机却有着稍微不同的看法。"投机",也指"思考、臆测",源于拉丁词"镜子"(*speculum*)。因此,这一概念涵盖了不同时期对反思及自反性的探讨。它指的是那时所有政治和道德思考的目标:映射出这个真实的世界。投机因而不仅仅被视为想象的组成部分,但是其映射出的真实世界与里斯本地震废墟中的现代物质世界看起来非常不同,这也是贝克在后几阶段所遇到的问题。投机所要映射的是位于顶端的由上帝控制的宇宙内在秩序,层层往下,直到最细微的尘屑和最微弱的光芒。

从顶端到底部,从宏大到细小,社会的基本结构映射出了自然及宇宙的移动秩序。在这样宇宙中,上帝拥有权威,在世俗社会中拥有权威的则是帝王,在官邸里贵族统领一切,在家庭中父亲是领导,还有长幼之序、男女之序。儿童、农民和商贩只是社会必要的组成部分,而年幼孤儿则根本不算在其中。如果上述其中的一位头领失去了脑袋,那么整个系统都会遭受威胁。最差的状况便是失去头颅的是上帝,其次是帝王。英国的查理一世死于1640年,整个英国社会也就结束了。下一次则是法国大革命,也就是坎帕在巴黎称自己为世界公民之后不久,路易十六死了,而整个法国王朝再也未能恢复,因为与此同时上帝的脑袋也开始晃荡,并在后来的里斯本地震中变得岌岌可危。贝克的"风险社会"概念发布于1986年切尔诺贝利事件经媒体传播之际,它被视为人类自己造成的全球性灾难。与此类似,在18世纪,1755年里斯本地震以及1789年法国大革命的新闻通过那个时代的媒体散播开来,极大地推动了关于现代社会的种种想法的诞生。这些事件引发了我们对人类、社会及自然的既有概念的极大恐慌,其程度远远超出那时洗劫欧洲的许多战争。正是在那时那地,现代意义上的科学成为反思社会组织的重要组成部分。也是在那时那地,全球化对于经历类型、知识模型及传播形式之间关系的挑战首次变得清晰起来。

这时,反思就变得非常不同,它不再需要经验主义式的材料,因为人们早已从《圣经》和哲学中获得所要找寻的秩序,问题在于如何再次从我们周围的现象和自然中找到秩序。《圣经》及自然和社会中的事物是反思的两种最基本的载体,即上帝之书和所谓的自然之书,将两者融汇到一起是反思式思考的任务。不管是处理语法、音乐、占星术、医药、政治,还是其他一切事物,皆是如此。整个宇宙都映射于自然的所有现象及解释上帝所造世界的神学秩序的哲学、艺术和文学之中。

基于此，文学成为反思的一个重要组成部分，既是其例证，又是其传播形式。"自然之书"的想法将这一切联系在一起。自然，其本身被视为一本书，而我们可以通过阅读此书发现《圣经》和文学的解释模型。在这样一种未被破坏的整体性中，反思包括了创造性、教条式思考以及现实世界中的事物。1755年之前的康德著作也具有此种意义上的自反性，正如伏尔泰所批判的上帝正义的追随者，以及蓬巴尔想要扭转的社会观点一样。

反思与自反性之关系的问题又是另外一种情形。反思是一种由内而外的尝试，我们以此来理解不明晰的外在世界以及我们不太清楚的形式和趋势。我们从来都不太确定自己所利用的反思及传播形式是否足以让我们承担起认识世界的责任。中世纪的反思者没有必要承担这样的责任，他们不必亲自组织这个世界，而只需进行调整以使其适应上帝所创造的世界。文学以及其他类似文本的作用就变得清晰而固定：确认这个秩序。因此，致力于理解世界稳定秩序的反思并未如反省那样，可以干预社会发展进程并对其进行塑造。基于中世纪的状况，让现实全方位反思自身是一种极有抱负的创作。实践中，这种思维方式得以让文化在不同层面的宗教中存活，并且持续时间远远超过工业社会这一阶段而直至19世纪。所以，这并不是闲扯。

作为自然之镜的文学

借助作为知识模型的推理，文学成为对自然的模仿，即"自然之镜"。但这里的自然不是实体意义上的风景，而是内在秩序。模仿不是存在于具体的细节，而是存在于整个形式之中。所有细节都必须在与相反、对称、向前运动及等级的关系中整齐有序，并围绕一个清晰的重心。形式再次促发了自然的创造力原则，这就使得文学以不同形式组合到一起，集合了经典的文类中，比如悲剧及悲喜剧等次文类，它们后来被称为"自然文类"。

自然中最为理想的形式是正方形和圆形。人们认为它们容纳了自然所有的基本特征，这些特征显现于方形或圆形的自然轮廓中，比如星球的轨道。文学便是要通过外在形式,即借助它的审美形式展示这种秩序。比如十四行诗是中世纪的一种非常精致的文类,它形式上的秩序再现了自然中理想的圆形,表现出人类自身通过创造类似神圣自然的事物,可以参与到自然秩序之中,并起到积极作用。

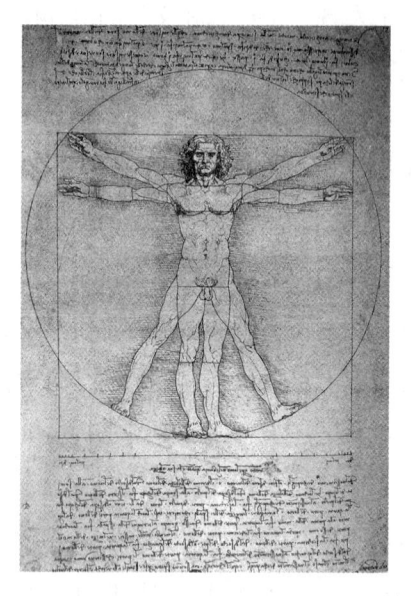

图1　维特鲁威人,**1943**(Vinci,1998)

我们都熟悉达·芬奇创作的令人赞叹的人物——维特鲁威人。他看起来似乎想要学会飞翔。这幅画并非再现壮硕男人的真实身体,而是源自中世纪意义上的推理。画中的男人被置于自然的理想形式之中,即圆形和正方形,由此人们可以发现其身体的形状对应于自然秩序——这一想法也见于欧洲以外的其他文化之中(Kurdzialek,1971;Kiddel & Rowe-Leete,1989)。他身体上有细小的几笔线条,标志着隐藏于正方形和圆形内部的理想比例,并映射于身体的比例之中,如头部长度与身体长度的比例、手部长度与手指长度的比例等。达·芬奇的附注文本中引用了公元前1世纪(153—154)罗马建筑师维特鲁威的著作《论建筑》,此部著作在文艺复兴时期成为城市和社会规划的圭臬(Beaton,2002),颇受欢迎。文本提到,线条标出的比例对应于自然的理想秩序——1∶3、1∶2、1∶4等,而象征实际身躯的肌肉、性器官及浓密头发的重要性则次之。

尽管如果不借助举重和使用违禁药物，没有人会成为画中的形象那样，但这幅画却一点儿也不抽象。就现实使用而言，理想秩序的原则可以被转化到现实空间之中。这些原则被用来建造理想建筑物和城市，由此人类饱受苦难的身躯得以在周围环境中活动，而这些环境在自然的反射镜中折射出存在于我们生活方式中却被忽略的身躯的理想形式。我们可以在从古代、文艺复兴时代一直到 20 世纪的功能主义的许多建筑物及建筑物群中看到这些理想形式。此外，文学和艺术也有与反思共事的优秀传统，尽管这不构成反思重心，其目的在于让文学以及创造和使用文学的人们具体参与到被认为最真实的现实中去。在此种反思中，文学的审美形式而不是内容成了现实的落脚点。

贝克显然未能了解这些，还试图在新环境中利用自反性概念重复中世纪的推理。就算在中世纪，现实，无论大小，也都在一切事物中面临自身，只是那时的现实是一个以自然为中心的和谐体。现今，人造现实也面临相似情形，自然与社会的混乱、冲突的关系也是如此。这就是现实的自反性。中世纪拥有将这种遭遇通过微小事物传达给个人的审美实践方式："看，在这如此渺小的花朵中，你能看到伟大且不可接近的世界秩序的印记。"同时，这也能被人们复制，并分享给他人："如果你能通过模仿自然秩序讲述看到的一切，那么你自己就参与其中了。"推理和自反性都将地球视为整体，但以不同的方式。推理将地球置于宇宙的整体画面中，人类是其中不可或缺的部分，但不能干预整体。全球性将地球置于全球——一种特殊的材料之中，在这儿，我们以无论好坏的方式积极参与所有的进程。这便是全球化的出发点。

我们如何在全球化所表达的无所不在的形式中，将其作为一种具体经历传达给他人，让每个人看到此种经历的现实？现在，我们的传达没有标准方案，我们不可能像过去的作者那样，通过查阅经典来学着模仿自然。现今我们所有的只是实际经历的现实，我们没法将任何一种经历形式、知识或传播方式预先排除在外。将全面复杂的概念转变为对于个人而言具体的现实——此种要求能吸引文学审美的自我反思，并且面向阅读、听闻文学的读者，将著作本身变成一种具体的现实。文学的历史比启蒙运动还要久远，文学是传播审美形式的经历和试验的宝库。

"如雨点般讲述"

《走出非洲》中只有一页上的一小段属于这样的宝库。在"本土人与诗歌"（Blixsen，2013：150）① 中，布丽克森向我们展示出文学的审美效果是如何将读者的注意力推向实际传播的。文学即便晦涩难懂，也与接收、阅读、听闻或者使用著作的读者一起，变成了一种具体的集体经历。审美自我反思首先是关于传播形式的试验。

这其实就是个文字游戏，就像新移民高中的学生玩鼠标游戏一样。布丽克森提道，她当时与当地年轻工人出去收玉米，知道他们的节奏感很强，但却对节奏本身了解不多。她凭自身的优越性来教导读者，在有学校之前，也就是在殖民和基督教到来之前，他们就开始学习节奏。如同在新移民高中，即便是最单纯的客厅游戏也由行动地点架构，而行动地点可被延伸为宗教、社会权利、养育习俗、语言学习传统等文化因素的相遇地点。作为相遇地点的地方在游戏中变得具体。凯伦穿着欧洲木底鞋，踏着步往前走，加入当地人的语言，开始用斯瓦希里语吟唱：

> 诗歌本身并没有多大意义，只是为了达到押韵的效果：
> Ngumbe
> Na penda chumbe.
> Malaya
> Mbaia.
> Wakamba
> Na kula mamba.

"公牛喜欢盐。妓女是坏蛋。瓦卡巴人吃蛇。"这引起了这些男孩的注意，他们在我周围围了个圈，很快理解到诗歌的意义并不碍事，因此没有

---

① 以下未有页码标注的引用均来自该书第150页。

质问诗歌的主题。

就是这样。布丽克森提道，如果指控这些男孩吃蛇的话，就相当于侮辱他们，但我们却不知道原因何在。因此她向我们展示，诗歌的内容是无关紧要的。所有工人都站在她周围，围成一个密闭的圆圈，他们知道蛇意味着什么，而我们只是以客人和旁观者身份在场而已。由于不理解其中含义，只是听着声音，注意力因此从单词本身转移到整个情形当中。布丽克森和男孩都变成了即兴社区的一员。文本变成了由某人演奏的东西，就像没有含义的诗歌。也许正是因为意义无关紧要，所以当游戏进行时，这个圆圈成为其成员的具体而鲜活的社区。

借用贝克的表达，这首短小的斯瓦希里语诗歌并不关注当下情形的意义，而是自己面对着其所创造的情形，主要指诗歌的节奏，诗歌借此积极地重塑了这一情形。布丽克森告诉我们，当地人渴望地等待着节奏，并随之大笑，他们只是为了取乐而已。但随后布丽克森扩大了游戏范围，因为一切都进展得很顺利。她试着让他们跟随节奏，先给他们一个单词，就像老师抛出一个关于修辞的问题一样。但当地人却不愿加入，他们转向圆圈的一边，这让她很是不解——"但是他们不可能也不应该这样啊"。她与他们之间的亲密感被打断，但她却找不到原因。这情形一直持续到她讲完故事：

> 当他们开始习惯于用诗歌表达时，他们哀求道："再讲一次，如雨点般讲述。"我不知道他们为何用雨来形容诗歌，也许是一种类似掌声的表达吧，因为毕竟在非洲，雨水是很受欢迎的。

这些年轻工人想要掌握主动权，并以哀求的形式来窃取其资源，这哀求甚至成为一种挑战。她将此传达给读者：她还是能够掌控一切，但似乎没什么作用。她不能回击，因为她不知道他们在想些什么。她将此解读为赞赏，就像她还处于这个圆圈的中心一样。

但显然现在她不是中心，因为他们向她发出挑战，邀请她加入他们的表达，就像开始时她敦促他们跟随节奏但却没有成功一样。她通过反对自己开始的那个游戏来进行反击，因为现在她将现实与意义的指涉解读成本地人的反击，并且他们还用了"雨水"这个意象。整个情形都通过字词游戏而面向自身。这个游戏成功了，它得以继续去并不断扩展，但也正是因为如此，游戏所创造的情形被打断了，游戏变成了其他东西。这个小型故事结尾部分处理的就是这种断裂。

实际的诗歌将她的意图颠倒过来：共同语境中的诗歌会在那儿获得意义。这种意义不为任何一个参与者控制，连发起者都不能控制。诗歌也让参与者之间的关系颠倒过来：她带头开始，并且一直保持着殖民者的角色，但预料之外的东西将她的主动权转移给其他人，并且一直持续到故事结尾。基于此，故事也就没有真正的结尾，只是最后提到了与之前发生的一切相反的"雨"的含义。文本毕竟意味着一些东西，而不仅仅是一个游戏。但是意义是什么呢？答案消失在雨中。因此，布丽克森的文本也变成了一个与读者之间的文字游戏。她是否处在故事的中心？这个文本是否意味着其他东西？解读的责任在于我们读者，就像本土人将此从她手中夺过来一样。

游戏是一件很严肃的事情，我们从孩童开始就知道。它真的会导致打架和泪水，或者带来影响一生的友谊。学生在电脑中玩的游戏如此，这个文字游戏也是如此。当故事与之前部分相矛盾时，它积极地使用语言的审美自我意识，比如节奏，或者更为精细的部分，由此文本被视为麻烦不断的文化产品，其将整个情形变成带有暗含之义的权力游戏。这就像政客们用的自相矛盾的措辞一样，他们声称不会称对手为笨蛋，但事实上他们就是这样说的。这就是普遍与抽象意义上的文化对抗机制的具体微模型，贝克称其为自反性。语言精心策划了这一遭遇，并使其变成一种实际情形之中人们的实际经历。贝克没能做到的，布丽克森和文学却做到了。

这一情形的整体结果是，包括我们相遇的审美形式在内的自反性，是我们得以将自身视为交互负责个体的前提，在那些原本普遍抽象的关系中亦如此。这些年轻的本地人主动出击，要求她以他们的方式继续发问。她并没有请求他们来逼迫她"如雨点般讲述"，而是希望他们能够跟上她所要求的节奏。他们没有用批判理论式的反思来批评她,但在实践中,当诗歌第一次如此真实地将可能性变成现实时,他们这样做了。涵盖欧洲人与其他人的整个权力结构在完全不同的具体可控的语境中开始运转。

在此,贝克的世界主义概念以"对不确定性采取对话观念"的方式,在模棱两可的文化矛盾环境之中再一次被激活。这不仅揭示了"痛苦",还揭示了在混合社会条件下塑造生活及社会关系的可能性。(Beck,2006:3)或者,如果不能塑造某人的生活,至少也能改变他们生活其中的具体情形——这就是发生在玉米地上的一切。这是一种交流式的情形,贝克将其描述为"模棱两可的文化矛盾环境"。一方面,玉米地上的物质性展示与意义生产之间的平衡是传播形式的例证,这也是贝克对全球化的理解所指向的,但他自己却无法将其包括进来。另一方面,文学也能通过其审美自我意识积极将参与者拉入其中,以达到这样的目的。文学在此是一种瓦解权力关系的传播形式,一种在日常微观具体层面上对抽象的自反性的特殊展示。

⊙他者目光下的人们

理论家贝克和布丽克森都有着相同的目标。贝克的目的在于让我们理解在全球化情形之下风险社会与其自身的相遇。对此他提出世界主义的观念。这种观念主张必须成功打开方法论上民族主义的坚固牢笼,并揭示出世界主义的扩张程度,由此使得世界主义变得可见、可理解,甚至可以让人生活于其中(Beck,2006:3)。作为启蒙运动的宠儿,这样的观点早已在康德著述中有所表述。1786年,康德以简洁的语言在其文章《人类历史开始的推测》中写道:

> 人类历史的此种描述对其是非常有利的,并且在向他们展示如下情形时可以教导和提高他们:他也许感到对自己承受的病痛毫无责任;他不应该将自己的违禁归责于祖先的原罪;……而这告诉他们,他应该完全承认,这一切就是他自己一手造成的,并且应该将由理性滥用而造成的痛苦归因于自己。(Kant,2006:36)

拒绝承认全球化的重大作用所涉及的理性滥用，这就是贝克的论战场。

对布丽克森而言，来到非洲就是一种具有与全球化相同效果的经历，但这是一种具体的、个人的经历，而不是理论和分析之中的经历。她在论文《非洲的黑人和白人》（1939）中宣称到过非洲：

>……对我而言，整个世界和生命扩展开来；一种相互交流开始形成……我们并未寻求过彼此，我们来到这片土地并非是为了学习黑人，并且他们可能还不想我们来到这片土地呢。但是由于命运，我们在现实生活中走到了一起。（Blixsen，1985：57）

她对莎士比亚的研究，对景色细节的捕捉，对索马里人的所思所想，以及用诗歌来对抗当地传统的做法，所有这一切都变成了对其经历的全新而具体的扩充。此种经历变成了一个人向前看的自我意识，尽管这一自我意识指向一个超越其写作的开放未来。她失去社会及文化立足点的经历转变成了她对地点、环境和自身的全新观点。

她来到的这儿，"人们用他者的眼光来看待我们"（Blixsen，1985：67）。她的写作表明，她并不完全理解这样的眼光，但却清晰地意识到，人们应该多接触这样的眼光，并理解和使用此种经历。在那种不确定性之中，她第一次看到，"我终于来到了这儿，属于自己的这儿"，一如我们在《走出非洲》中听到的呼喊。这就是贝克的世界主义观念的具体展现。这不是一种任由人们随性选择的可任意拥有的眼光，而是由人们与他者眼光的接触塑造的。世界主义式的展望不来自挪威至高无上的独眼奥丁的犀利眼神——那充满最高智慧的眼神，为此他牺牲了另一只眼睛的视力。世界主义式的展望来自一种蚊子似的眼神，可以同时进行多角度的观察，并且不断变换焦点。世界主义式展望对于布丽克森和贝克而言都是多聚焦的：

>我的身体、生命、"个人"存在变成了另一个世界、异域文化、宗教、历史以及全球相互依赖的一部分，而我自己却没有意识或期待过这些。

（Beck，2006：19）

　　布丽克森的例子告诉我们，文学如何让我们第一次同时用不同的眼光看待事物。贝克认为，这也是一种基本的文化需求，即用世界主义眼光来看待我们的日常经历。贝克用其理论来居高临下地理解个人经历。布丽克森开始于开阔的玉米地，以寻求个人经历的本质，随之而来的便是在一系列随机的单独事件和具体个人经历中展现出来的广阔视角。文本在经历、语言及传播的基本特征之上，使这些特征变成具体经历，不管是从文本意义还是我们阅读时的语言世界层面而言，皆是如此。文学让我们的眼光从具体即时的全球话题转向让个人成为文化进程中的一员的基本情形。但是贝克和布丽克森以全新视角看待事物的尝试却是不同的。他们看似还是属于术语知识的互补领域，然而让他们得以开展对话的正是全球化的主要文化项目之一。本书也试图朝此方向努力。

　　这一章向读者展示了文学如何能够更好地理解经历类型、知识模型以及传播形式这三种文化构筑物各自的崩裂，这要远远强于全球化理论及其所能呈现的对特定领域的理解。在这一章中，我们是单独来看待这些问题的。下一章主要探讨以下问题：如果文学的基本特质是撒谎的话，那么如何将这些方面联系起来？为何文学的此种潜能与文学和全球化之联系有关？

4

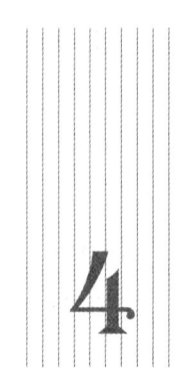

作为创造性谎言的知识

⊙ 真理与谎言

所谓"文学不过是一堆谎言"这样的说法并不新奇。这或许就是为何有些人不想理会文学,而有些人却要使用文学。"虚构性作品"也许是唯一把这个毫无滋味的事实包装成具有魅力的创造性挑战的词。"虚构性作品"一词源于拉丁语"虚构"(*fingo*),意思为假装、想象或者发明。希腊语名词"*pseudos*"意思大体相同,即发明与撒谎。文学就是伪真理,不仅谎话连篇,而且还创造性地故意撒谎。尽管如此,读者也从来没有将文学诉诸法庭,要求退还购书款,因为文学中的谎言是处理知识和真理的一种不可或缺的方式,而其中的真理并非神性真理。有撒谎的天分是文学让读者接受此种传播方式的资本,读者将这种想象性的创造置于现实世界中。在文学中,他们的经历类型是鲜活的,他们的知识模型受到了挑战。

欧洲文学史上,对真理、谎言与文学之关系最具挑衅意味的一个例子便是路德维格·霍尔堡的喜剧《伊拉斯谟·蒙塔拉斯》(1723)。霍尔堡的喜剧及其他著作在其时的欧洲得到广泛翻译、阅读和表演,《伊拉斯谟·蒙塔拉斯》在

20世纪被拍成了电影。① 拉斯穆斯·伯格是一个小乡村农民的儿子,最终上了大学,然后回来开始吹嘘自己的博学多识。更糟糕的是,他把自己的名字拉丁化了,变成伊拉斯谟·蒙塔拉斯。现在他要证明:地球是圆的,而不是平的;他妈妈是一块岩石;同行执事不是一个男人,而是一只会打鸣的公鸡(Holberg,1990:162-163,179-180)。他用诡辩、自负及自信达到了目的,并让其父母为自己的博学而自豪,但是后来整个村庄都反对他,因为他开始攻击村民们关于现实根深蒂固的共识,这让他当地的未婚妻丽斯本德很失望,未婚妻的父亲非常生气。整个喜剧围绕着以下问题展开:逻辑辩论、真理知识、迷信及共识四者间边界何在?独裁知识模型的权力及权威何在?

伊拉斯谟先生回到村庄,一方面试图用他的雄辩和逻辑等把戏来证明同行执事是一只鸡,他妈妈是一块石头,但他的论证其实并没有多大逻辑性,毕竟,他只是个学识粗浅的大二学生。但他却能够诱导大多数当地居民。还有他辩论的两个目标:让每个人都知道教会执事的自然特征是用高分贝的声音说话,他的母亲也不能飞。大声叫嚷的执事感觉深受冒犯,而他母亲倒在地上大哭起来。但这一切始终都是谎言。

另一方面,伊拉斯谟也无法证明或说服别人地球是圆的,围着太阳转;他所能做的便是引用学者们关于自然的知识。这一论述当然是真实的,尽管与这一带乡镇地区的信仰完全相反。科学论证更是对当地居民的直接侮辱,他们能够用自己的眼睛判断。村里的怀疑者,尤其是蒙塔拉斯的兄弟雅各布,他说他们从来都认为地球表面是平的。伊拉斯谟的知识从被羡慕到被挑衅,现在则成了被无视、取笑,甚至敌视的对象:在这片养育人们的土地上,基于现实交流的人类与自然的关系是当地居民所需要的,而其他社会关于真理知识的讨论对他们而言毫无意义。

---

① 连同霍尔堡的乌托邦小说,其关于世界历史的著作《历史普遍主义简介》(1733)在1800年前欧洲的拉丁文著作中尤为流行,有许多译本,并且在作者去世后,还译成了英文。1800年之前,《伊拉斯谟·蒙塔拉斯》以荷兰语出版两次,瑞典语出版两次,德文出版三次;英文译本有1884年、1916年及1990年三个版本;还以荷兰语、巴西语拍摄成电影《地球是平的》(1977),见 http://www.imdb.com/title/tt0132255.(2017年1月4日访问)。

借助巧妙的鄙夷，霍尔堡比较了关于以下问题的两种根深蒂固但却不能相互妥协的信仰：是什么构成了可靠经历和真理知识及其传播形式？霍尔堡让这两者相互冲击，没有一方是胜利者。有人会提到我们眼见的一切，而这就是乡村居民的共识。伊拉斯谟作为一个中立的演讲者，其观点的论证基于将逻辑塑造成一种正确的客观化论述，但这要有真实的证据，而他似乎并不具备这些。整个喜剧极富挑衅性和话题性，因为它并没有判决什么是关于现实的真实、重要、可理解、可接受、可使用的知识，而是暗示不管在何时何地讨论知识，都必须考量所有这些特点。

这五个方面构成了知识必要的社会维度，将经历类型、知识模型及传播形式联系到一起，尽管喜剧中并没有提到这五个方面的相互联系。最后，伊拉斯谟在欺骗性阴谋的驱使下，就如同承认他说的都是谎言一样，被迫放弃宣称地球是圆，而接受地球是平的这一日常共识，否则，他就不能和其心爱的人在一起。去语境化真理，即便是真实的，也不能仅仅因为实证式证明而在特定社会和文化语境下被视为真理。

在如今的全球化现实中，这五个方面的关系是一个开放的问题，影响我们每个人日常生活的话题也是如此。在某些时候，我们可能会诉诸几乎不可能制定出来的真理：我们知道气候变化是事实，尽管我们无法百分之百确定引起这些变化的原因及变化结构；金钱、权力及政治依旧威胁、影响着我们集体决策时对证据的选用。在其他情形下，对重要性的论证可能会使这一领域知识的其他方面相形见绌：如果一个国家可以从其他国家购买气候变化配额的话，探索全球气候变化的原因也就没有那么重要了。即便有充足的论证，可理解性的缺乏仍可以扰乱知识的使用：尽管关于对抗污染的国际指南从内容上而言可能是正确的，但如果它们复杂难懂且难以执行，则仍很难推广。很多当地社区感到，尽管自然保护条例基于完全可靠的证据，他们还是难以接受。对个人和当地人所能接受的东西进行评估，这一行为或许可以支配知识领域的其他方面。最后，知识的使用是一个独立且具争议的领域：核能本身并没有告诉我们，它是应该用来当作武器还是制造咖啡，但是使用核能而造成的困境为国际冲突设立了全球议程。真实知识本身不可能做到这一点，就像哭哭啼啼的伊拉斯谟被迫承认其错误那样。知识总是在不同的社会维度起作用，它们之间的交流随着其所在的文化和历史语境而不断变化。2015 年 12 月，巴黎的联合国会议发布了第 21 届联合国气候变化大会（COP 21）的全球宣言，其背后的政治妥协展示出，前述五个维度在全球语境中是如何交织在一起的，其交织还将在巴黎协议以来的持续政治争论中继续下去。

提到知识，我们通常是指关于某一事宜的普遍共识，并将其与他人分享，结合证据与例子让他人接受。这就是霍尔堡喜剧的嘈杂声中所论争的。如今，隐藏的真知典范经常是科学知识和真理论证，人们将其作为知识的基本模型。然而，我们也应该认识到，不管是否有证据，我们都不可能简单地将这一事实传达给他人，与他们的经历匹配，由此让他人接受这个事实。推理和记录也许无可争辩，但即便是这样的知识，其在构建时也不是不证自明的。因此，这一喜剧并没有告诉我们谁是对的，或者谁有权力保持正确。它告诉我们，知识并不仅仅是正确或者错误的认知，还依赖于认知以外的特定情形，只有这样才能够充分地成为真实知识。

这些特定情形正是伊拉斯谟和雅各布所争论的：它们是由论辩性的培训还是日常经历界定？对立的两方都暗示，只存在一组情形，并且只有一组对情形的简单二元划分。我们讨论的这部喜剧通过让其中关于地球形状及运转的错误论点获胜，告诉我们此种独断总是损害真实知识及其使用，即便它有充分的证据。霍尔堡的喜剧本身就是一个创造性谎言，它使用一个强有力的谎言来愚弄伊拉斯谟，使其接受关于现实的错误共识。由此，霍尔堡迫使我们思考人们在特定社会语境下获得并使用知识的情形，并借助笑声让我们记住此中的复杂性，并且在最后摆出让人有点恼怒的事实，即地球是平的。更让人愤愤不平的是，这也暗示出，现在伊拉斯谟向当地固守的经历类型和知识模型屈服了，为了在那儿和心爱的人生活，他只有放弃将逻辑论证作为一种传播形式。这一村庄或许是后事实社区的一个早期典型。

文学建构非真实性的方式，就是让读者来辨别其中的真理与谎言，向我们发出挑战，由此让我们在做出决定之前，激活知识的这五个社会维度。并且，或许读者本身也无法决定这个事实，比如在没有清楚结尾的犯罪小说中——背后的罪犯像只蜘蛛，只是织网投下一层阴影，在谜团解开前就消失了。尽管隐藏的知识典范或许是科学知识真理，但它也就像知识的其他类型一样，永远不可能是单纯的，而是基于特定的情形和语境，不管是在理论、实验层面，还是在其他层面。知识的另外一种类型可以基于实践经历，或者它经常用于日常。我们在自己熟悉的领域经常使用的知识，总是在理念和实际使用之间徘徊，就算是量子物理学家或语言学家，他们在骑自行车时，仍然要依赖身体的语言。

同样，广义而言，喜剧对知识及其情形的处理亦与话题有关。我们不常拥有我们所需要的知识，通常是因为我们怀疑其准确的对象或者实际内容。因此，我们同样也不确定何为最佳的知识类型的特定情形。当被问及为何地球是圆形时，伊拉斯谟只是胆怯地提到了超出其有限知识的科学教条式的权威。因此，霍尔堡的喜剧不仅将知识的社会维度主题化，还将其认知维度主题化。它将注意力集中于不确定性上，而不确定性在全球现实中是一种基本并且普遍的经历。关于全球化的知识是否主要基于经济条件，或者我们是否需要与更为复杂的情形下各种不同的知识打交道？关于气候变化的知识首先是基于社会、经济、大气或者生物条件，还是其他不为人知的不同情形之间的相互关联？不管具体情况如何，关于全球现实的知识从不依赖我们可以充分经历并测验的证据，即便对专家而言也不例外。其涉及的数据量过于庞大，而跨学科的复杂性要求协作，因此科学家和决策者必须依赖由他人建立的真理，并经他人进行传达，以证实真理的重要性，并让其在新的语境中得到理解、接受和使用。证据不再是不证自明的，它涵盖了越来越多不同领域的知识形式，这已经变成了一个全球事实，且它在过去几个世纪的地方语境下是可以得到充分理解和掌握的。

文学在其精心设置的谎言中激活了认知不确定性的问题，这为在复杂情形下揭示证据提供了必要的迂回路线，并且让我们不仅仅只是消极的接受者。文学比其他媒体更能迫使我们不断在现今全球化的现实中维持这五个维度，以此来塑造我们的生活。借助霍尔堡，我们发现自己处于全球化关于超越村庄或教区知识的基本问题之中，而喜剧的主题就体现在霍尔堡一眨眼的工夫就欺骗了我们。因此，这个问题变成了一个开放的问题，在喜剧落幕但我们的生活继续向前时，成了我们自己的问题。

⊙ 真实知识

在这种情形下，有必要略微转换视角。只要我们知道文学传达给我们的知识是可信的，并且由我们亲身经历过，那么我们就会高兴地包容这些谎言，并对事实做出主观性篡改。关于过去真实发生的事的自传和历史记载通常具有很强的选择性，但是读者阅读时从不质疑其可信度，这也就证明了，可信的知识其通常比真实知识更为重要。

但是当这些作品开始怀疑它们自己的真实性和内容的可信度时，我们就进入了一个复杂的怀疑域。并且如果我们同时怀疑真实性与超越偶然和个人兴趣的真理，那么这一不确定性就成为一个重要的问题。这就是所谓"见证文学"要处理的问题（Engdahl，2002；Sanders，2002）。这一文类在过去几十年中在全球范围出现，主要应用于写作"第二次世界大战"德国集中营的回忆录，尤其是和大屠杀有关的记录。"见证文学"这一术语最近朝两个方向扩展：一是处理个人及集体心理创伤的文学，主要涉及系统压迫和迫害；二是描述全球范围内关于种族谋杀和洗劫的记忆。这些作品处处沾满血迹。[①]

这样的双重导向给予见证文学（不管是诗歌、小说，还是报告、采访）两种文化功能。一是治疗功能。那些经受创伤的人可以通过讲述他们的经历重获控制自己生活的能力。他们之前的个体身份和社会身份各自孤立，这非常显而易见，比如在战争年代，被人强奸是很难启齿的事。个体身份与实际发生且不可磨灭的知识密切相关，而社会身份则与刚好相反的公众要求保密的事有关。通过讲述，受害者或许可以让割裂的个体身份和社会身份靠得更近。他们自己将难以言表的恐惧经历诉诸文字，与他人共享。布丽克森的《走出非洲》属于此文类家族的远亲。

---

① 鉴于集体创伤的跨国界性质及对战争暴行的全球意识，创伤文学成为当代文学研究的主要话题。这一领域的开创者为费尔曼和劳布（Felman & Laub，1992），由罗格斯等（Rogers et al.，1999）、蚁布思（Ibsch，2000）、怀特海（Whitehead，2004）、理查德森（Richardson，2016）等承继，并且自2010年后在《文学与创伤研究期刊》中持续发展。

二是集体回忆，防止我们将其视为例外，包括其中涉及的社会不公正和直接或间接的社会共谋。敢于面对过去与现在，犹如痛苦地割开长在身上的疗：德国的过去、南非的种族隔离、苏联的古拉格集中营，格陵兰、柬埔寨、巴尔干半岛、阿富汗、卢旺达还有阿根廷；后来是以色列和巴基斯坦，以及广义上中东战争的参与者；在世界的版图里，叙利亚现今尤其处于集体恐惧之中。这些集体回忆在书籍和电影中都有涉及。见证文学具备全球性的功能，它也许是一种在形式和话题上超越地理和文化边界的文类，跨越语言并对读者和观察者产生重大影响。不同于经典的战争电影，这类作品要传达的还不是基于清晰的意识形态的英雄与罪犯的对立，即不是他们和我们、好和坏的对立。对比、价值及共谋的复杂性、灰色地带及其在整个文化及个人中的影响在现今冲突中更为明显。这些冲突呈现出不同形式，且有超越当地冲突的国际社区参与其中。

尽管关于孤立事实的真理可以模糊不清，但其可信度还是可以作为不可置疑的事实凸显出来。大屠杀否认者是边缘化的幻想者。然而，如果事实和可信度同时遭受见证者自己的质疑，并且见证者不是将其作为一种单个的突发事件，而是作为他们见证的基本情形来质疑时，读者和观察者就被带到了席位的边缘。事实上，更具有挑衅意味的是：如果人们想要拥有见证的能力，由此使见证获得一种超越罪行本身而直抵语境的文化功能，并让置身事外的人们及后代参与进来，或许必须保持开放的怀疑。对他们而言，完全有必要不断往事实中添加东西，由此对个体身份与集体回忆产生影响。对作者而言，仅背书"展示了作者自己的经历"以确认其可信度——如同豪尔赫·森普伦在其回忆了布痕瓦尔德集中营的著作《漫长旅途》（1963）封底所写一样——是不够的。可信度从来都不是简单的事实，而一直是文本中的开放工程，直接涉及读者的积极参与，而不是出版商向市场提供的推广信息。

凯尔泰兹在 2001 年写了一篇关于罗伯托·贝尼尼的电影《美丽人生》（1997）的影评，提出了这个具有挑衅意味的问题："谁拥有奥斯威辛？"这部电影拍摄于 1997 年，是一部卓别林式的喜剧。圭多诱使他的儿子乔祖埃相信整个奥斯威辛是一场游戏，获胜者最后的奖励是一辆真的坦克。他用友善但具有欺骗性质的言语向他儿子讲述集中营护卫粗鄙的言行，以及其他狱友的遭遇，整个电影因而成了一个喜剧。电影刚出来时，产生了很大的轰动，因为它剔除了经历中的可信度，将悲剧变成了喜剧。再者，尽管导演是幸存者的儿子，但他出生于1952年，他何以得到关于这些历史事件的可靠经历和真相，又要怎么展示它们呢？

凯尔泰兹自己作为奥斯威辛的幸存者，在书评中写道："但是难道这个游戏的小把戏本质上与奥斯威辛经历的现实有任何差别吗？人们可以在那儿闻到烧人肉的恶臭，但却不愿意相信这是真的。"他说这犹如把小刀深深扎进伤口中，并宣称可信度和事实真相在这种情形下是完全相反的：

> 幸存者们声称他们拥有大屠杀的专属权力，就像知识产权一样，拥有了一些伟大而又独特的秘密……只有他们能够将此载入回忆，使其免于腐烂……这样的再现真实可信吗，历史是这样的吗？我们真的是这样说的、感受的吗？这是厕所所在的地方吗，在营房的某个角落？……但是为何我们对这些尴尬而又痛苦的细节那么感兴趣，而不是仅仅试图去尽快忘记这些呢？这似乎是因为随着对大屠杀的活生生的感觉逐渐消逝，所有难以想象的痛苦和悲伤以一种单独而统一的价值观延续下来——人们不仅紧紧依附于这种价值观，而且还意识到它逐渐被认可和接受。模棱两可的正在于此。要想让大屠杀成为欧洲公共意识真正的一部分（或者至少是西方欧洲），必须付出与臭名昭著相交换的代价。因此，我们很快获得了大屠杀的文类化型，现在甚至发展出不可承受的方向……是的，这些幸存者失望地看着自己失去独有的专属权：可信的经历。（Kertész，2005：268，270）

对凯尔泰兹而言，不可容忍的是细节错误的可信度，比如斯皮尔伯格的《辛德勒的名单》那样。它们变成了民族志学，或许甚至通过被描述成大屠杀而高度情感化。事实上，这部电影本身就简要展示出，全球的媒体现实使得真实与可信的问题更加复杂。斯皮尔伯格的电影基于一部小说，小说因为借用了诺亚方舟的故事而取名叫《辛德勒的方舟》（1982），其作者，澳大利亚作家托马斯·基尼利,既不像斯皮尔伯格那样是一位犹太人,也与贝尼尼这样的幸存者没有关系,但他却发现了隐藏于现实与想象边缘的一个具有吸引力的故事:一位德国人想要救助一群犹太儿童,但却无法实现。和他的其他作品一样,这部小说改编自真实的事件,但却夹杂了虚构成分,这在 1982 年引起了一些麻烦。但是在电影大获成功后,小说借用电影的名字再次出版,却获得了不错的反响。

所以电影《辛德勒的名单》以基于事实的小说为基础,是事实与虚构的混合,除此之外,还重复地将所有一切都再次混合。我们发现它也改变了原著的地位,将其拉至全球化的媒体雷区之中。人们忘记了这原是引起了 1982 年的争论并且获得了富有威望的布克奖的小说。现在,它更像是一部票房大卖的电影的基础。既然此概念已经开始崩塌,那么人们就想要提及其真实基础。尽管它是虚构小说,但电影将它视为事实基础。碰巧的是,作者在其职业生涯中期,将署名从中间名"米克"变成了"托马斯"。人还是同一个人,但或许与"托马斯"相比,"米克"这一名字看起来太像报刊专栏作家了。谁能知道其中的真假呢?记住,这只是简单而直接地见证了如下事实:全球范围内,文字与媒介内外的文学散播的普遍情形将带有复杂调解过程的证据混合起来,变成一种不可分解的事实与虚构的混合体。这就是一种基于创意性谎言的全球交流。

显而易见,凯尔泰兹对文本之中或背后的可信度本身并不感兴趣,而只是集中讨论这种可信度如何在文本中创造出来并留存于读者之中。他在 2002 年诺贝尔颁奖仪式上的演讲中说道:"但是,由于我们在讨论文学……那么……这也是一种声明,我的工作或许可以在未来能成为一个有用的目的,并且——这也是我的由衷愿望——甚至向未来发声。"(Kertész, 2002: s. p.) 文本必须解构凯尔泰兹在斯皮尔伯格而不是在贝尼尼的电影中发现的感性或情感化风格。但解构却要付出代价:作为见证文学模棱两可基础的现实指涉,与其作为证词激发效果的相关性大大降低。这便是布痕瓦尔德集中营幸存者——西班牙籍法国人豪尔赫·森普伦所写的《漫长旅途》的基调。

⊙ 驶向布痕瓦尔德的火车上

"我自己在那儿"或许可以成为森普伦对布痕瓦尔德记忆的标题。在当时运输奴隶时，情况确实如此。这部书法语版的封底写着"这部著作展现了他自己被放逐的经历"，而出版商则在倒数第二页的作者出版书目中将该著归类为"小说"。因特网上有关作者或这部书的点击量表明，有时这部小说是基于个人经历的，而在其他时候，它被视为处理真实个人经历的文学手段。决定权往往在读者手中。

森普伦将凯尔泰兹的请求变成了现实：忘记现实和知识的可信度，你应该将此责任交给读者，以这种指导思想进行写作。那样，也只有那样，经历才能留存下来。现实与可信度、真相与谎言之间的关系并非一下就能决定，当新鲜的东西通过小说浮现于表面时，这一判断就成了挑战。因此，必要的写作训练包括四项操作，分成两个小组。在《漫长旅途》中，它们以创造性的顺序发生，但却不断重复和颠倒、隔离和混合。

（第一组）

（1）第一个操作是剔除对集中营和旅途细节的关注。

（2）第二个操作是高度集中于叙述者自己对这些经历的感受，不管细节如何。因此，就发生了从提供细节到展现经历主观可信度的知识转移。

（第二组）

（3）第三种操作是在读者脑海中通过书本写作和编排的方式对所谈及的经历进行再创作。

（4）第四种操作关注在此种情形下，读者们带走何种知识或思考——就像凯尔泰兹说的那样，向未来说话。

第三种到第四种操作的转变，即从文学对读者的挑战转向迫使读者将知识或思考融入现实，而森普伦的经历及布痕瓦尔德的存在依旧延续了下来，只是经由小说的调解而有所变化。

这本书的主要情节从靠近巴黎的贡比涅接收营运输被关押者开始，直到最后森普伦进入了魏玛附近的布痕瓦尔德集中营。他在 1937 年与其共和党父母一起离开了西班牙。他父母是民主精英。1936—1939 年西班牙内战前夕，佛朗哥夺取了政权，他们就在巴黎住下来。森普伦去了一所精英高中，在那儿学习了哲学，并参加了共产党阵营的法国抵抗运动。他在 1943 年也就是 20 岁那年被捕，最后来到了布痕瓦尔德，但是幸存下来，1945 年春天回到了法国。故事讲述碎片化，时而出现唐突的联系、跳跃的记忆，时而又在集中营里对未来事件的期盼，并借助历史和文化视角来增强效果。这些兜兜转转的旅途围绕着一个简单的基本情形进行，由此读者不会被突然转变的话题弄得不知所措：一群罪犯被塞进一节火车车厢，森普伦和来自塞米县的另一个人处在中间；他们一起交谈、吃饭、讨论、做梦、辩论还相互鼓励。全书不断回到这个情形，将其作为组织经历的一个可信事实。

上述四个操作贯穿于森普伦的讲述全过程。森普伦的这本书及其他基于集中营经历的著作都是如此，由此其在生命存续与恐惧之间自由变动，这远远超出我在这儿能传达的任何东西。开头的七八页就是他惯用技巧的一个集中例证（Semprún，2005：18-25）[①]：

森普伦和来自塞米的伙伴从火车中望向摩泽尔冬天的景色，他们刚刚进入德国。他们望向窗外，谈论着刚刚离开的贡比涅集中营。这个务实的伙伴不能想象还有其他的法国集中营。他是个爱国主义者，并且从未见过这些。森普伦向他解释了另一面。如果这个伙伴是霍尔堡喜剧中伊拉斯谟的兄弟，那么森普伦就是伊拉斯谟，那个有知识并且聪明的家伙，向人们讲述并过度解释着一切事物。所以，抛开被关押者遭驱逐时的实际情形，我们也能从中得知一些关于法国集中营的事情，而这两个人对于法国与德国模糊关系的不同知识也使整个叙述轻松活泼许多。然后注意力随着火车的笛声转向了他们眼前德国的冬天。来自塞米的伙伴压根儿不想看，他自己就来自乡村，已经看够了，而莫塞尔的

[①] 以下没有页码标注的引用和参考文献均源自第 18-25 页。这一场景也是电视电影版《伟大旅行》的中心片段，见霍夫曼（Hoffmann，2005）。关于森普伦，见拉辛斯基（Razinsky，2016）。

葡萄酒不可能打败夏布利酒或者其他法国物产。而森普伦的思想再次飘向了他早期的生活，眼前铁路线上的旅馆让他想起了自己也在这样的地方睡过觉，被鸣笛声吵醒过。而看到德国家庭带着孩子外出散步看火车这一幕时，他又想起了他自己在家时不变的日常生活。对这些家庭而言，这只是外面的一辆火车。他们看不见受难者，也看不见这些受难者的故事。

这便是旅途中与各自经历相关联的狭窄联结圈，但是它们又扩展开来。森普伦简略地回忆起在塞米附近的一次破坏活动，由此偶然地将他的伙伴与抵抗运动联系起来。随后，他思维突然向前一跃，来到了旅途的结尾：这个来自塞米的伙伴，"在旅途的结尾，就死在我的旁边。旅途结束之际，他的身体就站在我的旁边"。然后他又及时地跳跃至集中营里的生活。他和一群伴着轻音乐大声说话的人来到了这儿。也就在这儿，他又一次看到了一个德国家庭在篱笆外散步。他的思维甚至再次向前推进，直到获得了自由，然后自己在外面散步，再次踏上之前的旅途，只是方向不同而已。他想象中的快乐在对星期日出来散步的德国家庭的憎恨的衬托下，显得不足为道。但是他在16年后坐着写作时，却完全想不起来第一次旅途中押运他们的人，因此也就不能完全简单地回溯第一次旅途。然而现在，全新的现在，他知道即将重复这次旅途，只是需要将忘却的记忆慢慢恢复。这就是他写作时在桌前做的事情，由此，他将旅途融进生活。

前提是他可以选择自己想要写的东西，以此来塑造旅途并将此塑造融入他自己的真实旅途："或许我只该如实地讨论那时在摩泽尔峡谷中，在外面散步的人们和自己待在（火车里）的感受，而不致扰乱故事的秩序。但现在我是写作的这个人，我可以做任何自己想做的事。我也可以不提这个来自塞米的伙伴。他和我一起在旅途上，并且死了，其实没人会关心这个故事。但是我选择讲述这件事。首先是因为塞米-昂诺苏瓦，因为碰巧与来自塞米的伙伴一起旅行……这就是来自塞米的伙伴和我之间的事儿。"也就从那儿，我们又再次回到了火车厢里这个场景。他在火车上望着外面，而他现实中的伴侣问他在看什么。没有任何东西，森普伦回答。而他伙伴却说道，真是愚蠢，什么都没有，为什么要睁着眼睛看外面呢？

与我们相关的焦点转移了。虽然还是有很多关于实际情形和我们所见的人，但这是他选择的结果。他在开始写作后的第六年获得了自由。他选择不重新记取所有未湮没的正确细节，而是让自己超越完整回忆的要求。这些细节是可以被湮没的。他说道，自己站着，没看着任何东西。相反，或者因此，他允许特定经历拓展开来，并且赋予这些经历可信性，尤其是关于他的伙伴以及外面那些讨厌的德国人。这意味着他完全有自由来组织叙述，将自己和伙伴置于中心位置，尽管记忆是分散选择性的。他通过对这次旅途的呈现，向我们确证了叙述的可信度并给予我们相关知识。

通过将注意力从关于事物内容和细节的知识转移至个人经历，他获得了界定我们阅读内容的权力。他写道："这是塞米伙伴和我之间的事。"这就是他的重点，那时他无法从那个情形中选择任何事情。但是现在，他可以选择一些事情，忘却其他事情，将自己认为值得记忆的东西传达给读者。读者不再能够获得其他任何信息。不管回忆是否为事实，忘记是让我们获得关于他的经历和他伙伴的重要信息的前提。叙述中的旅途创造了这样一种连贯性，而在当时的押运及随后事件的实际情形中，这样的连贯性并不存在。

⊙从文本到读者

森普伦至此已经实践了第一组的两个文本操作，从关于事实的知识转移至关于经历主观可信度的知识。他明显地注意到以下事实：关于旅途的知识中充满了记忆的漏洞，除了他与他的同伴，没人会在意他们的关系。纵观全篇，森普伦用了很大篇幅来塑造经历，使其融入读者的世界。他从过去中摘取细节，并以现在的情形衡量这些细节的分量和价值，以便理解可能逃出其记忆的情形。知识不仅产生于与其本身相关的东西之中，也与选择传播重点、目的及形式的那个人有关。读者与文本的关系就如同作者与过去的关系。读者也需要在碎片化及时空的跳跃中寻找秩序，以评估这些选择的可信度，并试图看到某种在叙述中及由叙述联结的必要性。这一情形等同于旅途的封闭性、永久的不确定性，及人们在整个旅途中发出的呼喊、听到的谣言、感官感受的片段。

然而，从火车里向外看，德国人在火车边及篱笆外散步的场景，以及

1945年春天他自己重获自由时的经历等，获得了一种普遍而又简单的形式，进而与其个人的经历拉开了距离。在他重塑事实的过程中，这些经历被简化或升华为两种简单而普遍的核心经历，成为我们日常生活的具体经历。这种简单性通过简洁而重复的句子实现，这些句子时而用现在时态，时而用过去时态：

> 看到他们走在路边，这似乎是世界上最简单的事，我突然发现自己在里面，还有我的伙伴们。我顿时心生悲叹。我在里面，几个月来一直这样，而他们在外面……他们只是在外面，而我在里面。其中的滋味并不只是我不能去到我想去的地方，毕竟谁都没有自由能在任何时候去自己想去的地方。我自己也从来没享受过这样的自由。我倒是有被迫来到这个地方的自由，上了火车，因为我必须做使我上这趟车的事。我自由，完全自由地上了这辆火车，并且很好地使用了这一自由。我到了这儿，来到了火车上。我是出于自由而来到这儿的，因为我或许不用到这儿。所以事实本来不必这样。这只是一种身体上的感受：一个人在里面。有里外之分，而我在里面。一种悲伤心情涌上心头，别无他感。

这些基本的核心经历是非常简单的，就是里面与外面之间的空间差异。森普伦用平行并列的形式，将他和外面的德国人之间的具体关系延伸至迫害与自由的抽象关系。第一种关系是静止的——他们在那儿，我在这儿。第二种关系是动态的——我如何能利用这一切的暗示，选择从一个地方移至另外一个地方。这是一种非空间经历，他将内心的电影胶片拉回至第二次被迫登上火车之时，最后将此视为不受胁迫的自由行为，即参与抵抗的结果。他必须参与其中，而非置身事外，但其实他也可以选择后者。由此，火车旅途现在成了他自己的旅途，自己的一部分，因为他做出了选择。当他写作时，火车旅途和他的选择相互决定和映射，并且是他自己选择了叙述的细节、情形、顺序及角度。

由此，他预料到了读者所处情形的简单性。他们选择阅读这本书，并在审视文本世界时跨越边界，决定对错之分、真理与谎言之差以及现实与理想之别。但他们其实完全不必阅读这本著作。作者与读者对所反映的基本文化情形都有具体的经历。这种经历围绕在我们周围，与选择联系到一起，每天都在变化。这些选择可能会导致重大结果，比如森普伦个例中的生与死，但是我们总是不能预知结果。这本书的大部分都是此种基本的核心经历的变体及具体化，赋予它全新的含义，将它在新的具体环境中铺展开来。

另一种基本的核心经历便是这一情形的物质性自然。它被一种"深刻而又悲伤的感觉"渗透着，森普伦在开始和结尾几乎是重复了这句话。"里面"和"外面"从来都不是抽象的范畴。诸如登上火车的行为以及里外之分等情形可以被重新阐释为个体的情形。但并不是我们选择感官上的经历；我们拥有它们，或者说，它们拥有我们，这仅仅是一种物理呈现的共享。在整本书对充满死亡、饥渴、饥饿及人体排泄物的车厢的描述中，这一点表现得非常明显。叙述者并未以乔治或森普伦自称，而是通篇用第一人称"我"，以及"来自塞米的伙伴"。他们都说"你"以及"老朋友"，但从来不提对方的名字。但叙述者的伙伴死去时，被标记为靠在叙述者身体旁的一具尸体。在这个简短的仅仅占了最后18页的第二部分中，来自塞米的伙伴去世了。主角离开了火车，来到了外面，但接着进入了集中营，开始用"杰勒德"的名字在那儿生活。书的最后部分说道，他离开了"活生生的世界"，这段话显然是向一位活着的读者说的。

为何会在最后提到叙述者的名字？叙述本身是对森普伦多年梦寐以求的反转旅途的补充，但事实上，要到16年后，当他写作时，他才有机会实现这个梦想。在重述中，他不仅形成了决定写作的记忆，而且还开启了过去封存的情形，由此他的记忆获得了全新的含义。相比于现实中存在的集中营，这个故事更多与自由及个人选择联系起来，由此而融入人的生活。当从火车里看着外面的人们时，他什么都没看见，只是看着，正如他和来自塞米的伙伴说的那样，他是一个空荡、匿名的身体接收器。在重述中，他站在那儿观望着，而我们读者则在外面，被他注视着，此时他获得了存在感。当他看着时，他毕竟是活着的。他进入集中营时，无名地离开了那些活着的人，但是在叙述中，他再次以杰勒德的面目在我们面前出现。

此种主观身份浮现时对其进行的描述，也出现在布丽克森的《走出非洲》：

"我在这儿,属于我的这儿。"森普伦在回顾登上火车时,用的几乎是相同的词语。不管这是多么普遍或者个人化,也不管具体内容如何,文学提供的知识总是基于一个具体的焦点,这个焦点便是身体经历的直接性,以及在所有语境由此强加于我们的内外之择。此种简单对立将这些语境构建为一种由身体呈现的经历,即一种现象学上的经历。不管我们在哪个地方被本土化,我们都独立地存在于这个世界令人困惑的不可知性,这就是主观身份的出发点。内外之间的关系是文学作为全球思维模式的DNA模型。这是一种简单的模型,但当加入读者的补充经历时,这一模型却有着无数具体的获取新形式和内容的可能性,并且我们也无法不激活这种经历,因为我们存在的物质性以及内外之间的困境,暗示了我们生活世界的基本特征。

在布丽克森的书中,当她与法拉站在客厅中,当她站在玉米地里被当地人围起来时,我们也遇到过相似的情形。在两种情形下,内外之间的关系颠倒了。当外面世界在巴黎皇宫花园中向坎帕展开之时,在华裔秘鲁人来到美国时,这种内外的颠倒都发生了。于我而言,则是在我参观学校课堂时。而对辛尼特而言,则是他想把遥远的澳大利亚文学纳入英语文学时。康德从其神圣而受管制的宇宙中走出来,不得不将世界物质进程不为人知的经历融入全新的解释和概念,由此重新经历内外的颠倒。他为此付出了毕生的精力。这也是每个作者都要面对的永久性问题:将这个不易捉摸的世界付诸语言,由此使其获得一种具体的、人类的形式,并且让读者得以与之联系起来,尽管其带有笨拙的物质性或者抽象的距离感。读者与文本便在这同一关系之中,这也是森普伦在他的文学和生命中要完成的工程(Semprún, 1998)。

⊙作为选择的知识

但是基于森普伦对物质和呈现的极端个人化选择的知识到底算不算知识?当然也可以算,如果普遍意义上而言知识的出发点是选择的话,那么这也算是知识的一种形式。但这样的事实并非不言自明的,因为我不会再去对重力的普遍性或者地球围绕太阳转作真假判断。然而,首次系统深入分析及实证性数据出现之前,科学知识是以选择作为出发点的。从这个角度而言,这些数据也是经选择才获得的，而不是被给予的。亚里士多德便持此观点。他对用新方法组织知识，以及在无限的探索领域内创造新知识很感兴趣，并借助跨学科的方法，论及我们今天所言的自然科学、人文学科、社会科学以及医学等学科，其基本思想在数千年来对欧洲的知识概念有着深远而不可磨灭的影响，只是在里斯本地震之际有所褪去。

知识是在对错之间做出的理智选择。这便是亚里士多德在其《尼各马可伦理学》中所阐述的。这本书名义上是献给他儿子的——公元前4世纪的尼各马可。他讲述了两个观点。第一个观点与知识的社会维度有关，这与霍尔堡类似。选择的基本作用是将知识与伦理联系起来，因为两者，尽管是在不同的领域或者基于不同的理性逻辑，但都与做出对错之分的理性选择有关。这就意味着理性不可能与社会语境分割开来，不管其本身是多么真实和无可辩驳。人们在谈论真理时都会不可避免地涉及本质、可理解性、接受性及用途。如果知识的创造者不参与这一讨论，那就会有其他人参与进来，因为知识对除生产者以外的其他人都有着重要影响。知识的形成是为了发展文化，而知识本身就是文化的一部分。亚里士多德用略微不同的言论表达了这一观点：不同形式的专业知识努力创造良好的效果，它们一起尝试着改善城邦中人们的生活，比如城市中有组织的人类生活。他是来自希腊的世界主义者。这就是亚里士多德的第一个观点。

第二个观点与知识的认知维度有关。有两个理由可以说明选择的重要性。知识与我们想要知道的事情有关。亚里士多德在想到实践知识时指出："我们的讨论如果能在主题允许的范围内尽量清晰，那么就会显得很充分，因为所有讨论中的精确性与工艺产品的制作一样重要。"（Aristotle，1194b：15ff）换言之，仅仅基于理论精准以及物理实验的精确知识的辩论，而忽略了由个别主题加诸我们的局限，是不足以保证在所有情形下都能产生最好或者最为深刻的知识的。鉴于此，不同形式的知识不可能立即成为彼此的模型，但是应该也可以相互合作与补充。复杂的主题要求我们结合不同形式的知识，而这意味着我们必须选择某种类型的知识，由此与不同的事物联系起来。知识从来都不是单数形式，并且没有一种知识类型能成为其他形式的模型，进而享有固定的绝对权威。

　　这一结论或许暗示了一种便捷的分工。我们所有人都会在某一领域成为新手。这些领域都基于知识类型与合适主题的结合——对专家而言的全球化。但是在此，亚里士多德认为选择是知识的基础好像解释不通了。知识不仅与事物紧密联系，我们是立足于做出选择的自己将经历转化成知识时。我们选择了想要了解的事物，以及用以获得知识的理论与方法。这些选择可能基于一些突发奇想：欲望、情感、痛苦，对某些事物的内在癖好以及其他个人的转瞬即逝的想法。这些都不重要，只有依赖于我们的特殊能力做出的理性选择是重要的，这便是亚里士多德知识选择系统的核心。人类作为理性动物卷入各种需要选择的事物，利用并使用这些选择来发展知识。只要是在能够做出对错之分的理性选择的所有区域，我们都能获得知识。我们不仅仅在历史的不同时期在所谓科学的不同领域使用过这样的能力，并且科学这一范畴也由于我们不断的理性选择而不断变化。从前，占星术是很热门的科学，而现在则成了无稽之谈。

　　亚里士多德如此急切地想要以理性而不仅仅是观察来证明知识，并不意味着要在一切事物上强加理论与方法，而是要说明存在不同种类的理性，以容纳不同类型中具有不同正当性及范围的知识。因此，获得知识也就意味着有能力辨明不同知识类型的边界，甚至在统一的对象中也是如此。人们可以通过参照实践经历、逻辑辩论、权威文本以及观点，还有习俗、法律和秩序获取知识。亚里士多德还强调了，如果知识原则上可以向他人证明，即使不是所有人都能接受或者理解所提供的论断，那么知识本质上而言就不可能是私人的，而观点及概念则可以是私人的。一般而言，尽管人们不是总在传递知识，但知识总是可以传达给他人的。因此，知识几乎总是与语言融合到一起，所以也就是一种社会与文化实体。

　　在其关于伦理学的著作中，针对我们处理理性选择的能力及由此产生的不同知识，亚里士多德提出了五种知识类型：理论型知识、直觉型知识、实践型知识、创造型知识以及智慧。所有知识类型都有伦理学的影子，而伦理学本身就是涉及其他选择的问题：是非判断与实际事物、社会行为、直觉、真理和认知、价值观及其他更多因素。

比如，创造型知识告诉我们如何创造事物，包括文学、艺术、手工艺以及技术。当我们作为使用者发现一辆快速列车、一把椅子或者一场电影如预期那样起作用时，我们已经通过这些创造出的事物选择或者生产了真实的创造型知识。实践型知识里，假设我们关心的是实际知识，亚里士多德则主要关心社会、人类及社群中的知识。如果我们判断某一社群有所改善，那么我们已经选择或创造了关于社会的实际知识。这两类知识是逻辑性的，是被应用的知识和关于应用的知识。

另外三种类型是认知或者认识论的知识。直觉型知识基于自发观念，分辨关于世界秩序基本原则的一切是否真实。如果我们扔出石头，那么它会掉到地上。就算我们把它向上扔 10 000 次，它也仍像霍尔堡的妈妈一样学不会飞翔。霍尔堡或许注意到了亚里士多德的观点。我们不可能通过逻辑归纳来证明石头的自然归属地是在地面，但是它会属于其他地方吗？亚里士多德直觉地感受到了这一点。智慧将这些直觉洞见与理论知识联合起来，由此它们不仅是正确的，而且因为依据逻辑与理性直觉，还是真实的。理论知识是特殊的，现今，我们称之为科学。在此，我们又一次借助理性需求认识了关于现实的真实性，它要求我们在观察基础上，小心诚实地推理，或许还尝试由此修复不完整的解释。

知识的不同领域、科学论证以及关于是非判断的类型之间存在着复杂的联系。不管是否有好的推理，人们认为其中一些联系比其他联系重要；事实上，一些联系被认为是真正的学术的唯一模型，是其他类型应该尝试模仿的。自然科学在 19 世纪就获得了此种地位，成为真实知识的模型，并且作为亚里士多德理论知识的唯一代表，它至今还在文化辩论中扮演着类似的角色。不同科学的严肃阐释者对其特殊知识种类的有限正当性保持着谦卑的观点，总是提醒自己，真实知识只有基于特定的情形才是有效的，并且这些情形及其边界都必须非常明确。他们清楚地知道，一个社会所需要的知识必须由不同类型的科学证明与使用组成。真正的科学会给予我们关于整个世界实质的知识，而不是关于特定方法、理论与证明标准的知识。

这又让我们回到了亚里士多德。对他而言，学术是不局限于特定主题的。

所有现实元素都可以产生理论知识。这就是他自己广涉天文学、心理学、物理学、诗学、生物学、社会学以及其他领域的原因。五种类型的知识并不是相互竞争的，而是为需要阐明的知识提供互补模型。它们不同，只是因为它们具体适用的学科不同。鉴于此，它们不可能单独地向我们提供所需要的一切知识。科学的能力就在于能在人所寻求的不同知识类型之间建立联系，所以这些知识类型之间的边界是动态的。亚里士多德面临的挑战正在于知识类型开放的复杂性，而不是如何维持他提出的系统。

尽管我们不支持他的结论，但他对知识的彻底更新直到现在还是个话题。2007 年，在提交给英国外交大使的报告《创意版图》中，伦敦智囊机构 Demos 特别提到了知识的组织形式：

> 一个固定标准化的课程能很好地解答工业经济对于准时、自由、勤奋且遵守规则的工人的需求。一个创新经济则需要以好奇心为导向，并且需要旨在提高合作式解决问题能力的教育系统。（Leadbeater & Wilsdon, 2007：50）

全球化挑战使得我们面临的现实呈现出全新的复杂性，它移除了我们传统领域后花园的篱笆。为了应对这一全新事实及复杂问题，我们需要何种知识，其标准也动摇了。如今，就像亚里士多德，我们也必须在主题与议程之间选择新的边界，以发展我们自己的知识。

⊙ 文学的知识

但是文学在此种情形下能给予我们哪种知识呢？文学，包括文学研究，含有知识是无可辩驳的，我们在现代科学形成之前就知道，并且这种知识明显是可以被很多人分享的，这不仅仅是因为文学作品有很多观察者、听者和读者，而且还因为文学从本质上而言是一种语言的艺术，而语言是将观察转化为知识的推论基础。任何我们能在语言中谈论的———切，甚至是沉默——文学都能谈论。因此，在不同知识类型之间，不管是科学知识抑或其他知识之间的关系发生变化时，文学总是一种积极的力量（Gratz，1990）。不管文学提供何种类型的知识，它总是其他类型知识的近邻，并且总是与其近邻交换知识。文学以其自身的能力给予的知识，可以五个标题概括。它们各自的焦点总是具体的，并且建立在文本与经历之上，比如森普伦书中概括的那样。

（1）文学的动力。文学混合不同知识类型，而这些知识在我们的文化中原本是相互隔离开的，并且文学让这些知识面对不同文化及知识社会中的所有信仰、信念以及幻想。人们可以孤立地获得并培育知识，但是只有将知识置于更广阔并拥有相互竞争的观点和信仰的文化背景下，才能使用知识。正是在这儿，知识从一个领域转移至其他领域，不管是否为科学领域。当新移民学校的孩子们在电脑上点击头部的图片，将其正确匹配到埃及众神身上时，他们获得了一种知识——亚里士多德的创造性知识，这种知识可以被转移，不管此种转移对错与否。这种转移指向对那些操作者而言全新的领域，或者指向当我们试图带着知识向前进时所面临的全新领域，它所面对的问题没有人能掌握全局。在遇到愚蠢、偏见时，或是我们尝试接近知识时，此种转移会遇到阻力。

文学是一间实验室。在这儿，知识通过使用所有语言资源，在广义的文化信仰系统的语境下实现转移。文学并不会一开始就告诉我们哪种知识或信仰是最好的，而通常是以想象性的与其他认知形式相矛盾的方式，将知识从一个领域转移至一个又一个领域。比如，修辞性语言在不同意义区间的跨越，或者从不同角色的众多视角来看同一件事，这些角色有些是明智的，而有些可能完全疯疯癫癫。人们很早就承认，当其试图在所知不深的领域寻求突破时，隐喻、联系以及直觉型知识有着积极的作用（Leatherdale，1974；Schön，1993）。随后，他们再梳理想法，使其在科学条件下更为精确。首先且最重要的是，文学提供了关于此种转移的基本动力的知识。文学使得这种动态的知识保持开放，而其他东西则在学科及知识领域的垄断中将其禁锢。

在森普伦的书中，这两位伙伴在旅途中交流关于相同事物的知识，但同时必须转移在不同知识水平之间他们所知道的一切。叙述者拥有政治、地理以及历史知识，并且可以传达给他人。他还从来自塞米的伙伴处得知了如何在火车上生存的实际知识。他们就像是静音状态下的伊拉斯谟和他的兄弟雅各布。他们不想拥有垄断，而是想要与彼此分享都不可能单独获得的知识。他们在各自情形下转移知识，由此知识获得了崭新的含义，这使他们活了下来。

（2）知识的边界。不管知识的转移多有动力，但大体上它还是有局限的，文学在我们眼前支撑的正是这种基本的事实。文学所言的一切都是从有限的角度出发，比如从一个人、一个机构、一个无名的社区或者是一层语言的修辞，比如反讽。此种有限角度的形成方式向读者揭示出文学中所讲的一切都不是普遍有效的。关于绝对信仰、普遍真理或者无可辩驳的事实的言论从来都不是那么绝对、普遍或者无可辩驳，而只是在它们形成和使用的语境下才如此。

爱因斯坦变换了物理世界中理解时空的情形，但他并未使牛顿对世界及其基础和绝对时空的机械物理观失效，而是更加精确地界定了这些观点有效的情形。现今，关于重要的全球区域知识基础的不确定性，比如环境变化、政治倾向及文化冲突，诱使很多人创造教条的世界观，将复杂事实转化为简单化的言论及政治宣言。这使我们平静下来，但我们还是知道它们是虚幻且不真实的。文学关于知识局限及不确定的反教条知识就像是疯狂的荷尔蒙，使我们保持清醒。

在《漫长旅途》中，叙述者一再强调我们所得知的关于火车旅途的一切都是在后来由他选择并塑造的。这是一种对读者的提醒，告诉他们要保持怀疑的态度。他借助思维及时间的跳跃、人物名字的缺席以及句子构造，保持了这种怀疑主义。

（3）意识的边界。当外面的世界，如同现在一样，一直处于不断变化中时，理性和有意识的目的及行动不可能提供足够的概观。基于此，自发的实际经历——审美经历，变成一种将我们与周围世界联系起来的主导方式。使用键盘或者开车是处于身体与意识边界的知识形式，在做这些事时我们只是用到了实际经验。我们完全无视内容，除非有一台新电脑或者开车时需要掉头，否则我们很难揿起神来。我们的日常生活充满了这种半意识动机和行动，科学实践也是如此，但我们也有无法控制的欲望和冲动，比如抽烟、对糖果的渴望、良心道德的要求、失眠、性功能障碍等。它们是日常生活中可以确定的重要知识，但却不是完全孤立的。

文学充满了这种边界域的知识以及我们理解它们的方式。事实上，呈现意识的边界与它们对人类现经历的影响正是文学的独特性所在。森普伦写他望向火车窗外却不知看见了什么时，指向的正是这种类型的经历。当他陷入驱逐的空隙时，认识到自己亲身在场的事实使他得以继续下去。

（4）认知不确定性。文学将人们对自己身份的反思与外面世界和社会生活的知识交织在一起。事实本身是一方面；我们确定这是事实，是知识更为全面的一个方面，它将外面世界与生活在世界上的我们的个体身份联系到一起。我们或许会用事实经历中的主观投入来试图获得信仰或确证。这是人类处理现实的核心，甚至即便它还未被归类为兴趣和行动的理性类型，现存科学对此也无从下手。我们经常需要将知识与自我理解分离开来，以此获得特殊的认识，正如我们经常会说一些东西是难以置信的，但却是真实的。将它们分开的动机往往很大，比如病人的身体已经到极限了，但他还是无助地看着医生，希望得救。但是文学提供给我们的基本知识告诉我们，它们从来都是不可分离的。我们对这个世界的经历及其对我们的影响是一个整体。

一些文学类型向我们呈现这种整体性，并且往往是很难共处的整体，比如在悲剧中，我们关注与自己相关的无法避免的灾难。其他类型的文学通过挑战性主题或表达形式探测我们的关切，并向我们呈现寻求关注点的新方式的要求：这真是文学吗？这真是我们生活的世界吗？这种关于不确定性出现于实验文学，或者我们阅读外国文学的时候。这时，我们需要理解其他不为我们熟知的确定形式，或者开始在我们自己与确定的外界间寻找一种全新的联系，至少在刚开始是这样的。

这便是森普伦着重处理的问题。如果不提及已经被他抛却身后的外在世界经历，即旅途和集中营，他无法获得自我认识与身份认同。并且像吉拉德在书中获得身份认同一样，他如果不将写作视为一种私人工程，就无法获得寻找身份的知识。他传递给读者的正是这种关于世界的知识及其整体。他将这种知识转化为一种围绕自我反思的具体事实及语言框架。

（5）想象力。文学还书写人类思想及幻想，比如不真实的观点及想法的实际影响。这些观点及想法有着不可折服、实际且持久的影响，即便它们是私人的，没有清楚的原因或者恰当的证明。它们让我们将自己导向未来，不管它们是有依据的还是凭空想象的。不同知识类型通过对错之辨给予我们联系未来的方式。文学的知识保留了想象及其实际影响的复杂性和必要性。

当森普伦向我们讲述故事时，正是火车上两位伙伴对团结的观念带来了他们未来想要实现的目标。正是这种把半回忆式思想组织整理为一个整体的叙述与对身份的想象，使得这次旅途具体地呈现在我们眼前。

这五种知识类型将不计其数的文本融合到文化的知识集合中。前两种主要处理不同知识类型之间的关系，而后三者则关系到知识与个性的关联。这五种知识类型提供了不同科学门类中实践知识的补充模型，并且是文学对任何文化中知识的形成和使用所做的不可或缺的贡献。没有它们，我们不仅难以创造知识，也无法使用知识。

⊙ 事实还是虚构?

我尽量避免谈论真理，但真理还是会显现出来。如果知识基于选择，那么人们也可以选择说谎，并且真相与谎言之间的差别也很难辨明。在其具有挑衅性的著作《论胡编乱造》中，哈利·弗来克福提道："除非他知道真理，不然是不会撒谎的，并且他是尊重真理的。"（Frankfurt, 2005: 75）真理将撒谎的可能性系统化，因此必然可以通过谎言让人们相信真理。无论如何，我们都可以确认森普伦对一个关键问题撒了谎——他和来自塞米的伙伴之间的团结，这整个故事行动展开的基础，还有那许多联系、细节的随机选取，叙述的核心，读者可以理解的具体经历，这一切都基于谎言。

在他后来的两本书中，即《文学还是生命》（1994）以及《我们需要的那个过世者》（2001），森普伦告诉我们这个来自塞米的伙伴根本就不存在。他在以前的同事纪·鲍尔汉那里找到了一些笔记，这位同事30年前支持过他及其他作家。鲍尔汉认为《漫长旅途》是诚实的，但从来都不是情感汹涌的，并且抱怨这个来自塞米的伙伴的死使得整个故事以悲伤收尾。他在《文学还是生命》中关于这一虚构做了简单的忏悔，并且在稍后的《我们需要的那个过世者》中也表达过相同的思想:

当我在文学的想象现实中再次回顾这趟旅行时,我发明了这个来自塞米的伙伴,来给我做伴,也是为了不再让我自己感受这真实的孤独,那从贡比涅到布痕瓦尔德一路感受到的孤寂。我创造了这个来自塞米的伙伴还有我们之间的对话:现实往往需要一些幻想,使其变得更加真实。换言之,让其变得更令人深信,也是为了赢得读者的欢心。(Semprún, 1998:262)

当我因为现实写作需要重温那场旅行时,我会创造一个来自塞米的伙伴来给我做伴。我们在小说中一起度过了那场旅途;我创造他是为了排解我现实中的孤寂。如果人们不创造现实,那还进行什么写作呢?或者,甚至更为恰当地表达是,是什么到底让人感觉真实呢?(Semprún, 2001:187—188)①

我们必须承认,他创造性地撒了谎,并且效果不错。但奇怪的是,我们并不会因此而改变阅读的最初体验。

但并非所有类型的知识都是这样。如果一位研究者被发现撒谎,那么他将遭受惩罚,身败名裂,就像其研究结果那样,被弃如敝屣。这一切在2004年戏剧性地发生在韩国干细胞学家黄禹锡身上,他是由权力与金钱支撑的全球知识竞争中韩国科研大潮的一部分。在早期发展阶段具有实验不确定性的知识领域内,真理与谎言在很长一段时间内几乎无法辨别。但是最后,他的结果被证实造假,尽管他一定程度上也否定过自己。② 但文学并非如此。读者获得的真实经历并不会因为作者对实际经历添油加醋而有所减少,并且这正是写作所要的练习:将对知识与真实性经历的责任从作者与书本转移至读者。

森普伦后两部著作中关于集中营经历方面处理的正是这样的转移。《文学

---

① 该著并未翻译成英文。
② 这一案例见 http://www.nature.com/news/specials/hwang/index.html. (2017年1月4日访问)以及 http://www.nature.com/news/cloning-comeback-1.14504. (2017年1月4日访问)。

还是生命》从他在集中营外被两名士兵带走开始。他当时注意到了他们脸上恐怖的神情。他在那儿生活了两年，"再没见过自己的脸"，他说道。(Semprún, 1998: 3) 那儿没有镜子，他只是发现自己的身体越来越瘦。他的憔悴并不能引起那些见到他的人的恐慌，因为他们看过了太多令人害怕和恐惧的东西；所以肯定是因为他的脸部及目光，士兵们才会有这样的神情。他必须借助他人才能看到完整的自己。在后来的叙述中，我们直接或间接地发现为何他要编造一个来自塞米的伙伴，因为这样看起来更真实。在他完全的孤寂中，他必须自己创造出一面镜子，来向他人和自己展示在整个旅途中其所发展出的自我认识与身份认同。

在《我们需要的那个过世者》(Semprún, 2001a: 233-234) 中，他所编造的同伴更加具体，有点病态的敏感。卡明斯基，这个来自布痕瓦尔德的同志，发现了一封来自柏林的关于森普伦的信，信里显然不会有什么好消息。所以森普伦必须与一个相同年龄且已经死去的受难者交换身份。最后，死的是弗朗索瓦。森普伦在弗朗索瓦死之前接触过他，并与他建立了亲密但短暂的友谊，他将在森普伦心中活过来。他与变换后的自我获得了身体上的亲近，尽管这一切都是卡明斯基的创造，为的是挽救森普伦的生命。

这一切与火车内外实际经历的差异一样具体而明显。弗朗索瓦与森普伦之间的关系表明，一个人对自己的真实身份与知识是通过处于不同位置的"他者"反观而获得的。文学的力量就在于它让我们通过想象构造出一种虚幻的对等，由此使得真实的身份成为可能，就如同那个火车车厢一样。甚至即便没有所谓的"他者"来充当我们塑造身份及自我认识的镜子，那种创造性也一直都是可能的，我们可以在语言中找到它，并使它向文学敞开。森普伦传达给我们的真理并不是关于那辆火车或者是那个伙伴的事实，而是我们在与他人的关系中获得身份的方式。但只有构筑起谎言的可能性，并迫使读者将其转变为关于人类身份的真理时，这种基础性的真理才能作为真理而出现。

⊙ "一种诚实的谎言'必须'存在"

通过深究、辩论及扎实的文献梳理，也不一定能一直辨明真理与谎言。一个谎言必须在具体的情形中接受测试。它是否起到了作用？——这是最后的检验。它不是语言的参照，而是有受众的言语行为。这一行为在我们阅读法庭或宗教团体的证词，以及诸如森普伦或凯尔泰兹的见证文学时，有更大的风险。自古以来，从科学的真理产生，到现代法律系统的基础在罗马建立，再到基督教要求我们在上帝面前祷告必须说真话，对于撒谎，我们自古以来就备受良心上的谴责。基于此，人们获得了描述谎言优缺点及其模糊性的等级系统，这在其他未受基督教原罪和羞耻感重压的文化中很罕见。

奥古斯丁，教堂的创始人之一，或许在真实地呈现谎言上（相关论著写于公元前 400 年）[①] 能拿得头奖。他先写了《论谎言》，后来又写了《反对谎言》。他更偏向于后者，因为这主要是一种道德召唤，用以反对西班牙神秘异教徒普里西利安。这个西班牙人相信，一个人撒谎是为了保护信仰的隐秘性，以反抗那些无信仰者，由此保护上帝的信众。但他并没有机会实现自己的主张，他成了第一个被教堂当作异教徒驱逐的人。如果一个人背离他即将见证的一切的基础原则——一直真实地谈论上帝，那么他就不是真正的见证者。全球政治环境促成了愈发敏感的一个问题：一个人能否用撒谎来发动一场战争，并称其为正义的战争，比如美国的国务卿科林·鲍威尔 2002 年在联合国安理会上助推伊拉克战争那样？维基网的揭发提供出其他证据，使这一质疑在充满全球冲突及通信技术的世界中显得更为中肯。

奥古斯丁的第一篇论文分析性强于道德性，主要是呈现不同谎言变体的可能性，大概有八个主要观点以及无数的次观点及修正。此论文在持异见群体中被广为传阅，它没有宗教修辞，因而更像是一种实用手册。现今附属全球化政治背景的媒体顾问可能会发现其有很大的潜能。当奥古斯丁论述人们在上帝面

[①] 见博克（Bock, 1989）的心理及种族分析，以及尼采（Nietszche, 1973）的认识论及种族分析。

前撒谎与见证的关系时,代为作者发言的便是异见者:"一种诚实的谎言必须存在。"(Augustine,2005a;§§20-21 & 36)奥古斯丁无法逃离其敏感分析而导致的困境。一个人可以为了表扬他人甚至耶稣而向无信仰者撒谎,可以为了保护某人而撒谎,也可以下意识地撒谎,甚至可以在没有被要求的情形下省略某些真相。那么我们如何对付有如此多头脑的怪兽呢?奥古斯丁不太确定,真理由此消散在空中。

但是他安慰道,我们在宗教事务上更加煞费苦心,尽管一直以来不确定性都在蔓延。当然,一个人如果嘴巴上不说真理,心理就肯定不会有真理。而即便作为身体器官的嘴巴沉默不说谎,心底的嘴巴也是可以表达真理的(Augustine,§37),并且如果有合适理由,在紧急情形下,人们可以说谎或者暂时忘记真理,只要这不触犯基督教的基本要求,例如慈善、同情、谦卑以及身体的纯洁。最后他对谎言稍加克制,因为即便他的讨论一直王顾左右,但却提醒我们,所有的谎言都是罪恶,尽管有些还过得去的谎言不算太大的事情。因此,人们必须一直为自己的谎言负责。

森普伦的著作及其他文本所维持的正是这种不确定性和责任感。至于卡明斯基,这个在《我们需要的那个过世者》中主导了与死囚交换身份的人,森普伦写道:"卡明斯基是一个虚构名字。然而这一角色是半真实的。或许所有主要元素都是半真实的。"(Semprún,2001a:233)完全可以这样说,揭发来自塞米的伙伴的谎言并不会使他修正自己的写作方式,而是使得谎言的不确定性更为有效。我们现在是否还能相信那个来自塞米的伙伴真是个谎言?关键在于,文学中的谎言并非是让我们试着观望谎言是否被拆穿,而是让我们承担起责任,让对真理与谎言的判断成为读者自己的责任,最终结局则无关紧要。这便是森普伦的整个叙述都有一个具体焦点的原因。读者通过他的经历来对火车上伙伴之间的友爱以及身体在场的即时经历进行确认和理解。不管森普伦叙述的一切如何真实,这也是我们面临的现实。无论以何种方式,文学都借助这一焦点,使我们所有人在共享的生活经历中拥有了一个基本的出发点,足以让我们承担起区分真理与谎言的责任。

真理与谎言并肩,我们无法预先区分这两者。读者必须自己在相似的谎言与真理之间进行选择。这是文学持有的一个开放选择,不管其中涉及的是何种类型的知识,总是会有一个具体的焦点。文学并不会像分发包裹那样向我们派送知识,也不会这样来处理上述提到的五种知识类型。文学就是奥古斯丁假装寻找的诚实的谎言,我们需要在阅读时具体地学习去理解与辨别。选择的必要性暗示了我们所处的复杂现实中知识的情形。

就小范围而言,文学是对知识所处情形的一种富于挑战性的实验。这种情形属于现今日常生活的全球化这一现实。它第一次亮相是1992年里约的全球生物多样性会议。这次会议第一次尝试创造一种以知识为基础的国际聚会。最后,会议报告前言指出:"当生物多样性大幅度下降或者消失时,为避免或者缩小这样的威胁,缺乏充足的科学确定性不应该成为推迟采用措施的理由。"[1](Rio Convention,1992:s. p.)这样的言论在1997年的《京都议定书》、2007年1月的巴黎气候变化会议以及2015年12月第21届联合国气候变化大会签署的《巴黎协定》中也得到了明确的表述。唯有一种反应将构成真正的谎言,那便是等待一切完全清晰地显现自身,无所作为,并置一切个人日常生活中的不确定性于不顾。日常生活是文学的焦点,但文学同时又将知识置于开放的状态,将其变成人类交流的进程。

我们如果在这种情形下不能发挥作用,就会遇到和伊拉斯谟相同的命运。他把地球是圆的知识抛之脑后,扔到了地面的粪堆上。知识是单一的并且建立在权威的专断力量上,受这一信念的蒙蔽,他无法辨别真理与谎言,也无法将此种区分视为永恒的疑问。喜剧的结尾,伊拉斯谟被一位陆军中尉欺骗入伍(Holberg,1990:186-192)。这位中尉假装与伊拉斯谟打赌:蒙塔拉斯是否能证明孩子会打他们的父母?是的,借助能获取某一领域实践知识的正规学习和逻辑推理,蒙塔拉斯当然能够证明这一点。中尉赢得了他的金币,还想要再赌一次:他可以让伊拉斯谟成为一名士兵。这很简单,因为伊拉斯谟已经拿了他的钱,真金白银,尽管是伊拉斯谟自己下的赌注。伊拉斯谟立马变得和他的

---

[1] 全球化视角下关于知识、经历及不确定性的富有洞见的讨论可以在贝克和伯恩(Beck & Bonβ,2001:96-121)中找到。这一文集由萨宾·威索等(Sabine Weishaup, Mathias Heyman & Ulrich Wengenroth)编。

兄弟及中尉一样现实："根本没有见证者！"他失望地大喊。

但是他没有掌握实践知识。有见证人非常愿意给予证明，把伊拉斯谟打趴下，他们才不管这一切是否基于谎言，并且对奥古斯丁关于谎言的罪恶的论述毫不关心。他们的证词都起到了效果，所以伊拉斯谟变成了一名真正的士兵。如果承认地球是平的，并且支付一笔和赌注一样虚幻的赎金，伊拉斯谟就可以使自己自由。村民和伊拉斯谟在处理虚幻与现实边界上真理与谎言并存的知识时，都非常无助。村里人无法掌握超越他们理解能力的新知识，而外来者则无法将知识固定于其起作用的经验世界。文学是一种交流形式，其呈现形式给予我们观察与行动的机遇，并且在充满不确定知识及已有知识无法预测后果的全球化世界中尤为必要。接下来我们将要谈论的就是文学的呈现形式。

第 2 部分

CHAPER 1

全球化视野下的文学

5

导向未来的记忆

⊙ 文学的呈现形式

文学不是物体,而是一个类似于一边航行一边造船的项目。它的工具不是事先准备好的,而是一边使用一边改良。作者在创作的同时思索要写什么,还要修正和改良他所使用的工具。同样的,这就迫使读者在阅读的过程中要像作者创作时那样时刻准备修正方法和概念。这种聚焦、生产式的策略就是我要说的文学的呈现形式。它不是文学手册里那种技术性术语,自然也就不能从人们惯常用到的文学大工具箱中觅得。我们可以在文学大工具箱中找到一些专业工具,小如韵律和节奏,大如意象、叙事手法和见解,再大者如风格或作品的构成原理、十四行诗和喜剧,还有些以类型和次类型形式出现的大工具,如戏剧、诗歌、自传、历史小说、法国悲剧、俳句和民间故事。所有这些"齿轮、索具、剪刀"(Hopkins,1877)都供作者和读者拿来构筑单个的文本并在文学史的展开中领会不同文本之间的联系。文学的实践与它的工具和亚里士多德讲的"术"、知识创新,还有生产特定物品时要用到的知识相关。

在这一部分,我不打算选取并逐一解析用来构筑文本的工具和技术,而是想探求文学在使用工具和技术的基础上,如何与那些我们不曾留意到的全球文化动向和形式的互动。表现形态不仅与对外交往相关，还可以让这种交往关系在文本中得以解蔽。"形态"一词很重要，希腊语中的"*eidos*"有"幻象"和"知识"两种含义，通常被译作"形态"。形态让我们感知某物之为某物的特殊性，由此它能够在一个更大的语境中获得意义。经由表现形态，文学文本赋予了厚重的文化现象及其演变以一种形态，使读者可以像领会幻象和知识那样去领会文学文本。文本以此在一个更大的文化框架内实现语境化。

设想一把椅子，它由很多工具和技术制作而成，我们可以翻转倒置它，可以坐在上面，还可以从它的制造商那里获得附属信息，就像一个作者可以大声朗诵和陈述他的诗集的创作历程。如同文学作品可以被分门别类一样，我们可以把椅子组装成安乐椅或办公椅。倘若设计者具有足够丰富的想象力，那他就能像20世纪那些设计者那样，将现有的椅子改造成新式的椅子。如同建构文学史，我们可以尽可能地追根溯源，寻找椅子的历史。此外，基于单个椅子的形态，我们还可以得到大量涉及品味、风格和功用等外延的意义。

但是椅子也包孕它本身以外的其他形态，它向我们呈现关于人体的幻象和知识。符合人体工学的办公椅并非仅源自工匠日益纯熟的技术或新的材料，而是源于不同的材料和介质呈现人体幻象的不同方式，源于新领会到的人体幻象。走进庄园主的故宅，我们会发现过去的富人坐过的椅子是多么的不舒服。那时候，人们还不会制作复杂的工艺品，无法横渡大西洋，造不出精密的天文仪器。当然，从技术上讲，人们确乎可以做出"身体舒适型"的椅子，但至于可以通过利用特定设计以满足人体舒适需要的理念却尚未诞生（Blixsen, 1979: 46—50; Mauss, 1980）。躯体的概念是变动不居的，容不得我们用某些特定的表现形态来固定它。椅子只不过是表现躯体概念的形态之一，其他的形态还有比如可以调节高度的桌子、为残疾人乘车准备的专用门、健身器材、电脑鼠标、戒具等。

一种文化中，那些用于与其他形态以及整个人类生活世界交互的表现形态是十分有意思的。我们需要用这些表现形态来塑造文化现象，否则我们将会缺少切入文化现象的必要的引介。直至18世纪到20世纪期间，身体的舒适才有了普通多变的表现形态，其中一些与我们已知的形态相互补充，比方说办公椅、写字台和电脑鼠标，另一些则是辅助性的，比如吧椅，它们赋予工作和生活以社会结构。说到工具箱里的东西，我们在实际中习惯性地将它们和木头、塑料和金属等特定材料关联，而我们所讲的形态反映的不仅仅是这些特定的工具箱与其中的材料之间的关联，而是这些具体的形态和它们更广泛的文化功能语境之间的关联。注意，我说的是"文化功能语境"，不是"实用功能语境"。椅子一般侧重于实用功能，但在文化功能语境中，椅子还涵盖了我们关乎身体的坐、立、工作、护理等一系列知识的变化。人类关于身体的本质和需求的知识日益丰富，也就尝试让身体的形态在其他介质中得到表现：从命盘占星术式的形态发展至文艺复兴时期解剖学式的描绘。

我不用"再现形态"，而选用"表现形态"这一术语，是为了有力地回应源于柏拉图和亚里士多德两人的对模仿的不同看法。"再现"意味着某物在他处已被呈现过，后又再次经由文本或如亚里士多德所讲的典型悲剧呈现给我们。相比之下，"表现"既指文本将某物在其中呈现给我们这一事实，也指我们在阅读或观察时这一呈现在当下发生。在当下发生也就意味着呈现形式把文本和读者（或概称为使用者）邀入互动。在椅子的例子中，便是我们每一次在实际使用椅子的时候，去思索它是如何成为身体的呈现形式的——我们会想：它是符合人体工学的，还是反人体工学的？

文学文本亦如此。借助巧妙的虚构，森普伦让读者和他的文本互动。读者会不可避免地唤醒他们的补充经验来领会文本的真意。从更大层面上讲，虚构可以让文学传统在当下作为一个活跃的成分被纳入文化。这一纳入通过对过去文本的交互使用实现，模仿是其中最常见的交互模式。"交互"这一术语与被称为交互媒体的数字化媒体高度相关。不同媒体的交互方式各异，有些情况下，交互是一种亲身实践，有些情况则不然。但交互总体上是让所有媒体形成交流的一种假定。

我在这部分谈论文学的表现形态时，正是基于这种思维模式。表现形态反映文学及其外延的文化功能间的关联，呈现出一种不同于文学本身，却又有文学参与（准确地说是文学赋予本身以形态的尝试）的展开过程。这种现象在语言外的其他媒介中的以不尽相同的方式形成。借助整个工具箱里的工具，调动一切可用的创新知识，文学赋予这层关系以一种具体而特殊的形态；这种形态拥有外延的文化意义，并且这些意义是在实际的呈现形式的交互中生成的。这一部分的五章中，我选用的呈现形式便有此特征。这些呈现形式在文化上相互依赖，而且比文学本身更为全面，但没有了文学，它们便无法存在和运作。

本书考量的作为外延的文化语境是文化的全球化开放过程，其基本动力源于可定位于地理、文化、心理、交际、文学和历史及许多其他领域的边界跨越，但是可以明确划分界限的形态尚未出现。全球化语境下，相关边界介于本土的锚地和全球视角的锚地之间。这一人类生存世界的动态性和参与度不仅是文学作为一种全球思维的基本方面，而且还优先于现代全球化。文学的本质在于跨越各种边界。我选择五种表现形态，目的正是要尝试以文本形式来表现这种边界跨越的力量与作用。与此同时，文学文本有跨越多种文化的悠久历史，因而也重视有利于文化理解的基本条件。对当前时代的理解需建基于一个历时性的映像，否则就不能概览全局，至多领略冰山一角。

第一章将记忆视作一种文学的表现形态，它借助语言跨越时间的边界；第二章讨论翻译，焦点在于文学是如何通过语言和其他媒介来跨越文化边界的。如果说第一章和第二章主要侧重依靠媒介的边界跨越，那么接下来的三章则主要聚焦于经历的边界跨越，即身体、地方和迁移的经历。这五种边界的跨越对全球化经验具有决定性意义，而且文学的呈现形式是我们领会那些经验的根本所在。

⊙ 内在记忆和外在记忆

记忆往往是文学区别于其他艺术形式的一大特征。童话故事以"很久很久以前……"为标准式开头，希腊的九个女神庇佑着艺术和天文学。她们的母亲、至上的缪斯摩涅莫辛涅，本身就是记忆女神，她生下了她的九个女儿和主神宙斯。"缪斯"（Muse）和"摩涅莫辛涅"（Mnemoryne）两个词都和"博物馆"（museum）这个词一样包含有"记忆"之意。我们常常思考记忆，仿佛它和我们所记得的内容一样。凯伦·布丽克森以"我在非洲有一个农场"作为她对非洲记忆的开端。然而，记忆首先是一种立足当下且以未来为导向的探寻过去的方式。①

从这个角度看,记忆首先是一种具体的活动,而不是一个冷藏过去的冰箱,因此记忆是发生在当下的对过去的加工。这一加工以过去为素材,指引现在,导向未来。我们专注过去的某些部分,而把其他无关紧要的部分置于一旁。我们在书写国别文学史的时候还可以改变次序,就像我们正在拍摄进行之中的宴会,我们甚至还可以确定将要发生在某个节点上的事情会成为一段难忘的过去。记忆是一个以未来为导向的过去在当下连绵的过程。在一个随意的层面上,它发生在我们草草记下明天要做的事情的那一刻;在一个严肃的层面上,它发生在我们尝试忘却苦楚、继续前行的时候;在一个关乎存在的层面上,它发生在我们思虑下一代的同时想起自身死亡的瞬间;在一个永恒的层面上,它发生在新石器时期的人类堆砌他们的土墩的岁月里。这些均与那些将要被记忆的东西相关,而不是与那些正在被记忆或已经被记忆的东西相关。不论记忆的内容多么重要,它永远都不可能与我们特定的以未来为导向的目的剥离开来,也不能与我们用冰冷的双手挑选和分类过去的当下行为隔离开来。

在文学上,这一过程有两个变体,这两个变体有部分是重叠的。其中一个变体存在于文学内部,这是记忆的内部工序。它在文本中展开,具体呈现于与记忆、目的和信度相互作用的语言、行为、形象和主题中。并非所有文本都具备这种工序,或有的多、有的少,展开方式也不一样,如历史小说、旅行札记或见证文学。这是一道作者可控的工序。另一个变体伴生于文学外部,这是记忆的外部工序。当我们撰写文学史、宣传文学经典、赞助文学创作或将一条街

---

① 古典记忆学研究者中,弗里德里希·尼采、亨利·伯格森、西格蒙德·弗洛伊德、莫里斯·哈布瓦赫开辟了现代记忆研究领域,他们坚持认为:记忆是一种即时的行为,而非像最初认同的那样是一个储存过去的仓库;记忆是一种介于记忆和失忆之间的辩证逻辑,而非一个纯粹的自发回想;记忆是一个辩证的过程,而非仅仅属于一种个体意识。本书的重点便是从那之后的记忆研究的动向,它的领地已经扩展到了全球化、跨国主义和移民运动等方面。这些方面正共同面临着一个基本状况,即地区的记忆正在被争夺,它需要被重构以助于身份认同的形成。这一基本状况同样适用于描述原住民和外来移民之间的共处问题。可参见以下著作:莱维和斯奈德(Levy & Sznaider, 2002 & 2010)、阿格纽(Agnew, 2005)、耶尔和里格尼(Erel & Rigney, 2009)、洛特博格(Rethberg, 2009)、古特曼、布朗和索达若(Gutman, Brown & Sodaro, 2010)、菲利普斯和雷耶斯(Philips & Reyes, 2011)、拉森(Larsen, 2011a)、塞萨里和里格尼(Cesari & Rigney, 2014)。还有许多文集中的文章,如欧力克(Olick, 2011)、耶尔和努宁(Enll & Nünning, 2008)的跨学科论文。

道命名为"狄更斯林荫道"的时候，这个变体就被激活。不论文本自身是否加工记忆，这道工序均已囊括所有的文本。它不受作者管控，其形成主要取决于文学的使用情况的变换。这些文学的外部变体在产生之后很久，会像其他所有的文化产品一样归属于文化和社会的不同历史时期。但丁存在于人们的记忆中，既不是因为哥本哈根有一个但丁广场，也不是因为有网络音频供应商经授权后以"但丁"来为自己命名。

关于作家或作品名称的再使用，有些取决于作者与文本是否对读者还有广泛的吸引力，其他的则有很强的偶然性，且与媒介和文学领域的内外部市场相关，而市场对名称的选用又取决于那些知道但丁或莎士比亚却没读过哪怕一行他们的作品的读者群体。这类名称的使用可以说与文本基本上没有任何必然联系，但却是一种文化现实。这一现实本来就愈加明显可见，到了全球化时代则有过之而无不及。2005年是汉斯·克里斯蒂安·安徒生两百周年诞辰。这个写童话故事的丹麦老作家收获了巨大的成功，他使得丹麦被世界记住。他是丹麦的全球名片，就如莎士比亚之于英国，这张名片可见于印着用各国语言写着他名字的T恤衫、啤酒瓶、电视台标，尽管人们对他的名字已有新的研究和诠释。所有的这些都是一个大杂烩。内在记忆和外在记忆有各自的目的，并且偶然地现身于文本中。

⊙内在记忆与身份

凯伦·布丽克森和豪尔赫·森普伦的文本都将内在记忆发展成了身份建构。当布丽克森完成她对自己的简介的时候，那种记忆正是最为关键的，她说道："我在这儿，属于我的这儿。"这就将记忆转化成一种全新的具有前瞻性的身份。我们看过早期布丽克森和森普伦是如何将选取到的过往细节熟练地编织进文本，然后传递给读者的。他们也许还扭曲事实或无中生有地捏造谎言，森普伦就曾瞎编过来自塞米的伙伴，以便让记忆程序得以运转。这使得其著作从一开始就围绕着两个伙伴，而不是集中营的恐惧。森普伦的重构方法使他通向了过去的创伤，抓住了作为本质的身份问题。记忆成为外延文化主题下文学的一种表现形态。对森普伦来说，记忆就呈现于内外边界的多层次跨越中，以及选择与自由的关系中。

我们阅读布丽克森来自非洲的信和其他与农场有关的写作，可看到许多在《走出非洲》中一笔带过但与她生活困苦的一面相关的东西：她生活在非洲时遇到的婚姻问题、梅毒，财务状况堪忧乃至衣不蔽体，还有她羞于启齿的向家里要钱的求援信，无知地寻找到的农场却无法种植咖啡树，等等。对于布丽克森和森普伦，记忆的发生过程就在于他们写作期间。森普伦直接说其能用记忆作为呈现形态来建构之前的那十五六年时间。布丽克森在她的序言里干脆用一般时态代替过去时态，然后不顾许多事实细节，成功地大声说出她理应处在的位置。

他们记忆里的事实，内容并不有趣，有趣的是这两位作家都像我们每个人一样，不得不利用当下和过去的差异来将现在扭转而导向未来。但是他们没有用对过往的思念来中和差异，也没有对回顾过去表示恐惧。他们传递给读者、服务于读者的东西是记忆程序每次运转时的过程，以这种方式建构的文本使得读者能在阅读的具体时刻把握住文本，同时也被文本吸引——他们被卷入作者敞开的记忆延续过程中。这一过程的目的总是为了创设一个导向未来的身份，哪怕文本本身已被淡忘。

这一过程基于个体经历，因而显得具体，对于作为个体的读者来说是如此。但其视角却是集体的，因为作者煞费苦心地将个体的记忆置入通行的语言，不论关涉的人物是虚构的还是真实的。然而，通行的不只是语言，还有他们建构记忆的方式。布丽克森以惯常的欧洲形象和概念过滤那一块陌生的土地，森普伦直接聚焦于易于辨识的人挤在火车上时的身体体验。他们为我们的附属经验开辟了新的空间，使得身份的建构超越作者和人物的个人视域。

⊙ 外在记忆与传统

文学的外在记忆是另外一种建构。一般而言，它包含三个方面：文学史、文化传统、或多或少随机联合的文化网络。在我回到内在记忆详细展开之前，我先举一个包含外在记忆的这三个方面的例子。爱尔兰作家乔纳森·斯威夫特于1726年发表了他的《格列佛游记》。这部作品很快获得了巨大的成功，一版再版，多次修订，且被反复翻译、改编、模仿，后来还被制作成动画、儿童读物和电影。在启蒙运动的传统里，它完全被描述成一部讽刺性游记。和霍尔堡的喜剧《伊拉斯谟·蒙塔纳斯》一样，斯威夫特用间接讽刺的手法向他所处的时代投去一道多元的批判之光。这种手法将人们带入对自身的思索，进而使人们更好地记住他们所读的东西。它预先设定了所有代表人性的乐天的启蒙精神：人们有能力独立思考、学习、进步，有能力也渴望改良社会。

（1）文学史：文学史是一种系统性记忆。斯威夫特在他所在的时代就已经被载入18世纪所有的文学史册。正如其他的历史书写，文学史必须提供来源可靠的知识，与主题相关的名字、年代、引用等都要核实。查阅斯威夫特的文学和其他文本的时候，我们要在文学史中更准确地定位，而不是简略搜索"讽刺"和"乐观主义"。身为一个爱尔兰人，斯威夫特要在不列颠人和被殖民的社会成员之间取得平衡，既要与不列颠人打交道，又要兼顾爱尔兰人。他是爱尔兰教堂的职员、英国国教成员，却不像多数爱尔兰人一样是天主教徒。身处大帝国的外缘，斯威夫特的乐观主义得到了调和。即便是放到今天的文学领域，其讽刺的多样性依然让他享有一席之地，他和霍尔堡一样超越了他们所在的时代。在文学史的外在记忆中，斯威夫特被人们放到了能代表一个时期的地位上，同时又有超越历史的特殊性。

（2）文化传统：过去的事实和当下的阐释之间的联系促成了一个将文学涵纳在内的外延文化传统。为此，人们很早便开始热衷于寻找记忆的方法和保存记忆的媒介。我们有能力记忆先前发生的事情，当然也不能保证没有纰漏；或者可以说，我们记住的是那些最重要的东西，更不必说我们认为正确的内容。我们记住的只不过是点滴，忘却的却是一片大海。要想记忆可靠，我们需要方法，需要用人工记忆来辅助自然记忆。其中一个可行的方法就是记忆训练和死记硬背，还有"记忆的艺术"——古时候一种被书写替代的培训手段[①]。图像、韵律和节奏是记忆的重要技法。柏拉图将教育定义为对物的模仿，这也是

---

① 关于《记忆的艺术》，可参见百隆（Blum, 1969）、济慈（Yeats, 1974）、艾柯（Eco, 1988）、伯恩斯（Berns, 1993）、卡拉瑟斯（Carruthers, 1994）。

一种以文学为工具箱辅助记忆的方法。后来，写作、图像和博物馆及其他场所的展览成了主导的记忆方式，先前的记忆术则显得多余了。今天的数据库可以说是最为重要的记忆媒介，它可以不受地点限制而即时接入全球各大数据库端口。关于记忆方法，最重要的是它是可以学习、控制和重复的，这样每一次我们回忆过去的时候都可以得到关于记忆的真实保证，与此同时媒介的固定性也确保了未来记忆的确定性。照此方法，文化传统得以形成。

斯威夫特被纳入传统，得到不断的出版、评述、阐释；他还被很多地方列入学校课程标准，有标准的版本，拥有一套标准的解读。但是传统常常是一个由信仰和知识杂糅而成的半清晰半模糊的混合体，且和过去的事实存在若有若无的关联。如果传统足够清晰以至于可以作为社会行为得到重复，那么它就可以一直延续下去。传统得以运作，并不在于它的正确性，而是在于它的强大，它多半都坐落在意识形态战场的中心。很明显，当文学史和文学参与这个更大的传统机制的时候，我们就需要给传统一个新方向，或保留该传统而将文学归置进这一机制。

斯威夫特在正统英语中获得了一个崇高的地位，而在罗马教廷的禁书目录中，他的作品也榜上有名。他被那些仅仅是听说过他这个人，或至少听说过《格列佛游记》的人铭记。在这一点上，这与他是一个乐观主义者还是一个悲观主义者，住在伦敦还是都柏林，是不是一个天主教徒都没有关系。他对文学传统的贡献突出地体现于他在《格列佛游记》中设置了两个与世隔绝的国度，即格列佛四个游历地点中的两个——小人国和大人国；大人国的国名很少有人真能记得住。在此，斯威夫特把国内和国外、熟悉和陌生的关系转换成了大和小的关系。这种大和小的对比与森普伦关于内和外的对比有异曲同工之妙，这种对比范式在神话故事中已有悠久的跨文化传统。借助两种互补的体验，斯威夫特直接唤起了每个人的经验和想象。这本书中，正是这两个部分在 20 世纪被改编成了许多电影和电视剧，其影响与米老鼠相比也不遑多让。

尽管斯威夫特的作品是关于格列佛的四次大旅行的记忆，并且在时间和地点的安排上也很精密，但这些详情在作品语境下完全保持着中立。在不断变换的历史环境下，只有那些富有直接的吸引力和保留原著基本架构的文本部分才为人们所记住。《格列佛游记》中尖锐的社会讽刺变淡了，人们把它记成了一部儿童故事汇，一部超然于一般社会批判传统的作品。

文学在文学史上的地位主要要看文本，而外延的文化传统对文本以及文本背后的历史知识影响则较为柔和。这是一种更全面的编排，它尤其支配着民族视角和国际化语境之间的关系。伴随着世界舞台的全球化，文化碰撞在学校课堂、家庭生活和个人生活中凸显出来，那是传统与传统的冲突，也是由传统构筑的记忆之间的冲突。在这样的情况下，常常是强势话语发声，那些正确的历史呈现却无法与之抗衡。那不是一场关于过去的战役，而是一场关于未来主导权的争夺。文学史中的民族视角在本土文化传统中的文学地位依然有最大的发言权，但目前这种权力因为文本本身的边界跨越活动和全球化的挑战而面临消解。斯威夫特的作品属于已经超越了与当地的从属关系的作品。

（3）聚合文化网络：文学史尊重文本的整合性，传统也寻求衔接，哪怕文学史和传统常常都只是在整理过去的松散碎片。与此同时，在开放的文化网络中，文本的细节和精确的情境又很难受到重视，人们多把注意力放到语境之外的意义结构的衍生重置。"斯威夫特"被用于命名街道、雕像、网站，但并非所有叫"斯威夫特"的事物都与乔纳森·斯威夫特有关，正如并非所有叫"但丁"的事物都与《神曲》的作者有关。因此，当各种文化网络的聚合发生变化时，人们要注意自己的思维不要陷入定势。

在这些聚合网络的纷繁枝叶中，有一个叫作"雅虎"的提供一系列网络服务（包括搜索引擎和邮件）的美国门户网站。该网站的创始人是两个工程学专业的学生——杨致远和大卫·费罗。1994年，他们把杰瑞的"万维网指南"更名为"雅虎"，"雅虎"这一名字便是受了《格列佛游记》的启发，至少他们自己是这样说的。作为网站名称的"雅虎"，其意义处于另一种正式层级化体系。斯威夫特没有在"Yahoo"后打感叹号，但杨致远和费罗因为名字的版权问题而不得不这样做，否则人们可能会把这个门户网站和烧烤调味酱或摩托艇搞混淆，这并不是出于对斯威夫特的尊重。这两个年轻人之所以知道格列佛，甚或也知道斯威夫特，有可能是因为他们曾经听说过这个名字或者看过关于格列佛的电影，也有可能是因为他们在网上搜索两个日本相扑运动员的名字时看到了附带出现的关联性搜索结果，这一命名便诞生了。"格列佛"以这样的方式被记住便是全球化的一个结果，而不是靠他自己。①

在格列佛的第四次也是最后一次旅行中，他游历了一个叫作"慧骃国"的国度。那里的居民有比格列佛离开家后遇到的各种人类统治方式更加均衡的管理方法；他们用半类猿生物做所有的苦力，他们还好战、粗俗，想到什么就做什么；他们身处"另一种正式层级化体系"（Swift，1975：235–318），与人类很相似，以至于那些马还把格列佛视为一种"耶胡"。当格列佛向他们讲述欧洲文明以使其相信自己的反面的时候，他们反倒更加确信格列佛的原始天性。"雅虎"这个搜索引擎被赋予这个名字，是因为这种简单、粗俗、自发的方式符合它的定位。"雅虎"这一命名像一块隔绝了可行性、完全脱离了环境的碎片，如今在搜索引擎这个新语境下获得了生命，它很可能比格列佛和斯威夫特加起来的名气还要大。

文学的内在记忆从普遍身份的视角变成了个体身份建构的一种表现形态，而外在记忆则造就了传统的演变。这个完全开放的网络并没有在文学之外创设太多形态，文学史是一个值得探讨的孤立学科。所以在这里我将思路统归到外在记忆三种形态的中心：文化传统的演变。为此，我读了斯威夫特写于1729年的一篇讽刺散文《一个小小的建议》。该文本及其外延的文化语境之间的相互关系，是义学对传统的演变以及在全球化语境下传统作为外在记忆的总体探索的一大贡献。然后，我还要将马尔科目·劳瑞写于1947年的小说《在火山下》作为内在记忆的表现形态的一个例子，重点讨论身份建构之边界跨越的条件。

⊙ 游记和本土自我批评

离家的经历总会找到它特殊的文本记录方式：游记。游记几乎存在于所有的文化之中。虚构的游记常基于作者或他人的真实游历，而真实的游记则或多或少地掺杂了个人想象或主观情绪。同现代的全球化相比，游记富含更让人惊

---

① 关于雅虎，参见 https://en.wikipedia.org/wiki/Yahoo!（2016年12月29日访问）。

异的全球化思维。

　　游记给我们提供了一个广泛地讨论本土缺陷的机会。通过游记，我们可以创建一个虚拟的视角，并从外部去观察发生在本土的各色人事。它让我们同时拥有了内部和外部两个视角。当我们在使用诸如"陌生的""奇怪的"等标志性语言时，我们其实潜意识里已把本土当成了出发点。而当我们描述本土状况时，无论是表扬还是批评，则都是把外部世界当成了潜在的观察点。这种颠倒呈词本身就是讽刺的常用方式。讽刺或嘲讽，其形式本身可能比实际的旅行或那些光怪陆离的事件更为重要。有无旅行，文学作品都能延续它们从外部视角批评本土生活的传统，并赋予外部世界与本土生活以新的关系。《格列佛游记》正是对这一传统的延续和发展。

　　但这些光怪陆离之事在成为讽刺之前必须得自圆其说。法国探险家安德鲁·泰夫特在其《新发现的世界，或南极洲》（1557）① 一书中这样描述他造访巴西图比南巴土著时的情形："当他们看见基督教徒吃腌肉时，他们指责基督教徒是在做亵渎神灵之事，说吃这种肉会缩短他们的寿命。"（Thawet，1568：Ch. 30，s. p.）这一奇异会面中，巴西图比南巴土著对传统欧洲饮食习惯所表现出来的神奇反应，无异揭示了不同文化之间的巨大差距，正如格列佛向慧骃吹嘘他的欧洲同胞"耶胡"的常见饮食习惯一样："我向他保证，至少得绕地球转三圈，才能给我们的一只境况较好的雌'耶胡'做一顿早餐或者弄一只盛早餐的杯子。"（Swift，1975：268）这只雌耶胡很可能要在她的瓷杯中放巧克力。

　　在欧洲与世界接触大约两百年后，事情有了一些改变。对泰夫特来说，与其习以为常的欧洲习俗相比，这些陌生的习俗无疑是奇怪的。而格列佛却刚好与此相反，他将英国人的日常生活看作异域风情。仅从单一的外部视角来看，每日的英国早餐完全依赖整个殖民地的正常运转，无论是获得南美的巧克力，

---

① 1568年英文版的完整标题为：《新发现的世界，或南极洲：作者为博学多才的安德鲁·泰夫特，他以法国的权威口吻记载了他在旅行途中所见到的各种奇人奇事，如野兽、鱼类、部落、蛇、树木、植物、金银矿等，如今刚刚被翻译成英文，革新了我们古老宇宙观中的一些错误的认识》。关于泰夫特，参见莱斯特兰冈（Lestringant，1994a）；关于食人族，参见莱斯特兰冈（Lestringant，1994b）。

还是中国的瓷杯,都是如此。然而,泰夫特还是为实践斯威夫特的讽刺艺术做出了贡献。他被其君主指派到多地绘制世界地图,寻找适合的殖民地,最好是拥有皇室后厨所需要的可可豆的殖民地。在同一异域他乡的背景下,我们不仅可以了解到一个真实的神奇探险经历,还可以从讽刺的双重视角来观察本土的生活状况。伟大的外部世界已演变为贵族早餐桌上的一项本土传统,并由此成为我们本土意识的一部分。

在重谈斯威夫特之前,让我们先来追溯一下这一变化。对古代地理文化描述最为详尽的莫过于公元前1世纪老普林尼的《自然史》。它百科全书般地描写了所有已知和部分未知的世界。书中充满了各种对罗马帝国周边及更远地区的观察,以及对那些生活在罗马边缘和世界尽头的大小生物富有想象力的描述。离罗马越远,描述就越奇特。人变得越来越不像人,先是语言,此后是习俗、肤色、外貌,越来越接近动物,最终变成了非人非兽的怪物。比如单脚怪,他们的脚大到可以轻易地用来遮挡太阳;还有有食人倾向的斯基泰人,或是小人及巨人——正如《格列佛游记》所描述的一般。我们都是正常的,他人都是奇怪的——这是最基本的范式,表现为我们对多彩世界的好奇而不那么教条的描写。

老普林尼的作品为界定我们同陌生世界之间的关系奠定了坚实的基础。它被不断复制和重写,直到文艺复兴时期的海上探险。根据他对野蛮人、美人鱼及怪物的描述而绘制的插图,散见于整个中世纪动物寓言集和百科全书之中(Hassig, 1995)。直到18世纪,海外旅行游记都将其真实所见同老普林尼书中的图像和描述混杂在一起。不然又能怎么办呢?新的世界是如此不同,我们不得不用已知的经验模式和知识结构来呈现那些新的实体。而这些新的实体要么印证了老普林尼的话,要么就是异常奇怪。1520年,德国传教士约安斯·博姆斯根据这些古老描述的摘录出版了《列国礼仪,法律和习俗》一书。虽然他于1535年就已去世,但其书却从16世纪末开始以他的名义出现于欧洲并有各种译本。在书中，译者和出版商增加了更多关于新旅程的半记录报告式的摘录。① 他们仍然视新的事物为异质的和奇怪的，正如泰夫特在他关于巴西的报告中所写的一样。但正是这些新的发现同老普林尼所留下的传统，以及受他影响的中世纪动物寓言集中的形象一起，为新的宇宙观——如塞巴斯蒂安·明斯特的畅销书《宇宙志》（1544），奠定了基础，并因而形成了现在远不止纯粹好奇心和异国情调的全球意识。

就在 1550 年左右，对未知世界的认识和游记本身发生了翻天覆地的变化。本土和外国、正常和异常之间的清晰界限逐渐变得模糊起来。巴托洛梅·德拉斯·卡萨斯从大约 1500 年伊始就参与了对西印度群岛的远征。他先是作为士兵，后是作为传教士，远赴西印度群岛（见 Todorov，1982）。归家之后，他写下了《西印度毁灭略述》（1552）一书，并在书中谴责了西班牙士兵对当地原住非基督教徒的残暴行为。德拉斯·卡萨斯发现当地土著平和并且体面，就如真正的基督徒一般，而现在为了逃脱屠杀和洗礼，却失掉了他们的灵魂。如果西班牙人也能算作基督教的典范的话，那真是让人无话可说了。此后德拉斯·卡萨斯的地位日渐上升，并在西印度群岛成为一位饱受争议的主教。他的著述并非建立在想象与流言之上，而是他自己的亲身经历。谁是野蛮人，谁是文明人？在殖民主义对物质的贪婪中，欧洲还可以从野蛮人那里学到什么美德吗？对人性局限的怀疑开始激增，野蛮人的形象也开始变得高贵起来。同异质、陌生外部世界的奇特相遇，逐渐转变为一种对本国的批判性审视。

安德鲁·泰夫特延续了这一主线。譬如，在《新发现的世界，或南极洲》中，他讲到了食人族。德国雇佣兵汉斯·斯坦登在参与葡萄牙远征几年后，被他曾访问过的图比南巴土著俘虏。泰夫特以一名现代人类学家的身份对他们进

---

① 该书自年 1555 以来的英译本标题更接近博姆斯自己原来的标题：《居住在亚非两地人们的古老礼仪、法律和习俗记录》。1610 年的译本标题则清楚地道出了该书的编纂性质并增添了许多译者的补充：《列国礼仪，法律和习俗：收集了最优秀的作家约安斯·博姆斯的记述……还摘录了许多同类的记述，包括〈尼古拉斯·大马士革自传〉、约翰·刘易斯（Iohn Lerius）所写的〈美洲或巴西史〉、达米安诺斯（Damianus a Goes）编纂的〈埃塞俄比亚人的信仰、宗教和礼仪〉及〈拉普兰人民的悲惨处境〉，以及摘录自约瑟夫·斯卡利杰（Ioseph Scaliger）的第七本书〈本版本的修订〉中的〈同埃塞俄比亚人的简短对话〉（此书以拉丁文写成，现刚被埃德·阿斯顿翻译成英文）》。

行了多次探访。几百年来，当我们谈论野蛮人时，图比南巴人无疑是一个标准的范本。同样在1557年，斯坦登用德语写了《汉斯·斯坦登的真实故事——被巴西食人族俘虏的经历》一书，只不过书中的记述比泰夫特的更为奇特。

泰夫特更想把事实的真相公之于世，因而他告诉惊讶的欧洲人，图比南巴人既非毛茸茸的怪物，也不是野蛮人。食人的传统当然可怕，但并不是疯狂的放纵行为。食人是战争仪式的一部分，那些即将被吃掉的可怜的俘虏会得到尊重，并接受他们在仪式上的角色。泰夫特坚持认为这些都是他自己的亲身经历，但他的描述无法摆脱古老的固定风格。他在书中提到了许多关于古怪民族和习俗的故事，让他自己的故事变得更能为人理解和更可信。他受到了老普林尼对斯基泰食人族及他见过的其他人和动物的描述的启发。马苏龙·亨瑞特可能是一位秘书，他将古代对泰夫特零散笔记的研究收集起来，整理成统一的文本。但即便如此，欧洲人也对这一文本表现出迫不及待的热情。泰夫特的文字是对我们古老传统的延续，他将新的经历融入我们熟知的模式。

后来的旅行者，如吉恩·代·莱里在《巴西之旅的历史》（1578）① 一书中，对泰夫特描述的可靠性提出了证据确凿的质疑。莱里也去探访了图比南巴人，但没有看到食人的传统。他怀疑泰夫特是否亲自去过那些地方。莱里宣称他的记述才是真实的，而且没有老普林尼的影子。莱里后来也广为人知。欧洲的自我批评精神在对"人道的食人族"的反复指涉中获得了新的动力，其中包括蒙田。蒙田基于泰夫特和莱里的描述，在好几篇随笔中——包括《论食人族》和《论马车》（1580），提到欧洲人并没有比食人族好到哪里去。毕竟他本人，还有他人听说过的在围城及法国大饥荒期间发生的食人事件，其形式甚至可能比图比南巴人的更为原始残暴。而且，欧洲的新武器及酷刑远比任何形式的同类相食残暴好几倍。鉴于此，可以说我们比野蛮人更野蛮。

天主教徒和法国新教徒之间血腥的宗教冲突推动了以正确的全球视野来看待本土的努力。泰夫特与莱里则分处于不同的阵营。在诸多冲突中，圣餐这一象征着同类相食的仪式，隐蔽而神秘，不仅分裂了基督教徒，并随时有被刚刚

---

① 博姆斯（Boemus，1610）有莱里该书的摘录。

登场的无神论者批评的可能。实际上,"高贵的野蛮人"这一表达第一次出现,是在约翰·德莱登的戏剧《格拉纳达的征服》(1670)之中(Fairchild,1961:29)。此书完全不同于旅行记述,其中的野蛮人已不再是活生生的人,而成了哲学和道德的模范。作者的描述带有明显的时代特征——高贵的野蛮人生活在原始"自然状态",高度发达的社会形式已不复存在——这是在18世纪末发展起来的让·雅克·卢梭的思想,它被深深地印刻在了浪漫主义对失去的黄金时代的迷恋与幻想之上,并充斥于对伊甸园和十字军东征的描述之中。

所有的游记都被翻译成了英文。英国处在世界的风口浪尖,随时准备接管西班牙和葡萄牙的殖民地,特别是在1588年击败西班牙舰队并挫败了法国"雷声大,雨点小"的殖民企图之后。因而,英国对游记可谓兴趣盎然。许多翻译的游记都被威廉·莎士比亚采用。他曾读过蒙田的作品。1611年,《暴风雨》第一次上映,其中的角色凯列班,一个半鱼半人的怪兽,便来自"食人族"一词。他是女巫西考拉克斯的儿子,并拥有普洛斯彼罗与他的女儿米兰达在被驱赶出米兰后所居住的那座岛屿。他成了奴隶。高贵的普洛斯彼罗想教化他。但就在学会语言的同时,凯列班也学会了发誓,并有了欧洲文明人所拥有的各种问题。尽管他不吃人,但他却变得跟任何一个西班牙殖民士兵一样狡猾残酷,而教化他的普洛斯彼罗对此无能为力,因为其背后是他自身传统的内在冲突,其力量远大于他的良好意图。

莎士比亚的戏剧已演化为对那个年代所发生的变化最具体的表达。今天它们再次上演,对我们同样有吸引力,就如老普林尼几百年来一直吸引着我们一样。蒙田创造的新的表达方式——主观性随笔,也成了传统的一部分。我们可以以随笔的方式来讨论已知和未知的关系。一篇随笔总会有一个具体的个人的出发点,并在反思自我和外部世界的过程中表达作者对整个世界的看法。18世纪以来,期刊和报纸所培育的现代读者出现,随笔也就成为这些媒体公开讨论本土生活与全球状况关系的基本形式。

因而,未知或陌生的世界不再是旅行者带着好奇的眼光描述的充满奇形怪状的人的世界,那些人在旅行者固有的欧洲思维模式下被写得低人一等或被妖魔化。现在,那些人成了欧洲对自身文化整体进行批评与反思的普泛平台。因而有人质疑，欧洲文化本身只是一种地方文化，而不是一种全球性文化，更不是一种理想的全球化模式。在这一历史时刻，全球思维开始走向现代化，因为它开始批判性地质疑任何想将地方文化推向全球化的想法。从旅游文学中发展而来的同时考量本土与未知世界的传统，让我们能够继续以双重视角来看待本土日常文化。既能从内部去观察，也能同时以全球的视野从外部来观察：这一双重视角，包括讽刺这一语言工具的使用，是外在记忆的一种呈现形式。

⊙一种双重视角

双重视角是斯威夫特常用的文学表达方式，不仅仅用于写作《格列佛游记》。他在1729年出版了不到十页的英文文学经典《一个小小的建议》，字里行间充满异域风情，暗含了他对本土的自我批评及改造社会的目标（Swift，1969：11-18）[①]。莎士比亚半真半假的戏剧和蒙田的随笔创新了传统，并以其创造性的呈现形式赋予了传统更长的保鲜期，而斯威夫特嘲弄性的讽刺也是其中的一部分。反讽是一种困难的表达形式，读者理解其可笑之处的前提是了解比文本表面所呈现出来的更多的东西。那么，斯威夫特想要我们捕捉的"更多"到底是什么呢？在回答这个问题之前，让我们先来看看他的"小小的建议"。

同蒙田一样，斯威夫特首先描述了他个人认为人们只要走出家门就可以看到的都柏林的情景。乞丐成群，其中既有儿童也有成人；爱尔兰陷于贫困，饥荒盛行。斯威夫特认为这部分是由于爱尔兰的统治阶级，部分是由于英国的殖民。养育小孩成为极大的负担，他们很小的时候就成为盗贼和强盗，是社会的无用之人。长大之后他们也许会去殖民地，甚至在那里成为西班牙人的雇佣军。在以当时改革派的风格进行简单的经济计算之后，斯威夫特眼都不眨地提出其理由充分的建议，并认为该建议有利于每一个人，无论是父母、孩子，还是整个社会：

[①] 以下没有标明页码的引用均来自第 11-18 页。《论斯威夫特，食人族和种族灭绝》，见罗森（Rawson，2001）。

我在伦敦认识一个见识很广的美国人，他向我保证说：一个喝到的奶水充足的健康儿童，养到一岁，其肉是最鲜美、最滋补、最健康的食品，炖、烤、焙、煮都好，无疑也可油煎，作为肉丁或加蔬菜做汤。

斯威夫特的嘲讽可谓不动声色。他提到一个美国人，他可能来自有食人族居住的拉丁美洲。他的字里行间没有一点讽刺的意味。前两页所列举的经济上的和其他方面的好处也是百分之百有理有据：父母可以售卖他们的孩子；孩子只要是活的，就可以好好地活下去；男人不再殴打他们怀孕的妻子，婚姻因而得到改善；社会得到足够的食物，也不再为乞丐、盗贼和不知满足的过剩人口所困；教会也可摆脱掉许多天主教徒，因为大家都知道他们的小孩最多；通过提供美味的小生物，爱尔兰的餐饮也可以吸引那些富有的游客；小孩的皮肤甚至可以用来制作精美的女士手套。然而，他抵制那种使用年龄较大的儿童而不是动物来狩猎的想法，因为这未免太残忍了，此外，他们的肉也太老了。这是那位美国人告诉他的。斯威夫特的建议为我们开创了一个双赢的局面。

正如前文所述，讽刺的效果来自读者知道得比文本所表现的更多。这一额外的知识小部分来自文本本身。斯威夫特说，这一建议对当地的乡绅来说是一个非常棒的点子，虽然他们已经吃掉了他们的父母——除此之外，不可能期待从父母们身上获得更多。"啊哈！"我们说，"同类相食此时已成为剥削社会内部自我毁灭的形象。"但除此以外，对于那些反应较慢的读者来说，斯威夫特的建议就没有什么更多的帮助了。

斯威夫特所使用的更大的语境是我刚刚简要提到过的整个传统，即从一个局外人的眼光来看，欧洲是一个野蛮之地。因而文本只需给出一些细节，读者就能勾画出整个画面，而这样的细节是那个有着同类相食经验的美国人给出的。斯威夫特还提到如下事实：一个人可以成为巴巴多斯的一名士兵、能够提供饮食建议的法国医生、一名访问伦敦的中国人，甚至是博姆斯、泰夫特、斯坦登及莱里等人的游记中诸如拉普兰德人及图比南巴人之类的高贵野蛮人，还有蒙田、莎士比亚及所有微不足道且已被遗忘的作家。

斯威夫特的建议建立在食人这一机制可以运转的假设之上。它引导我们相信他的建议在其他地方是广泛适用的——那为什么不能用在本国？与此同时，他还将爱尔兰本身变成一个野蛮的殖民地，不仅英国这么看，爱尔兰执政者的行为也证明了这一点。因此，那些可怜的妇孺被称为养殖的牲口及"我们的野蛮人"。既然爱尔兰已被贬抑到了图比南巴人的地位，那么为什么不以同样的方式行事呢，甚至做得更坚定一些？毕竟，作为文明人的我们，可以更系统、更有条理地去安排事情，正如我们后来在集中营里的表现一样。

但这是否意味着这个讽刺性的文本只能存在于这一特定的历史状况下，而不能参与全球思维传统的建设？答案是否定的。斯威夫特还在更大的范围上给我们创造了另外一个语境，这一语境里包括了极为初级的创造身份的具体经历，以及我们共同经历过的境遇：生与死、父母与子女、个人与社会。正是这样的语境让我们的经历能互补。只要社会没有崩坍，这样的经历就不可能自动消失。然而在斯威夫特的讽刺文本中，这些积极的必需因素却成了具有破坏性的工具：生以死为目的，父母残杀子女，集体灭绝个体。

我们不是在进行道德说教，而是在对这一逻辑进行具体剖析，以便所有的读者都能理解这一点。走上前去亲自看看吧，斯威夫特教促我们说。我们的第一反应是有什么东西完全不对劲，这就是亚里士多德所谓的直觉知识。斯威夫特通过最大限度地减少预设并以间接的方式呈现，而最大限度地提高了读者的参与度。他所攻击的不仅是不公正本身，更是它荒谬的自我毁灭本质。这一双重视角一面是具体的存在，另一面则是原则性问题：这是不可能存在的，它具有自我毁灭的性质。斯威夫特借鉴了乌尔里希·贝克后来所谓的嵌入"世界主义常识"的"最低限度的普遍规则"：

> 这包括那些我们必须不惜一切代价坚守的实质性原则：妇女和儿童不应该被售卖或奴役；人们能自由表达他们对上帝或政府的看法，不会因此而受折磨或担忧他们的生命——这些原则都是不证自明的，任何对这些原则的违反都无法得到世界主义的宽容。(Beck，2006：49)

斯威夫特作品的新颖之处在于，他不仅用文化传统将我们的已知世界与全球世界进行对比，从而使人们了解到所处当地的具体日常生活，还假定普通的、开明的读者也能这样做，毕竟每个人都听说过关于殖民地的各种故事。这些都发生在全球的人权观念创造出"世界主义常识"之前，它们正是斯威夫特想要在读者心中激活的。更重要的是，他认为讽刺能提高读者亲自将具体的所指运用到伟大的外部世界的能力，从而读者能纵观整体并自己得出结论：我们同我们已颠覆的殖民社会一样。

当斯威夫特利用这种常识作为最相关的框架来理解本土文化并进行自我批评时，他将比较本土与外部世界的悠久传统带入了一个我们能够拥抱自己的新时代。因此，蒙田的主观随笔、莎士比亚的梦幻现实主义以及斯威夫特的讽刺的生命力延续如此之久也就不足为奇了。他们让文学以它自有的形式摆脱了对本土理解的传统局限，使之更能面向未来，更具活力。讽刺是一个工具，它让记忆成为一种活跃的文学形式。除文学之外，讽刺还是对外在记忆进行自我批评的重要动力，而内在记忆的运作机理则完全不同。

⊙ 内在记忆之众声

马尔科姆·劳瑞的小说《火山之下》的主角是住在墨西哥的英国领事杰圭林（见 Ackerland & Ceipper）。文本的所有层面、不同维度的内在记忆，包括了个体角色、各自的关系及文化支点，还有文本将读者带入记忆的方式，都围绕他展开。对所有人而言，问题在于，当个人及文化记忆无法提供稳定身份时，如何找到一个稳固的支点。但是他们只是简单地为了生活而承担起创造这些记忆的责任。这就是为何过程在其存在的必然性中是如此具体和持久。

结尾处，领事看到了一个印度人背上的老人，"他背着老人和拐杖，在过去负重的压力下浑身发抖，因为他身上背负了他们俩的负担"（Lowry, 1971：223）。他只是负重前行，还带着没用过的拐杖，有时这会使他摔倒在地。他没有其他的任务，只是尽力地负重前行。没有其他需要他记忆、知道或者行动的事情，除了继续他目前所做的一切。这一切既能确保人的生存，但同时又具有自我摧毁的作用。小说中内在记忆所呈现的，正是此情形错综复杂的身份。如果我们想要抓住其中诸多复杂的重复，就不能速读，而是要精读，使得阅读变得实在、具体并能激发我们的记忆。现在和过去的联系是什么？我在之前几页是否读到过类似的东西？这类问题总是不经意间出现在读者心中，就像书中的角色在寻找意义和身份一样。由此，内在记忆在阅读时变成具体的经历。

这个框架并不复杂。事件的中心发生在海拔 2000 米上的一个墨西哥小镇，这个镇有一个印度名字，叫"Quauhnauac"。故事发生在 1939 年 11 月 1 日，是万圣节。故事开头，两个欧洲人坐在这个小镇的一个酒吧里，其中一人是医生维吉尔，另一人是电影人雅各布·阿里尔。他们说着一口烂英语，没有人能掌握这个地方的印度名字和当地语言。西班牙语是当地的欧洲语言，那些即便不太会说西班牙语的人也说这种语言。人们会在万圣节想起死去的人，所以这个节日也叫"归人节"。这个节日有悲伤，但也有多彩的游行和娱乐活动，还有巨大的摩天轮。

小镇坐落于两座火山之间，被很深的沟渠和裂缝横切成两半。这个地理位置本身就在提醒读者：这儿是边界，就像我们日常生活中语言的边界一样。生死之间记忆的外在边界体现在教堂庆典及各种坟墓及酒店之间的竞争上。在外在的各点之间，人们开始感受到其他的边界。这些角色的过去，不管他们是一伙的，还是相互对立的，都发生在一个大西洋之外的欧洲。历史上讲，那时我们正处于第二次世界大战爆发的临界点上，而西班牙内战那时刚刚结束，这是角色周围文明与世界毁灭的谎言之间的边界。小说处理的正是这种在空间上提出的时间边界。

早在一年前，这个英国领事就过世了，他的生活和命运被两个欧洲人知道了，但他们却不能完全理解。小说剩下的部分，即从第 2 章到第 12 章，发生在一年前的同一天。我们在倒叙中读到了这一切，一直到领事的死亡。他在去了一家妓院后被当地警察击毙，倒在了那许许多多裂缝中的一个里。文本本身就是整体记忆过程的一部分，通过布局将读者牵扯其中，好像我们在那儿一样。我们很容易抓住其中的时间和空间。

但这并不是一年前同一天发生的真实故事。领事叫他的妻子回到墨西哥。他们是否相爱，我们无从得知，但他们却是彼此生活的坚固后盾。"没有东西可以替代我们从前所知的完整一体，并且上帝所知的一切一定存在于某个地方。"（Lowry，1971：12）这是在第一章的叙述中引用的话。领事的妻子来到了这个地方，他们发生了一场争论，当时还有领事的兄弟在。他充满了大男子气概，在西班牙内战中当过志愿者，但却完全没有施展抱负的机会。硝烟滚滚的世界大战似乎提供了新的可能。领事的兄弟后来回到欧洲，领事的妻子被一匹脱缰的马撞死，而领事自己则被一位警察误杀。

我们对文本通过倒叙将记忆串联起来手法很熟悉，但在此，文学手法的精巧被用于更为全面的展示，即展示身份记忆是如何必然导致边界流动，进而超出人们的掌控的，这就是记忆起作用的结果，即便个体的动机是清晰且深思熟虑的。在当地生活，以及出乎他们控制且作为回响的广义文化传统中，记忆把他们交织在一起。他们有着内在的联系，但是不完全知道当记忆起作用时此种联系是如何延伸的，又能延伸多远。它不会将我们置于固定可见的盒子中，也不受我们能推断出的已知历史及特殊事件的统治。所以整本书要同时平衡不同的意识，以此来暗示半意识，赋予身份以内在联系。所有一切都通过记忆牵入其中，并且只要我们活着，就会与我们同在。

这个领事一直都是醉醺醺的，还抽烟，并且有时还很有"范儿"，不过一直不太清醒。此种刻画的并不是要塑造一个酒鬼，而是要在记忆进程展开时尽量减弱意识的控制。这体现为角色大脑连接的跳跃。当地情形、其他角色及共同文化观念在意识中融合到一起，并且角色以此以寻求身份时，这一意识就变得开放和易于感知。领事写信时，一开始是热切地想着他的妻子，但最后却在另一分句处戛然而止，这和他的记忆踪迹一样弯曲盘绕：

……他对伊冯娜的热情（不管她曾经是否是一名优秀的女演员，这点另说，但是当他告诉伊冯娜如果能出演他自导的电影，就肯定会演得更好时，他说的是真话）早在之前就涌上他心头。这种感觉很难解释，当他第一次独自走过昏睡的法国小村庄外的草地时，那儿到处是漩涡和水闸，还有灰色的废弃水磨，他就住在那儿，看见这一切在开满野花的一望无垠的田野上缓缓升起，上面到处是残茎，那沙特尔大教堂的顶尖慢慢耸入阳光，就像几世纪前在这儿迷路的朝圣者曾看着它们一样。（Lowry，1971：12）

这种在寥寥数语中重新激发的热情，被一个圆括号打断，因为里面记载着他们之前的吵架，这与他们各自的抱负和能力有关，导致他们的关系在数年前就破裂了。但是想起伊冯娜就让他回到了更早的时候，回到他还是"孤独"一人还未见到她的时候，这体现于句子"早在之前就涌上他心头"的过去完成时态之中。现在，这种联系又由与法国文学场景相关的文化亲和力恢复了。此后，他开始重复使用现在进行时态："看见这一切在开满野花的一望无垠的田野上缓缓升起，上面到处是残茎，那沙特尔大教堂的顶尖慢慢耸入阳光，就像几世纪前在这儿迷路的朝圣曾看着它们一样。"由此，他试图抓住再次经历目标、意义及互动的状态。因此，这种状态就变成了无限延伸的状态，一种大于他本人的持久过程，并体现为非限定动词的现在时态。在此，他和朝圣者一起，再次将目光瞄准最终目标。只有在最后一句，才出现了教堂这个目标，这个处于他思想的列车末端的教堂。这一短句和朝圣终止了这个曲折的表达，但是过去时态的再次使用："迷路的朝圣者曾看着它们一样"，也标志着同时包含领事和朝圣者的有意义的集体过去，现在已经不可企及地凝固下来。

当他进行写作，感受到对前妻的热情时，就出现了这种记忆的左右摇摆，摇摆于他的过去与当下之间，也摇摆于集体的当下进程与过往之间。借由其与前妻关于表演的简短交流而引起的社会身份崩塌，我们从他对前妻的热情中隐含的身份转移至更为私人的情感经历——一种更为高级的时间之外的经历。这将他与身份与意义的古老文化表达结合起来，个人与集体由此融合到一起——朝圣之旅。这是一种超越语言的梦想，即便在复杂从句之中，也以梦想的形式展现对身份的渴望，就像主体真的获得了这种身份一样。在他们共同朝向目标的过程中，主角们使用了记忆，因为这是他们唯一拥有的东西。但事实上，记忆将目标置于焦点之外，因为记忆的过程只会遵循自身的关联路径，而不受意识的控制。

当他将记忆工序拟人化，并在不分心的情况下将老人拽下来时，未使用拐棍的印度人接受的正是这样的情形，所以途中总是会出现更多的声音。记忆从来都不完全是我们自己的。它总是将我们置于自身与所有影响我们的一切事情的边界之上，上述引文中括号里的内容就是领事回忆起他曾给予前妻的一个平淡答案，但据他自己所说，他却无法解释引文中剩下的东西。所以，这显然是叙述者的语言，他好像是在领事头顶上方告诉我们领事曾经历的一切。从过去传来的与当下存在的领事的声音以及叙述者的声音在引文中混合在一起。第一章开头，领事的两位朋友坐在那儿，根本无法理解这一切，但是他们却不由自主地进行回忆。伊冯娜对领事的言语及沉默所作解释稍有不同，处于领事的对立面。最后朝领事开枪的警察误解了整个状况，所有人都发现自己处在自身与他人的边界之上。伊冯娜在死前发现了这一点，在此，又是叙述者在向我们讲述伊冯娜对她自己说了什么：

> 有时，在雷电交加之中，会有人想到你，把屋中玄关的家具搬进来，面对可怕的威胁而关上心门，或者更确切地说，不是威胁而是看似上天隐私的扭曲，即天堂粉碎性的疯狂，一种禁止凡夫俗子过于密切观察的耻辱形式；但是脑海中总会留有一扇心门——因为人们得知，在狂风暴雨中要打开心门，让耶稣走进心中——以迎接那不可预知的一切，并将其接收……(Lowry, 1971: 334)

人们甚至将经历用于解释遥远的威胁时，就像领事对沙特尔大教堂的回忆，经历的压力迫使回忆本身以其不可预估的力量加到我们身上。记忆就在这有意识与无意识、某人自己和他人的意识、个人与集体意识的边界上运作。

领事借教堂外面的朝圣者提供的共享文化记忆也包括了读者的部分，其中不少内容指涉文学传统与文化历史，并且大多由叙述者提供；有些在人物的脑海中像冰川一样漂浮，他们对此有着不同程度的理解和误解，这取决于他们是谁，就像我们从文化历史中摘取相关材料一样；其他的，则留在叙事者的设想与臆想之中。文学传统和文化历史大多与宿命有关，但是即便我们有着扎实的历史与确定的未来，寻找最终的身份并获得内心的宁静仍是徒劳的，就像领事不能将自己融入朝圣者的队伍一样。这其中还有很多文学指涉，比如但丁这样的作家及基督教、犹太教等宗教。他们尤其提到了但丁《神曲》(1320) 中天堂与地狱的鲜明对比。主角们想要寻得天堂般的宁静，但是他们寻求宁静的方式却将这一切变成了地狱。整个向上移动的动力最后却重重地跌下来。这些指涉都被融入角色的生活，因此不需要读者拥有特别的知识背景，最多就是借用下集体文化历史光辉下主角们的生活而已，就像斯威夫特的图比南巴人对现代读者而言一样。

举小说里一个与记忆和身份有关的象征为例。游乐场内的摩天轮一直转着，所有到达高处的人都可以往下看，其他时候也可以从下往上看。摩天轮也是幸运之轮，它来自一个古代的传说，暗示着决定人生命运起伏的绝不是个人的决定和意愿。圆周运动就像是分为12个月的一年，而那时距领事死亡也正好为　年。这一场景还重复出现于小说的24章中，就像我们在著作最后的回望中听到的24个小时一样。这种时间的循环与年岁的自然流动联系到一起，是一种古老的周而复始的时间观念，我们在记忆的重复中试图维持的正是这样一种观念。当时间流转，记忆开始运作时，这样的重复便会一次次带给人们意想不到的新鲜东西。因此，主角们也借重复进行改变，并创造全新的未来。时间由此成为一种线性的导向未来的人类行为。主角们带着分裂的记忆，一股脑地冲向未来。但正如小说中写道：这个在他们身后、一眼就能望到的不停转动的大轮也像是一个令人讨厌的搅拌机。跟随着它的转动，小说人物只是重复着从事情一端朝向死亡的路径。没有人会忘记，因为这也是他们线性向前的途径。

整部小说注重记忆作为过程的一面，即记忆在人类重复的意愿之间创造身份，由此进行改变、创新、活着并向前进。而由于我们有限的能力，这种过程只能非常有限地概括并塑造我们所遇见的一切。终点便是我们都会遇到的死亡，尽管摩天轮的转动不会停止。生命与更广泛语境的融合产生美，比如对沙特尔教堂的领事而言，就有摩天轮静止的那一刻的简短而又个人化的情形，它能再次推动记忆的进程。小说其实既不冷清也不绝望，其实反而很多时候很轻松，因为小说中的人们试图将破碎的过去转变成一种指向未来的身份，并在其中找到意义。

最后，领事被击毙，躺在了这个城镇地面的一条裂缝中，叙述还是让生命在其头脑中流过。没有人可以生活在没有爱的世界中。他最后大声嘟囔道："他怎么能把这个世界想得如此之坏呢，这个到处都可以寻求帮助的世界？"（Lowry，1971：375）现在他能记住的只有他概略的一生，被他忽略且没有未来的一生。不管他同过去的冲突与束缚纠缠得多么紧密，其一生都在那儿。世界总是充满不同的选择，就像火车上的森普伦一样。当领事死去时，他总结了自己局限、僵死的自尊心与更大世界之间的关系，并由此获得了身份。他在跌到裂缝谷底时说道："现在他已经达到了顶峰。"（Lowry，1971：375）但这只是谷底的记忆众声之一——有人在其后扔了一只死狗下去。内心记忆在任何时候都只关乎个人——个人的声音与视角，但又总是与其他声音和情形混合在一起而不由我们自己决定。

⊙创造性记忆

斯威夫特和劳瑞属于现代世界的两端。他们都认为记忆可以帮助我们找回一种完整的形式，但却都不信任它，也找不到解决办法。领事向伊冯娜说起的"我们之前知道的一体"就是指那种完整的形式，而斯威夫特呼吁的则是已经消失的高雅社会。领事从个人视角出发，而斯威夫特则从社会视角出发。第二次世界大战后，德裔美国哲学家阿伦特开始讨论记忆对于个人及集体身份的影响。对于处在开放流动的战后世界的人们而言，记忆在人类、文化及社会的关系上意味着什么？她在1957年给出了这样的答案：

> 一个人国家公民的身份不同于其世界公民的身份……诚然，历史上第一次，地球上的人类拥有了共同的目标……当今现实至此使我们进入了没有共同过去的全球化时代，它将对所有传统及特定历史的相关性产生威胁。（Arendt，1957：539，540，541）

阿伦特在现代全球化发生之前就能够以全球化视角进行思考，还考虑到了那些无家无国的移民。他们跨越欧洲及世界其他国家的边界，成了难民，流离失所。他们没有可以通过记忆来重新使用的过去，他们的安身之处都不是他们自己的地盘。如果全球化意味着每个文化都将丧失对过去的记忆，那么个人记忆也就变得毫无用处。然而，如果记忆仅仅意味着从过去挖掘出些什么东西并在当下获得肯定，那么阿伦特的观点没有问题。

但斯威夫特和劳瑞还强调了记忆的另一方面：外在记忆和内在记忆可以在过去碎片的基础上创造新的语境。即便是阿伦特提及的移民，他们也有记忆，只是记得更多的是迫害、流离失所和被驱逐的经历。森普伦和凯尔泰兹两人都将此种记忆转变成未来导向的身份。文学涉及的正是记忆这一活跃而富有创造性的过程，这种注重当下的整理过去记忆碎片的过程。斯威夫特通过反讽探索此种位于破碎语境之上的新的可能，而劳瑞则试图以相互交叉的声音和记忆来接受这些可能性。斯威夫特假定读者的积极参与能消解反讽，而劳瑞则发出记忆流动的信号，即所有人物，尽管他们个人都有局限性，但彼此及与更大文化语境之间拥有某些共同的东西，这些共同拥有的东西回响于他们的内心。回忆并不是打开旧内容，而文学能使我们构筑新的内容。

诺贝尔得奖者德里克·沃尔科特将这种创新性经历称为"舌尖上的苦味"。他来自西印度群岛，以移民身份生活在自己国家，就像殖民运动之后的大多数人一样。因此，沃尔科特的目标在于忘却阿伦特梦寐以求的伟大集体历史。在其《历史的沉思》中（1974），他提道，对零散记忆的甜与苦，以及记忆让我们想起的不同时空同时在场的复杂现实，人们只有接受。他发现，文学能清醒但却老练地将这种复杂性描绘成充满可能性的宇宙：这样的文学中"充满了苦味，久久留在舌尖，不能散去，但就是这种味道，为文学加入了能量……对生活在群岛的我们而言，部落记忆带着移民的酸苦滋味"（Walcott, 1996：357）。在全球化时代，移民无处不在，成为一种普遍的当地情形，身处边缘，能更加清晰地审视这一情形。我们从一处来到另一处，在特定时间属于不同的地方。我们的记忆就是移民的进程，其间我们稳定下来，但并不意味着我们就扎根在那儿了。

相比起文本中记忆的内在过程，沃尔科特同时代的法语加勒比作家爱德华·格里桑，就更加着迷于作为外在记忆的国别文学史：

自打被西方殖民以来，他们的历史就从来没有清晰过。自从西方进行干预以来，这些历史的显著简单性就抹去了复杂的语境。来自外面世界与来自内部的东西相互排斥，彼此漠视。这种趋势在诸如安的列斯群岛"复合"人群中更为明显。国别文学提出了所有这些问题。国别文学还必须表达一人到另一人的连接，以及此种连接达成的整体性。如果国别文学不能做到这一点（并且仅仅是这一点），那么它就只是一种个别现象，比如有关民俗及古老传统的文学。（Glissant，1996：180，189）

有人会说，斯威夫特借助全球化思维的反讽实践，预言了格里桑的观点，而劳瑞则是基于沃尔科特的情形进行创作的，他的任务是书写独立的欧洲移民。斯威夫特与劳瑞创造的人物住在沃尔科特和格里桑所在的西印度群岛的附近，前者住在南边，后者住在北边。他们形成了一种文化连续性，这对现今当地与全球之间的关系至关重要。

领事最后短暂地意识到，他原本可以将记忆转向其他方向，创造一个不同的未来，这在阿米塔夫·戈什的《玻璃宫殿》（2000）中浮出水面。我们第一次碰到拉哈时，他还是一个小男孩，在由风暴袭击导致的船难中幸存下来，而他的家人则不幸遇难。最后，就在19世纪末英国人驱逐了缅甸国王并将这个国家融入英属印度之前，他到了缅甸。所以，他也必须离开缅甸。当皇室被放逐印度时，他还是一个11岁的男孩，他见到了一个名叫多莉的负责照顾公主们的女孩。这些女孩在很小的时候就被带离遥远的村庄，带到法庭，得到一个英文名字。他们都是被剥夺了过去的移民。她将自己刻印在他记忆中，而他在20年后开始寻找她。与此同时，他在木材业大显身手，而她还是只知道这个封闭的法庭，现在这个地方变成了被放逐、关闭的状态。她害怕一切新鲜的事物。拉哈告诉她：

多莉小姐，我没有家庭，没有兄妹，也没有可以进行"缝衣"的"记忆碎片"。人们觉得这很悲哀，确实是，但也意味着我们没有其他选择，只有自己选择愿意记忆背负的东西。当然你看到，这很不容易。但也算是一种自由,并非毫无价值可言。(Ghosh,2000:147—148)。

领事瞥见了这种自由,但却太晚了,而文学将此作为一种开放的资源,记忆由此呈现出对未来导向的身份的创造,它将当地人共享的本地传统与全球视角联系起来。

6

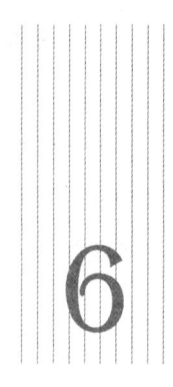

翻译的创造性动力

⊙ 翻译与文化功能

"世界文学就是在翻译中诞生的作品。"这是美国文学研究者大卫·达姆罗什提出的富有争议的定义之一——"什么东西!"许多人可能会这样反应,并说:"文本难道没有在翻译中消失吗:意义不见了,语言失去了柔软性,误解便是争吵,而文化语境不是被削减了就是完全消失了?莎士比亚只有在英文中才真正存在,是原创的。"——由此观之,翻译就是错误的,不管文本在翻译中是诞生了还是失去了。这种坚定的信念将翻译的标准界定为透明和中立的,尽管持此信念的人同时也意识到,翻译作为一种具体实践,是不可能透明和中立的。印度语中有这样表达:翻译即背叛。

因此,达姆罗什的俏皮话表达了一种不同的概念,即翻译的不同于标准功能的实际功能。标准功能只适用于我称之为"技术翻译"的翻译之中,即目的语文本照搬源语文本。然而,文学传达给我们的知识、想法及现实不是技术翻译所能处理的信息。有人可能会借题发挥,认为文学根本就无法翻译。但是,不管我们深入研究何种文化,全球文化历史都很好地证明了这一事实,即不同类型的文本及表达形式的翻译总是在进行,跨越文化时空的不同形态的文学也不断在得到翻译。无论是在文化变动时期，还是稳定时期，不管是用于处理自身生活还是与其他文化的关系，翻译都是不同文化生活必不可少的前提。只要想想基督教教堂如何使用拉丁语及其他语言，以使自己成为某特定区域的机构，并同时树立或者强化其在全球发挥影响的野心，我们便能了解这一点。

由此看来，声称复杂文学或宗教文本的翻译不可能实现，是站不住脚的。在全球文化中，这些翻译非常重要，也无法避免。我们无法掌握的语言边界也是如此。在这个意义上，甚至技术翻译也不是仅仅需要正确的语法和词典，因此中立理想标准的合理性无法确证。2008年北京奥运会和2010年上海世博会的筹备就遇到了中文翻译的问题，还要避免中式英文。技术上而言，中文"不要打扰熟睡的小草"可以翻译成"Do not disturb; tiny grass is sleeping"，但真正的英文翻译为"Keep off the grass!"意思为"离草地远点"。然而，在中国文化中，人们不大会采用这样直接的表达。残障人士专用卫生间的门牌译成中文，字面上可以翻译为"残疾人厕所"，这是正确的，但从文化意义上而言，又是极为不对的。[①] 我讲丹麦语，但我同情中国译者。我会自问：不知中文游客对国外的中文说明感觉如何？如果读者认为这种语言上的绕弯与文学没有任何关系，那么他们可以读下郭小橹所著《恋人版中英词典》（2007）。这是一部感人又有趣的悲喜剧式小说，写了一场发生在英国和欧洲的激情恋爱，主要展现文化及语言上的困惑及其对恋爱的影响。

莎士比亚通过不同类型的翻译走向全球，这些翻译大都不是中立的，有些译得不够完整，大部分还不错，但所有这些翻译都是文化进程中不可否认的现实的一部分。在18世纪下半叶获得欧洲范围内的声誉之前，莎士比亚在英国只是一个获得承认的当地作家。自此之后至今，莎剧的翻译及表演如雨后春笋。现在他成了文学的象征，获得了普遍认可，至少从欧洲影响下的西方文化视角来看是这样。但是1600年左右伦敦法庭和公众心中的莎士比亚与现在作为诗人的莎士比亚是不相同的，后者通过翻译、表演、电影、电视、歌剧及音

---

① 参见 http://www.hutong-school.com/defense-chinglish 和 http://www.fluentu.com/chinese/blog/2013/01/16/chinglish-signs. （2017年1月5日访问）

乐剧而获得持续关注。尽管我们感觉其中一些是垃圾,也有一些还不错,充满庄严崇高感,但莎士比亚本人肯定都喜欢。他也在剧院当裁缝,常常以剪裁戏服赚钱。

他全新的全球化角色并不是由于写了那些戏剧就自然获得了,而是由翻译、教育系统、媒体以及公共文化生活塑造的,所有这些因素在19世纪的大英帝国都获得了发展,以促成母国文化的全球价值。因此,有些莎士比亚的翻译或阐释也就只是教条,而其他的则拓展了我们的知识、想法,形成超越我们日常经历和想象的现实概念。但所有影响都是通过翻译发生的,这就是达姆罗什定义中的思想。他想要表达的是,翻译不仅是积极的,它还创造变化,在源语文本诞生及译本起作用的地方都是如此。翻译创造了文化上的差异。大家都在翻译中有收获,包括译本、源语文本、接收文化、源语文化、媒体,以及其他所有相关方面。

这也与文学不仅包含了语言的字典含义和语法规范,还能反映现实概念的事实有关。在《英国和非洲作家》(1965)一书中,尼日利亚作家奇努阿·阿切贝指出了其与非洲语和英语的双重关系:

> 那些会英语的人们或许不会认为这是他们继承的一笔很有价值的遗产。或者还会对此感到些许厌恶,因为这仅仅是一个"包裹"交易中的一部分。这样的交易中包含了太多其他价值有待考验的事物,以及种族傲慢和偏见的"积极"罪行,足以使世界卷入战火……我个人认为,英语可以承载我非洲经历的分量,但它必须是一种全新的英语,与其古老家园保持联系的同时又能做出改变,以适应全新的非洲环境。(Achebe, 1965: 28, 30)

语言交流是一种跨越文化边界并富于创新性的文化动态,其中涉及各方的创新努力。因此,翻译是一种文学形式的呈现,而不是一种技术层面的能力。

换言之,翻译在语言领域内外皆具有独立但却不孤立的文化角色。它不单是原文本的一种消极且不可靠的附属,而是从外部获取灵感并将之融入文本内部世界，还能引导内部世界的文化天线指向更为广阔的世界。这从来都不是一种单向的活动。翻译涉及的语言会对彼此形成表达的挑战，我们无法事先确定这是利还是弊，因为语言文化交流也是可能失败的，但重要的是，我们将翻译视为一种开放且具创造性的文化进程。在此，文化借助语言和文本改变彼此。

信息的技术翻译当然也是重要且必不可少的。不然我如何能读懂洗衣机的说明书呢？但是，并不能因此将翻译界定为理想的中立模型，以此来衡量翻译的质量。技术翻译只是翻译的一个变体。这也同样适用于文学翻译，尽管文学翻译很复杂，会涉及从语法起经意象到间接的文化假设这一系列不同层面的处理，它也只是翻译这一更为广泛的语言现象的一种，而语言现象从来都不是孤立的。因此，可以这样重新解释达姆罗什的口号：世界文学是借助翻译改变当地文化与全球语境关系的文学。这也是我理解古斯塔夫·马勒《地球之歌》（1908）的方式。从全球视野出发，这是一种多层面且能改变文化的文学和音乐翻译。

⊙原创性、责任性、可靠性

首先，我们必须摒弃一些对传统翻译，包括文学翻译的基本误解。[①] 作者和文本都与原创性有关，这并不是因为创作是一次性的原创，尽管往往看似如此，而是因为不管对错，作者已经被读者视为文本的责任创作者。标准中立的模式只有在我们阅读的是可靠或者原创性文本时才能维持。创作者可以是人、协会、公共机构或者是公司，并且能对文本原创性负责。由欧盟、北约、联合国或公司翻译而来的文本，以这些组织对文本负责的形式存在。对源文本的责任指向创作者的原创性，而不是创新性。如果对翻译的意见有分歧，并且这一

[①] 翻译研究已欣欣向荣，超越了实践层面的语言技巧，不再居于辅助地位。对文化语境及媒体间性的重视对文学研究，尤其是全球化视野下的文学研究有着重要的影响。对本书尤为重要的基本著作如下：(1) 勒菲伏尔关于文化史中的翻译的文集和手册 (Lefevere, 1992)，马尔姆克尧和温德尔从历史、当代和跨学科角度的论述 (Malmkjaer & Windle, 2011)，韦努蒂的 21 世纪理论 (Venuti, 2012)；(2) 将此领域作为语言、媒体和文化之间的联结，如勒菲伏尔 (Levefere, 1990)、巴斯奈特和勒菲伏尔 (Bassnett & Levefere, 1995 & 1999)、科尔宾 (Cronin, 2003)、伯曼和伍德 (Bermann & Wood, 2005)、阿普特 (Apter, 2006 & 2013)、贝洛 (Bellos, 2011)、巴斯奈特 (Bassnett, 2014)、渥克魏兹 (Walkowitz, 2015)、拉森 (Larsen, 2016a)。

分歧不是由译者造成的，那么你当然可以回到源文本及其责任人来进行追问，或许你能得到一个改良版的源文本。法律文本或者表达含糊的使用说明书有时就是这样。至于文本，很显然，创新基本上取决于责任原创者设定的情形。他们可以不是作者，但水平与编者相当。

在且只有此种情形下，翻译是中立、消极的，但也最多能削弱原作者意图及原作含义，而不能对其进行强化。这种翻译的主要任务不是要造成意义及效果上的差异，而是确保一致和重复。文学翻译也要确保一致和重复，但这只是文学翻译任务的一部分，因为文学作品的作者、源文本，或者两者，往往在地位上不够明确，也就很难确定其责任与可靠性。自打摩西带着已被打碎的戒律碑的拓印本从西奈山上下来以来便是如此。即便我们能很快指出一个原文文本并辨认原文作者，但这对翻译是否创造了差异没有任何深刻影响。

很多古代及其他文化中遗留下来的文本，我们只有一些碎片、混杂的抄本以及未经授权的再版本，其产生的历史环境也不明确，并且没有受法律保护的作者权益，也没有个人和机构的责任。尽管如此，这些文本还是有大量翻译，并且对世界文化产生了深远影响。没有它们，世界会完全不同。举两个例子：《圣经》的作者是谁呢？莎士比亚的文本，哪些才是真正的源文本呢？

《圣经》是世界上翻译最多的著作之一，或许也是具有影响力的作品之一。丹麦语版《圣经》封面上写着"神圣的基督教经文"。这些著作之所以神圣，是因为它们是上帝的语言，而其经典性则源自教堂承认它，并将其视为原创文本。是教堂而非上帝应对文本的可靠性负责。不同于《可兰经》及其他宗教团体的经典，人们认为《圣经》不是不可翻译的。这是很好的理由。所有基督教团体从最开始就必须承认，《圣经》是在不同作家创作、无数译者翻译以及教堂神父干预中形成的，删减部分被称为"伪经"。有些人将删减部分视为禁书，而其他人则认为删减部分只是训导，不够神圣，因此也就不可靠。

第一部《圣经》是公元前3世纪的《旧约》，由希伯来语译至希腊语，在那时被视为唯一完整的文本。据神话传说，当时每个部落出6人，共有来自12个部落的72人翻译《旧约》，完全令人意想不到的是，他们翻译得一模一样，因此可以推论作者肯定就是上帝。其结果就是，在《旧约》出现，还包括

"伪经"文本在内时，人们不管是否经过翻译，仍将《旧约》视为源文本。《旧约》具有源文本的地位，但还是被称为希腊文译本，其名称"七十士译本"（septuaginta）暗示了译者的数量。当译成希伯来语时，"伪经"部分被排除在外了。大体而言，新教徒不将伪经视为《圣经》的一部分，尽管他们自己经常会将伪经印刷出来。但这些"伪经"却被收入罗马天主教和东正教的《圣经》中。是不是有点迷惑？还有更多的故事呢。

在公元 1 世纪，《新约》的很多版本开始形成。公元 4 世纪，在大概 100 年间，人们聚在不同的教堂中，不断讨论《旧约》及《新约》中哪些作品是上帝所创，哪些又是人们所作，这些书应该如何排列。这一过程便是《圣经》的经典化。经典化有两大功能：一是外在防御，移除人们在迫害及焚书中可能失去但不会由此遭受重大损失的作品；二是内在的制度化，加入信仰者可以依赖并且在所有劝服及分歧中都能充当上帝之言的作品，教堂对这一切负责。

因此，它们被译成拉丁文——那时教堂里的通用语。希罗尼穆斯在公元 400 年左右开始负责《圣经》的拉丁语翻译。那时拉丁语还是一种口头语，拉丁语《圣经》被称为"拉丁通行本"，并且在 1979 年整理出"新版通行本"。这是天主教的基本文本。然而，希腊文《圣经》还是被当作源文本。希腊文《圣经》当然也是译本。那时人们说拉丁文，"拉丁通行本"用的是拉丁语口语，而非从古罗马传下来的经典拉丁文（所以拉丁语并不单是一种语言）。即便如此，教堂仍声称《圣经》是原创的。"拉丁通行本"某种程度上超越了希腊文本，并且在东正教堂中一直被视为《旧约》的经典版本，而东正教对《新约》的这一排位又与罗马教廷有所不同。

多年来，对于《圣经》翻译的讨论已渐趋平静，但是关于不同源文本，教派之间还是会有争吵。之后，在 13 到 16 世纪之间，现今《圣经》的所有的章节及唱诗就成形了，犹太教《圣经》也经历了类似的过程。《福音书》还将交叉引用作为主文本的一部分，尽管上帝自己大概从来不会使用脚注。所以这时的版本稍有重组，不是为了改善上帝的预言，而是为了便于教徒记忆和查阅，由此确保将《旧约》阐释作对基督降临的预示。在基督出生之前，不管谁创作了《旧约》，都不会有这样的意图。

然而，在路德的宗教改革中，全欧洲又掀起了翻译《圣经》的热潮。这次翻译与希罗尼穆斯一千年前所做的毫无差别：《圣经》被译成了口头语言，由此人们可以不用教堂的指点就能读懂上帝的语言。一些天主教堂对此一再抵触。这是一种语言文化上的挑战，同时也具有意想不到的作用。欧洲语言在《圣经》翻译中变得现代化，其表达普遍关系的能力必须在其词汇、句法及书写形式中得到培养，其语言要形成权威——那时还没有权威的拼写。因此，翻译对世俗社会及启蒙运动的作用与它在教堂及信仰领域产生的效果一样明显，它让词语有全新的机会去谈论一个更为广阔的世界。作为一种呈现形式，《圣经》翻译改变了当地文化与全球语境之间的关系。或许有人会对这一时期《圣经》的原创性产生疑问，但是没有人会怀疑这场翻译浪潮对文本及文化产生的积极作用。

但是人们又如何确保《圣经》在经过多次翻译后还是源文本呢？我们只能自己确定一个源文本，而非理所当然地将某一文本作为源文本接受下来。这适用于所有的源文本。人们不是找到它们，而是界定它们。它们作为源文本的权威性与被给予的可靠性是相同的。因此，每个教堂团体选择作为上帝之语的源文本都会有差异。但是谁又能保证上帝就是原创者呢？现今，这是一个非常棘手的问题，我们只有独断地选定源文本。美国跨教派网站"*GotQuestions? org*"[①]宣称，很多时候，最终是由上帝通过启示负责的作者、译者及编者，假他们之手来决定是否将某些内容涵盖进来。但是任何人的信仰都有可能动摇，因此，当被人问起"《圣经》真的是上帝之语吗？"这样问题时，网站作者经常借助长篇的逻辑论证来说明这就是现实情况，以安全地规避此类问题。所以即便是在这种情形下，作品的原创性还是立足于论证，但却如上所述，这一问题没有唯一确定的答案。

---

① 2017年1月5日访问。

⊙ 源文本

莎士比亚的作品是全球翻译的热点，几乎与《圣经》翻译平起平坐。《圣经》展示了译者在全球范围内创造文化差异的普遍能力，而莎士比亚文本及其作为作者的角色则展示出历史情形对于原创性的作用。尽管原创性立足于判断和论辩，其有效性却局限于有限的历史范围，不能作为一般翻译概念的基础。莎士比亚将此推到了极致：世上不存在某个其亲手写成的文本，我们也无从得知其个人历史。原创是一项很难的构建。目前收录莎士比亚作品最全、数量最多的文集是出版于1623年即莎士比亚死后7年的大型对开本形式的《第一对开本》。前几年，又有了规模稍小、不太全面的对开本版本。《第一对开本》的出版商是莎士比亚的同事及图书业商人，至少涉及8人，其中一个是盲人，因此要宣称这是由原作者创作的源文本，是需要具有说服力的论证的。

图 2 《第一对开本》封面（1623）

出版商尽了最大的努力，在书本扉页上写着"依据最真实原创本出版"。读到这儿，现代读者可能会问："真实原创本意味着什么？"在莎士比亚写作的年代，作者还没有知识产权或版权，以及其他权利。这些作者权利始于17、18世纪，或者确切地说，产生于1709年英国安妮皇后颁布相关法律之后。也不是说在这之前就完全没有相关法律，而是此前版权并不被默认为属于个体作者或出版方，比如印刷商、戏剧公司或者书商。

那时，创作的程序就是一个或多个作家匆忙起草戏剧手稿，即所谓的草稿或初稿。在此基础上，再制作一个供提白员用的文稿，大致相当于剧本。这由专业作家或其他人士创作，他或许是剧场某环节中的一员，即"提示者"，或许是剧组"常务秘书"。剧本必须获得审查者的同意，进而形成带有文本和一些舞台指导的原创本。剧本由此成为戏剧公司的财产，可以用作表演、复制或者出售给印刷商，后者因此自动获得了版权。因为打字员可以对其进行排版，所以任何变化都可能发生在这一过程中。初稿很可能被扔到一边，而"作者"则开始新的创作。印刷版及再度抄送本可用作记忆和彩排，因而会再一次改变。莎士比亚研究已尽其全力将印刷版汇编成文本，这些文本现今被研究者而非审查者认定为原创本（Halliday，1964；Rose，1993）。

对作者而言，很难控制版权只是一方面，更糟糕的是作者的署名权。莎士比亚当然不担心这一点。他用尽所有他能得到的材料，从历史文本、有关食人族和高贵蛮族的游记、其他戏剧、流行传说、外来的翻译经典等所有一切可以被转述、再利用及创造故事的东西（所有都是第二次或重复）。因此，他在工作中使用的基本材料其实不存在原创性。他就像是中世纪的说唱者或说书人，他们都只是无穷尽地反复利用有关上帝及其影响的经典传说。

我们最好将翻译所用的原创本称为"文本基础"，它是逆向地由译者针对接受者而确定的目标和功能所决定的。我们在翻译中对莎士比亚文本基础的选择可以从戏剧表演的角度进行，也可以从研究目的角度进行。如果是后者，那么我们就在对所有已知的带有脚注及其他一切文本的变体进行学术化，以正确地再创造，而这根本不适用于表演。同样的，欧盟译者必须选择一个文件的授权版本，以使其在成员国议会及其他地方起到必要权威的作用。当然，由于涉及了20多种语言，这往往很复杂。《圣经》翻译的文本基础是在特定的宗教劝服范围内成为经典的，由此支撑特定的基督教教派。

在实践中，列弗菲尔和巴斯奈特在其 1999 年的《我们身处翻译研究的何方?》中也进行过相关论述。这意味着文本翻译只注重以下的一个或几个方面，而不是所有方面：(1) 信息内容；(2) 娱乐价值；(3) 逻辑或情感的辩证力；(4) 基本的文化理解，即我们所谓的"文化资本"。这四个层面一方面暗示了超越技术翻译的有用指导，同时也揭露出在更大的语境成为翻译不可缺少的一部分时，译者必须面临的挑战。

白芝翻译的汤显祖《牡丹亭》就展示出这样的挑战。《牡丹亭》相当于中国的《罗密欧与朱丽叶》。书中有些地方，性影射与纯真抒情在模糊的语境中交融在一起。还有那附带的源自中国经典的丰富的内引用，使得这些双关语一则界定了"娱乐价值"的部分，再则也烘托出戏剧的情感复杂性。但是大多数现代读者，不管是中国的还是其他文化的，都很难在文化语境中把握这些引用，尽管戏剧表演的非语言层面或许会有点帮助。白芝对前两个层面的处理很易懂，他从西方文学角度出发使用隐喻，这一点使白芝出名。但是，要追踪这些引用，其难度和处理文艺复兴时期没有明确参考且艰深难懂的欧洲文本一样。

举个简要的例子。石道姑成为尼姑，有难言之隐：没有哪个男人的生殖器可以令她破处。她长段误引形式规整的《千字文》，对此进行了描述。《千字文》仅仅使用了一千个不同的汉字，犹如十四行诗中的桂冠，堪称绝技。然而，《千字文》是用来教导小孩认字和学习基本语法的，而石道姑那性感的教导却不太纯真，比如：

便拚弃做赴了交"索居闲处"，
甚法儿取他意"悦豫且康"？
有了，有了。他没奈何央及煞后庭花。
(汤，2002：83)

这种纯真与淫荡之间的对比也与情人杜丽娘和柳梦梅之间的关系相呼应。翻译抓住了信息、情感和娱乐，但没有抓到更大的文化语境。白芝必须加入注释来提醒读者石道姑的淫秽自白和误引策略背后的经典文本。在之前的引用中，他也解释道，他像在上述引用中那样，将文本所包含的一系列引用都加上双引号，但没有标明注释。他告诉读者可以参阅学术研究，以获得更全面的信息。最近《牡丹亭》国内外成功的表演主要展现带有明显对比的情感内容，即世俗肉欲经历与年轻人崇高爱情及社会限制之间的对立。这一对立在世界各地的文学中都很常见，因此不用注释就能被观众及白芝译本的读者理解。白芝激活了一种"跨文化资本"，它同时也富有争议：正如凯瑟琳·史恺悌在其简介中指出的那样，将肉欲淫荡搬上舞台，而非仅仅将其作为文本，已经招致了中国方面的抗议，认为这是对崇高经典戏剧的世俗扭曲（汤 2002：XV－XXX）。

在此，如同其他地方一样，翻译犹如艺术，是一种独立且具有风险的努力，而非现存源文本的消极附属。它或许不成功，但却延续了文学生成的过程，即使文本和传统含义经选择、功能及语境化的改编而存在。1800 年左右，个体艺术家自主独立的表达获得突出的荣耀，德国浪漫主义学者诺瓦利斯说道："翻译不仅仅是一种富于创造性、犹如完成自己工作的创作行为——它更难，也更罕见。"（Novalis，1960：237）他区分了不同功能的翻译（Novalis，1975：439），其中有我们称之为技术的语法翻译，它要求译者有一种稳固如岩石般的正式的语法能力；此外，他还提到了变化的翻译，就是那些共同创新的文学翻译，一则抓住自己的文化背景，再则也能吸引实际的读者。当我们阅读的作品使我们更加了解其他时空中的一切，但作品又是在当下直面我们并与我们交谈时，这部作品就是我所说的"共同创新翻译"，也是达姆罗什所想到的翻译。随后我将对其做简短的论述。

最后，诺瓦利斯还提到了神话翻译。它们不仅再现了语言和文化对话，还创造了另一种语言及语境中的全新艺术作品。这是自具独立生命的新作品，也是达姆罗什所希冀的。济慈的诗歌《初读查译荷马史诗》（1816）就将查普曼的翻译抬升至这样的地位。这也是大多数信奉《圣经》的读者对《圣经》的看法——不是什么德文、英文或丹麦文译本，而只是《圣经》。

诺瓦利斯还补充道："不光是书本，所有一切都可以这样来翻译。"（Novalis，1975：440）。尽管他直接所指的是不同的媒介，比如音乐或图片等，但其实他想到的是更为普遍且等同于文学创作的字词传统含义的变化与重复，并将此作为传统与文化对话的关键。这一更为宽泛的观念将翻译变成一种展现，用以呈现文化的内在无限性，这种内在无限性将语言和文学视为重要但不孤立的驱动力。人们肯定能记起，文学多年来的基础理念是对模型的积极模仿，而不是原创的自我表达，就像莫扎特再次使用经典而正式的音乐语言但又超越它一样。莫扎特和莎士比亚以各自的方式，展现出他们所见媒介的重新使用，乐谱也好，语言也罢，再加上个人的印记，使得传统和文化边界得以改变，并向未来开放。

技术性的语言翻译是众多文化重复机制中的一个极端例子。另一极端便是通过修正翻译、文本处理及语言和其他媒体中字词、概念和语言的再使用，对传统进行全面的文化复兴，换言之，进行各种不同的重写，甚至最具原创性的翻译都要基于一种重复于新形式中的传统。

⊙世界音乐

古斯塔夫·马勒的《大地之歌》是一部由六个乐章构成的交响乐作品，每个乐章都围绕一首歌曲展开。这涉及不同层面的翻译，但没有一个层面与技术性翻译相同，而文学翻译以非正统的方式融入以下三部分的翻译过程：第一部分为马勒对音乐和义化意义传统形式的音乐翻译，他将此翻译融入音乐和文学表达的新形式中；第二部分为字词到音乐的翻译，其文本源自 1907 年汉斯·贝特格的《中国之笛》，这是借助英文、法文及德文版本对中国诗歌的改编；第三个部分是贝特格将中国诗歌转移至德文，以及马勒在贝特格文本基础上进一步的改编。如今，这一作品作为欧洲古典音乐的里程碑在全球演奏。结合美国爵士乐、欧美摇滚以及节奏乐的当代形式，该作品构成了具有全球影响的跨民族音乐。

交响乐在录制时，其回环往复的乐章间有规律的间隔，并且在诸如音乐巨头 HMV、维京唱片、亚马逊、Fnac 及其他全媒体网站上有不同的版本。全球视野也体现于作品的文本基础及音乐结构。文本是一个翻译，音乐是对传统的积极再利用，而主题则触及超越文化边界的整个世界。我主要论及语言层面,由此来支撑如下事实,即文学翻译往往是更为广泛的媒体与意义文化翻译进程的一部分。这一过程涵括了语言翻译的特点,并因而成为交响乐整体结构和广泛影响的关键所在。翻译是一种呈现形式,有助于给作品带上跨越文化边界的世界魅力的光环。

马勒显然在其所有作品中都充分利用了音乐传统。倘若我们不能在使用中改变文化遗产,它就会失去功能,变成被遗忘的逝去时刻。基于此,马勒总是实践着交响乐这一基本形式,并不断对其进行翻新。他,或者其他任何人,都能够找出简单的流行旋律、舞台节奏及民歌曲调——尤其是那些从德国浪漫主义中获得的——并将其中的情感性呈现出来,与此同时揭示它们不为人知的融入全新音乐表达形式的潜能。这就是为何马勒能在高分贝水平让传统和新元素以破碎的形式碰撞在一起。马勒通过超越传统局限来忠实于传统,这便是其现代性之所在。[1]

确切地说,马勒的作品总是将传统的再创造提上日常议程,因此其音乐具有高度反思性。他经常加字词进去,还有那由博学的作曲家自己创作的文本或其他改编。他广泛利用德国的文学传统,比如早期的《旅行者之歌》(1885)或者《少年的魔角》(1887—1896)等作品,并将之按其所需进行改编。或者,如同在《大地之歌》中一样,他还使用了经由多层翻译的来自另一个大洲的文学音乐传统、具有中国风格的艺术作品以及其他东方表达。

大地是《大地之歌》中的象征焦点,带着历史和永恒、生命和死亡、自然和文化、神秘主义和感官、宇宙及日常现实等语义内容。大地作为一种高度复杂的象征,在全球不同地方获得了多样的具体含义,同时,它也足够开放,让个体艺术家能够将其承接过来,加入新的联系纽带。它是一种超文化象征,在不同时期和文化中游行,发生意义的改变,产生细微差别,而同时在其所指的大地上不断运动。对传统的翻译和再使用,或称这一运动的外在表现,也内在

---

[1] 关于马勒,见阿多诺(Adorno,1969)、赫傅林(Hefling,2000)、苏尔维克(Solvik,2005),以及《大地之歌》网站 http://www.mahlerarchives.net/Archive%20documents/DLvDE/DLvDE.htm.(2017年1月5日访问),其中有贝特克的文本和其所依据的译本。马勒的文本引自1998年CD中的手册,而这章的英文翻译则来自约翰·艾恩斯(John Irons)。

地表现于马勒发现的文本的两个重要主题。他对这两个主题按其需求进行了改编：一是旅途，不同规模的跨越边界的移动；二是艺术，以及艺术通过跨越文化边界更新自身并进行改变的能力。马勒对此进行了很好的示范。

马勒非常熟悉康德和歌德的文化艺术观的现代国际化。这一观念也是启蒙时期文化的整体观念的延伸，并且是18世纪晚期和19世纪早期理想主义和古典主义的中心。这正是马勒的哲学和文化的主场。在这时或者更早时候，已有证据表明欧洲对东方有强烈兴趣。马勒从歌德和吕克特等诗人那里得知这一点，这是其使用贝特格中国诗歌改编的重要前提。不管是在文本理解，还是受中国影响的音乐习语表达方面，他都运用了贝特格的中国诗歌改编并且将后者作为其音乐的一个全新维度。贝特格的《中国之笛》出现于1907年，而《大地之歌》出现于1908年——只有在不是从零开始的情形下，才能如此快速完成此项创作。

⊙ 从感官到情绪

《大地之歌》有两个乐章、六组交响乐，还带一个独唱。每个乐章都源自《中国之笛》中的一个文本，最后一个乐章《永别》由两首相互联系的诗歌组成，是最长的文本，并且也是最长的移动——大概一小时乐曲的一半长度。有人会说，与世界和作品的永别包含着旅行和艺术的主题。其他歌曲，第1、3和5首由男高音歌唱，剩余歌曲有时由女低音唱，有时是男中音。马勒将男中音作为一种可能的选择。他自己从来没有去听过这部作品的表演。整个作品第一眼看上去由许多成对的基本划分构成：最后一个乐章分为两个部分；从整个作品而言也是如此——最后一个乐章占了整部作品的一半篇幅，而其他五个乐章则为另一半；还有男高音与女低音也几乎各占一半；此外，还有旅行和艺术两个主题。

这种两相对立的结构并非贝特格从时间上对所选中国诗歌文本的排序，因此我们在仔细审查文本之前，就能发现这显然是马勒故意为之，他由此将文本和音乐整合为一个整体，将音乐与口头翻译变成呈现他自己的世界观的形式。《中国之笛》由长度介于10行至2页之间的83个文本组成，这些文本的源文本创作于公元前 1000 年至《中国之笛》出版之时的 1907 年，跨越近三千年时间，其中三分之一的文本由唐代李白及与其同时代的年轻朋友杜甫所作。如果我们将其他唐代诗人及唐代之后直至公元 1200 年的宋代包含进来，这两朝的诗歌就差不多是这部文集的一半了。正是这两个朝代的诗歌，尤其是唐朝诗歌，使得中国诗歌卓越非凡。文集的剩余部分由唐代之前 1500 年间的大约 10 首诗歌以及宋代之后一千年间的大约 30 首诗歌组成，其重点主要在 19 世纪。

贝特格并不懂中文，也不懂其他中东或亚洲语言，然而，他却拥有关于"文化资本"的全面的文化及文学－历史知识。他在其后几年直至离世的 1946 年间将中国诗歌译成了德文。他编撰《中国之笛》，用到了中国诗歌的德文版、英文版和法文版。其中较早的诗歌翻译基础文本为法文版，并且还经过了法文重写，而重写本又被译成德文，贝特格依据的就是德文版。马勒参照的是贝特格的版本。在此种处理方式中，占重要位置的并非语言的可靠性，而是译本的影响。贝特格依据英文版本对其中唐宋之后的诗歌进行了重新阐释。

或许正因为文本的多层面，贝特格译本还被除马勒之外的其他作曲家使用，并在第二次世界大战前多次重印。借由《中国之笛》及其他文集，贝特格将一种新的诗歌模式带入德国，获得同时代人的理解，甚至成为创新性努力的源泉。他或许扭曲了中国文本，使其变得现代化和欧洲化，但他对这一点并不避讳。从跨文化角度而言，使用翻译及改编是一种艺术和文化的发展方式。马勒照此对贝特格版进行改编，以此实现其所学的诗歌－音乐的精准性。

当然，马勒无法选择或抹除特定的语言特征。他无视这些，贝特格也一样。阅读华裔双语学者 Teng-Leong Chew 对中文基本文本的分析具有独立的价值，但这与马勒的作品无关。Chew 也是权威的马勒鉴赏家，其对唐诗的首次法语翻译进行了分析，指出了延续至马勒的所有错误和遗漏。他的工作表明，在文化际遇中，翻译不仅是必要的，而且还冒着极度误译的风险。

他指出，中文与印欧语的差异主要在句法上。借助马勒处理的几首诗歌，他提出，中文诗中字词与词类关系是在语境中组织起来的，而不是基于我们所知道的印欧语系形态学所要求的固定语法形式。不同字词以模糊的语义和词类关系相关，而句法关系则是在语境基础上建立起来的，不需界定句子的主语，而英文就会用"我"或"他"。这就意味着,同一个词,比如"乐",可以是动词"演奏音乐",也可以是形容词"有关音乐的",还可作为名词,表示音乐。在所有情形下,语境决定了中文词语的具体含义,而印欧语则通过不同形式的屈折或词形变化表现具体含义。

如果印欧语系的母语者对此感到陌生,觉得不易理解,那么他可以想想英文的同形异义词"bow"。它含有"弯腰""舢""蝴蝶结"(发音不同)以及"弓""琴弓"之义。我们在具体语境中,从来不会觉得选择"bow"的正确含义是件困难的事儿。这也适用于单词"could"(能)。"他能做到"或许指的是过去,即"他过去能";也可能指向未来,"我明天做行吗?"或者表示一种礼貌,"请问我能要一个叉子吗?"然而依据语境,我们无须辨别这类词语难懂的语法形式,就能对意义进行区分。

因此,Chew所谓的"最小句法"可以被用于辅助翻译,测试有关语境的不同可能性。译者可以构建一些中小型标准语句,并将其作为译入语,以测试此种可能性。Chew对修正贝特格之前的翻译很感兴趣,他认为马勒使用协同对比音乐元素的特征之一正是这种开放的句法结构。Chew对此产生疑问,即这些句法特征是否超越主题而成为灵感的启发。然而,所有这一切都置于马勒进行选择的可能性之外。[1]

但是马勒选择省略。人们可以在《中国之笛》中找到许多诗歌——是不是以中文源文本为基础,我无从得知——都将"爱"作为主题,比如情人相会或者朋友相遇。这些情形未出现在马勒的作品之中,即对失去或无法得到之人那无法治愈的爱恋,以及相距遥远的朋友在见面前后的情感。情人和朋友被抛在了脑后。贝特格也翻译了有关战争、报复、屠杀的诗歌,而此种决然向外且充满肢体冲突的行为也不是马勒作品中的主题。马勒只是保留了那些逃避与分心之间漫无目的而忧郁的穿梭,这在《中国之笛》中大量存在。他省略了战争、友谊或者爱情的积极和消极的社会影响,而更倾向于人类在与集体现实冲突前

---

[1] 语言学视角下的中文译本,见巴尔科姆(Balcom, 2006);更为广泛的语言和文化视角,见王和孙(Wang & Sun, 2008)、罗和何(Luo & He, 2009)。

后的悬空状态下的孤独。这种向内的特征在《中国之笛》中后半部分的诗歌里体现得很明显，但是马勒，就像在他别的作品中一样，一直坚持以他处理唐代诗歌的方式改编这些属于传统的部分。

艺术与自然的关系在贝特格那里也不同，其大多数文本都呈现了乐曲、诗歌及演奏的特征，主要处理如何给予艺术表达以渴望和经历的层面，略带忧郁与从容，但同时又有点"确幸"：一切如风云变幻，快速易逝，沉醉与爱情也一样，但欢乐并不会因为生命短暂而减少，比如《致河流》（Bethge，2001：47）：

> 我深感与云朵那么亲近，
> 忽然发现：就如同天空
> 投射在水面中，
> 我的爱人也在我心中绽放。

这便是艺术所能达到的：眨眼工夫，就能使自然印象与情感具体可见，赋予其含义，我们由此得以发现自己是世界与自然的一部分。艺术不仅仅表达感情或渴望。首先，它赋予现实以形式，让我们体验到具象与短暂，云朵、水流、青草和小鸟等意象往往有这样的功能。但马勒的作品不是这样。在《大地之歌》第六乐章最后几句，他将"然而永恒，永恒便是白色的云朵"改编成"到处永恒地，远处变成了蓝色"。具象的自然元素云朵，作为一种可变标志，转变为了抽象的浪漫主义色彩——远处的蓝，从而变得静止、永恒，构筑起永远不可跨越的距离。

在贝特格的文本中，艺术不抒发感情或者渴望，而是给予这个世界上的具体形象以一系列瞬时的意象，如同一首诗接着另一首诗，必须不断重复它们，因为世界是短暂的。这不是伸向远方或者超越日常经历的永恒的线性延伸，却是马勒在艺术主题层面进行改编的方向。贝特格的文本在此与古典中国诗歌表达的基本情绪是一致的。他尽管不懂中文，却博览群书。马勒朝着20世纪末欧洲诗歌对内在性的渴望这一方向，从贝特格《中国之笛》中选择文本并进行改编。

⊙ 马勒更进一层

在《大地之歌》中，马勒选择了七个文本，或许其目光专注于更多的文本。他重编了贝特格的时间顺序，将其嵌入自己的审美结构。由男高音表演的第一个乐章，即《愁世的饮酒歌》，原诗为李白《悲歌行》，是文集中的第 15 首诗歌，并且题目相同。第二个乐章由女低音表演，题目为《寒秋孤影》，是关于一位女性的诗歌，在文集中是第 45 首。第三个乐章由男高音表演，题目为《青春》，是第 16 首诗歌，原诗为《客中行》。第四个乐章由女低音表演，题目为《美女》，是第 18 首诗歌，原诗为《采莲曲》。第五个乐章，由男高音表演，题目为《春天的醉者》，是第 19 首诗歌，原诗为《春日醉起言志》。最后，由女低音表演的第六个乐章，由两首相互联系的诗歌组成，分别为《宿业师山房待丁大不至》和《送别》，在音乐中都以《永别》为题。

我们发现，马勒将女性变成了男性，具象的事物、地点和人，比如亭子、河畔、饮酒者等变成了更为抽象、消极或全球性术语，向更为隐蔽的联系开放：青春、美女以及作为醉酒的消极状态而非积极饮酒者的陶醉。在最后一个乐章中，马勒将贝特格两首诗歌中从等待至离别的叙述元素去掉，只提到了与无家可归联系起来的开放的永别。尽管这些题目不是音乐演奏的一部分，最多只提及，但马勒却非常小心地将它们改编成为内在情绪诗歌。他其实是可以给这些题目编上号的。

通过改变人称代词和语法上的性别，马勒确保两个声音之间的对立不是由性别标签决定的。只能说《寒秋孤影》由女低音歌手演唱，而不是像贝特格译本中那样，悲秋的是女性的"她"。在此及其他涉及女性声音之处，"我"或"我的"被处理成了与性别无关的渴望。最后一首女低音歌曲中，"我"变成了"他"。如在《美女》中，两性关系是歌曲的一个方面，但不是主要的。正是女低音的演唱提出了永恒、超自然渴望及生命摇摆不定的话题。男性演唱的乐曲都选择李白的诗歌，并且其中出现了很多快乐的饮酒和作诗场景，多少有些欢快地接受了世界的有限本质及无法避免的死亡。第一首乐曲中"我那灵魂之室荒凉地躺着"（Bethge，21），灵魂被置于具体的时空和人之中，而马勒却将其变成了更为普遍抽象的"那灵魂之园荒凉地躺着"。换言之，两种声音代表了对于人类生命的两种态度，这超越了性别的差异。

男高音就是诗人的声音。他借由身体和陶醉形成生命，或者抓住世界审美性的一面。他不改变生命，只是将美丽冻结于短暂中，足矣。"酒已倒在高脚杯里/但是暂且等等。我要先给你们在座的唱首歌！"在马勒的"《悲歌》/将回响于你的灵魂，大声笑出来"中，焦点略微有变化，再一次断断续续地强调了不太具体的事物：从"在座各位"到"灵魂"，从"个体演唱者"到"乐曲声音"；音乐突出强调了单词"灵魂"和"叶子"。《大地之歌》艺术主题最为重要的元素就体现在这些男高音的乐曲中。

而女低音利用旅行的主题来概括内心特征的变化，即在富有教育意义的征途之后，撇弃观察到的世界，将休息视为逃离令人厌烦的物理世界后的孤独。马勒写的"是的，赐予我休息吧，我需要释放缓解"，将"睡眠"变成了"休息"，由此，对死亡的渴望就变得更加清晰。

此种趋势在最后一个乐章《永别》中达到顶峰，这是马勒改编最多的部分。贝特格写"小溪在黑暗中浅声吟唱着/安宁与休憩"，而马勒却将第二行改为"大地呼吸着安宁与休憩"。再往后，贝特格译道："我站在那儿等待/我那承诺要来的朋友"，而马勒却改写成"我站在那儿等待我的朋友，/等待他来做最后的告别"。他借助重复"绝对死亡般告别的等待"，以突显等待与死亡的真正时间，而非具体的等待或告别。

⊙ 旅途与忧郁

马勒不仅在语言细节上将文本拉向自己的时代及其欧洲文化舞台，同时还将其归入艺术与旅途这两个主题，由两个分开的声音呈现。它们具有基本特定的跨文化形式，只在不同文化与历史时期略有差异，并在马勒由时间决定的特定音乐与传统诗性重复的结合中得到塑造。

自古以来，旅途这一主题在欧洲文学中以两种各有利弊的形式为人们所熟知。一种是进入世界的伟大旅途，它存在于荷马史诗、萨迦等神话传说、十字军东征、发现新大陆、南极考察以及现代极限运动中。在这些传说和故事里，受人敬仰的英雄用勇气、体格及对知识和远见的渴望来表达自己，而我们只是羡慕地在一旁看着。但其中也有发生逆转的，就像《漂泊的荷兰人》一样，旅途也可以被妖魔化为一种躁动的追求，其中心问题不是旅途的力量，而是欠缺扎根的能力。另一种与此相反，我们也经常进行短途旅行，比如外出散步、骑车或维持健康的锻炼。在这样的旅途中，人们会发现自己处于日常的身体、自然和外在世界的平衡中，有时间稍作休息来思考人生，以变得更加明智。[1]

长途跋涉大多出现在欧洲，短途旅行则深深印刻于东方文化中，那儿有许多李白一样的漫游诗人及赤脚哲学家。在18及19世纪中，资产阶级城镇文化在欧洲发展起来，每个人都能在公共区域休闲散步，并且在浪漫主义对自然的崇拜中，人们将日常散步延伸至自然景色中的户外散步，最好是独自徒步。后来，在马勒所处时代的童子军运动中，徒步变成了有组织的休闲活动，人们将其视为小规模的社会解放运动。这种短途旅行也有消极的方面。它僵化成了仪式和跑步设备，或者变成一种逃离社会的忧郁飞行。可人是无法逃离社会的。这种忧郁的旅途是欧洲对短途旅行的扭曲，但也是《大地之歌》的基础。

唐代诗歌对此却有不同的看法。短途旅行与逃离没有关系，并且自然不被视为一种有别于社会现实的休闲。在自然或社会环境中重复且无目的的行走，是一种对生命之变化和短暂的表达。孤独是真实的，是因为日常的变化就像死亡一样，并不充满令人沮丧的期待，人们并不期待事情应该怎样。没有理由去寻找死亡，也不要因为告别而悲伤，两者都会到来，就像上文所述第一首乐曲《愁世的饮酒歌》中唱的那样："每个人只活一次，只死一回"，并且"悲伤会到来，悲伤会到来"，但贝特格却将此处理为："生命是黑暗的，死亡是黑暗的"。

那个时代，马勒及其他欧洲艺术家的艺术和哲学工程就是在创造个体不安并煽动集体阐释。马勒将大地作为象征，旨在使个人渴望普遍化，并将此视为

---

[1] 关于大小型旅途，见利德（Leed, 1991）、亚当（Adam, 1993）、华伦斯（Wallace, 1993）、库尼格（König, 1996）、索尔尼特（Solnit, 2006）。在欧洲，这源于雅典学园的亚里士多德逍遥学派，但后来继续发展为中世纪修道院的步行冥想。

朝向集体普遍性质的永恒旅途。因此，马勒对自然不同含义的表达是女声部三首乐曲的主体，即第2、4、6首乐曲。在最后乐章中，旅途主题成为整个作品的主流，而女声的第一首乐曲《寒秋孤影》则将孤独刻画为社会与自然平衡崩塌时的状态。此时释放的渴望则成了一种目标，是短途旅行的基本出发点。音乐与文本相互协作，也相互对立。带有雨滴般乐音的幽微管弦乐的开场与这个情形融合在一起，而乐曲末尾朝向太阳的欢快音乐覆盖了文本的梦想释放。整个事件渐趋平稳，最终消失。

另外一首乐曲《美人》使得旅途的主题更加清晰。一群年轻女孩在河边采花，明艳动人，而一群男性骑手窜入其中，打破了女孩的世界。在此，马勒与贝特格不同，他让其中一个女孩与路过的一个骑手相爱，还幻想自己是征途的一部分，这是一种让内心疼痛的幻想。音乐漂浮于上方充满梦想和渴望的空气中，闯入了美人的世界。我现在还是要回到最后一个乐章，这一乐章以告别为主题，而不是归来或者完整的旅途。

⊙ 魔幻与感知间的艺术

艺术的主题在那个时代的欧洲也常出现（Chai, 1990；Bell-Villade, 1996）。广义而言，审美的自我意识那时有两个变体。首先，艺术作品本身就被强调为独特的东西并且——延续浪漫主义对原创天才的崇拜——被视为艺术能创造全新独特经历的事实呈现。语言和声音的重要性在于其作为材料架构的作用，而非其在作品中的含义。再者，人们试图恢复艺术的魔化或宗教功能。若将其置于所有物质和社会现实之外的区隔空间，艺术可以创造并开拓人们的眼界，让人们关注超越日常现实的意义。前者把艺术变成具有挑衅意味的现实感官碎片，而后者则将艺术从现实中转移出来，融入普遍存在的精神层面。后者的大门只有艺术才能打开。据其文本和哲学，马勒属于后者，而其音乐则指向前者。这便是他整个创作的内在张力。

但在东方诗歌及马勒所用文本之中，这种物质与精神的困境却不存在。永恒和宇宙的本质存在于单个事物中，而艺术家则对此反复进行不同形式的书写。此处，永恒并非作为一种稳定的宇宙存在于超越性世界，而是与世上微小事物不变的复杂性一样，在崭新的时间流中展现自身。诗歌描绘了外在世界的这些时刻，并且对于读者而言，变成了具体的经历。

男高音演唱的第1、3、5三首乐曲，展示了欧洲观念下将艺术视为不含义务的审美主义的态度，但这却是消极的。而女低音则同时展现了——在最后乐章中甚至超越了——其他的带有宗教概念的艺术观。第一首男高音乐曲是关于死亡与生命短暂的饮酒歌。酒比世上其他财富更有价值，马勒在一段祈祷中重复了三次"酒更有价值"这句话，因此悼词几乎由内翻转向外。随后，逐渐升起的旋律两次不协调地降到更低的水平，一次是在消极的"狂野鬼魂般的人物"之时，一次是在积极的"融入生命甜美的香气"之后。这首偶然的乐曲并非只是无关紧要的小事。

下一个男高音乐章《青春》的题目由贝特格《中国之笛》中的《陶瓷亭》变化而来。这一场景描述了一个孤岛上精致的陶瓷亭里年轻人的聚会，那儿还有一座桥，四面都是如镜般的水面，将亭子与外界隔离开来。年轻人在这儿饮酒赋诗，谈笑风生。一切在湖面倒影中变得模糊，意象与现实无法区分，都冻结成了一幅微型画。贝特格因此用"湖面"一词，而非"池塘水表面"：湖面最后变成了陶瓷亭和亮闪闪的水的表面，成为一个整体。马勒改为"水面"，并且像对题目做出的变动一样，将现实与映象拉开距离——一个是水，另一个是亭了以及镜子。因此，对马勒而言，表达的中心在于诗歌不能重新创造或保持青春，而不是贝特格所理解的诗歌所创造的水面、亭子与人的统一体。马勒认为，艺术可以很艺术化，但却没太大用处。

最后一首男高音乐曲《春天的醉者》关于醉酒的诗人。这一乐章回到了第一个乐章那种悲欢交杂的情形，但没有同伴，艺术家只能偶尔写一些乐曲，创作一些现实之外的小把戏。他孤独，为世所弃，更像是一个醉酒者而不是同饮人，听众除了自己别无他人。只要我欢唱醉饮，管它什么春夏秋冬，这是该乐章的精髓。在此，审美的形式只是一种安慰，而春天就在那里，像梦想一样，一个不管是诗人还是醉酒者都够不着的梦想。他就像今天的流浪汉，在桥下或地铁站寻找可以睡觉的地方。

艺术无法抓住醉酒者梦想的春天，而同时，渐渐变弱的音乐变成了言语

"春天已经到来"，这音乐肯定了梦想。第一乐章歌颂的大地只是物质现实，而第五乐章中出现的死亡与休憩则是与放弃而非满足有关——"我在乎春天什么！"尽管旅途主题的渴望是一种愚弄，但音乐通过紧扣文本，维持了这一梦想，不管是对春天的温和赞颂，还是最后一行带有反讽性炫耀的胜利。美人与感官察觉没有将自身以审美的方式困于音乐之中，而是振醒了人类无法实现的渴望。音乐就是充满魔力的艺术本身。

男高音在诗歌中变得孤独，并在悲欢交杂的现实上空盘旋，而女低音在头两个乐章中早已深感孤单，满腔无能为力的渴望。在这些乐章中，男高音以消极形式出现。《寒秋孤影》描绘了枯萎的迷雾般的景色："就像艺术家播撒了玉尘一样/在精致烂漫的花朵之上。"马勒将贝特格的"干稻草"变成了"花朵"。凋零之秋的景色不仅从艺术那儿获得了一层单薄的美感，并且艺术家摧毁了花朵的烂漫，男高音强大的艺术感染力在女低音世界中显得颇具杀伤力。

⊙ 永 别

女声演唱的三个乐章中的改编比男声乐章更为全面，这在乐章《永别》中表现得很明显。男高音在孤独中结束，而女低音正好由此开始。现在两者即将相遇。大地在此显然变成了一种对宇宙的普遍象征。在之前几个乐章中，大地已成为艺术和旅途、爱、社会交往、风景及季节变化的物质现实。《永别》从来自自然的具体场景开始，月亮从树梢升起。马勒在贝特格的文本上添加"在蓝色天际－湖边"，以此拓展视角。此后，他再次通过增加"大地呼吸着休憩与睡眠，/所有渴望现在都希望梦想"，拓展了贝特格对于具体自然的刻画。此时不再有人类，大地和情感操控着自身。这不是无限的宇宙，而是像在唐诗中那样，将自身注入实际世界的事物之中。但世界上的事物又正是在无限宇宙观中不断扩展的。现在，我们单独地看待马勒，无关李白或者贝特格。

在其从贝特格处选取头两首诗歌后，马勒再次用自己添加的部分总结道："哦，美人！哦，沉醉于爱与生命的世界"。这是非常重要的诗句。他在这里，在世界作为宇宙实体的框架内——永恒没有尽头，将男高音乐章的美人与沉醉和女低音乐章的爱融合在一起。

他在第二首诗歌的改编中更进一步。这里又出现了饮酒，是作为整个旅途的一部分而非醉酒诗人的饮酒，为的是接受痛苦的离别："他下马并递上离别酒"。从此开始，整部作品的主题就只有旅途，这旅途既是进入未知世界的长途跋涉，又是寻找休憩并逃离妖魔般烦躁的短途旅行。诗人和女低音未释放的部分融合在一起，并在不同情形下被重释。

乐章的最后几句歌词相传为马勒自己所写。但事实上，这几句同其他文本一样是对贝特格的文本的改编，认为其为马勒所写的理由可能在于，马勒在此传递了自己的信息。当然更为稳妥的解释是，这些歌词是要给作品收尾，使我们在旅途结尾得以听到马勒想传达的信息，不仅是听觉上的，也是审美上的。这段文本在贝特格那里简明短小："人地到处都一样／而永恒的，永恒的是白云"。显然，这样的处理完全囿于唐诗的审美，而在男高音唱词中略显短促。马勒将其改编为：

> 可爱的大地
> 现今充满春天气息，漫山碧绿芬芳
> 到处都是，永远都是
> 远方渐渐变蓝！
> 永远……永远。

创造宇宙观的不是"永远"这一个词。它至多如在唐诗中一样，传达物质世界永恒具象的可变性。但这里，无限源自"重复"和"遥远"的绝对普遍自然，那儿没有人类。告别适用于每个人。距离本身就是永恒，空虚并非暗示一种受挫的流浪感，而是包括了共生的大地和宇宙，超越了无望的渴望或忧郁。

音乐在绝对沉寂中消逝，没有确定的和弦抑或一个清晰的音调来结尾。结尾的沉默是一种静止，就像诗中的白云和水面一样，它是通过音乐创造的，之后就像一个失去声音的意象悬挂在那儿。它创造了延续于我们心中的沉寂，并在再次演奏时得以重复。我们在重复中参与这个世界，这个从生理感官上而言我们归属的世界。没有其他世界，这个世界是无所不包的。《大地之歌》中的大地是我们生活的大地，创造我们对其进行改编、翻译并将其以全新形式在不可预见的语境中传递的意义传统的大地。在马勒的作品中，语言、不同传统层面及表达媒介之间的翻译，不仅变成了超越文化边界的呈现形式，而且还展现了一个没有边界的全球化乌托邦。而音乐作为当地语言，在没有和另一媒介融合并得到翻译时，是无法自己表达的。音乐没有特殊含义，它在最后处于沉寂的边缘，但却能时不时地以感官形式击中身体。下一章就将讨论身体在文学这一呈现形式中的作用。

7

象征化世界

⊙ 无指导原则之意义

  南非作家、剧作家及电影制作者阿索尔·加德创作的小说《黑帮暴徒》处理的是用身体见到的世界。[①] 人们认为，作为文学与文化，它是微不足道的，也不具有全球性。这一论断，前半句是正确的，但后半句却欠妥当。它是微不足道的，但并非了无生趣。身体与我们无时无刻不在一起，但我们却对此毫无所知，甚至是对我们自己的身体也无所觉察。我们无法停止去探索挖掘它，对它有点害怕但又变得着迷。它被情感激活，还能注意到痛苦。我们知道，情感如同音乐，能直接进入身体，但却无法断定其如何进入——不自主地脸红、尿失禁或者勃起。并非只有某些人这样，所有文化差异背后，却是相同的身体构造，否则，我们也不可能在世界上任何一个地方都能看医生，或者拥有混血儿。我们同样可以即时且一致地对饥饿、儿童死亡和暴力滥用做出反应，并在感知疑惑、解释文化差异之前就马上理解这些现象。作为人类，此种反应内置于我们投入超越即时经历的辅助经历之中。电视上有关身体欢娱和痛苦的意象

[①] 关于身体的历史，见毛斯（Mauss，1980，关于第一个民族）、科尔宾（Corbin，2005，关于欧洲）、科尔宾（Corbin，2011，关于欧洲）、费海尔（Feher，1989，关于全球）。

很快在世界范围内传播开来。身体以我们共享的不变方式变得琐碎，但同时具有全球性。

我们的身体是最为单独和私人的部分。事实上，它与我们的身份联系得如此紧密，以至于让人们无法区分"拥有一个身体"与"成为这一身体"之间的差异。借助身体，我们在进行思考并将其置于特定视野之前，就注意到身份所遭受的最严重的攻击，以及感到有力或脆弱时的当下感受。饥饿、睡眠、性以及语言，所有这一切，只要有身体之处就能找到，毫无例外。但是我们吃饭及吃饱、睡觉或以舒服的姿势休息、享受性爱或者被要求保持安静等的方式，却是具有文化差异的。在与其他文化相遇时，没有什么比在上述领域内的习惯差异更让我们惊奇的了。

全世界的人类都是具有身体的生物，并不意味着我们彼此相同，而是表明每种文化和每个人，其共有的身体，以特殊的方式发挥作用。身体是我们在全球都是拥有当地身份的基本条件。没有身体，文化或个人就没有身份可言。但是身体不会告诉我们含义是什么，也不会将特定的可能性放在我们手中，像语言中的屈折变化一样随我们处置。基于此，我们必须在特定文化情形下对身体的含义进行确认、调整或者翻新。我们个体的身体经历包含在特定共享并由文化决定的意义之中。

所以身体是具有全球性的，远在任何人提到全球化之前便是如此。但是在如今，身体以其特殊的方式成为当地文化与全球情形之间张力的一种表达。在身体文化发挥影响的现今西方世界及其他地方，身体不再只是个体性的一部分。在现今如此高度个人化的文化中，身体是个人的责任，与健康、疾病、节食、时尚、福利、冲动等有关。这样的个体化是在愈来愈全球化的情形下进行的。制药业、运动业、医疗系统及健康旅游业都变得国际化了，就像时装、化妆品和文身一样。色情旅游及因特网上的儿童色情内容尽管非法，但却是国际化的，被称为"手术刀旅游业"的整形业也是如此。现在还有航行于公海的堕胎船、发展中国家代孕母亲、国际抚养以及跨国人体器官交易。个体责任下的个人身体现今成为一种全球化产品，而支撑此身体的基本文化价值和身份也是如此。要理解当今情形下身体是什么，就要研究新的文学呈现形式。此种文学形式赋予个人身体与全球化的联系以意义，包含了身体出现于文本中的方式，及其通过审美与读者的交流，因此它是文本的实际吸引力之所在。

此书第二部分的最后两章就涉及身体其他两种因素——地点和移动的关系。犹如身体，地点与移动是不同文化及个体身份在全球遭遇的共同情形。身体、地点与移动这三个因素构建了空间、时间与行动，而人类存在则是其出发点。长期以来，一些特定的基本变化一直处于辩论的显要位置。由于现今全球范围的运输与通信，基本文化元素如地点和移动也有所变化。不光是身体能在同一时间告诉我们许多信息，塑造身体外观及象征意义的众多跨越边界的移动也能如此。时间和地点，还有地点与互动，也进入了崭新的身体及其象征化呈现（Kern，2003）。时空，虽然并没有像大多数激动的全球化支持者宣传的那样，不再作为一种清晰可见的现象而存在，但确实不像之前那样简单了。

如我们在第三章中所述，地点不仅是我们身处的地方，也是许多移动相遇的地方。我们在此与全球不同地区的人以及跨越时区的众多媒介直接接触。要理解现今地点意味着什么，就要探索新的文学呈现形式，以展现地点与可能语境多样性之间的联系。

几个世纪以来，移动的观念，其中心就是身体从一处到另一处。数千年来的旅游文学给予这种思维模式以形式，至今如此。地点就是划分界限的当地，而一旦到达目的地，移动也就被遗忘了。风俗及价值观的差异过去只是不同地点在距离上的结果。如果陌生人进入当地隔离区，例如在一些特殊的管辖区、城市区域或者像不同类型的贫民窟那样的国家，他在身体上会与这些地方产生距离。但是当文化经由电子设备而交织在一起，就像我们的大胆旅途一样，那么移动便发生在当下，我们无需花时间旅行，就能让自己移动到别处。

从更大程度上而言，我们必须经由不同媒介或价值系统的移动来跨越一段距离，而非仅经由地点上的移动。我们还是会有时差，并且还继续对其他地方的人的行为感到吃惊，但是这种经历只是当今移动的一部分意义。要理解现今情形下移动的含义，就必须挖掘全新的文学呈现形式，以展现距离与通过多种媒体和文化平台而实现的移动之间的关系。大胆的旅途只是其中一种。

如今，我们必须以新的呈现形式构筑身体、地点及移动，并产生具有重大文化影响的新含义，不然无论以个体还是集体的方式都无法形成身份。感到自己向前并创造新的含义，是一种持续的文化任务，而文学则首当其冲。在第二章中，我已经描述了作为基本结构的经历类型、知识模型以及传播形式，这在任何文化衔接中都必不可少。身体、地点和移动是这些结构的基本元素，并赋予其特殊的内容：通过我们可以建构的呈现形式展现个体与共同身份。这些结构给予我们及他人的生命以连贯性，这三个基本元素又经由共同结构的呈现形式给予我们身份。在《黑帮暴徒》中，身体成为此种过程的出发点。

⊙ 掌控身体

四个青年男子坐在小镇一个贫民窟酒吧中。这是一个 1980 年左右靠近南非城市的小镇。那时种族隔离还非常严格。我们并非处在伟大民族与国际世界的舞台上，但舞台确实在那儿。遥远的城市在地平线上若隐若现，颇具诱惑力。被问路的白人男子回答，到那里要几个小时，当然是开车。而他们没有车，然后我们接着向前进。同时，推土机不断靠近贫民窟，为了扫清道路，建造新住处，而这单单是给白人的。运货车将黑人运送至不确定的住所或监狱中。一切进行得很快，因为"整个城镇中的白人已经变得不耐烦"（Fugard, 1989：166）。当地持续的殖民权力和商品，以及工作要求和国际工业社会的规划如同影子般追随着这些事件，却从来没有清晰的主题，只是间接地出现在贫民窟制作的三流版本中。这儿没有文化或者黑人的自我意识，只有微型的外在竞争世界的标准与行动的固化的镜子。城镇的年轻人是大城市的暴力制造者，在任何一个全球大城市文化视角下都是如此，只是他们贴有当地的标签。

四个年轻男子当然知道外面有很大的世界，但他们对此一无所知，也没有受到外面世界的影响，他们中大多数还是文盲。他们只是知道，这个世界是遥远、随机并且不透明的，而且还以匿名的权力与残忍渗入他们的贫民窟，事实已经如此。小说中的少年犯索奇自打其家园在一次警察突袭中被摧毁以来，一直与一帮小团体混混住在一起。他妈妈被带走了，而他爸爸在遥远的地方工作。他们想要小范围地用相同的方式进行报复，他们的总体观念越是不同，他们自己的身体就越集中于这个世界中。他们可以控制身体，并由此控制对这世界的回击。他们回击得很快，在询问之前就开始敲打杀戮。刀与拳头并非思想的延伸，而是存在的所有考虑，其公共的联系是一个有头目的帮派。他通过击打别人而控制他人。这个叫索奇的少年犯就是这么做的。"索奇"这个名字本身就是恶棍的意思。他们的名字都是带有其特征的词语——屠夫，或者猿人——反映了他们身体的特点。波士顿以前是一位老师，现在已经开始堕落。暴力、愤世嫉俗的攻击及自我中心是他们日常生活的逻辑。

在此种情形下，身体形成了贫民窟与世界的联系纽带。其他事物不可能成为这样的纽带。世界是身体可以用感官及手掌触碰的地方，并且它也可以用来防御这个世界。因此，身体承载了一个人自己未知世界的踪迹，但却被熟知这些踪迹的形式塑造：威胁、权力、不公正。但由于世界总是比身体所能承受的范围大得多，因此身体往往包含了一种不被承认的脆弱性和暴露性。通过身体可以看见世界，甚至在世界缩减为引发即时反应的反射弧时也是如此，但这并不意味着世界与身体是等同的，或者人们可以通过将自身围困于身体内而升起通向世界的吊桥。这是不可能的，因为这是一个更大的世界。因此，不管是否出于自身的意愿，对于这些年轻男子而言，还有我们也一样，身体总是暗示了自身与周围世界之间的移动。身体总是能起这样的作用，即便我们依赖的世界超越我们的感知和具体知识。正是这样的角色贯穿着身体和小说中的文化文学历史。

这四个年轻恶棍根本不关心什么历史，但他们却是其中的一部分。当我们在酒吧见到他们时，他们带着手枪皮套，非常警觉：

……他们在那安静地坐了很长一段时间，直到其中最年轻的那位，被叫作索奇的那位，直到他突然把手放一起，其他三人看着他，等待着。

波士顿笑了，屠夫由于一阵不耐烦地讨厌这个沉默的男子而全身扭曲。那个猿人面无表情地等待着。

索奇将这一切看在眼中。这个隐藏了恐惧的微笑，暗含着憎恨的目光还有那一览无余的脸庞。他看着猿人，自言自语道，你，我可以相信。你，我是永远不会背弃的，而那时他看着屠夫。还有你，波士顿。你对着

我微笑，但笑中带着恐惧。(Fugard，1989：7)

身体是他们得以隐藏东西并保护其思想、感觉和冲动的盒子。它是个体最大限度能控制的。但身体也能将力量从他们身上夺走，比如这儿的一个微笑或身体抖动，就已经足够，足以让别人看懂你的身体，看到它的脆弱，并控制它。因此，身体控制并非个体工程，而是一项在人物之间进行的身份工程，由此界定他们的等级。索奇是头儿，没有人可以读懂他，而他却可以读懂其他人。

尽管他们共同享有这样的身体经历，但这却是一个带有权力的孤独世界，而世界前方却没有孤单。他们孤独地在一起。但叙述者却绕过表达防卫的台词，描述了索奇的思想，由此，其个人身体经历能被大众理解。叙述者确定，我们一直都认识到，这个世界是在个体人类身体的情形之上形成的，但这也是一种文化表达，而非个体的分割开来的世界。

但是当自身与他人相关的身份和个体及社会身体控制相联系时，人总是一直会有不小心或在脆弱时刻失去身体的危险。他们随后很快杀死了一个叫橡胶靴的男人，并将其身上仅有的值钱东西拿走了。理由是什么呢？他的身体在众人中很显眼——一个微笑、领带还有外露的工资袋。缺乏控制！他也就只配有这些。但波士顿吐了，真是懦夫！尽管在谋杀后一个人时，甚至索奇自己也感到了一丝不确定。

  索奇害怕虚无。他之所以害怕是因为他相信这个……他生命的问题就是要维持自己，在面对自己无关紧要这一事实时，肯定自己的存在。他通过痛苦、恐惧及死亡达到这样的目的。他不知道其他方式。橡胶靴死去时，在窒息的最后几秒，他狠狠地瞪着这个年轻男子，但又充满恐惧。那一刻，索奇已经知道自己是活着的，就这么简单。(Fugard，1989：32—33)

随机的暴力和饮酒，还有由于恐惧而上升的肾上腺素，所有这一切都很难克服，并且不再仅仅是贫民窟随便哪个黑人的特点。割痛自己也是一个具有诱惑力的选择。他疲倦的经历暗示了这一点："他腿上的疼痛和一个十天之长的刀疤一样糟糕。"(Fugard，1989：29)自有记载以来的所有这一切都是个体意识鲜明的文化特点，不仅西方世界是这样，凡是某种文化的思想、社会组织形式及城市生活形式影响了当地生活形式时，都会这样。越是不为人注意，这些就越会致命地进入跨越文化边界的个体的生活。小说中人物的身体经历、叙述者不显眼的旁白，以及用身体经历塑造的称呼，它们刻画的正是这样的文化冲突。

⊙ 失去控制

索奇的生命是他当下能感觉到自己身体之处的生命，他在幼年成为流浪者时就学到了这一点。无家可归作为一种弱点，要求他警觉，他在寄宿于垃圾堆时就开始变得警觉。也就是在垃圾堆边，他遇见了和他一样的其他男孩：

> 或许是在同一天，或许第二天。他不知道，没有过去一切的时间观，只有当下所在和他从未到过的一些地方，又冷又饿，然后见他们在黑暗中小步朝他走来，像一堆破烂的杂物包裹一样黏在一起。在路上，他还注意到了其他事情，比如最年长的比他还高，而最小的太瘦弱又疲惫，他必须把他扛在肩上。(Fugard，1989：121)

> 你会因为同情而学会照顾弱者，或其他比你弱势的人，就像发现自己如何不会感到自己所施加的痛苦。记忆于他而言一无是处，并且他也没有任何回忆。(Fugard，1989：126)

但是有一天，索奇绊倒在当地与更大世界的边界上。他跟随着自己的警惕失去了对身体的控制。一次小型的日常突袭使他越过边界，把他推向了外面。他袭击了一个拿着鞋盒的黑人女性，但又恰巧霎时放开了她。她把盒子给他，成功逃脱。但盒中既无钱财又无值钱的东西，里面传来了一个声音——是个小孩。随后他自言自语道："这个小孩以极低的可能性，闯入了他的生活，对他的世界产生了粉碎性影响。"(Fugard，1989：45)这和他自己从家里跑出来的经历很相似，但他却是以清醒的头脑和强壮的身体而生存下来的。慢慢地，他个体的身体控制开始瓦解，向其身体内在的文化语境展开——回忆、同情、不确定以及其他一些"粉碎性不可能"的直觉。

法语作家保罗·瓦乐希在其关于身体的一些简单想法中，为我们提供了索奇生活的模型——身体简单的反射（1943）。瓦乐希描绘了身体的四个方面。我们知道身体并不仅仅是一个简单的整体。在看医生、享受春日暖阳、享受性爱、上街前照镜子或者在臂弯中晃动小孩时，我们以同一种方式来看待身体。瓦乐希的四种分类包括了索奇示范的四种身体类型。这四个方面相互连贯，因为它们是个体与通过身体接触外在世界并与之产生联系的所有形式。这四种形式一起塑造了文学的呈现形式，并以超越他自身与贫民窟的方式来帮助我们理解索奇的故事。

第一种身体，借用瓦乐希的表达，就是我作为自己的身体，而不是某一人或其他人的身体。它确认的是在我们存在的每一时刻及作为具体世界中的单独生命体的身体。当我是"我"时，我知道在此说话的是一个独特的生物体，不管我的名字是什么，或者其他人的观念及存在如何。我们在清醒时不断重复并肯定这一点，除非由于发烧或年老而精神错乱，或者遭受精神分裂的痛苦。而索奇必须依靠暴力来一次次重复获取此种经历。

第二种身体是作为一种展示的身体。借助于此，我们与别人相互观察，并承认我们的身份与存在。垃圾堆的孩子和酒吧中的四个年轻男子就是在观察彼此的身体表达时而结成帮派的，当然不是以团结的名义，而是出于恐惧与争夺权力的欲望。个体在此被贴上一个名字，比如索奇；被编上号码而失去姓名，被忽视或受到动物一样的待遇，使人丢掉尊严和社会身份。拘留营和监狱中的折磨和羞辱，不管是身体上的还是精神上的，都会瓦解身体的这两种基本的文化功能。这一策略界定了索奇对其他人的控制。

即便存在个体固执的身体控制，身体的这两个方面都朝向外面，对准这个世界。我们尽管都知道自己有一个身体，但却无法环抱它，甚至连后背都够不着，只是用感官体验这是一个整体，是生存与身份的基础。但其他人够得着我们的后背。而与之相对，我们将他人身体的经历转移到我们身上，以此肯定它是一个身体，并且由此确认自己作为统一主体的存在，但我们又无法用自身面对他人，无法体验自己作为身体的生命整体性并对其施加预期的影响。

在上述两种情形下，我们给这个实际裸露的身体实体添加了一些它本身不具备的东西，即不同的个体及文化意义，使它不再简单地是一堆肉。在第一种情形中，我们将身体作为独立个体对自身整体观的基础，一个主体。而在第二种情形下，我们给身体添加了社会地位。这种地位只有在与他人的持续、重复的相遇中，即身体与身体的相遇中，才能维系。由此，我们利用身体将自己置于社会及文化空间之中，但这也意味着我们无时无刻不将自己暴露于其他身体的不可预测性之中。这就是索奇在那个小孩那里经历到的，他把小孩藏在自己狭小的贼窝中。

⊙暴力与关心之间

索奇发现的这个手无缚鸡之力的小孩，提出了他无法回避的要求，因此他必须以不同于之前的方式拓展其身体的呈现，不能通过暴力和权力，而是要用爱心和同情，而直到那时，他还将同情视为脆弱的表现。因此，小孩即便很无助，但还是让他感到恐惧。他必须发现其他以全新方式呈现、作为实体对象的身体，首先是作为一种生物有机体的身体。他掀起了鞋盒的盖子，看看"里面有什么"：

> 他一时半会被所见一切震慑住了。是一个人……头有点奇形怪状……他看起来像一个鸡蛋。身体被毛茸茸的补丁片盖着。当一阵惊奇过后，索奇还闻到了气味……气味来自婴儿。他看了看。气味来自婴儿的衣服，就是裹着他的破衣服……他之前没有处理过这些。再者，他也不知道自己要做什么，被迫停下来，想想下一步采取什么行动。下一步就要处理这个臭味和脏衣服。他停下来，惊讶地看着。这是个男孩！他的小鸡鸡就像一根细小的手指矗立在睾丸之上，而阴囊也就只有一个小核桃那么大。肚脐像一个肉纽扣那样凸显出来。索奇举起小孩，其气味来源很明显。
> (Fugard, 1989: 40—41)

他现在历经了忘记自己身体的阶段。这是个人，是个男孩。人性与性别，是人们在成为有社会身份的独立个体之前，通过身体意识到的两个最为基本的特征。他也就想到这，发着呆，着迷于婴儿基本但又散发臭味的功能。

被视为单纯的生物现象的身体，被瓦乐希称为第三种身体。小孩的身体是松散的，就像冰柜中的里脊肉或者羊肉块一样。生物学、医药和物理治疗针对的就是身体的这一面。往好了想，这一种身体用在医疗中；往坏了看，就会用在战争、虐待和暴力中，因为人们知道身体哪个部分的伤害是致命的。我们也不可避免地给予这个纯粹物质以额外的东西，使其具有个人和文化的意义。我们事实上将其视为一个单独的物体，而不是零部件的存储。由此，它要么变成了一个受控制的实体，如同索奇目前所尝试去做的；要么成为大于我们个体自然的连贯有机体，这就是小孩的情形。

如果前三种身体可以被称为作为生存、文化及自然的身体，那么孩子的到来还增加了更多东西。这种"更多东西"存在于瓦乐希所指的第四种身体。索奇与小孩的相遇既不受控制也无法控制，这样的相遇改变了他的世界观。他赖以生存的个体身体不再足以支撑这些。一种带有不同意义的新型身体开始出现。它与人类所具有的尊严相伴，是一种具有自主权的有机体。一种对身体的新洞见模糊而又令人不安地降临在他身上；或许此种意义中还包含了他自己的身体，以及与他相关但却被他击打或杀害的人们的身体。

我们很多时候没有意识到关于身体的知识：操作方向盘或齿轮、骑自行车以及在电脑上创作——我们只是直接做了。只有索奇发现了这无法避免的变化。他无法精准地把握它，但它却使他用全新的眼光来看待自己及周围的世界。这种转向由身体决定，但不仅是前三种身体。索奇对超越生存、文化及自然的身体意义的半懂不懂的理解，取决于叙述者的构想，并且因为它由身体决定，所以它的呈现形式中包含了读者的演说，现在这种构想还包括咬字清晰的发音。当索奇遇到一个叫莫里斯·查巴拉拉的瘸子时，叙述者就开始将小说接管过来。现在索奇无法像以前那样轻松将其击倒在地：

> 何为同情？如果你之前问过索奇，告诉他这是新的经历，他或许会回

答道：就像光明，象征着暴露的光明。他可能会想到黑暗，拿着点亮的蜡烛，在光辉的照耀下找寻瘸子。他首次以完全不同的方式看见了瘸子，或者是以另外一种眼光，或许看得更加清楚了。这些细微之处不重要。……烛光也照射到婴儿身上……这之外，还有什么？一种空间感，一种延伸开来的无限感如此宽阔，整个世界，扭曲的树木，还有那城镇的街道和拥挤充满喘气声的房间，都在等待着在光明中强烈地暴露出来。（Fugard，1989：81）

索奇在此用他的感官看到了变大的世界。这不是抽象的同情，而是犹如光明的具体感官，一种统一的世界观，而不仅是一个身体、贫民窟或者他所知道的一切。他不知道，自己正实践着贝克在《世界主义视野》第三章中所指的由全球"世界主义共识"所暗示的"个体最小化"。

这种基于身体的整体世界观属于瓦乐希所指的第四种身体。[①] 我们在生存、文化及自然的整体经历中加入了作为整体的世界观，并且与此相关的经历处于我们的具体经历之外。因为我们是具有身体的个人，所以世界观中的世界就是我们的世界，尽管我们从未见过它，甚至没有在电视上看到过，遑论亲身经历。我们因为有一个身体，而能想象人类在普遍条件下身处他方的经历。全球化所需要的就是这种具体想象的能力。

有人宣称涉及外在世界的恐惧或者理解必然是抽象的感伤。倘若如此，他就还未理解一个具有身体的生物意味着什么。这种想象能力就如同融入对饥饿、寒冷或痛苦的反应一样，融合在我们使用身体的方式中。没有它，我们就无法为投入当地及局部经历加入必要辅助经历，进而将这些经历想象成跨越当地的人类生命-世界的一部分。没有它，"全球经历"这样的术语，仅由等量的经历、处理过的信息与想象构成，也就毫无意义。但是，我们每天都在实践它。正是通过此种身体观念，我们回顾过去，在理解其他时代的生活及其他经

[①] 这一视角由追随20世纪二三十年代德国形态理论的现象学发展而来，其最具影响力的人物是梅洛-庞蒂，参见舒茨（Schütz，1955）、拉森和约翰森（Larsen & Johansen，2002：165—172）、梅洛-庞蒂（Merleau-Ponty，2013）、拉森（Larsen，2017b）。

历的可能性时，还有在整个生命世界基于身体的想象中，延伸了前三种身体经历之间的联系。并且我们向前盯住这些生命世界，将其作为全新未来的可能性和局限性。借助这样的观念，我们如同索奇一样，大大拓展了可以用感官来经历的生命空间。

第一次，索奇将整个世界看成一种人类生活的世界。他慢慢地打开了长久以来极为排斥的童年记忆。不然，他就无法在用拳头控制的情形中集中注意力。他的名字，大卫，以另一种社会实体回到了他的脑海中。最后，索奇——现在是大卫——跑回去看他藏匿的婴儿，但却充满了恐惧，害怕推土机已经铲平他的窝点，把婴儿卷走了——但他必须跑回去。他无能为力，被一堵倒塌的墙压在下面："那时一切都已经晚了；墙壁压在他身上，把他压成了灰烬……他被挖掘出来，但另旁观者吃惊的是，他那粉碎的头颅脸上带着微笑。"(Fugard, 1989: 167)

这部小说谈及我们触及外面多样世界的能力，并将此世界作为一种个人生命——空间、文化及自然来看待。但即便我们生活在当地，每个人都有自己单独的身体，这也不常发生，就算发生也仅因为我们就是这么做的。但是故事也告诉我们，此种整体性不可能存在于一个人的脑海中，而是只有在共同的方式及共享的尝试中才存在。索奇无法处理这些，为了生存，他必须使用暴力和关心，但却无法调和两者。这便是为何在索奇困于自己独立的身体时，叙述者把自己当作索奇的辅助意识，小心谨慎地跟随着我们。他向我们展示了索奇无法完全掌握的同情以及他无法言表的知识。借助于叙述者关于索奇身体的观点，索奇被压碎的头上重现了笑容。

索奇拥有一个他无法维持的基于身体的世界，一个高度个体化的世界。他对这世界的背景缺乏了解。这个充满推土机的世界中，工业社会、殖民以及大城市按各自的方式进入他的领域，而他却对自己为何形成这种观念知之甚少。

他想要做的一切不过是生存，在无需担心记忆或传统的状态下生存。他也没法理解那个像晴天霹雳一样降临到生活中的小孩，以及随之相伴的其他视野。当时，他感到这一切很危险，但其中却包含着一种集体的团结。他缺乏足够的想法来适应此种情形，也无法将此转移至其所熟悉的身体上。他被挤压在这两种观念之中。两者都超越其小宇宙但却在他身体中扎根。最后，他只是以一个微笑和粉碎的头颅出现在读者眼前。瓦乐希基于身体得出的，正是此种拓展的观念及其相反之处。它们创造了个体和文化差异，而文学则将身体作为一种呈现形式，给予这些差异以意义和重要性。

⊙ 身体与文化冲突

在一部名为《土地与尘埃》（同名电影《土地与尘埃》，也译作《阿公带我回家》）的小型奇迹小说中，其角色同样通过身体与世界产生联系。虽然方式不同，但是仍然采用了一个时事性话题。小说用波斯语，即达里语写作，作者是阿富汗裔法国作家兼电影导演阿提克·拉希米。索奇没有意识到，他的身体是怎样被一种异域文化的各种表现形式吸取的，他甚至很难理解小孩给予他的另一种选择。他像手无寸铁的婴儿一样在痛苦的世界徘徊，他不知不觉用自己既死去又活着的身体表达这个痛苦的世界。那是一种在全球化文化中寻找意义的冲突形式。在拉希米的小说中，一切都不同了。

起初，可怕的故事只是缓缓揭开面纱。老祖父达斯塔吉尔和小孙子亚辛并肩而坐，等待乘车去见做换班工作的儿子穆拉德。他在位于卡尔卡的煤矿工作，远离他家所在的村庄。达斯塔吉尔是故事的叙述者，他必须亲口告诉穆拉德不可接受之事，而此事决定了叙事的构建。悲哀的端倪缓缓出现。犹豫不决中，达斯塔吉尔反而关注眼前与他和小孩身体有关的小事和活动。"我饿了"是小说的开篇。祖父痛苦地削苹果，谈起这件平常小事。达斯塔吉尔自言自语地讲故事，用"你"指代自己。

> "我饿了。"你从红围巾中拿出一个苹果（上面有红白相间苹果花的那条围巾），在脏衣服上擦了擦。苹果更脏了。你把它放回去，另外找了一个干净点的，递给孙子亚辛，他依偎在身旁，头枕在你疲惫的胳膊上。(Rahimi, 2002: 1)

除了直接对话，整部小说采用的是"你"。专心讲述小事、即刻感受和身体活动也是为了拖延同儿子必然的见面。他们等啊等，吃一小口，吵一会儿，打个盹儿，轻轻握住彼此的手。达斯塔吉尔的身体借此表达出他的回避，也表达出他正面临的挑战。他迟早都要见到儿子，告诉他恐怖之事。最后，祖父和儿孙跳上了一辆卡车，并试图进入矿场，与穆拉德说上话。这里，身体成为一种相互义务与社区感的即时表达：尽管老人既脏又碍事，矿场主对老人还是以礼相待，或许仅仅因为他年长。老人自己实践的也是类似的社区感：他把亚辛拽到矿场，费尽力气要对他儿子和孙子忠诚。身体处在中心位置，也处于我们还未得知之事中，而这涉及一个全球化的世界。

故事的全貌渐渐浮出水面。它发生在阿富汗战争期间，他们的村庄被炸毁，失去了家园，失去了祖母连同穆拉德的妻女。现在亚辛已耳聋，达斯塔吉尔精疲力竭。阿富汗战争及其后的塔利班执政是国际背景之一。煤矿实行的国际化换班工作、固定工作时间和计件制，这些是与家庭义务或灾难格格不入的另外一个背景。矿场既不允许穆拉德回家看望家人，也不允许他请短假会见父亲。父亲必须在某个时间遇到某位愿意搭载他的人回到消失的村庄。他们在煤矿感觉到，父亲其实没有必要来到这儿。穆拉德已经得知一切，尽管不可否认的是与俄罗斯人无关的版本。相反，是叛徒和卖国者毁坏了村庄，不是俄罗斯人。他们明白，因为煤矿由政府经营，政府则是俄罗斯人授意成立的，而且俄罗斯人为聪明的穆拉德规划了未来，他正在学习读书，将会被提拔。这样的人才不会被送走，无论是出于家庭创伤，还是因为传统的家庭义务。

这一切发生在塔利班掌控局势、俄罗斯人被赶出阿富汗和世贸大厦被袭击之前。但正是全球冲突的交织死死地笼罩着村庄，并由此决定了当地人的生活。没有关于宏大国际局势的详细讨论，我们只是从达斯塔吉尔习惯性的自言自语中略知一二；或者在矿场的短暂交流中，有人礼貌但又原则性地告诉他必须遵守何种规则。祖父仅仅把这一切视作自然发生的事件，视作实质上与他毫无瓜葛。他对权力既无从理解，又不感兴趣。对于世上一切行为，他都将其翻译至自身的语域之中。身体经历了巨大的冲突。他将告诉儿子的事件比战争和煤矿的运行还重要，比村庄的消失和儿子的工作还重要。其实工作几乎是劳役。达斯塔吉尔讲述的压迫与身体有关，也与全球流行的名誉和耻辱观有关。

⊙ 身体与愤怒

在轰炸和知道煤矿工作以前，达斯塔吉尔和多数人物都属于用肢体从事重体力劳动的团结互助的世界。他们仍然生活在那个世界，但它已不复存在，或正土崩瓦解。他们对其了如指掌。没过多久，对达斯塔吉尔而言，想起荣誉处决并不会比给亚辛削苹果需要更长时间。第一件事具有不证自明的清晰性，而另一件事则是公之于众的荣誉损失和耻辱的艰难迂回的一部分。四年前，邻家的雅谷伯试图对穆拉德的妻子扎纳伯不轨：

> 四年前，雅谷伯·沙阿的不孝子企图对穆拉德的妻子不轨，你的儿媳告诉了穆拉德。穆拉德抓起铁锹直奔雅谷伯的房子，要求他儿子出来。没有问为什么，也不等回答，砸向对方的头。雅谷伯·沙阿带着受伤的儿子到村委会告状，穆拉德被判入狱六个月。(Rahimi, 2002: 10)

谈到惩罚，老人认为必须这样。我们也没有得到对这段简短而有价值的描述的多余解释。

个体身体和集体之间的清晰的逻辑联系现在消失了。如此，达斯塔吉尔忘记了要遵守教规。与他所看到的相比，地狱之火算什么，俄罗斯人的行为并没那么严重。他们会以牙还牙，但是耻辱不能洗净。"我做错了什么，"他问一名煤矿保安，"被诅咒看到……"他顿了顿，然后继续。他看见儿媳赤身裸体飞奔，而且由于震惊和痛楚，像疯女人一样做鬼脸。

> 我看到了亚辛的母亲。她正在奔跑，一丝不挂……没有叫喊，而是在不停地笑。像疯女人一样四处乱跑。她正在洗澡。一枚炸弹击中澡堂，并摧毁了它。妇女们被埋在废墟中，有的活着，有的死了……我要是眼瞎，没有看见她耻辱的一幕该多好。(Rahimi, 2002: 20)

保安不仅对破坏的残忍性和程度深感震惊，而且他的评论给达斯塔吉尔的内心重重的一击："人们丧失了所有的尊严。权力是他们的信仰，而非信仰是他们的力量。"（Rahimi，2002：22）丧失尊严，那是最严重的事情。不仅对俄罗斯人而言如此，对裸体的妇女们而言也是如此。她们在公共场合赤身裸体令其蒙羞，尽管此事非她所愿，也非她能掌控。不，达斯塔吉尔也丧失了尊严。他看到了不该看的一幕，然而这一幕的确发生了，并将他置于与邻家好色的儿子相同的处境。看见她的身体，他亵渎了家庭的名誉，包括他自己的，同样侵犯了宗教。看见和反应都与身体有关。他希望早已失明。

他必须向儿子坦承一切。但是，怎样才能恢复名誉？穆拉德不可能击倒他——最多是击倒兄弟或堂（表）兄弟。然后是另一件让人震惊的事。那位礼貌的煤矿领班厚颜无耻地撒了谎，以便息事宁人，尽管他们希望提拔穆拉德。因为穆拉德刚刚幸免于一场矿难。他既然平安无事，就没有必要向家里谈起此事。领班和领导们决定，熟练且有价值的穆拉德不能回家去按照传统埋葬他的妻子。"赞美真主吧！"领班假惺惺地对达斯塔吉尔说，他会告诉穆拉德，其父和其子都活着，所以达斯塔吉尔没有必要在离开前见儿子。令达斯塔吉尔耻辱的是，他被剥夺了尽家庭义务和照顾儿子的机会。被蒙在鼓里而带来的耻辱感令他毫无防备。

> 为什么赞美真主？亚辛和达斯塔吉尔也死了才好！如此，父亲不必看到儿子的脆弱，儿子不会看到父亲的无助。（Rahimi，2002：47）

无助更令每个人感觉无地自容。毁坏的村庄至少还保持原有的面积。我们也听到穆拉德的反应和父亲一样：宁可死，也不屈辱地活着。他拒绝吃喝，一人躲在宿舍，但某个夜晚，他在篝火旁爆发了，跳着裸舞，拍打胸膛，跳进火堆。"工友们赶来救他，拖了出来……"（Rahimi，2002：88）省略号暗示没人知道他们是否是真朋友，因为矿场主在他身上进行了投资。耻辱以及随之而来的全世界，都压在身体上。

我们再次遇到了瓦乐希描述的四种身体的肉体性，但与索奇身体的内容和重点都不一样，因为索奇不得不反复用某个绝望个体的暴力和疼痛强调他此时此地的存在。相反，在《土地与尘埃里》，瓦乐希的第二种身体层面，即社会的身体处于高度警惕的绝对控制之中。个体的身体存在处于中心，而社会则自行到来。这并不适用于达斯塔吉尔。他注意到了孙子、沉重的头巾、吞掉讷尔沃尔的欲望、肉体痛苦时与真主的接近，还有那舌头上感觉到的灰尘。所有这一切足以让他知道，此时此地他还活着，连同信仰、家人、土地和自己的身体一起活着。瓦乐希的第一层面的身体完全靠自身建立，尽管达斯塔吉尔希望自己死去。

同时，身体的社会层面对于个体身体存在及同他人相关的身份构成持续的挑战。它是达斯塔吉尔之存在的中心。身体在成为个体之前，是一种共同关注。当他希望死去时，当穆拉德跳进火堆时，他们并不是想通过暴力和疼痛来获得掌控他人的权力，进而确认自己的存在。相反，他们企图逃避没有希望的无助。他们不尊重支撑整个个体和集体身份的身体，因此，他们没有身份，也不能获得确保他们在世上之地位的身份。正是轰炸和儿子的工作使他们以上的身体处于危险之中。

索奇仔细检查婴儿的身体——瓦乐希的身体的第三个层面——给予他一种看待自己身体和整个世界的新方式，但是达斯塔吉尔的情况完全不一样。看到他人身体的某个隐私部位，甚至仅仅是看到裸体，对双方而言都是耻辱，并且还会损害社会关系。如果双方是不同辈分的人，他们更会身败名裂。这就是为什么达斯塔吉尔想到不得不告诉儿子，自己看到儿媳的裸体，并为此非常恐慌。我们甚至意识到，尽管他恐慌，但在感到耻辱的同时，他潜意识里可能有不能抑制的情色和审美的满足，或许这令其更加痛苦。打盹时，他梦到在重新谈到轰炸前，穆拉德的妻子也在他们所到的煤矿，就在货车跟前：

在一片黑色的灰尘中，你看到穆拉德的妻子赤身裸体地在货车前奔跑。身披湿漉漉的黑发，挡开灰尘——好像正用头发清扫灰尘。雪白的乳房在胸前舞动。水珠像露珠般从皮肤上滑落……她是被活活烧死的。死时一丝不挂。全身赤裸，离开了这个世界。她在你眼前被烧死……你将怎样告诉穆拉德？你必须这样做？不。……她像其他人一样死去——在房子里，成为炸弹下的亡灵。她注定要升往天堂。我们在地狱之火中燃烧。死者比活着的人更幸运。(Rahimi，2002：70—73)

观察某一带有性别特征的生物有机体的躯体，并不会令我们像索奇一样感到大开眼界。达斯塔吉尔宁死也不愿忍受耻辱。若躺着能实现此目的，他并不觉得躺着是耻辱。在达斯塔吉尔的婴儿世界，暴力和关爱可以快乐地共存，正如当邻家的儿子偷看穆拉德的妻子，穆拉德用铁锹打他，从而保护了她的声誉一样。但对于索奇，暴力和关爱背道而驰。

达斯塔吉尔完全沉浸于社会身体的宇宙，它既被名誉和耻辱控制，也——作为单独个体——被其驱逐。他不可能从头再来，正如索奇在警察捣毁他童年的家后那样。那就是为什么老人自言自语。一方面，他同时从外部和内部审视自己。从内部来说，他用全球化的视角从内向外看，看到一个充斥着工业化、大时代的政治、国际冲突的世界，而且看到了自己的无力。当他从外向内看，他看到了驻扎在内心深处的道德力量的完全无用。他无需一名叙述者来补充他应该知道的内容。另一方面，人们根据他的状况，并以他的节奏叙述故事。这同时表现出名誉和耻辱具有实在、根本和普适的意义。

⊙ 荣誉和耻辱

建于荣誉和耻辱基础之上的世界，并且因此基于个体身体与作为整体世界的即时紧密关系基础之上的世界，与索奇在遇见婴儿之后产生的虚幻想象中的世界大不相同。它们是瓦希里第四种身体的不同版本——基于身体而又无所不包的文化宇宙。荣誉与耻辱，如同极端个人主义，是不同文化相遇并冲突的一部分，因此属于全球化进程。我们从西方文化得知个体性身体，但直到荣誉处决在西方出现，我们才意识到荣誉与耻辱是全球基本的调解机制。我们往往不接受此种残忍的形式，也无法理解荣誉和耻辱这融合身体与文化、个人与集体的力量。原因在于，不管是否存在荣誉处决，我们早已忘记荣誉和耻辱至今仍是我们自身文化历史的基本部分，它们现今以其他形式出现，而我们仍旧熟视无睹。①

从荷马史诗一直到 18 世纪所有文类，如传奇、民歌、故事，作者都将生死荣誉视为其规范系统的关键部分。应该注意到，这是一个他们积极维持而不争论的系统。它给予人们个体和集体身份，并维持着共同的社会价值。荣誉就是人们在大规模社会范围内，比如在一个国家、教堂、地区或者城邦之中，维持自身及家族地位的能力，我们有义务使得此种地位得到处于相同社会位置的人群的承认。因此，荣誉并非私事而是公共事宜。穆拉德之父很高兴其子被处死，由此人人都知道他已经用铲子尽了义务。倘若一个人没有能力来维持自己的荣誉这一情形被大众所知，耻辱就随之而来。这便是穆拉德之父挣扎之处：赤裸的儿媳妇在马路上奔跑，煤矿当局看到了父子俩的无助。

荣誉指向个人在其所归属的组织中一直努力争取社会地位并使其为大众所熟知的能力。大家都认为失去荣誉也是同等重大的事件。鉴于此，达斯塔吉尔其实可以考虑撒谎，不是为了挽回自己的脸面，而是为了家族的面子。当然，并非所有的公共舆论都同等重要，其实需要关注的只是同等地位的人的舆论。对以前的贵族而言，荣誉只存在于贵族和上层社会，根本不关奴隶任何事。贵族可以随心所欲地对待奴隶，并且事实上，他们也应该这样做，以将自身与奴隶区分开来。对奴隶而言，基本上不存在"裸体"一说，即便他们没有穿衣服。随从可能会有与家族有关的荣誉问题，但这些问题不会出现在与主人的关系之中。在公共场合中，他们是主人荣誉一部分，而这无关其自身荣誉。庄园主在新婚夜享有对新娘的传统权力，这凸显出荣誉和耻辱是依附于身体的。此种思想现今在荣誉和耻辱之分是社会主流价值取向的地域还适用。

荣誉和耻辱首先属于静态的等级化的社会，因为它们与稳定的权力有关。变化对有些人而言并非好事，因为他们总是从中失去一些东西，其荣誉也无法从变动中受益。这意味着强硬冲突是内置于社会架构的潜势，而荣誉和耻辱则是人们价值体系的核心。其次，大部分情形下，发起针对荣誉和耻辱的反击的

---

① 关于当代及历史视角下的荣誉和耻辱，见普里斯提尼（Peristiany，1963）、吉尔摩（Gilmore，1987）、费舍尔（Fisher，1992）、凯恩斯（Cairns，1993）、米勒（Miller，1993 & 2006）、努斯鲍姆（Nussbaum，2004）。

人们正将法律握于自己手中，而这是对任何形式的中央权力的一种挑战，因为后者的代表也同样拥有需要捍卫的荣誉。平衡的做法通常是确保变化不会使任何人丢尽脸面，并且相应的惩罚不会导致新的冲突，但这种预期正如萨迦传说中所说，往往是不太可能实现的。这便是经典故事在涉及社会标准时所要处理的问题。最后，荣誉和耻辱观念下，社区比其成员更为稳固，这里的成员不是个人。当达斯塔吉尔失去他所维护的社区荣誉并由此受挫时，他崩溃了，或者说，任由自己被伤害，可能还会像穆拉德想投入火中般那样自残。当荣誉濒临险境，暴力就变得激烈残忍，但绝非随机，它总有指向性。

但这一切和身体又有何关系呢？除了庄园主享受肉体上的快感外，主要有两方面关系，一个具体，一个抽象（Koselleck，1984）。前者与维持家庭有关：婚姻、性，还有合法的子嗣。在此，荣誉危如累卵。后者与社区观相关。社区在此是由相互协调的各部分所组成的有机体，它就像一个巨大的身体。此种意象在古今中外都反复出现。国王和王子在上述语境中尤为重要，他们的身体是社会凝聚力的象征，具体体现在婚姻、繁殖力、战争及其他集体行动中。一位强壮的国王意味着一个稳固的社会。在其宏伟的宫廷生活中，路易十四将其身体调教出双重功能：一是作为象征，二是作为具体的现实存在。其他后来的君主都竞相效仿。但是个人的身体，包括国王在内，是属于一个更大整体的，即宇宙，不管后者是由基督教的上帝还是其他神所创造的。借助自身的身体，每个人都即时与宇宙相接触并映射它。在第三章中，我们发现身体的各个部分是如何对应于宇宙的理想形式的，正如达·芬奇的维特鲁威人那样。荣誉和耻辱便是此种宇宙关系在以国王为首的社会关系上的投射。而在早期医学中，此种关系转变为对人类身体的探索。

身体的主要部分和体液直接与黄道带的标志相关，即我们现今从杂志上的天宫图中得知的12种动物。通过调节这些器官和体液，人们的身体可以与宇宙和谐相处，获得人类所能达到的最大限度的康复。我们不由自己意愿地与自己身各组成部分紧密相连，这意味着个体生命和行动也由其出生时的星座群所决定。占星术与医术复杂地联系到一起，这从许多中世纪关于身体与星象位置关系的描述中可见一斑，因此也就有了所谓的星座人。

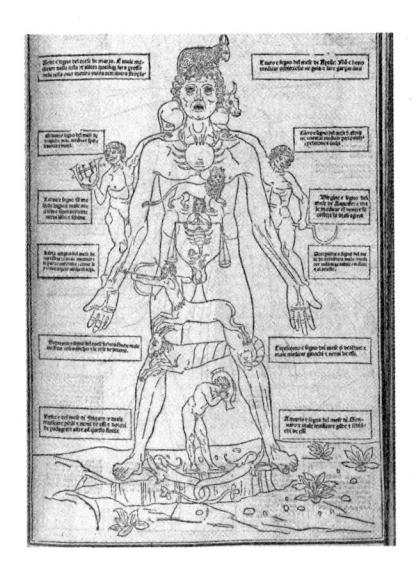

图 3　星座人（Ketham，1493）

此种观念在世界范围内广为人知（Kurdziałek，1971；Kiddel & Rowe-Leete，1989）。在欧洲，人们认为世界由四种元素组成——火、水、空气及土，这些元素对应四种体液——血、痰、黄胆汁和黑胆汁，而它们又对应不同的脾气、秉性、肤色和体温，所有这些都在黄道带中有相应标志，基于此也就出现了占星图（Klibanski et al.，1964；Walther，1999）。概而论之，这与失去体液和其效果间的平衡无关，也无关于在人生病时让他重获平衡，即从一个发烧病人身上放掉滚烫的血液，让他冷却下来以恢复健康，重获平衡。通常，以神学视角而论，整个宇宙最终都处于危险之中，尽管荣誉和耻辱本身并非宗教性实体。这便是达斯塔吉尔当时所思所想。他如果不能对所受耻辱采取一些行动，就无法面对真主阿拉。瓦乐希费尽心思针对个性化文化读者所发展的第四种身体，在相同文化的早期阶段非常明显。

当 16、17 世纪的新医学像索奇看待那个婴儿一样，开始重新检视人类身体的解剖结构时，身体观的整个体系随之崩塌。与此同时，个体命运开始变得愈加重要，甚至超过了其集体生活，并且整个社会由于航海大发现和宗教战争而发生着剧烈变动。我们在第三章中就看到了这一切。荣誉和耻辱逐渐成为单纯的社会机制，而不带有任何更为宽泛的附属，并且作为关键点的身体也被视为一种个体。18世纪的世界主义就是这种变动的一种表达。整个世界不再是一个凝聚、静态的宇宙，而是一个可以由个人征服的开放空间。索奇在遇见婴儿时，脑海中闪过这样一种观念，而达斯塔吉尔丝毫未想到这些。他在其舌尖上洒下一丝泥土，以此来感受其所归属的大地。

痛苦和磨难也会改变人的性格。① 在现代社会，它可能是对男性生殖力或其耻辱的个别测试，就像索奇那样，也可能就是医生回天乏力。除非我们自己对此负有责任，否则不应该出现痛苦，就像18世纪后期对于人权的信仰一样。在古代有机社会中，痛苦和磨难如同现在一样令人不快，但却因为宗教的支撑而获得了一种集体性意义。痛苦是上帝赐予的磨难，因此也就是上帝在场的表现，尽管经常以惩罚形式出现。这就是人们对我们在第三章中提到的里斯本地震的解释，它充斥在达斯塔吉尔头脑之中。磨难因此可以是经由殉难而通向上帝的一种方式，并能为人们所属的组织增添荣誉。18世纪欧洲持续的残忍的公共处决并非集体施虐的一种表达。犯罪者借助其身体，置换了宏大的共同宇宙的平衡；其身体作为此种宇宙的意象，应该被公开毁灭。

在我们生活的这个地方，致力于维护荣誉和耻辱的旧有形式的，只是封闭的社会和环境中的文化群，它尤其注重纪律与不可动摇的团结，包括宗教组织、特殊社会组织、寄宿学校、自行车俱乐部、军队、黑帮、与达斯塔吉尔具有相同背景的移民、村庄，或者诸如科西嘉岛那样的边缘区域。暴徒、耻辱的成人礼、犯罪帮派以及荣誉处决一次次溜出这一文化群落，提醒我们，集体荣誉和耻辱至今还是现实。

相对于集体荣誉和耻辱，一种个人观念逐渐在欧洲发展起来，并终结于索奇。它起源于1600年左右的许多文本，这些文本谈及共同责任与个体激情之间的冲突，并随同个人决斗一直发展至19世纪。与此同时，诸如性爱与上洗手间、睡眠和饮食等我们无法掌控的身体部分，都被私人化并被视为家庭生活中的特殊隔离区域。荣誉和耻辱此时往往与暴露身体隐私联系在一起，但只是

---

① 参见莫里斯（Morris, 1991）、皮特斯（Peters, 1996）、本廷（Benthien, 2002）、沙马尤（Chamayou, 2008）。

作为个人问题。正如人们所言，如果我们被脱下裤子，我们会感到害羞。个人身体已将荣誉和耻辱加入严格的饮食之中，以将就无能为力的、笨拙的身体意象，而不是那些惊天动地的暴力事件。

首次公开攻击荣誉旧有法则的是约翰·福斯塔夫，出自莎士比亚戏剧《亨利四世》（1592，第五幕，130-133）中粗鄙的贵族。他在倒下的士兵中狂喊：荣誉就是垃圾。荣誉不能修复手脚，也无法起死回生。现在叫人"懦夫"还是会让人觉得尴尬，而若变成大丈夫，就会备受尊重。那些基于此而反击或忍耐的人，其实还是将荣誉和耻辱刻印在了自己身上。嘲弄和犯罪都是因为这些感受而导致的。但是现在反击很少是大规模的，因为现今没有从这样的行为中获取快乐的社会基础了。愧疚与责任，作为个人心理问题，就是自莎士比亚起的西方文学所处理的，而自发的暴力则是属于索奇的那一类问题。其中一个叫波士顿的家伙，问了索奇不能也不愿回答的问题：他的年龄。这使索奇想起了其想要忘却的童年，因为这让他成为懦夫，而不是男子汉。不管暴力是否蓄意——这无关紧要，波士顿当场就被狠狠地教训了一顿。

⊙身体的个人尊严

国际法中使用了"人身保护权"（*habeas corpus*）这一表达。[①] 这一拉丁词组字面意思为"你拥有身体"，意味着你可以将身体带到法庭上。这是中世纪拉丁司法法令的开始，主要针对那些将被告带到法官面前的人。此术语表明，在调查罪犯问题之前，每个人都有权利亲自出现在法官面前，以验证起诉的合法性。任何人都不可能只是因为服了软或者不挡道而被随意关进监狱——之前，这只适用于自由人，而不是奴隶，它是贵族对国王权力的反抗。因此，这是对其荣誉的捍卫，不能降低他们的身份，比不能夺取他们的生命还重要。但是由于普遍人权，从法国大革命起，到联合国，再到国际法庭，人身权现今原则上适用于任何人，尽管这并非在每个地方都得到了实施。人们不可能因为

---

① 关于人身权，见 http://legal-dictionary.thefreedictionary.com/habeas+corpus.（2017年1月5日访问）。

法律追溯效力之外的行为受到指控，因为那时他可能不必面对指控，尽管现在他实际上已经触犯了法律；人们也不会被无限期地关进监狱而不知道罪名是什么。相关人员都知道审理案件的时限是多长，以及可能会做出什么样的判决。如今这一原则将个人身体作为出发点，因为人类尊严就源自我们自身的存在，而非社会地位。索奇的绝望，出发点是这一裸露的身体，而达斯塔吉尔的出发点则是社会地位。

不管你身处何方，有了身体，你就有了人权和人身价值。这可以成为某些全球文学原则的格言，文学便也是此原则下身体与人类尊严的关系方面冲突的表现。有人或许会说，人类尊严是现代全球荣誉观的对等体。我现在想到了那些书写大屠杀幸存者的作家。在杀戮中，由于不同程度的残忍，身份被身体暴力移除，其都将系统的羞辱作为工具：集中营、古拉格、关塔那摩监狱、阿布格莱布监狱、卢旺达、南非、阿根廷、智利、波斯尼亚、ISIS 极端武装组织，还有其他一长串可怕的名单。在此，作为尊严之象征的全球人权正当性受到了侵犯，文学现今对此主题尤为着迷。

伊姆雷的《非关命运》(1975) 就是这样一部关于集中营的作品。这部小说的主角和叙述者乔治·斯托在经历一系列事件后回归生活，这些事件对身体产生的影响甚于对意识的影响。集中营解放后，斯托从一堆尸体中被拉出来，送到了医务室。在第 10 章中，他谈到了这些，但却不知道他身处何地，为何及如何到达这个地方。由于是他自己在叙述，所以这一章就像是漫长的猜谜游戏，读者猜测他用其微弱的感官记下了什么——他手执笔刷，身体不时抖动，不断用意识回忆着。慢慢地，他的身体开始恢复，能够提出关于自己及他人的问题，发现更多的联系，尽管也找不出统一的答案；还能观察其他人并能说出他们的名字、作用和语言，同时回忆起更多的东西。最终，他发现自己不再是一个监狱犯，不再孤独，已经获得了自由。但他在这章开始时却未提及任何相关线索：

我必须承认，还有很多东西我无法解释，无法以任何确切的方式解释，无法用基于理性的解释说明，并且即便我从普遍意义上的生命及事物正常运作角度出发看待事物，亦无能为力，至少从我所知方式而言，是这样的……那个到处是果酱的房间，一眼看去好像是淋浴器，他们把我扔到这滑溜的地板上，和一堆黏糊的脚跟、脚掌及化脓的腿肚子一起，这也没太出乎我的意料吧。(Kertész, 1992: 139)

他将集中营的生活视为其正常、中立的出发点，并差点得出结论，称他现在已经来到了灭绝区域。但他没有说出来，只是记录了细节，尽管他知道自己还活着，像一只挂袋一样搭在某人的肩上。下一步便是其身体获得了某种社会意义。他感到了耻辱，头一次说道自己没有腹泻：

然后我的注意力甚至我所有的力量完全集中于从肠胃中突然出现的生命迹象，肚子一度发出咕噜噜声。我集中所有力量防止它戳穿我之前所说的一切。(Kertész, 1992: 140)

这之后，他开始能够定位外面的大楼、内部的房间以及其他人，时间则由于不断闪烁的灯光而变得模糊。但他还是有语言障碍，因此只能借助肢体进行交流，也就无法形成连贯的整体。他最后总结道，自己处在外界疯传的特殊区域，在那里，德国人在将他们的器官摘除以作医学用途之前，先喂肥他们。然而慢慢地，这里成了一个迷你的社会，他自己也是其中一部分。他懂得其中的日常规则，却无法了解这个社会的语境以及自己在其中的位置。但是现在，他已经非常坦然了，这就像在家一样。

然后，一切都让他非常震惊。一些人激动地用各种他听不懂的语言，当然也用德语，喊着"人人都是自由的"。他自己压根不知道什么是自由，也无法用身体来感受或者理解自由。他感受不到任何东西，只能理解所见所闻、所注意到的一切，并在自己认为正常的世界的基础上得出相应结论：这个世界就是集中营。还有，他们现在正要喝汤，他勉强喝得下去。所以自由能激起他的何种兴趣呢？然而那时，说话人大声叫嚷着，说每个人都要保持清醒，因为现在要制作一道精良、有嚼劲的炖牛肉汤："只有在那时我才倒下，释怀了，陷在了枕头中。只有那时我身体内的某些东西彻底放松，也就只有在那时我自己开始严肃地思考自由这个问题。"（Kertész，1992：172）。

身体再次成为焦点，以指涉不太相关的匈牙利记忆和汤中之精品，还有那集中营之外的另一种地方常态：一个人们可以吃饱喝足，有力气走动的地方。现在，他能够彻底独立思考一些事情，而不仅仅是用其对周围环境以及被他人拨动身体时的反射进行还击。他是一个身体，是他自己，并且实际上在无边界的新生命视角下是自由的。慢慢地，他的身体变成了语境的中心，并借助于此创造包含环境、有关自由的知识模型，传达有效消息的传播形式的经历类型。这个身体是超越当地边界的一种途径。

有人或许会说，达斯塔吉尔老套，索奇极端，而乔治很特殊，但他们并非个案，而是可以被归结为历史学、人类学、社会学或者心理学方面的问题。文学并非划分概念，也不会说什么是对的、极端的、具有话题性的，抑或老套的。他们都展示出我们现今生活的跨文化世界中的话题现实性。文学要展示的正是这种现实性。借助这三个文本的不同叙述者，此种现实性获得了一种重要意义，超越了这三个故事本身，但却依附于与身体有关的具体事件之中。这便是文本塑造读者参与的方式。我们允许他们走进我们的世界，但却由此看到了一个更为复杂的现实。不是为了接受它，而是为了理解它，我们能够理解它。乔治在当下新发展的自由并非自动就拥有让其扎根的地方，小说最后一章发生在布达佩斯，他不再属于那里，集中营经历改变了他对家乡城市的看法，而他的出现也招致当地人略带敌意的眼光。地方不是固定的地理位置，而是动态的生活世界。在下一章中，我们将审视作为文学呈现形式的地点的重要性。

8

旅途地点

⊙丹麦私用园林

当被问及全球化的原型地时，18世纪的世界主义者会毫不犹豫地指向那些大城市——巴黎和伦敦。从1789年到1815年，其中的一些城市出版了第一个期刊，即《伦敦与巴黎》，刊登来自那时最为重要的城市的报道。在19世纪的欧洲，也包括欧洲殖民地和美国在内，具有世界性城市生活的城市范围不断扩大，比如纽约、开罗、卡萨布兰卡、开普敦，以及更多城市，尽管那时还是用源自欧洲的"世界大杂烩"标准衡量"世界性"。然而，这些城市在建筑上同时也维持了其鲜明的非欧洲化特征、布局及城镇生活方式。它们都成为实践层面上现代全球化混杂相遇地点的典范。

伴随着全球层面的移民浪潮，尤其是在第二次世界大战以后，欧洲作为中心塑造城市区位的作用有所减弱，而全球化的影响则同时波及不同方向——在殖民地与前殖民地之间、前殖民地与祖国之间（反之亦然），还有一些殖民地与其他殖民地的经验中心之间（反之亦然）。这一错综复杂的移民潮关系在全球范围内创造出了小意大利、中国城、伦敦斯坦以及其他种族及民族封闭区域等变异体。伴随着这种全球化的发展，来自遥远地区的非城镇当地传统也通过多样的民族社区进入了大城市中心。并且与此同时，那些留在地球另一端的移民的家人也感受到了此种城镇全球化的影响。在那儿，通过家庭网络关系、挣回来的钱及带回来的不同的价值观，人们还未见识城市中心就发现此中心成了其生活的一部分。在这一阶段，全球化的地方经验成为一个普遍的事实。现在，所有地点都对文学能否找到新的呈现形式并赋予此形式全新意义的能力构成了挑战。

因此，为了探讨此种发展对地方经验的全球化意味着什么，这一章不会涉及一般的全球化中心。我们将通过走向与全球化完全相反的地点而跨越全球：斯堪的纳维亚和澳大利亚。一个狭小而人口密集，其漫长历史涉及全球大部分的地区；另一个广阔，并且大部分土地历史悠久但未有人驻足，与世界其他地方所发生的一切无关。两者往往被视为全球化漫长进程的边缘而非中心。但是，这些地点却是这一进程不可分割的一部分。它们不仅涉猎现代全球化，而且还参与早期欧洲历史及全球前历史，甚至是最早的人类前历史。[1]

我先讲一个位于斯堪的纳维亚半岛的国家，那就是丹麦。在漫长的数千年之中，丹麦的文化特性在变化的地理和政治边界内，不断与超越斯堪的纳维亚半岛的地区交流。然而，我们越是近距离审视现代民族国家，就越会发现其与全世界持续且不断扩大的交流不断与民族主义相遇。自19世纪作为永久东欧帝国的丹麦消失以来，这一张力反映在"地点"普遍意义的变化及其文学的呈现形式中。[2]

自中世纪以来，丹麦帝国就是欧洲舞台上的重要角色，但是在其后几个世

---

[1] 地点是文化研究及记忆研究中的一个话题，强调稳定的地点及其变动，也出现在移民研究中，后者更强调变化。我会在结论中讨论世界文学，那些想要提前阅览的读者，可以参考劳特利奇出版的手册：《劳特利奇世界文学指南》（D'haen, Damrosch, Kadir, 2012）、《世界文学读本》（D'haen, Dominguez, Thomsen, 2013）以及《历史回顾》（D'haen, 2011）。现在稍举几例阐述这一建构歧义性的作品：凯西（Casey, 1997 & 2011）、汤姆林森（Tomlinson, 1990）、厄里（Urry, 2000）、艾代米尔和罗塔斯（Aydemir & Rotas, 2008）。在生物批评领域，地点同样占据显要的位置，比如拉森（Larsen, 2007）、海斯（Heise, 2008）。在第三章及全书中所使用的"相遇地点"这一概念，是受普拉特（他从语言学中改编了这一术语，Pratt, 1992）提出的"接触区域"概念的启发，由此缩小了地点的稳定及瞬息万变两个特点之间的间距。

[2] 丹麦文学文集参照扬森和米切尔（Jansen & Mitchell, 1971）、布列斯多夫和麦（Bredsdorff & Mai, 2010）。

纪中丹麦逐渐衰败下来。在夺走挪威、英国和瑞典部分领土，格陵兰岛、冰岛、奥克尼、设得兰群岛、法罗群岛和德国北部一直到其殖民控制的波罗的海国家之后，丹麦慢慢失去了自己的一些领地，这种情况持续到17世纪。那时，丹麦在全球探索中只占一小部分，而这在北欧海盗时期已是非常普遍。他们在17、18世纪将活动范围扩大到了印度、非洲及西印度群岛，占领了一些小型殖民领地，并将丹麦拉入远东及跨越大西洋的暴利奴隶交易中。这一切在拿破仑战争后化为乌有。丹麦抛售了殖民地，最终在1916年把维京群岛卖给了美国，而丹麦共和国名义下只剩下北大西洋那块领地。丹麦现在只是将自己视为依据19世纪国家建设模型而成立的小型但却现代化的民族国家。如今她是欧盟成员，和其他许多国家一样是全球经济的一部分，接受着来自世界各地的移民，由此为当地与全球的古老交流增添了不同的色彩。

这一地点经历意义的剧烈翻转，对于丹麦和丹麦人，以及实际居住在丹麦的人而言，也算是地点的普遍意义在全球所经历的变化的微型历史。在此，如同在其他地方，当地与全球之间的张力是驱动力之关键。在与丹麦作为一个现代小型国家的关系中，当地试图塑造一种个人及集体的民族身份感。之前，丹麦并非如此，而是被视为带有某种全球扩张意味的中型帝国中心。此种张力在浪漫主义时期就被清晰地表达出来。那时民族意识不断增长，而经验式的自我了解逐渐褪去。这一趋势随着拿破仑战争及1815年维也纳大会之后的政治及经济崩塌而不断加快。此时，丹麦只剩下现在的大小，这就需要重新构造地点的呈现形式。

1819年，丹麦作家保罗·莫勒·马丁作为牧师，登上了丹麦东亚公司的轮船，出发前往中国。莫勒在达到丹麦的殖民地印尼后，看到了苏门答腊和雅加达。但是，在其旅途中，他对故乡的怀念加深了对自己故土而非外国的理解。其《通往中国的旅途札记》就讲述了路途中的事情，该札记止于1820年他到达印尼之时。在他于1821年回到家乡之前，他还写了《丹麦趣事》（1820），开头是这样的：

现今达娜花园的玫瑰娇艳盛放，

> 黑八哥的啼叫传遍四方，
>
> 蜜蜂将蜜柚变成蜂蜜，
>
> 傲慢的马儿在墓地食草，
>
> 而男孩们则采摘着深红的樱花。（Møller 1855a：63）①

不管是否真实，我们脑海中都浮现出一首各因素完全平衡的田园诗。历史与自然、人类与动物、成长与死亡在此和谐地组合在简单清晰的语言之中。在后面几组诗歌中，我们也看到了具有"强壮臂膀、聪明头脑/耕种作物在农田、挤奶入桶"的农妇。这一理想的地点为农妇提供了劳作的场所，也提供了自给自足经济模式下的丹麦人食物的来源。

莫勒并非唯一称颂故土风景并将之视为形成民族身份的新棱镜的人。在19世纪上半叶，整个欧洲的诗歌和散文都充斥着这样的描绘，采用和莫勒一样的田园诗形式，或者还称赞山区的庄严景色。其中的许多诗歌都由当代作曲人配以音乐，并从19世纪起就被包含在许多国家的流行歌集之中。在丹麦，《丹麦旋律之书》在要弹奏钢琴曲的家庭中，已被使用得非常破旧，一直到第二次世界大战期间都是如此，通常，这些家庭还爱将所谓丹麦黄金时期画家的作品悬挂在钢琴上方。最为重要的是，1894年的《民众高等学校歌曲集》选入了大部分此类诗歌，该歌曲集再版本在2006年出版。由此，诗歌的"卫道士"变成了丹麦歌曲宝库的一部分，尽管在2006年版本中，此宝库的价值观有所改变，以满足国际化的趋势——正如在最新版本中所言，"与全球化保持同步"。不管环境如何，丹麦风景成为所有丹麦人的理想之地，与欧洲其他地方发生的一切保持了一致。在那儿，文本、音乐、绘画及学校课程与人们对故土风景的要求完全一致。

汉斯·克里斯汀·奥斯特是那时欧洲名列前十的物理学家，其主要贡献是发现了电铁氧体磁性，这对直至现代全球化的工业发展都至关重要。奥斯特是民族主义的坚定维护者，参与了关于重塑丹麦地方与身份感的文化论战，认为

---

① 这一章的所有丹麦语文本由艾恩斯（Jonh Irons）翻译。

语言是其中的关键因素。其讲座"丹麦性"（1836）中的理想主义甚至催人泪下：

> 丹麦这片土地具有非常友好的特性，其海水与空中都充斥着这种友好，从来都没有令人害怕的东西……在此种特质的包围下，这儿的人们生活了许多个世纪：难道他们之间就没有可以察觉到的一致吗？我想没有人会否认，丹麦人是好脾气、欢快、谦虚、不暴力与算计……那么谁能写写真正的丹麦人呢？……遵循你自己的本性，维持良好的判断就行了：如果一个丹麦人生养在丹麦人中间，并遵循着这一信条，那么他就能成为真正的丹麦人。（奥斯特 1852：50—51, 53）

这种理想化的国民宣传，其一，它与丹麦地域及历史的事实不相符；其二，这儿的景色是充满诗意与意识形态的，更关注如何形成一种思想及地点的新意义，而非描述一个地点的现实。

除了关于过去英雄事迹、长途航海及后来1848—1850年和1864年抗德战争的历史歌曲，那时候的诗歌一般不直接提及外面世界。然而在许多诗歌中，总有着一种大于丹麦本身现实的轮廓，如影子般跟随着这些诗歌。1820年，格伦特维创作了一首流传至今的歌曲——《其他地方的大山更高》。这首歌曲并非为称赞丹麦景色而即兴创作，而是与其朋友克里斯汀·普拉姆于1820年4月10日在前往丹麦殖民地西印度群岛时，有感而发所作。西印度群岛上，奴隶正在收割着甘蔗，热带炙热的阳光在椰树林中闪烁着，而疟疾威胁着所有人，这都是可以用于创作的素材。对格伦特维而言，外面广阔的世界不仅是丹麦景色的外观，也是形成意义和重要性的一部分。

然而，与这些田园诗形成鲜明对比的是一种无法逃避的认识，即丹麦并非一个理想之地，即便在1864年一切都出错之前，这种认识就出现了。从那时起，自与普鲁士的战争之后，这个国家的领土缩减至一千年来最小的面积。普鲁士是那时新兴的超级大国。当莫勒动身前往中国时，哥本哈根在巴尔干战争后，重组了带有明显的1807年英国轰炸标记的萨拉热窝。莫勒1816年从一所没有建筑物的大学中获得了硕士学位。拿破仑战争期间，这个国家在1813年破产了，而在1815年的维也纳会议之后，丹麦－挪威双君主制就像在一场有生命危险的手术中的连体婴儿那样被分离开来。这个多文化帝国那时只剩下了法罗群岛、冰岛及格陵兰岛附近的鲱鱼和海豹，以及一些居住在石勒苏益格、荷尔斯坦因和劳恩堡并讲着一口德语的顽固市民。人们对德国人只比对哥本哈根的犹太人略多些好感，后者是1819年大屠杀的受害者，而莫勒正是在此之前踏上旅途的。歌唱可以有很多理由将痛苦变成理想之地，歌唱忘却外面世界，并由此让历史的伟大凸显在当下，但这并不会使歌曲或者理想之地变得更加真实。

事实上，作为诗歌创作素材而构建的静态的具有悠久历史的地理面貌并不存在。在18世纪后半期直至19世纪20年代的圈地运动中，景色以从未有过的速度变化，甚至堪比于20世纪五六十年代现代农业对景色的改造，堪比用联合收割机横扫大片田地的改造。在莫勒生活的时期，短短50年内，旧有的中世纪景观便发生了变化：农场从密集的农庄迁移至空旷的土地上，集体所有制下的农田重新分配为新型的私有农田，林地面积大幅度削减。

那个时代歌唱的丹麦诗歌中经常称颂的一流山毛榉早已绝迹了，它也不再出现在当前的国歌中。到处都是沙滩。当《森林法》于1803年生效时，3%～4%的土地是林地，这与现在的12%～15%相比是个很低的数字，并且现在还在继续栽种树木。"教教我啊，树木，如何快乐地枯萎"，国民吟游诗人亚当在1824年带有反讽性地唱道。这情有可原，因为他住在哥本哈根，对情况不太了解。事实上，大部分林地都离首都很近。丹麦黄金时代画家和诗人的创作正得益于此。在日德兰半岛一个更荒凉的地方，斯汀·斯廷森布利克，一位超棒的短篇小说作家，看到了不同的景观，即使他还会用标准的风格创作有关山毛榉和安静的森林、湖泊的作品。他需要来自哥本哈根的读者。事实上，他还知道更多那被风狂吹的大片冷清的欧石楠，并将之比喻为沙漠，还有那孤独勤劳的人民，而不是黄金时期住在市民园林的丹麦人。早期存在主义哲学家索伦就来自这样孤独艰苦的区域。换言之，丹麦景观并非一个地方，而是很多个地方。这种多样性是丹麦在找寻国民同一性的压力下，被当地生活的国际状况压制而呈现出的效果。

此外，如果涉及城市生活经历，那么丹麦根本就不是一个公共的地方。早在1803年，亚当从其《仲夏夜戏剧》中就开始了一首诗歌的创作，里面提到"从恶心的砖墙到如此之好的田地"（Adam，2006）。因此，城墙之内并非居住的理想之地。莫勒的田园诗《达娜的花园》里的景观并非所有丹麦人都能见到，就像奥斯特让我们相信的那样。他们必须首先离开家园。前往乡村一日游的次数变成了一个稳定的数字，这一数字在19世纪越来越多的丹麦人搬到城镇后有所增加。就新型的有民族感的地点而言，城市的国际化和工作机器并非真正人性的，当然也不是理想的居住地。"在夏日往外望，农民们正在劳作"，杰普在1903年这样写道，其中"往外"是重点，但这还是在与地点相关的呈现形式的同一框架之中。这种趋势直接延续到现代对自然的崇拜之中，并且与城市生活的日常躁动形成鲜明的对比，它也是世界各地的度假胜地在全球做广告的关键元素。

正如奥斯特所言，我们数千年生活在"流着牛奶和蜂蜜"的土地上这一事实与历史现实并不相符。他意识到了这一点，但这是战争年代一种大胆而鼓舞人的想象。所以这种类型的诗歌更多是一种乌托邦，而非经得起推敲的押韵描绘。这便是当时诗歌创作的情形，而自那之后这断裂的画面才开始凸显。这是一个极为有效的工程，囊括了当时几乎所有的诗人，他们的文学作品借助特殊的谎言创造了一些特定的标准概念。这就是文学的力量，它将读者带入其中。在哥本哈根的废墟之上，国家分崩离析且未来不可预测，此时，这是一个崭新、有用并且必要的工程：借助自然和历史的眷顾，文学艺术开始构建另外一幅丹麦的乌托邦景色，并为危机时期的丹麦人提供了一个统一的焦点。民族主义、语言和景观的融合，将文学作为最有效的工具之一来界定此焦点。它创造了一个距离，在一个失去熟悉度的已知世界中，让人们看到新的朝向不确定未来的方向。

作为地点的景观变成了一种重要的文学呈现形式。丹麦人的地点在新情形下被赋予字词含义。这些情形就是国际经济的必要性，以及丹麦作为一个小型殖民帝国在打烊之前的位置。然而，在大部分艺术和文学作品中，人们可能会忽略这些情形，因为它们与真正的丹麦景色和正宗丹麦特性毫无关系，而是城市和工业化疏离现实的一种表达。尽管是一种幻想，但却是继续前进的一种力量。外面的世界就像是唱诗班中的一个声音，不能与丹麦歌曲协调一致。发自内心的声音只是略微大声以盖过剩下的声部。但是如果我们想要理解那个时候的乌托邦工程，并且在当下使用它们，我们就必须倾听这种不协调的声音，因为它是所有地点内在意义的一部分，尤其在新型主动的民族主义在全球流行开来的时候，更是如此。莫勒的诗歌处理的正是这种与更大的陌生世界之间的关系。

⊙ 翻转的全球镜像

人们阅读上文我所引用的《丹麦趣事》前几句诗歌时，可能没有预想到这一景观会需要一种来自外部的视角。它处于完全平衡的状态，尽管第二行中"想必"这一词语揭示出作者当时并不亲自在场；他是在幻想。但这毕竟是他自己的问题，而矛盾之处在于，独特、积极的丹麦特性只出现在异国他乡的背景之中，并且只是描写了与丹麦田园诗对应的那些特征。甚至即便景观自动封闭，它也会以扭捏而喜剧的方式变得自相矛盾。

> 是的，我们丹麦的土地富饶又红润；
> 丹麦面包中想必蕴藏着力量。
> 这就是为何丹麦人如此大胆，准备有序；
> 这就是为何诺尔曼的刀如此血淋淋；
> 这就是为何丹麦人的脸颊如此红彤彤的。

富裕和红润的土地如何同时又能成为血腥的战场？浸满血液的刀剑又如何能与象征健康的红脸颊并存？由于诗歌本身并未提供进一步的联系，我们只能玩笑似的猜测，这是天真的丹麦人自己在清晨刮胡子看到脸颊和刀片时的自娱自乐而已。这样的话，一切都能联系到一起了，但是诗歌中还是留有古老的征服和好战冲动的印记，犹如刺耳的声音一般引起人们的注意。

莫勒设置于景观之外的正是这种声音。异域的东西总会带有排外的内容，这使得莫勒对国内惯常的积极人性和和谐可以进行自由发挥。这发生在下面这组诗句中：

> 任由东方君主在后官萎靡憔悴
> 迷糊地躺在紫色天鹅绒上，
> 倾听着太监们的痛苦哀号，
> 环绕于通向天际的柱子周围，
> 冷如大理石般的上帝，苍白地凝视着。

和谐的自然景色加上平易、欢快、积极、热情皆适度的丹麦人，与华丽、懒惰、淫荡、好色却无法享受奢侈的东方人形成鲜明、清晰的对比。这种基调出现在更多的诗句中。对异族的极度鄙夷并非一种描述，而是构制有关丹麦梦想的修辞跳板："外面的世界，在东方或西方，我流浪，/在丹麦海岸，你出现在我的梦中。"看一眼莫勒的日记（Møller, 1855b: 241 ff），你就会发现，他实际上认为那儿的人们贫穷但却亲切。上述引文中的最后一句及其他相似的另外两句在《民众高等学校歌曲集》中被省略了，异域与本土之间的消极依赖被移除了。而相比于莫勒的完整版，那时的歌曲更多是作为一种对真实景色的自我肯定的描述。

这首歌曲创作于莫勒的行程距离丹麦最远之处，即莫勒返程之前。莫勒在丹麦海域航海中最为重要的工作除了晕船外，就是研究船上的生活，还阅读蒂布鲁斯的挽歌，而非丹麦作家的作品。其实我们很少听到关于其作为牧师工作的事。他甚至还注意到了和丹麦农民那些令人讨厌的习惯相比之下北欧农民的干净整洁（Møller, 1855b: 230）。所以他肯定是离家乡很远了，才能把丹麦农民理想化："可怜的人啊，耕种者丹麦的土地，/摇动树枝，摇下苹果，/臂力强健，精于算计的人"。但是在开普敦，我们发现了这一日记最为全面多变的单独叙述。那是与一艘丹麦船相遇的故事。首先是关于船只的谣言，其次是水手们向外望去，再后来是看到了旗帜，最后终于见到了丹麦人。这是个梦，

莫勒写道。(Møller, 1855b: 232)

这之后，吸引他的除了当地景色，就是更为亲密的场景。他借助望远镜探视——或几乎可以说是窥视——附近家庭的生活场景。第一眼便让他想起了丹麦国内的田园诗。他带着实验般的意识进行观察，以保持其在家时的感觉，而不至于被异域的冷漠情感吞没（Møller, 1855b: 235）。这些描述似乎成了写作练习，为的仅仅是抓住他害怕失去的情感。

后来在巴达维亚，在这吵闹而又真正异域的环境中，莫勒不再需要外部环境来激活国内的一切。后者变成了其经历的内在标准。从腓特烈堡花园到哥本哈根韦斯特伯之间的距离变成了其想象异域空间时可以理解的标准（Møller, 1855b: 247）。国内的一切几乎失去了魅力，但到开普敦时，又自发地与旗帜及全体国民联系到一起而出现在大家眼前。后来，它借助莫勒的望远镜变成了"狗仔队"实验，最终以内在的评估标准而收尾。

这只是第一个方面，即心理方面。同时，他也朝着其他方向移动，朝向一种审美自我意识——他如何能够在此种情形下展现国内的地方呢？这一切都小心谨慎地进行着。当他行驶于丹麦和瑞典之间的厄勒海峡时，他将瑞典的海角库伦半岛"赤裸的脊梁"与"微笑的丹麦海岸"相对比（Møller, 1855b: 226），这提前勾勒出了一年后他将创作的诗歌中的对比特征。将异域视为消极是将故乡视为积极的普遍前提。这不是源自印尼的丹麦经历的一种特殊建构。莫勒知道，当地通过建构获得身份。为了避免触犯挪威领航员，他随即创作了一段积极的关于挪威人的描述（Møller, 1855b: 231）。当他在开普敦看见一艘丹麦船只时，丹麦就变成了一个"梦"（Møller, 1855b: 232）。他说构制的幻想在一定距离上控制了丹麦当地景观的塑造，而非控制景观本身。

在开普敦，他愈发强烈地意识到了这些关系，于是进行了一个小实验。为了能真正看到桌山，你就不能在船靠近它时站在甲板上。因此，他就待在自己的船舱中，直到船非常靠近。实际经历时那就变成一种突然，甚至是对预期顿悟式的强化，而非一种具体的观察（Møller, 1855b: 234）。真实的情形是对远处所获预期的再创造。现在，他开始创作关于丹麦的诗歌了。

这就是莫勒在甲板上经历的心理与审美的发展。甲板是可以改变所有一切的位置的地方：船员相互打闹，他在晕船时差点将内脏吐出来，在遇到大风时旅行箱和设备撒了一地。还有更刺激的：时间就此停止存在，而且船只作为临时家园的空间功能被颠覆了："船员就像是只颠倒过来的蜗牛；因为蜗牛背负着自己的家园，但这个家园却背负着船员"（Møller，1855b：226）。此外，一个人的"自我存在开始瓦解"。莫勒"从镜子中"看到有人也晕船时，认识到了这一点。那是一个大块头，虽然活着，看上去却毫无力量感，就像死了一样。莫勒自己甚至误解了丹麦语言（Møller，1855b：227）。一切在同一时间既是自身又是他者。

这也是他刻画出的理想的丹麦之地：它是家，但只是因为从外部观察并通过翻转的全球镜像描绘才如此，就像是踏上那不稳定的甲板那样。当地的稳定性是在疏远及不稳定情形下被刻画出来的，而这也是异域的特征。19世纪的伟大工程就是要使用文学表达来移除我们视野中的外在非稳定性，并在此基础上唤起统一民族景观的新意义，将其作为正处于分裂世界中的身份认同的共同点。这至今还具有强烈的文化影响，尽管全球化已经将这一基础从现实中移除了，但21世纪出现的民族意识形态复兴中依旧如此。[①] 我们并非要将这些文本或者其乌托邦工程丢入大海中，它能协助塑造我们及我们与全球化的关系，但是我们要将其不稳定性，而非地点的理想化描述，作为阅读这些文本的出发点。这种持怀疑态度的方式很难，但也不是不可能，而在各地的现代全球化意义探寻中，这是唯一的可能。

⊙作为相遇地点的景观

莫勒让男孩在达娜花园捡红莓。我们如果在房子后面种上一包红色的小萝卜种子，也能收获同样的丹麦萝卜。但不同于上述红莓，我们现在购买和食用的小萝卜往往是进口的，栽培于远离我们日常生活的景观之中。莫勒提及的"田地中的作物"今天主要是用来饲养动物的，而不是用来制造"丹麦面包"

[①] 民族意识形态复兴中有很多关于民族主义、民族及民族国家的历史与批判分析。其与全球化之关系，参照贝克（Beck，2000，2006）。

的。或许不管是这些种子还是男孩捡起的小萝卜，都不来自我们现在所指的景观。种子播撒进土地之前，要经过不同的实验室、实验场与报告、市场与咨询指导阶段。那红色土地或许就在外包生产单位的温室中，而泥土本身也来自其他地方。所以在我们播撒种子和碾压小萝卜之前，必须使用来自第三景观地的能量，以此给温室加热，随后又要将材料和产品运送至世界各地。我们并非在讨论诸如中世纪来自东方的香料等奢侈品，或者由探险者从南美带来的巧克力，我们说的是日常生活用品。

那时的丹麦和任何其他民族风情，都比我们逗留或者偶尔参观的当地景观要大得多。这不仅仅是因为我们从他处获得种子和水果，而且因为围绕我们的当地景观很大程度上受到这一扩展景观的影响。农作物出现，然后消失了。培养这一土地的人们的行为，还有那食用小萝卜的人们也是出现又消失了，更不用提那些拥有农田和土地的人们了。这一切都基于延伸当地景观的全球情形，而不是奥斯特想象的数千年交替中当地历史景观所提供的可能性。

丹麦景观最大的变化就是其大部分地区都不在地理位置意义上的丹麦之中，还有一些地方位于所谓的丹麦经济区，因为处于国家边界的温室中肯定有以丹麦克朗为媒介进行的交易，而温室中的小萝卜一则从外运输过来，二则又要运输至其他地方。更不用提丹麦所拥有的度假区了，它们欢迎着丹麦及世界各地想要寻找热带阳光和沙滩的游客。但是扩展景观的部分地方既不是地理意义上的丹麦，也非经济层面的丹麦——藏着石油的沙漠、长着香蕉的棕榈林或者挂着葡萄的藤蔓。现今，我们通过日常食物进口与所有这些联系在一起，而其中的大部分东西之前都来自各地。我们景观的边界不管位于何处，现在都与全球化联系在一起，并渗透到具体的细节之中。丹麦的景观也不例外，只是全球现实的一个例证。

当我们想要决定众多景观层中哪些是丹麦人自己的地方时，如果我们仅仅遵照奥斯特的使用共识的规则，并倾听其中的语言，那么答案就不会很清晰。只能借助异域产品和习惯才能使用的景观，对那些来自遥远地方的人而言，也是同样的吗？这便是全球旅游业尝试着赋予所有当地景观的一种国际化感觉，由此人们可以在某地逗留一周而不会有太多的异域感受。酒店是偏向于拥有相同全球标准的，那接送旅客至附近景点和机场的巴士也是如此。但是拥有其他景观的一代代新丹麦人及其叙述又是如何呢？《民众高等学校歌曲集》中有为在丹麦永久定居的难民和移民提供任何东西吗？没有，只有奥斯特最为偏爱的自发共识；它需要另外一种他们自己携带的补充经验库才能得到理解。这是一个充满艰辛的学习过程，甚至即便有一个积极的结果，其终点与丹麦人所到地点也不尽相同。而丹麦，并非特例。

然而倘若我们坚持地理意义上丹麦的景观，就很难像在歌曲中那样进行划分。我们过去常常唱道，将城市抛在身后，你就到了那儿。是的，那也只是基于如下前提，即在政治意义上决定将城市和乡村的边界设置在那儿，并且这一边界在我们到达后就没有发生过太大变化。但边界却一直在移动，还有城市的发展及其对剩余景观的影响都是如此。与此同时，景观自身获得了两种单独的功能，即理想景观无需调整就能联合的功能：一是现场进行轧制的农妇、用力咀嚼的奶牛以及农作物田地的生产景观；二是我们在歌曲及意象，或者在完全不同的地方工作之闲暇中，培育民族身份的审美娱乐景观。现今，这一划分尤为清晰。一方面是用于林业、农业和渔业的生产景观，而另一方面则是用于散步、观海、家庭旅游和度假的娱乐景观。同一景观基础上的两种功能并非一个理想的和谐体，而是经常相互冲突，需要良好的意愿与立法来实现和谐。正如莫勒自己所预想的，这一自然是不可能自我管理的。

这一情形也说明，上述两种功能并不是按照两者之间的关系划分的，而是依据与每种功能平行的社会功能之间的关系划分的，就像所有生产场地和生产景观由自然资源、立法及经济决定一样。全球工业化中的丹麦在所有其他活动类型中包含了一种活动类型。娱乐景观同样也是全球旅游业中的一种活动类型，为本土丹麦人及外国游客提供了全新的经历。但就工业用户的视角而言，大多数时候我们选择与电影院、咖啡馆、体育赛事等同的消费娱乐，还有那位于宪章走廊尽头的景观和充满冒险的安第斯山追踪之旅。下雨天我们一般选择去影院。

每种景观类型的开发更多是由社会时间而非季节和天气的变化构建的。娱乐景观通常拥有面向公众的混合开放时间，并且一般而言不存在于晚上，因为和所有其他娱乐场地一样，到晚上它就关闭了，除非特殊情况要求其做出其他选择。观鸟在晚上还是开放的，就像迪斯科舞厅在周六晚上很晚才关门一样。生产景观在晚上的蠕虫和白天的人类之间切换，而农民通过合作，可以获得有组织的工作和度假时间。

所以，现今的理想景观具有两种相互独立的功能——生产和娱乐。它们首先是社会和文化上的功能，因此相比于自然运转，其与其他相关社会功能的联系更为紧密，它们早已与现代全球现实紧密地交织在一起，跨越城市、国家及民族边界。不管我们身处何方，现今我们居住的地点就是此种动态相遇地点。这是在景观自身与其他地方之间的移动的结果，而这一移动本身也在不断移动。

我们如何能赋予这样的移动以字词及意义，由此将自己与它在现代语境下联系到一起？没有必要从早就在那的全球化中想念达娜花园，就像在东方的莫勒思念丹麦一样——因为到处都是全球化。J. M. 库切在其《白色写作》(1988) 中，提出了一个相关的问题：

> 非洲是岩石和太阳之地，而非泥土和水源之乡……风景就躺在那儿，排外而不可穿透，直到找到一种可以赢得它的语言，来讲述它，再现它……是否有一种包含欧洲人身份的语言……可以向非洲讲述并且被非洲讲述？……英国殖民地的许多有关身份的疑虑都指向英语语言本身，语言也由此受到非议。其中部分原因在于，英语作为一种文学载体，承载着非常不同于自然世界的回响。(Coetzee, 1988: 8)

南非的英国人具有早已对土著人民产生影响的景观，但是现在这一景观也必须包含他们自己的生活。两者现在不断疏离，但又同时出现在当地。库切和巴尔扎克的问题是一样的，都想要一种形式，以呈现正在出现的作为人类生活空间的大都市。巴尔扎克与新城市站在一边，对出现新城市的地方的漫长历史非常熟悉。那些数世纪以来承载着关键的有身份赐予意义的当地，那些反映在诗歌和叙述中的经历、语言及意象的地方，如今在全球化情形下，都在发生着变化，不管这发生在家乡，像巴尔扎克笔下那样，还是发生在库切所示范的外面世界。两者都试图借助文学来寻找全新的意义，并且用我们在日常生活中使用的语言给予地点的新经历以一种充分展现的形式。

　　他们的回答不是整齐划一的全球文学，因为在全球情形下，当地塑造传统的方式是多样的。文学在展现这些相遇地点时关注的正是这种喧嚣，而不是要找出一个理想地点来替代之前的地点。其多样化的表现形式展示出新的文化表达需求，对我们熟知的知识、观念及现实呈现构成了挑战。这种试验使得文学在相当一段时间内非常繁忙。

⊙当地旅行

　　当我们将目光转向澳大利亚的大片荒地时，加入此试验的便有英籍环球旅行家布鲁斯·查特文。在其独具特色的著作《歌之版图》（1987）中，他提及自己来到澳大利亚，以发现土著对于地点的感受。[①] 他听说，这些土著并非焦躁不安的现代游牧人，尽管他们在自己的土地上已被疏离。他们也不崇拜具有清晰界限的理想景观，并且对他们而言，城市与乡村之间的差别也没太大的意义。布鲁斯——书中主角的名字——也发现，他们与地点的关系结合了移动与当地性。同时，布鲁斯惊奇地发现，故事和歌曲不仅描绘了景观中的停留与运动，也将两者融合。字词和韵律是用来观察的眼睛和用来走路的双腿，著作题目《歌之版图》要暗示的正是此种联系。"Songlines"这一词语既指歌曲，也指行动，从而将路径与地点联结起来。

　　他想尝试理解的正是这种联结，由此获得其自身无根性中的某些锚定点——一方面是不停的旅行活动，每到一个地方，他疲于安定，但又不想继续前进；另一方面，他又对超越全球同一性并带有明显当地印记的地点极具好奇心，就如同他对有关地点及其重要性的所有文本极感兴趣一样。他是一位欧洲

---

　　① 有关查特文的作品，参见特耶西-范达姆（Texier-Vandamme，2003）；有关土著歌诗及梦幻时代，参见芒恩（Munn，1973）、萨顿（Sutton，1998）、布莱德（Bradley，2010）、默德罗罗（Mudrooroo，1991），还有网站 http://aboriginalart.com.au/culture/dreamtime3.html.（2017年1月5日访问）。

个人主义者，经常拓展自己的领域，丰富自己的经历，并借助个人印记尽可能地评论全球各地。也就是说，他不是为了破坏或者抓住一些东西，而是为了将地球纳入他自己的经历。星球并不是只存在于那儿，它也是我们自己的。

前往位于大陆中心爱丽丝温泉的旅途是此次行动的关键。布鲁斯碰见了流浪的乌克兰人阿尔卡季。阿尔卡季在一家公司当私人顾问，该公司计划建造一条横跨此区域的铁路，可能还会穿过一些对土著人而言神圣的地方。鉴于此，铁路可能会避免这些神圣地方，或者公司与他们进行谈判。阿尔卡季可以处理这些，但进行实际铁路建造的工程师却不能。因此，布鲁斯实际上碰到了他真正想要的东西。借助阿尔卡季的帮助，他到处转悠，见到了其他流浪的个人主义者，向土著人头领询问他们的传统，见到了那些作为艺术经销商、社工、教师、商店老板及律师的澳大利亚人。他们与土著人一起工作。这些土著人居住在爱丽丝温泉周围的小社区中，环境糟糕，传统濒临崩塌，并且人们自我意识受到了严峻的考验。

这一层面是经典探险旅途的淡化，有关探险旅途的文本往往对陌生地点和人们进行传统的描写，并且与优越的欧洲人形成鲜明对比。然而，此著并非上述此种努力的弱化版，不是因为它不好，而在于它对布鲁斯作为旅游者的自我定位是坦诚的。他在这个地方是陌生人，想要探索当地情况，并尊重人们的独立身份。但是那儿却不是一个可以发现新地方或人们的区域，甚至是一段没有危险的旅途。一切都照旧，他甚至无法在已知的地点和移动的概念及其使用上添加任何东西。人类学家和当地历史的叙述者已经呈现了当地的一切。他不是人类学家，只是想要满足自己对知识的渴望。他想要以自己独特的方式知道他人已经知道的东西。他所参与的完全是一项个人化工程。

鉴于此，他审视当地土著人的方式与其见到混血的白人时并无太大差别。于他而言，他们都是个人情形下的人类学案例，处在一种与澳大利亚、英国、乌克兰或者其他地方的不断松懈的传统之间。再者，这也是现今生存状态下，即过去与当下情形的个人式混合，就像我们读者所做的一样。我们所见到的是自身所处的当地世界被带到了一个完全不同的地方。两者都在相互联系的全球情形下生存。

布鲁斯从一个报告者向另一种身份转移，以此建构其关于地点意义的知识，并将它们集合成一种含义。之前的探索旅途也是认知性的项目，有时是进入未知领域的科研项目，但那时的目标是理解什么是真正的异域性，其结果往往会导致一种有剥离效果的全新自我理解。这便是莫勒构建其诗歌的方式，以及文艺复兴时期及启蒙状态下的欧洲人对来自西印度群岛的报告——泰韦、莱里、拉斯卡萨斯、蒙田、斯威夫特以及其他许多作家作品的反应。他们注意到的并非异域的个体，而是一群无法分辨的人，并且由于是非欧洲人，所以只作为文化异域性的案例。但是对布鲁斯而言，所有这些，即便处于相同的情形，也都是不一样的，包括他自己。人与人的差异并不会使人感到不舒服，但却足以使人获得对自身所处的全球化生活的全新理解。

所以布鲁斯的行为和他所接触到的人一样。他使用零碎的个人历史，并从关于土著人与当地关系的分散信息之中提取有用的知识。当他遇到一些事情，由此想起自己的家庭，之前在塞内加尔的生活，或者在瑞士与动物行为专家康拉德·劳伦兹的会面，他便在时空的中来回跳转。我们就像被遥控器驱动着一样急速上升，参与布鲁斯的全球旅行，一会儿发现自己在非洲，一会儿又在瑞士的办公室与劳伦兹交谈，或者来到了其他地方。传统意义上贯穿游记的主线，由于作者在不同地方之间跳跃的回忆而被切成碎片。毕竟他不需要关于地点的全部知识，也不可能获得全部知识，只要他的知识足以形成自身联系即可。他试图在澳大利亚得到的大部分知识就是禁忌，也不太可能传递给他，并且说书者也变得很健忘，就像其他地方的部分传统固化得如同得了关节炎一样。

此种带有空白和跳跃的呈现形式抓住了这一情形。基于此，他的项目既不具有传统游记的形式，也不是一个科学报告，但他却发现了特定的东西。简言之，歌与诗结合，人们用歌曲形式重新唱出旅途中所创造的神话。形如动物或者人类的原始生物在澳大利亚大陆盘旋着，并且通过诗与歌重新命名并规划了这一原本废弃且毫无特征的土地。后来，它们在这片土地上变成了一个整体，留下了它们的歌曲、地图、动植物、地点、山脉、河道及景观的所有其他形式和元素。由此，它们作为景观中的永恒因素被刻在了所谓的创世纪梦幻时代，而人类就是要使它们存活下来。人类居住在地球上，并且通过重演和重复这些歌曲找到了它们的踪迹，还将一些梦中的动物作为其图腾："如果这些歌曲被忘却了，那么这片土地将死去。"（Chatwin，2005：52）因此，必须不断重复并且由此更新传统，这便构成了永恒。这不是一种描述，而是表演和执行，并借助身体和歌曲一次次穿越大地。人们不能简单地说："这是首歌诗。"只有在实际的表演中得到塑造时，它才在场。

每个人从出生开始就与回溯至梦幻时期的风景中的一种元素联系在一起，因此人总是要去寻找那些特殊的歌曲，并对此进行再演奏。这也是部落要负责教育他们的义务，即内置于集体逻辑之中的个人实践。现在奇怪的事情是，歌曲语言特定基调的独特性可以被所有其他土著语言辨识。这些跨越语言的歌诗无不带有审美性，因此这些单独的歌曲可以相互叠加，并且纵横贯穿整个大陆，由此，人们得以找到自己的大致方向。货物和人数千年来都照此路线移动，比如在仪式中极为重要的托叶鞘。这些歌曲就像接力赛中的接力棒一样来来回回。所以布鲁斯被告知，任何一首歌曲都不允许遗漏，"用于这个国家的所有言语……和用于诗句的字词一样……人们的诗句是领地的税契"（Chatwin，2005：56—57）。

没有人能理解所有的歌诗，人们只能对自己涉身其中的那部分有所了解。所以，人们总是需要和他人一起演奏它们。因此，歌诗和《歌之版图》都是对话性质的。布鲁斯同样也需要从许多来源中修补自己对这些作品的理解，但即便如此，他也不可能获得所有的信息。正如个体意义上的土著人必须在学会的基础上通过练习将他们的歌曲拼凑到一起，由此他越来越靠近这些歌诗的真正含义，也更加认识到，它们与他对生活的理解之间有不可跨越的距离。他如果想进入重复的实践，就必须自己亲自参加演奏。他还要冒着和土著人一样的风险，即当演奏歌诗时，他无法获得他人的理解。然而，那些土著人负责的属于他们国家的那部分依据他们的知识而起起落落，布鲁斯必须编造自己的歌曲来找到方向。结果就是我们现在手头上的这本书。

⊙布鲁斯之歌诗

布鲁斯和建造铁路的工程师一样外行。工程师借助阿尔卡季的帮助,计划建造一条铁路线。布鲁斯无法建造那种穿越大片风景的线性铁路动脉。那儿完全无传统可言,也没留有任何记忆。他必须在其创作的具体呈现形式中保持字词与行动、地点与移动之间的联系。他无法在那手舞足蹈,还模仿当地人,毕竟他自己并不是在那获得了名字或图腾,所以他必须将自己当作外国人,甚至建立他自己的联系。鉴于此,这本书还涉及他试图通过旅行找寻歌诗并创作歌诗的努力,或者说以其自己的方式实践这一切的努力。

这意味着这本书有双重结构。他将两个层面的东西编织在一起——一是我所创作的叙述;二是实际意义上的这本书,我们在阅读它时所感受到的一系列具体事件。因此,他的名字也具有双重含义。"布鲁斯"是扉页上署的作者的名字,也是小说式游记中主角的名字。后者在找寻着知识,在此基础上,作为作者的布鲁斯用《歌之版图》表演着自己的歌诗,因此书名同时意味着"歌诗"与"我的歌诗"两种含义。

当然这种解释是我阅读此书时对其实际表演的一种反应,不管是作者层面还是主角层面的布鲁斯,没有直接告诉我,因此这和歌诗的本质相矛盾。它们只是被包含在实际的审美实践中。因而也就在一次次的舞蹈和阅读中得以不断重复。此书的两个层面只有在布鲁斯逐渐意识到以下事实时才得以成立:他无法得知当地人所做之事,但可以用自己的方式来执行;他也无法触及土著人内心最深处的禁忌。

在此书的前四分之一,也就是大概前 70 页左右,写的是布鲁斯刚到那儿时非常好奇,到处转悠,向他所见到的人提问。这就有点像问卷调查的调整版,他提出问题,获得答案,然后试图总结并接着提问。他有点儿自作聪明,并且从未超越标准知识的范围。他完全可以通过阅读任何有关土著人义化的介绍来获取这些知识。但是即便如此,从当事人那里听到这些东西总是很酷的。在这部分之后的几页叙述中,他尝试重述或者自己编造有关梦幻创作过程的故事,并将袋鼠作为其中的主角。在接下来的 70 页——我们已阅读过半——他只身站在风景之中，找不到方向，所以尝试使用之前的经验，当然不仅仅是他从别人处得知的当地之前的状况与传统。由此，他带着我们从阐释性记忆跨越至劳伦兹在瑞典的研究。

接着又出现了另一个 70 页左右的石碑文。它是布鲁斯为创作有关地方的著作这一主体项目而做的笔记的集合，其中大部分来自不同书籍的摘要，涉及不同文化中有关地点及旅途的恰当引用，地域上包括欧洲，时间上涉及古代及近现代。所有这些呈现为碎片的形式，"向他诉说着什么"。这其中有关于人类起源的传说、自由旅行权力的剥夺、旅行的冲动、自然、对知识的渴望及无边界的身份。概言之，从中能找到一切写作歌诗的基本材料与实践。这便是他的分散的歌诗创作资源，书中收集的正是这些创作资源。当它们转变成布鲁斯搜寻材料的故事时，就成为作为一种阐释过程的实际著作。我们作为读者，也通过此书带有明显标记的不同章节重复着这一过程。

其中的审美意识变得更加清晰。我们听说要在巴黎购买他那种特定的笔记本比较困难。当人们将它放在手心时，就能立即感受到其极具感官性品质，包括它的形式、气味、颜色和材质。此书的最后 70 页在澳大利亚游记与插叙之间切换，这也反映了他的项目的双重性质：一是出发旅行，二是以书本的形式重复旅行过程。

> 然而，我认为歌诗并非澳大利亚独有，而是具有普遍性：这是人们标识其领地的方式，并且由此组织其社会生活。所有其他的后来系统都是这一原始模型的变体——或者说是歪曲。（Chatwin，2005：280）

因此，他还可以在新经历中加入之前的经历，并在一开始就强调其欧洲怀疑主义。这些歌诗是他对尝试说服自己和他人的努力的一种回应，即"毫无特征的——铲碎石在音乐上等同于贝多芬第 111 号作品"（Chatwin，2005：14）。他可以将自己的著作阐释为关于旅途的歌诗，但这并不是让他立足和找到方向的大陆。作为一位欧洲旅行者，他居住在带有"灵活地点－固定点"的文化空间。这本书变成了布鲁斯的歌诗，在土著歌诗及他自己传统的重复中，勾画出一位现代全球化欧洲人的生命空间，由此我们得以参与其中。他自己对这一地点的表演在最后一段表现出来：

> 这儿我必须跳跃至信仰：跳至我认为没有人会追随的区域。我有一种设想，即歌诗会穿越不同大陆和时代；人们驻足之处，就会留下一丝歌曲的印迹（我们可能会从中获得一种回音）；并且这些印迹在时空上能回到过去，回到那个非洲大草原上空无分文的口袋中，那里的第一个人对周围的恐惧极为鄙视，他张开了嘴，大喊出《世界歌》的开头："我就是"。（Chatwin，2005：280）

它是通过歌曲变成个人身份重演的纯粹经典神话。关键在于，他并未尝试将任何一首歌诗强加在我们身上，也没幻想我们能完全掌握所有内容，相反，我们见证了他将此作为一种身份展示在我们眼前。我们又再次到达了如第三章中布丽克森唱出的——"我在这儿，属于我的这儿"，或者看到她在玉米地里为土著工人创作押韵诗，还有那同一章中马勒《大地之歌》触发的永恒性演奏。这之后，这本书结尾提到了阿尔卡季的婚礼及对来自当地部落三位重获自由的老人的拜访。他们躺在澳大利亚沙漠中的床垫上，正慢慢老去。他们无力地编织着。人们无法经历死亡，但是人们却可以表演死亡，正如布丽克森在离开非洲、经历生命最后的损失时所说的那样。

⊙ 参与其中

在第三章中，我们谈及处在大革命爆发之际喧嚣巴黎的坎帕，还有和布丽克森一起在客厅的法拉。坎帕整个人像一只巨大的眼睛，盯着大都市巴黎。他现在处在世界的中心，无需做其他任何事情，只要保持感官警觉，并忘却自己为何人，来自何方；只要待在那儿就行。任何取代坎帕位置的人都无需化费额外的力气就能经历相似的一切：来时还是一位州民，离开时就是世界公民。只要人们在场，这一切都会自然发生。

而法拉却远离这个中心，只在遥远的地方倾听有关维纳斯犹太商人的奇怪故事。他召唤来所有关于同情、价值、传统及态度的辅助经历，将自己与布丽克森的会面及布丽克森所讲的故事变成了一个相遇地点，并由此回应了相遇的两种文化及他们遇到的整个世界。客厅成为一个全球化相遇的地点，他们两人带着各自已经发生的经历向前迈进。这不仅仅是因为他们当时在那儿，还因为两人将自己内在所知投入所遇到的意外及未知之中。坎帕是世界主义者，而布丽克森和法拉则是全球主义者。

布鲁斯知道，自己的最终想法是在所处之地进行投入，让此地成为一个相遇地点。就内容所言，这与坎帕叙述的其在巴黎的经历非常相似。请相信我，爱丽丝温泉并不是巴黎。两人的差别在于，布鲁斯通过参与文化间的相遇，改变了自己和那个地点，而正是地点使得相遇成为可能。他通过投入产出了一些东西，而坎帕就完全像是在一场展览中。布鲁斯在不同于家乡的其他情形下，不得不使用自己所有的个人和集体记忆而使后两者变得尖锐和具体化，而坎帕则忘却了一切，想象自己变成了一个全新的普遍的人。

因此，不管我们是否能追随他的想法，布鲁斯传达的消息都是不同于坎帕的。坎帕在其脑海中看到了作为世界主义的地方的大城市，它们提供了收集、整合其边界范围内的世界潮流的统一经历。剩下的便是州级的经历，没有任何世界主义的趋势，只有那些来到正确地点的人才是世界主义者。但是布鲁斯却向我们展示出，即便是处于沙漠边缘的爱丽丝温泉，都可以成为全球化经历的框架，所有地点都是潜在的全球相遇地点。全球化是一种真实的可能，只要你能发现自己身处其中。并且，在手机和网络出现之前就是如此。

此外，他还提及，全球相遇地点并不是整齐划一的，而是具体且各不相同的。这是由当地人类和历史状况所决定的，但也与处在城市边界并不断出现的人们相关。土著人就是边缘化的存在，他们贫穷，借助筛子般的记忆承载着历史，并且在殖民时期后，其通往白人社会的路径也不确定。而白人同样也会处处落空。

然而，这就是当地的先决条件，并早已显示出早期当地状况与外来影响之间存在裂痕的特征。正是在那儿的人们使得全球化经历具体化，可能并非都以积极的方式，但却毫无疑问是具体的。你并非在所有地方都是全球主义者，但却可以在任何地方成为全球主义者。纽约并不比温斯堡、俄亥俄州更具成为全球化地点的优势，但是纽约可以通过成为塑造全球化特质的地方之一而跻身带有优势的地点之列，温斯堡、俄亥俄州也不例外。因此，人们或许还能成为一个不同于爱丽丝温泉的全球现实的参与者，这令人兴奋。对某些人而言，全球化是这样的，但这只是以特殊方式进的全球化，而不是更加全球化。文学无需书写纽约或巴黎而使自己变得全球化。

由此，地点从根本上就变得非常不稳定。它们在这一点上总是这样。帝国在历史的长河中起起落落，其跨度早已超过了人类的生命。那些在动荡、暴乱时代生活的人们经历了此种非正常的局势，当然不会感到快乐。这就是莫勒在1820年左右所经历的。今天，我们居住地点的外观、功能及意义发生着甚至是最基本的变化，这改变了我们对地点与移动之间关系的看法。

印度籍美国社会学家阿尔让·阿帕杜莱在其《一般意义上的现代性》(1996)中提道，我们往往将地点描绘成不同层次及类型下流动的临时枢纽。为了描绘它们，他使用了旧有词缀"-scape"（景），就像在"landscape""cityscape""seascape""playscape"这些单词中一样。这不仅适用于物理空间，还适用于通过个体元素间的关联及移动的规则而联系起来的某些特定领域。"景观"在中世纪就获得了界定，它的形成基于将一个地区的土地、人民、建筑物及活动联系起来的法律，而非地理位置。丹麦法作为法则，与中世纪英国景观作为法则是一样的。后来，审美法则也在景观概念中占据一席之地，就像在莫勒和坎帕的著作中那样。出于整体经历的考虑，这些地点由审美原则联系在一起。

阿帕杜莱概括出了五种此类"景"。它们管理着特定事物的流动，由此在大地周围形成了不同的枢纽，即具有柔软且移动灵活的边界的地点。事物流动最为汹涌之处会产生全球化中的差异，比如纽约、上海或者里约热内卢。它们大大推动着流动方向的变化，使得枢纽能够在地理及文化层面进行移动。其他地区也受到同一流动的影响，但却没有以相同方式影响或改变这些流动的能力。

将流动与"景"结合起来，即地点的移动，可能会有点儿奇怪，但目的在于为新现象寻找一种新的字词。不应将新型地点与莫勒和奥斯特所称颂的地点混淆在一起,但这一词语同时又能将新型地点,比如金融景观,与已知含义联系起来,所以阿帕杜莱选择了我们早已熟知的词缀"景",并将之与新现象联系在一起。"景观"这一术语用于指称特定地点的周围环境及其审美再现,这一用法在15世纪还是相当新颖的。那时,我们对连接上述两方面的自然、文化及人类作用间关系的看法发生了全新的转向。当事物变化时,人们并非不知道这一操纵。阿帕杜莱列举了金融景观、民族景观、意识形态景观、科技景观和媒体景观,这些景观涵盖了金钱流动、民主的地理移动、意识形态移动、科技分散及信息流(Appadurai, 1996: 33)。

如前所述,它只是一个草图,而阿帕杜莱或许有点天真,只提及了流动、偶尔一起流动并形成当地固定点的事物,因此,总是会让人觉得一切好像都是自然而然发生的。然而,总是要有某个人来触发这些事情。正是这些人和地点形成了文学的焦点,而非流动本身。我们不管是否出生在这些流动之处,只要积极参与其中,总是能在个人及集体层面帮助改变、停止或者调整它们。一切都可以在任何地方发生,但事实上,一切并不会就此发生。因此,囿于地点的人们在全球化中并非无关紧要之事,并且他们承载的传统也非常重要。他们处于流动潮中,而且对其强度和方向至关重要。只有从这一视角出发,我们才能将流动作为文化转变来理解。(参见 Urry, 2000; Elliot & Urry, 2011)

法国人类学家列维-斯特劳斯曾经思考过这一事实。他跨越了整个20世纪,并将之作为一种个人和文化经历,这种经历由于其人类学家的工作而得到了强化。他在法国和世界范围内都是至关重要的研究者和文化人,维持着当地与外在世界之间的张力,并将此视为人类自我理解的基本特征,认为这对伦理、政治、科学和艺术都会产生很大影响。

他在巴西开始工作,地点在图比南巴人灭绝之前生活的地方。图比南巴人就是最早发现者所说的食人族。但正如我们在第五章中所见,他们也是自己意义上的文明人。在那里,欧洲人看到了自己在殖民时期表现出来的残酷性,而这对其在大陆家园中的自我理解和行为都构成了挑战。这之后,我们在欧洲价值观下审视对自身的看法,与国内外基于我们消极行为形成的观点愈发分裂。

后者最初由相同的价值观引发，但最终却颠覆了这些价值观。那时，也就在那个地方，年轻的克洛德出现了，在 20 世纪 30 年代做了半年的田野调查。他和莱里招手时，就知道自己进入了欧洲人对自身看法早已被颠覆的区域。

在其回忆录《忧郁的热带》（1955）结尾处，他评价了这种同时处于内外的经历，从中看到了他人及自身目光下的自己。他认为这是理解人性的基本方式。他也将流动作为意象使用，但却比阿帕杜莱更加全面：

> 当人类在其环境中向前移动时，他带着所有之前所占有的位置，还有未来可能会占有的位置。他在同一时间身处任何一方，犹如向前移动的一群人，在每一瞬间都回顾过去踏出的一小步。由于我们生活在多个世界，每个世界都比其内部的世界更为真实，而比包含其本身的外部世界则更为虚假。有些世界可以通过行动理解，其他则因为我们将其收入脑海中而存在；但是它们共存的明显矛盾性可以通过以下事实解决，即我们将自己约束，只赋予离我们较近的世界意义，而拒绝远离我们的世界。而真理则处于我们不断扩展意义的进程中……作为一个人类学家，我因此不再是唯一遭受此矛盾性之人。它对作为整体的人类而言再正常不过，并且也是其存在的理由。即便当我将此两种极端分离，此矛盾依旧存在……就像扔入水中的鹅卵石在水面上激起涟漪一样，如果我想要探测深度，我也首先必须将自己投入水中。（Levi-Strauss，1961：395-396）

布鲁斯·查特文的《歌之版图》就像是其将自己投入水中时形成的涟漪，由此，他将自己与围绕他的当地世界联系起来，而不将两者相互隔离为两个极端。莫勒在下船时只是间接地那样做了，虽然将一切都颠倒过来，但他确实这样做了。文学作为一种形式，呈现出同时居住在不同移动世界的经历，人们从中以不同且超越各自视域的视角审视事物。因此，文学是全球思维的具体模型，它通过改变相遇地点而赋予我们的地点以意义。这些相遇地点比整齐划一的流动更为真实，也更全面。

9

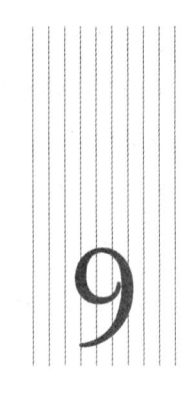

在移动中

⊙ 站　住

"站住！站住！"喘着粗气的警察在罪犯即将被抓获时不断大声喊道。概言之，此种秩序涵盖了数千年来为我们熟知的对移动的态度[①]。对移动的不安，尤其是远离家园的移动，深深扎根于我们的文化之中。在古代，人们将此种思想智慧转移到谚语和其他格言中："补鞋匠，坚持到最后！""不管是东方还是西方，家是最好的。"那些被放逐之人，最后都沦落为高速公路上到处流浪、不受保护的不法之徒，就像古代希腊神话中俄狄浦斯一样。他解开了上帝之谜，还和亲生母亲结了婚，最后抠瞎了自己的双眼。我们对他及同类之人抱有崇敬、害怕和怜悯的情感，但却不愿与其共享这样的命运。飞翔的荷兰人、鲁

---

① 作为文化内涵的移动通常被贴上"流亡""离散"或现今频频使用的"移居"等标签（Appadurai, 1996; Cohen, 1997; Agnew, 2005; Knott & Mcloughlin, 2010; Elliot & Urry, 2011）。然而，移动强调全球身份认同的一般性杂糅和游牧性质，结果将发展态势与之相抗衡的本土主义、民族主义、区域主义弃之不顾。在文学研究中，"移民文学"这一术语主要涉及带杂糅身份背景的作家的创作，但按渥克魏兹（Walkowitz, 2006）的说法，应该用更为精准的"移居文学"这一术语来替换"移民文学"。"移居文学"这一术语同时接受居住者和移动者的流动经历。前者的生活如今受他人流动的影响，后者则依靠他们自己的流动性。在同一社会空间和文化空间里，居住者和移动者的共存强化了移居文学的概念。现今，这种情况对创作和其他的艺术形式均产生了很大影响。

滨逊和罗密欧是其他不法之徒和放逐者的例子，但其中的含义却更为模糊。从来都不可能像旧有怀疑主义那样，将所有他们认为闲逛之人都归结出一种清晰的含义。

当我们论及靠近现代的情形时，移动开始凸显出其黄昏般灰暗的意义。18世纪仿照劳伦斯·斯特恩古怪游记的"富有情感"的欧洲旅行者，还有19世纪像罗德·拜伦那样冒险的旅行家，都对移动与停留的态度模棱两可。就像布鲁斯·查特文，他们既沉醉于旅行带来的快乐，但同时又害怕，并将旅行转变成敏感而又主观的游记，其中承载着对所有新奇外来事物无法停止的好奇，比如现代科技。

然而，从旧有的记忆视角而言，文化是由旅行的人发现的。他们可能是神秘的英雄，向外出发找到了新的城市和社会，也可能是创作宇宙和所有帝国及人们的众神，并为其所创造之物提供神圣的服务。有些人在这一游戏进行得顺利时，完全无法停止移动，比如游牧民族、吉卜赛人、打猎者还有收藏家。在神话、文学及更为宽泛的文化语境中，他们一直被视为只有在其家园，也就是那些特殊的区域中才能被容忍和接受的人，或者被抛在许多人认为他们从未离开过的自然中。除此之外，他们还是应该安定下来，为自己找一份体面的工作。他们从不界定文化准则。此准则自第一批农民进入城镇社会以来掌控着世界各地文化。

因此，旅行者变成了一种文化中的英雄，但却是另一种文化中的暴君和恐怖主义者——驱逐和灭绝成为漫长移动历史中的一股暗流：在欧洲与匈奴的战争中途经埃及和巴比伦的以色列人、殖民地的土著人、西岸的巴勒斯坦人，以及其他全球难民，无不如此。所有文化都拥有关于其建立但又同时毁坏他者文化的集体移动叙述。一种文化的建立是一个双重移动。当地叙述往往忘却了其破坏性的一面。除了斯堪的纳维亚，其他地方肯定还记载有遍布欧洲的维京海盗造成的混乱，而不仅仅是萨迦传说想要传达的辉煌历史。

从个人层面而言，一切就变得不同。移动适用于被选定的例外，即那些在我们的叙述中变成英雄的人，比如尤利西斯，那个为了体验恐惧而出发去旅行的男孩，还有吟游诗人、维京海盗、黑皮肤的沙漠骑士、探险者，及其他更多人。他们超越了人们所能想起的所有标准，将社会凝聚在一起。即便如此，他们满载财富而归，或者创作那些让我们的意识变得错乱的画面。他们既具有诱惑力，但又很危险。我们不模仿他们，但还是必须崇拜他们，他们为殖民者身份的形成提供了源源不断的故事素材。

叙述是一种呈现形式。在此，移动的诸多模糊性获得了一种意义，以建构起模糊的集体必然性与同样令人不安的个别例子之间的桥梁。模糊性是发生在当场的跨越边界的移动，它也能创造自己的英雄。移动者试图超越人类身体的边界，或者就是我们大多数人日常慵懒身体的边界，从古代敬礼众神的奥林匹克运动会、通过具有家族纪念性质的锦标赛，直至为了自身的现代运动或健身等，都是如此。正如跨越地理边界的移动成了人们日常通勤及包车旅游，移动成为每个人自己的事情——在青年或者迷恋健康的文化中，更是一种义务。

如果有人在18世纪前对他人说，他们必须充分地锻炼自己的身体，对方可能会睁大眼睛盯着说话的人，表示不相信。人们还能做什么别的工作或者甚至到处转悠呢？人类身体为所有移动都设定了标准，不管是把自己放在马背上、车厢中、轿子中还是轮船上，或者后来的自行车上。身体决定了工作、运输及通信的节奏，没有人会幻想事物还会变得不同。不管是阿拉丁神灯还是达·芬奇的飞行机器，都不属于这样的世界。即便有了书写、纸张、丛林鼓及一些鸽子，依旧是身体在设定移动的一般形式。鉴于此，自古代以来，借助其记载的信息，甚至守护神赫尔墨斯，信使具有了文化中心的功能。从外向内，信使及邮差在城镇及驻地的工事间移动。在故事及戏剧中，他用行动创造了具有决定性的突然移动。他在说书及日常生活中早已被电话和电子设备取代。成为信使并非没有任何危险，如果消息不是好消息，他可能成为第一个受害者。而现今，我们遇到不想听的消息可以挂掉电话或者拔出耳机。

知识、故事、闲聊、商品、金钱、新闻——所有一切都是通过身体来移动的。身体显然是通信、战争、商贸与爱情等形式的移动不言而喻的推动力，也是诸如英寸、英尺、一把，走路、骑马或乘车旅行天数等用于表达距离量词的明智标准——就算不是源于人类身体，也至少是源于身体的其他器官。所有这些都比抽象的测量单位，比如分升和千米/小时更具意义。最后，身体也是用于从生到死的想象的核心所在，不管这是一场徒步还是一段航程。它也是我们进入未知领域的认知，让我们的思想得以扩散开来。或者当我们抬起头时，不要屈膝投降，而是背靠一些东西。概言之，身体是时空中所有将其作为出发点的移动和距离的媒介。移动在一段时间内只能朝向一个方向，因为身体只具备此种能力。首先离开，然后回到家。离开是一种危险的移动，而回到家则相对冷静，且就普遍意义而言更加积极，因为在此，移动停止了，尽管见到的可能是一个让我们倍感惊奇的、面目全非的家园。所以可以将这两种移动视为相互独立并且单向的，有其各自独特的含义和文化价值。

这一概念不仅界定了人类移动的类型，而且还有古代所有文化中对自然组织的理解，并且暗示出人们如何在这一自然之中找到自己的位置。这并非易事，因为与第8章中亚里士多德所发起的共同自然理论相违背。当事物在自然环境下平静不动，并且与其本质相符时，它们才存在。但在所有事物中，人类是特殊的生物。他们可以出于意愿，来到不属于自己的地方，并且甚至可能完全是因为快乐和主观意愿进入上帝的领域，或者国家司法或上帝范围之外的异域。他们只是情难自禁，而这是最糟糕的情形。由此，他们显然使社会不稳定，但对个体而言，他们也踏上了错误的路途。悲剧和史诗就处理这些事情——人们无法保持冷静，这是非常明确的：一切对他们而言变得不对劲，但非要到他们睁开眼睛看到现实的这一面时才如此，而我们要不是通过他们，是无法得知这些现实的。

到19世纪中期，我们开始接触源自过去的不同时间。尽管旧有意义还未消失，由于现代技术，比如火车、汽车、飞机、电报、电话、电子和数字媒介等，新意义已经呼之欲出，并且动摇了我们对于移动的经典理解的基础。19世纪末儒勒·凡尔纳的小说处理的就是移动如何在身体和技术之间扩展开来的问题，谈及陆地及海上巡游、通向月球和地球中心的旅行等。他给予处于以下两种转换间的移动以意义，即身体界定移动意义的独断性与新型技术作为身体之延伸所具有的作用。他在技术完全独立之前就着手将技术与身体分离开来。身体成为我们现今所知的技术在移动上产生可能性的麻烦负担（Giedion, 2013）。

现在身体显然不是我们理解移动的基础，当然也不是唯一的准绳。它只是其中的一种媒介。有时，在特定移动形式中，它是必要的，而在其他情形下，它可以任由我们选择或抛弃。甚至那些属于生命孕育标准方式的移动都可以被超低温冷冻、试管及代孕等更为复杂和全面的移动替代。我们在更为琐碎的层面熟知这一发展：我们是走着还是开车去电影院呢？自然而言，我们只有接入互联网之后，才会仅仅借助使用依附文本的拇指移动拿来报纸、打电话或者给他人发信息。一个朋友刚在伦敦看了电影，或者刚在回家的路上路过电影院，顺路看看在放什么电影。这当然也取决于电影的放映地点。或许我们压根儿就无需移动，只要买个家用的 DVD，或者接入 Netflix 或其他流媒体服务端就行。

基于此，我们将每项移动及用于移动的媒介作为通向相同目标的选择。换言之，移动的测量变得具有相对性。这对应于我们在火车站早已经历的一切。一辆火车处于静止中，旁边的另一辆火车开始移动。一时间，我们不确定自己是向同一方向移动，还是向相反方向移动，或者是静止的。我们的身体和感官无法决定这一切。同一时间不同方向的每一种移动是相同方式下其他移动及其媒体与可能性之间的交互。

文学中，此种移动通过许多相互交织的叙述获得意义。就传统理解而言，身体是移动获得意义的全部基础。肢体力量是我们得以移动并拓展世界的内在可能性。但在古代，身体只是这一意义的一部分基础，并且移动由其他媒介，而非身体的特殊能力决定。

距离依旧是由我们所选的移动媒介决定，即便它不再只是身体。鉴于此，两个相同地点之间的距离总是显得有所不同。旅行的去程和回程并非总是跨越相同的距离，因为我们可以选择走去目的地，然后开车回家。更别提去另一个大洲了，要达到那里，走路或游泳就太远了，甚至开船都很遥远，坐飞机可能比较合适，而有时因为时差所以打电话都显得很远，但我们如果发邮件或者短消息就不会有这种感觉。当我们谈论时间及耗费意义上的距离时，可以用诸如"米"或"千米/小时"这样的抽象度量作为一种中立的共同指标，以避免混乱，由此我们可以使自己提升至移动媒介之上，不管是身体还是其他媒介。

移动的文化含义还处在以下两者的矛盾之中，即有关移动的经典怀疑主义与全球通信文化中较为新近的形式。这就是为何民族风景和人们的家园，还有思想的整个经典模式早已在过去两个世纪获得了全新的滋养，尽管同时科学因为转变成用以创造超越身体当地依附性移动可能的技术，而朝相反方向移动。许多反全球化的移动及其党派就是靠这一张力得以维持的。只有当事物移动得太快，尤其还带着他们一起移动时，这种张力才会被作为不安表达出来。

如果要更新移动的意义，最重要的挑战就是将以下两者联系起来：一是人们时下在静止的现实中关注的历史信仰；二是全球化世界中，身体、交通方式及媒介具备的全新但却无法估计后果的移动类型。如今，问题不仅仅是给予这一移动的新方面以意义，正如媒体人师们试图借助激光扫射所有距离及他们处理过的地方时所做那样，而我们可以同时在不同地方。这两者的意义趋势相互影响，而文学试图给予意义的便是这种相互交流——不针对那些不指涉当地生活的孤立的现代移动形式。

⊙单向移动和跨界移动

移动的传统及现代观念之间的冲突可以说是相当激烈，正如英语世界南非籍作家、诺贝尔奖获得者纳丁·戈迪默的短篇小说《终极之旅》（1991）中所述的那样。这是众多殖民驱逐与压迫的故事之一，但却没有简单的说教，而是具有更广的视角。说到驱逐，我们是通过 11 岁小女孩的眼睛来看待这些事件的。她已经足够大，在与家人逃跑时能够捕捉到重要细节，但又不足以理解她所见到的一切。她既没有经历类型，也没有知识模型可以使用，而其视界的扩展是因为同时有不同种类的移动在进行着。

战争发生在小女孩居住的莫桑比克村庄周围，是由这个大洲许多地方的战局导致的，并且往往具有边界清晰的国际背景。它在一个地方呈现为当地部落战争，而在另一个地方则为政府的恐怖政策，又在第二个地方演变成殖民战争，而在强盗、叛徒、佣兵、掠财者及政府力量之间，形势都不太明朗。她的父母已经消失在战争的黑洞中，而她现在要和剩余的家庭成员一起逃跑。一同逃跑的还有其他几百位村民。一位当地头人在夜幕降临之时，带着他们开始了疲惫而又危险的旅途。这个家庭最终来到了说相同语言的村庄。他们在那儿成了难民。

离临时难民营最近的路途要穿越过位于南非西北角的巨大的克鲁格国家公园。小女孩不知道她是在公园内还是公园外，还有为何这个地方是一个特殊区域，周围围着篱笆。但是她惊奇地注意到，其他人也有这样的疑问。她感觉人群只是穿过了一个熟悉的风景，和村庄周围一样，到处是植物、河流和动物。或许是危险的，但首先也是最为重要的是，这一切对她而言是熟悉的，甚至在逃跑的黑夜中都是如此："但这看起来就像是我们整天穿越的灌木林，我都不知道我们离开了。"（Gordimer，1994：145，151）在新村庄中，她惊奇地发现他们说着相同的语言："这就是他们让我们停留的原因。很久之前，在我们父辈时代，那儿没有杀害你的篱笆。那时也没有他们和我们之间的国家公园。我们是同一国王的子民，从我们离开的村庄到来到的这个地方都是如此。"（Gordimer，1994：151）

但是她知道克鲁格国家公园有其特别之处。危险不在于动物，而是那些篱笆、警察、护卫及法律，禁止他们通过这一区域或者为自己觅食。因为有被抓住的危险，他们都没有来得及等等落下的被高大植被困住的祖父。她知道，这一公园由白人建造，而且很多来自他们村的人们"过去常常离开家园，在白人停留和寻觅动物的地方工作"（Gordimer，1994：145）。这儿有许多同时进行着的移动：由白人决定的工作和逃跑、游猎队伍中的白人以及他们过去徒步穿越丛林回家的路途。这种生活现在已经消失了，就像是超越他们掌握的祖父的消失一样。他不仅仅是一个人，而是联系村庄、逃亡者们的过往及重回家园的可能性的身体保证。

小女孩无法理解为何一切会变成这样，但她却能记住克鲁格公园对她及村民所做的一些事。它把讲相同语言的人们分隔开来，因此他们要在一起就意味着要在战争的阴影下长途跋涉。公园把她的土地变成了白人的土地，并且改变了他们在自己土地上的角色。尽管"我们的国家是一个由人民而非动物组成的国度"，他们仍被迫"像动物一样在动物中前行"（Gordimer，1994：145，146）。当他们出现在公园的那一边时，就变得无家可归了，只是受到他们进入

未知领域的移动感的牵引:"没有任何东西,没有家",祖母在新的村庄说道。(Gordimer,1994:153)

在这里,他们接触到一种全新的经历,这引发了祖母的宿命论。"有些白人说,他们来给住在帐篷中的我们拍照是为了制作电影。"(Gordimer,1994:152)难民现在成了动物中的动物、野外风景的元素、他人政治拼图中随机截取的片段及黄金时段电视节目里令人痛苦的情色。好意的,冷漠无情的,或者是审美的——我们无法得知。

他们的逃离不只是困难重重的远离家园的旅途,小女孩和她的家庭都已被牵扯进一系列其他移动之中。通过现代媒体,他们走向了一个更大的之前连想都不敢想的世界,尽管他们知道存在这样的世界。在这个世界的许多机构及媒体来到他们的家园之后,他们还会去美国及其他远离家园的地方。相反,在新闻媒体成员所属的世界,带着身体、机器和媒介在全球范围来回移动是家常便饭。我们可以轻易在一些西方餐馆中听到:"噢,是吗?!你刚从南非回来——为何不说说那儿的事情?或许我们能在那儿碰到。"难民营成为相互独立的移动类型之间的相遇地点,它们都由相同的全球情形决定。这些女孩从一个单向的街道出发,最后来到了一个繁忙的交叉路口,不知道所有的道路从哪儿来,又要通向何方。

当然还有更深层次的移动。这个小女孩自己是无法得出结论的。然而,她受限的视角唤醒了读者的补充经历,由此我们可以增添延伸至阅读语境的视角。戈迪默还从中帮助我们。这一叙述中还有一则来自英国旅游广告的短小箴言:"非洲历险记……你能办到的!/终极旅行或探险/与了解非洲的领导人/旅游广告,观察家,伦敦,27/11/88。"(Gordimer,1994:143)这则广告的受众是白人旅游者,但却颠覆了这个女孩的游猎经历,而且还极具反讽性。她踏上了自己首个、最后,也是最伟大的游猎,最终的游猎,而旅行者却使始能获得这种绝无仅有、不容错过的游猎,但事实上,这样的游猎每年都在重复。这则广告如同电影制作团队的拍摄及短篇故事一样适用于我们。

作为移动的旅游,首先是向外的移动,然后才是回家。从一开始,它便是一种双重移动。游客的身体朝一个方向,但这是因为有关南非的信息和意象早已通过其他媒介经相反方向达到了他们这里。移动成为一种交换的形式，由此野生动物和金钱通过媒体，基于它们的象征价值相互交换：那关于有着简易的奢侈或温和的原始性的异域生活的西方梦想，连同热水和大象，都在旅途中被拍摄下来，并通过电子邮件传回家中。我们在外旅行并带着这些照片回家。因此，事实上，不存在两种移动，而只有一种合成的移动，这便是一种跨界移动。这一逻辑还有更深层面的东西。乔治在第四章中提到，直到从布痕瓦尔德回来后15年，只有在他将旅途转移至文学这一媒介时，他才能将这种介于离开和回家之间的双重移动合为一种移动；只有在《漫长旅途》中，他单独的身体移动才在其生命中组合成一个连贯的双重移动。

从女孩的视角出发，只有一个方向的身体移动，一种单向的远离家园的移动，而且没有回去的可能，因为那儿"什么都没有了"，正如她的祖母告诉她的那样。就算她能回到家，那也只是一种相反方向的全新移动。女孩从静止走向了她无法阻止的移动。她只能在新的村庄中寄居在和他人共享的语言中。从那时起，她的身体不再是其移动最为重要的决定因素。对于白人游客或电影制作者，还有读者而言，这其中有许多同时进行的不同方向的移动。身体的实际移动与经由媒介的移动朝向不同方向，但不可能被分离开来，也不可能脱离由飞机运送至此地的电影制作团队和白人游猎旅客。他们为女孩的一些家庭成员提供了一些工作。较为隐秘但却一样真实的是，来自武器制造业、旅游业，还有其他工业的资金，夹杂着使女孩朝其他方向移动的战争，也沿着不同但有交叉的轨迹流过。女孩只是其中的一个典当物，尽管她是整个移动不可或缺的一部分。

此种移动的整体交叉也将知识、信息、象征物、意象、记忆、偏见和想法——有关那些没有固定住所但却深受文化牵绊的战争、自然、人类学、种族学及道德感——传至世界各地。文学专注于这一复杂的情形，赋予移动以意义。不可能明确区分出发与归途，但有件事却是肯定的：移动的基本结构不是单独、单方向的序列，它们也无法被捆绑在一起或排成平行的队列。

然而移动的传统意义却与单向移动联系在一起。在此种语境下，移动往往被视为完全由旅行者的意图或其他人决定，并且还被认为是从头开始的。我们如果能找到负责人，就能完全理解移动。在民间传说中，年轻人出发时除了一点好运和常识，没有任何设备。移动只有在身体行动时才开始，并且有一个明确的出发点，我们无须考虑之前发生的事情，就能推断出这个出发点。小女孩也是这么想的，但是故事展示出的实际情况却不是这样的。决定我们现在的移动的不仅是这些，还有之前的移动，即便我们没有意识到它们。我们并非从一个特定点出发，踏上新的旅途，而是对数个重叠的跨界移动的结果做出反应。在每一个单向移动发生之前，还有一系列决定其本质、媒体及方向的跨界移动。

在戈迪默的文本中，两种移动的基本概念相互冲突，将非洲村庄变成了一个全球范围内文化差异相遇的地点，这由不同跨界移动导致的冲突决定。这些冲突或许是我们能理解的移动最为贴切的现代含义。身体依旧是含义的一部分基础，仅仅是因为我们不可能一直选择移动的媒介——有时，媒介只可能是身体。因此，我们听说了这个从一个村庄到另一个村庄的艰苦旅途，还有祖父的死亡。但有些时候，身体无关紧要。我们并未听到有关电影制作团队到达非洲或者回家的只言片语。这也不重要，只有经电影制作促发的移动才是重要的。这一团队包含了专业的电影人，并且他们完全可以被其他电影人替代，这并不会造成多大的不同。读者生活于其中的，正是那个世界。也正是那个世界，与女孩发生冲突，还毁坏了她和她的家庭，其效果和她要躲避的战争一样。

⊙过去与现在之间

身体、移动和距离之间的关联乃短篇小说的先决条件，尽管此关联并未被直接处理成短篇小说的主题。印裔美国作家阿米塔夫·高希在1992年推出的作品《在一片古老的土地上》则更加不同凡响。问题是，身体的在场究竟是否对跨界移动——在那里，世界各地的人疾走如飞——产生过哪怕一丁点儿影响？这是一个未阐明的问题。然而，正是这个问题促成了小说中介于中世纪与现在之间的移动——跨越印度、中东和非洲大陆，再到欧洲和美国；移动也发生在国际化大都市和乡村之间。小说使这个问题的答案悬而未决。

《在一片古老的土地上》并不难读，难的是对它进行归类。作品所涉内容包括：从过去到现在的历史细节；有关叙述者，即初期探索的印度主人公（在阿拉伯语中，名字称为阿米塔）的生平详情；从十字军东征到20世纪90年代伊拉克战争爆发前夕的各类战争略述。就文类而言：《在一片古老的土地上》同时包含现实与虚构的成分。有人将此作品归为小说，未必妥当，看作散文可能更为恰当。作品涵盖了众多次生故事和角色，使读者们忍不住想要补充知识，从而在现实中找到一个基准点，以对作品进行解读。高希精心塑造角色，以此将创造出叙事、历史和生平事迹的文化冲突书写得淋漓尽致。

高希首先介绍的便是跨越时间和地理的移动同距离之间的关联。整个框架分为两个时间段：中世纪十字军东征和1980—1990年期间。此外，书中还有几个零碎的时间点，但它们只是主要时间段的补充。从一个地点到另一个地点的移动，尤其是过去与现在之间的移动，则由叙述者掌控。这位叙述者是一位年纪轻轻的从事现代埃及研究的印度人类学家，他辗转于两个村子，一个是小一点的拉泰发，一个是大一点的那沙威。激发其想象的资料主要是那些他在埃及和美国偶然接触到的文件，其中记录了一个有关阿拉伯和犹太商人游历的故事。这些商人在埃及、印度和亚丁之间游历。这个故事部分地发生于在阿米塔停留的地点。结合文件来看，这些重叠部分使得空间轨道上过去和现在的平行移动变得可能。如此一来，移动虽分散，但精确地反映了相互之间的相似性与相异性。所有这些移动合力决定了当地人物的生活。然而，正是移动的多样性本质让这本书一眼看去显得结构松散。

这两个时期作为综合文化的相遇地点，在诸多此类移动中应运而生。中世纪稳定的贸易发展从中东一直延伸至远东地区，而这些地方通常笼罩在十字军东征的战乱阴影之下。在一定程度上，这样的贸易似乎与全球冲突之下间或实现和平移动与共存的现代世界相悖。前者主要为可建与重建的移动提供一个开放的国际空间，而后者则主要为相异性提供一个全球战场。在此情况下，相异性通过谣言和媒体直接渗透进小山村里人与人之间的交往之中。

在12世纪后半叶，阿米塔开始追随两位商人。一个是穆斯林商人，叫作卡拉夫·伊本·伊斯哈格；另一个是犹太商人，叫作亚伯拉罕·本·伊居。当十字军东征在基督教和穆斯林教徒之间掀起阵阵巨浪之时，商人的故事却与此无关,讲述的反而是友谊与贸易、有关商品交换与信件往来的旅程、朋友聚会以及家人团聚。每隔几年,商人同其他人一起,便要在也门的亚丁、印度西部港口芒格洛尔和埃及的开罗——那个始终被看作"世界之源"的开罗(Ghosh,1992:80)——之间互通有无。而所有这些地点都汇集成一个场所,一个由移动汇集而成的聚合点,兼具物质、文化和个人意义:

> 贸易让他们掌握了信息:一年四季,他们都在密切关注开罗市场上诸如铁制品、胡椒粉、小豆蔻等物品价格的涨跌情况。一旦掌握了信息,无论身在何处,他们便迅速将信息传达给朋友。同时,他们务必要保证自己对叙利亚和巴勒斯坦发生的一切了如指掌。(Ghosh,1992:16)

书中这部分的描写基于阿米塔收到的商人的私人信件。一些信件来自开罗的犹太教堂基尼扎,一些来自美国,一些在 19 世纪出现,另外的信件则问世于 1942 年隆美尔与蒙哥马利之间的那场激烈的荒漠之战。肆虐的十字军在商人时代横扫往日辉煌,但那个时代始终还处在繁荣昌盛、文明开化、贸易开放的边缘,那些信件便可作证,尽管有人质疑其中不乏金钱欺诈的勾当。而原始资料得以公之于众则是一个与之相似的故事:原稿主要由一个德国学者在 20 世纪中叶纳粹疯狂行动之时在丌罗发掘出来。当时,这位深谙犹人教义和伊斯兰教义的学者在开罗四处旅行。这些文件都是历史资料,商人们的故事乃基于这样的铁证得以发现和解读,我们也才能轻松地理解这些故事。

在这个现代故事中,阿米塔扮演着参与者的角色。故事不仅讲述了阿米塔的研究与结果,还描写了他在那两个埃及村子里与当地人之间的交流与友谊。值得注意的是,这个世界与故事中所描写的中世纪那个开化世界有所不同。那个世界不仅描写了洲际商业活动,还塑造了一位年纪轻轻、经验不足的 20 岁印度研究员:虽然收入颇微,却也自给自足,热情好客。他离家之前便不辞辛劳地学习当地的阿拉伯方言,因此,对这两个村子里的生活习惯与风俗有一定的洞悉。人与人之间的交往会透露出人们知识上的匮乏与理解上的局限,虽然作者以幽默的方式来呈现,然而,当伊拉克和伊朗之间的战乱以及海湾战争的前夕与故事背景遥相呼应时,这个视角便暗含着一种不祥之兆。这时,作者就无法幽默了。

故事中的人物对彼此间的文化与冲突不以为然,甚至对这种缺乏认识的态度执迷不悟,全然没有中世纪时那种海纳百川的气度。并且,人物龟缩在阴影当中,潜在的豁达丧失殆尽,对事物的体认总是后知后觉。结果,他们总是抱以偏见。就在阿米塔朝相反方向离开印度时,他便已经掌握了有关埃及的各类信息。事实上,在阿米塔出现在视野之前,有关他的观点便已经呈现出来了。因此,埃及人的逆向旅程其实是多余的,否则,我们就要问,去那里的意义又是什么呢?其实,通过谣言和媒体进入他们世界的那些半真半假的信息已经够多的了。

阿米塔和当地的居民在这些简单的跨界移动背景之下相遇,正是这些跨界移动让小山村变成了一个全球视野下的文化聚合点。他们的相遇纯属巧合,与共同的文化兴趣无关。阿米塔研究原稿这件事与他停留在山村这一细节并无直接联系,他只是住在那里罢了,而且村民也并无半点愿望去专门接纳一个印度人。但如今他已身居此地,因此,他的出现激活了埃及与印度之间的移动的所有意义,当地人也同样如此。于是,广阔的距离与移动转化为日常生活中细微的移动,也转化成阿米塔四处转悠时与当地人之间逐渐拉开的距离。尽管阿米塔四处转悠时看起来有些怪异,但也无妨。

人物角色之间的对话以及相互间缺乏认知的情形透露出自在与局促之间的关系,读者通过平衡这种关系介入叙述。平衡关系跨越了人物角色间笨拙但温和的相处方式和对待相异的方式。人物积极主动地联系在一起,以求让他们偶然同时的存在看起来是必要的。但是,他们对20世纪90年代初伊拉克战争爆发前夕所呈现出的无法调和的全球冲突持不同回应。这看起来无辜,但正如那些正在发生着的直接或间接地来自全球的经历那样,其背后有着广泛的影响。

⊙旁观的身体

村里的人都相信,当阿米塔领悟到了伊斯兰教义时,他便会舍弃印度教,"天遂人愿,他即将成为我们当中的一员"(Ghosh,1992:45)。然后,他会结婚，回到家乡，告诉他的同胞，让他们摒弃诸如火葬、割礼、割阴等野蛮习俗，"当你回到家乡，你应该告诉他们我们的习俗，我们是怎么处理那些事情的"（Ghosh，1992：169）。当他们讨论究竟是印度还是埃及拥有同西方国家相媲美的先进武器之时，这种传统而本土的文化冲突达到高潮。现在，靠大众媒介而移动的信息让全球议题的讨论处于重要关头。阿米塔同伊玛目争论道：

"我们也有！在我们国家，这些东西我们都有。我们有枪，有坦克，有炸弹，都比埃及的更好。我们可比你们先进多了。"我大声喊道。

"我告诉你吧，他在撒谎，"教长愤怒地大喊，"我们的枪支弹药才要比他们的好很多。除了西方国家，我们就是最好的。"（Ghosh，1992：236）

争论持续了一段时间，直到他们分开才停止。阿米塔突然意识到，他和伊玛目只是意欲在言语上击溃对方，引起争论的冲突从表面上来看与二人并无关系。两人均以失败告终，这是因为他们都无法决定在两种文化之间移动的条件，更别说当他们面对面时解决冲突了。相反，他们的争论实现了全球维度下的反文化运动——在他们头脑外、头脑中以及语言里扩展开来。他们站立的那个地方就成为一个冲突的相遇地点——一个全球对决，而非自身文化背景下的所在地。两者只是恰好在同一地点呈现了出来。

人物角色在两个乡村之间不断移动。单就阿米塔而言，他的移动还发生在乡村和开罗或亚历山大港之间，以便做他的中世纪专题研究。他还带着同样的目的前往欧洲和美国，然后再返回。与此同时，当阿米塔在印度西海岸的芒格洛尔稍作停留时，他不时地邂逅中世纪商人。其间，中东冲突所带来的冲击渗透进了乡村，有的村民参了军，有的则外出务工，去巴格达赚钱养家。然而，并非所有的人都能返回。伊斯梅尔虽然回到家乡，但却伤痕累累。纳比尔则永远留在了那里，从此阿米塔再也没有见过他。即便阿米塔曾承诺前往巴格达拜访他，但伊朗和伊拉克之间的战争以及之后具有威胁性的冲突都阻碍了这一计划的实施。

然而，人物角色这些来来往往的身体移动并不是最值得我们注意的。就像戈迪默短篇小说中的电影摄制小组，这些移动只是就这样发生了而已。中世纪期间那些令人头疼的交通几乎没有被提及，如今的飞机和火车旅行就全然不同了。身体作为移动的中介本身并没有多大意思，并且还完全被更紧要的跨界移动决定，而跨界移动又是由媒体散布的谣言所传达的准则和习惯构成的。唯一有意思的是旅行者停留和活动的地方发生了什么，这是因为，正如绝大多数村民一样，他们无论是远行，还是驻守家园，都是这些移动的组成部分。身体只用以证实时空里不可转移的距离，并且，身体只是一个例外，用来暂时克服朋友和亲人间交谈的距离。

在移动交叉和融合的地方，中世纪和当下所有的移动首先与交流有关联。在这里，身体只是一种媒介，服务于许多可能发生的交流而非具体的某一次交流。跨界移动的建构基础就是相互交流，而非以身体为模具的单向移动。不论身体这一因素存在与否，跨界移动都以交流作为基本形式，而距离则首先表现为交际距离。因此，并非是我们生活在交际社会中，而是交际社会通过移动模式的构建和身体移动的相互联系存在于人与人的交流当中。

中世纪场景建立在信件内容的基础之上，支配着商人过去的移动模式，也让阿米塔现在能够明白这些模式。但前提是他必须得让自己还不熟练的阿拉伯语有所进步。作品中乡村里的移动完全依靠从外面引进的媒体和技术。正是媒体和技术，比如拖拉机、电视、供水的水泵、使村子与外面世界相连的电、征兵以及旅行故事等，创造了移动，实现了交流。其中，描写得最为详尽的部分当属村民与阿米塔之间无休止的问答互动，从中透露出村民语言表达上的不足。并且，村民缺乏将有限知识与偏见转化成相互理解的基础的能力。这种情况揭示出一种身体移动也无法跨越的距离，即便他们移动到了一起，紧紧相依，他们之间的距离也不能拉近。

当身体作为移动关键且唯一的媒介时，身体便创造了一个实实在在的可能性——我们可以越过本土、地理、知识以及经验的界限。身体既表明了移动在范围上的限制，也决定了任何移动所具备的积极或消极的意义差。随着举足轻重的新兴技术和媒体的涌现，移动的范围也在逐渐扩大。所以，在阿米塔停留期间,乡村经历着的一场转变,一场由拖拉机、电话和电视带来的转变。然而,技术和媒体也能剥夺身体作为移动之基础的优势地位。这是因为,当其他媒体基本上能决定可能发生的移动的框架和范围(这些都是身体所无法决定的)之时,这个媒体最终会阻碍移动的发生,否则,移动就要由身体决定。在此情况下,经由新兴技术和媒体衡量之后,移动实现了意义。

⊙ 有无毛发

这也发生在拉泰发。当人物角色面对面站立,谈论身体表达了印度和埃及两种文化之间的移动和距离之时,身体便多少显得有些多余。在这种情况下,由于产生了误会,距离扩大了,身体就阻碍了交际。阿米塔是一个心思单纯的青年。一天,他在拉泰发碰见了一群鸭子正在交配,他当时也清楚地意识到了,但他仍然对自己能够如此细致地观察此时正在发生的事情而感到异常惊讶。而那个十六七岁的少年捷普却被惹恼了(Ghosh,1992:61-64)。性、性别和身体乃十分普遍的主题,同样也最能清晰、自发地揭露个体观念之间的文化差异:"'你这个阿米塔,你就像在看一部电影一样,'[捷普]边笑边说道,'难道你之前就没见过鸭子干那事儿吗?''对',我答道。他的笑声穿透力十足……"(Ghosh,1992:61)

当捷普开始盘问阿米塔有关性的知识时,他觉得阿米塔的无知简直不可理喻。但阿米塔遇到的第一个他不认识的阿拉伯单词就是"性",从未离开过山村的捷普是无法理解的。"'你的意思是你从来没有听过……?'说的还是那个字眼"(Ghosh,1992:61)。不管阿米塔最终是否明白,他都不可能理解阿拉伯字词中有关肢体亲密接触的细节。捷普现在想了解印度的割礼:

你来的那个地方也像我们这里有割礼?……"有的人会这样,"我说。……在阿拉伯语中,"割礼"这个词的词根有"净化"之意,因此,说某人"未割礼",意思差不多是说他们不洁。

"是,我们国家有很多人都是'不洁的',"我答道。我别无选择,只好这么说,这是一个文字陷阱。

"但是，你不……"他话只说了一半。

"是，"我说。尴尬得让我的脸发烫，喉咙干涩。"是，我也是。"

他惊讶地倒吸了一口气，充满疑惑的双眼在我裤裆前面上下打量。
(Ghosh，1992：62)

紧接着，类似的场景再次发生。这次是有关在阿米塔的母国如何刮掉那些看得见或看不见的体毛的事。让捷普诧异的是，他们并不那么着急求助于剪刀。

事情出了乱子并不仅仅是因为当地狭隘的思想。阿米塔本身就缺乏经验，像一只笼中鸟。他事先也只是了解了拉泰发的大致情况，并不清楚应该怎样应对。是应该挺身而出来取悦自己，还是袖手旁观？他无法将这个情形建立并与现实联系起来。与此同时，阿拉伯语将他牢牢束缚住。捷普在询问阿米塔看那些鸭子究竟看到了什么的时候，他将阿米塔的行为比作看电影。正是字词和媒体产生了联系和误解，并非他们真正看到和感知到的对象。他们同交流结构、媒体和观念紧密连接，这些连接让他们跨越大陆，身处运动当中。界定运动和距离的是这些结构，而非身体。

那个夜晚，阿米塔在阿拉伯语中找到了"交配"一词，以为这样就可以参与交流了。然而，此时才来证明他并非如捷普所说的那般无知也太迟了。因为，捷普已经把那天发生的一切都告诉了其他男孩，他们做好了听新一轮故事的准备：

"不，"捷普说道，"我说了，他就像是个孩子。所以，他老是在问问题。"其中一个男孩问："如果他不打赢十个人，他怎么长得大？我们不应该告诉他吗？""没有用的，"捷普说道，"他不会理解的，他什么都不懂。不信？看着吧，我证明给你们看。"(Ghosh，1992：64)

身体、性超越了语言界限，是人类都能理解的事实。然而，文化差异的存在先于语言和观念，只是那些男孩的体认还未到达这一层面。事情是那些男孩并不能轻而易举地看见阿米塔这个活生生的人有或者没有毛发。事情的一方面其实是这样的：在交流过程中的每一次话题转向，说出的话、偏见和故事都在大量涌现。表面上看，交际移动相互交叉。然而，交际移动折射出的是一个事实：说话想要弥补的距离正在逐渐扩大。他们当下的个体交流之上存在着一个观念，即荣耀和耻辱在身体中共存。因此，荣耀和耻辱绝不能够轻易地让他人窥见。这就是为什么"不洁"这个词对他们之中的任何一人而言都那么难以启齿。

另一方面，这里出现了极具穿透力的笑声、男孩盼望认知的热切、阿米塔对事物体认的渴望、阿米塔微笑的能力以及他人眼中的可笑。阿米塔认为，捷普之所以感到疑惑，也许是因为他想象阴毛从阿米塔的裤腿中长了出来。因为男孩们和阿米塔一起在场，并积极地理解彼此，所以笑容和笑声自发而简洁地形成了一个人的本土容器，让不同跨界移动在此相遇、相连。在那笑声中，大大小小的移动通过字词、媒体和观念让拉泰发摇身一变，成为印度与埃及暂时相遇的地方。此时，文化准则、宗教、技术、国际冲突和军备竞赛都在此相遇。于是，当村子里的青年男子被送往战场，或者作为移民工人走向世界时，这些移动仍在继续。事实上，此前的年长男孩不用抹掉差异就能让身份不同的人们短暂地团结在一起，回应外面广阔的世界。移动的确成为可能。

然而，阿米塔真正的研究既非贸易路线，也非伟大商人或人类学家的田野调查。一开始，阿米塔便指出，两位商人通信之中顺带提及一个奴隶，这个奴隶不知从什么地方起跟着他的主人们四处移动。后来，奴隶的名字逐渐浮出水面。确信无疑的是，他叫作波马。这个名字背后的文化渊源可追溯至芒格洛尔，而商人和阿米塔都曾在此生活过。因此，波马与阿米塔应该是同胞，两者均是大规模移动中的一兵一卒。阿米塔只是一个青年学者，有些幼稚，一直依靠他人的知识和教诲四处走动。当他出现时，他所接触到的字词、事物和知识的交流控制了移动。以阿米塔和奴隶波马为连接载体，芒格洛尔和信件当中的联系同时在过去和现在之间展开。我们发现，当阿米塔发现了奴隶的名字和住所后，阿米塔对自我、波马在故事中的位置进行了间接阐释："就这样，波马最终长大成人，准备好成为自己的故事中的主角。"（Ghosh，1992：254）

阿米塔的故事也表明，现今的移动叙事并非如古典叙事作品那样以伟大英雄作为叙述对象，而是叙述移动本身，就像关注链条中的一小环、社会上的小混混这样的小角色——无论身在何处，他们都在积极参与。纳比尔去了巴格达，就像波马和阿米塔那样扬帆起航，走向了世界。关键不只在于那个时刻过去与现在从四面八方涌来并相遇，还在于那个时刻揭示了跨界移动可以升华为一个相遇地点。这种小规模的移动在日常生活中随处可见。

阿米塔最后一次移动中的一个场景是从纽约打电话给来自乡村的纳比尔。此时，纳比尔在巴格达务工。这次对话逐渐消失，最终湮没在了漫漫黄沙之中。在1990年前后萨达姆统治下的伊拉克，纳比尔想要接听来自美国的电话，其难度可想而知，信号干扰、中断是常有的事。在这样的情况下，美国实际上并不十分"遥远"。通过电话这一媒介，美国可以移动到巴格达，只不过给纳比尔的生活带来了不利影响，因为电话使美国人好像就真实地站在了那里。因此，纳比尔的雇主在一旁哼了一声。阿米塔承诺前往巴格达拜访纳比尔，但最终没能成功。他只回到了乡村，"纳比尔已经消失在历史的无名之中了"（Ghosh，1992：353），就像那个名叫波马的奴隶，又或许如阿米塔自己那样。这些内容出现在作品的结尾部分，再也没有信件、对话和交流同纳比尔这一参与者相关联了。

在结尾之前，阿米塔体认到了自己的移动：

> 思绪纷扰，转而回到了我初遇纳比尔和伊萨梅尔的那个夜晚。我记得，纳比尔是这样说的："这肯定让你想起了那些被你留在家里的人，你临走之际，在火炉上放了一个水壶，里面的水却只够你一人饮用。"很难想象，此时的纳比尔，他正孤独地待在一座走向灭亡的城市。（Ghosh，1992：353）

不论是过去还是现在，人与人的相遇、对平素世界的感知，都从四面八方涌来，聚集在一个更小的范围里。范围虽小，但与文化聚集的方式一致。这便是阿米塔从纳比尔身上、奴隶的故事中以及他自己身上获得的经验。有关具象汇合的记忆，如移动的记忆，被媒体过滤掉了。但与此同时，记忆在阿米塔移动和体认世界的路上继续存在着，最后伴随着阿米塔在旅途中遇见的其他人，在某一时刻消退。

因此，身处历史边缘的个体才拥有可能性：在超越球状和垂直、介于过去与现在之间的共存之地，创造横向交流。不论我们移动至何处，我们都带着这个可能性，去创造无数个全球相遇地点。阿米塔回到乡村后，同其中一个叫谢赫穆萨的老朋友说起纳比尔和捷普：

"你知道他们为什么离开吗？"我问道，"有什么具体的原因吗？"

谢赫穆萨耸了耸肩，说道："人为什么要离开？机会来了呗，当然要抓住机会了。"（Ghosh，1992：152）

移动开始和结束的地方是相同的，但我们所意识到的那些可能造成移动的媒介却不尽其然。比如生活，本土生活，尽管其中并没有蕴含深奥的哲学。当封闭的环境变得开放，张开双臂去迎接来自各方媒体、各个方向交叉互动的移动之时，决定是否要抓住机会的是我们自己。因为这个缘由，我们将在有别于拉泰发的另外一个乡村进行归纳与总结。

⊙ 在那遥远处

深入威尔士农村腹部，在靠近鲁伦村的偏远地区，屹立着一座布莱克山。这座山的名字来自布鲁斯·查特文的处女作《在布莱克山上》（1982）。小说的故事发生在20世纪的前80年间，唯一出现的地点就是这里。如果说有人写过一部乡土小说、绿草如茵的家园小说、农业小说或地域小说的话，那么，《在布莱克山上》就是这样一部小说。故事从未离开布莱克山这个地方，而在地图上，这个地方仅仅是一个小点。小说中的远处，即便是无限延伸的远处，也只是到了邻居家的田地里而已。

我们跟随刘易斯和本杰明这对长得几乎一模一样的孪生兄弟来展开这个故事。这对双胞胎像是连体婴儿，无论两人各自身在何处，只要其中一个感到痛苦，另外一个就会有同感。如此，地点进入人的身体，其功效比距离与移动更为强大。这对孪生兄弟生活在他们出生的那个农场。农场有一个极为讽刺的名字"幻景"。他们父母那个时代的农具和家具也留在了农场。但是，人们时刻都在记忆，并牢牢守住他们的钱财。那里的人尽管连一头大象都没有见过，但却留下了有关大象的欺骗性记忆。有的人数年前被冒犯了，时间之久，久到可以忽略那冒犯，可这种被冒犯的感觉却如同刚发生那样清晰。

此外，农场上有一股由殖民、世界大战和技术革新从外面世界带来的气流。在18岁生日那天，兄弟俩甚至欣喜若狂地登上飞机，从空中俯瞰农场，在紊流的一角看到了对永恒的展示。他们第一次得以从一个外在视角来看待事情。这也发生在外甥凯文开车载他们兜风的时候。凯文让一个女孩怀孕了，还抽大麻，他最喜欢做的事情就是四处晃悠，整日无所事事。即便如此，这对年轻的小两口还是得到了农场，并转身便把农场里的那些世纪之交的旧物当作垃圾一样扔掉了。作者在这里停笔了，我们并不清楚这是否是一个幻景。当新时代来临时，这个地区剩余的老人消失了。新时代究竟给我们带来了什么？我们不得而知。

双胞胎的母亲玛丽年轻的时候生活在印度，对书籍、钢琴、情操培养、令人兴奋的食谱十分敏锐。本雅明也精通厨艺。玛丽爱上了沉默寡言的阿莫斯，最后下嫁给了他。律师一直都没有忘记这场不幸的结合。甚至，本雅明有段时间离开了刘易斯和"幻景"农场，在第一次世界大战结束时前往部队服役。但本雅明从未去过比营地更远的地方，也不可能在如此封闭的环境中得到训练。之后，他被欺负，感到绝望。外面的世界就像被一堵看不见的墙分隔开来，人们根本无法攀越这堵墙。

"幻景"这个名字是从前任农场主毕克登家族那里承袭下来的。当时，毕克登家族通过与印度进行贸易获得了大量财富，因此购置了一处地产，连同地产上的农场。渐渐地，家族成员在欧洲这片土地上四散开来，有的甚至去了更为遥远的地方，但这不影响小说中的故事发生地。高希的小说或者戈迪默的短篇也都轻松地解决了这个问题。布莱克山和拉泰发那里的人们能够彼此理解对方以及女孩那身处非洲的祖母。三个文本都在处理同一个破碎的本土世界，但角度却各不相同。

　　叙述者在人们身上以及人们运用的简洁语言中感到了一股团结的力量。他们用的语言像是信手拈来的，没有画卷般的描绘。讽刺的是，越是过多地表述，便越会产生有关有限宇宙的那种不可理解的怀疑，比自以为无所不知的傲慢还要让人感到讽刺。查特文所描写的并不是一个特殊的世界，而是人的世界。高希笔下的叙述者不时地要考察印度奇奇怪怪的习俗，还稍微有点不情愿地揭露拉泰发的局限性，但都不涉及那些他喜爱的人们。在戈迪默的短篇中，读者从电影的真实性和旅行行程这个角度来看这个世界的同时，会充满疑惑地凝视那个女孩。但在查特文的小说中，人物角色彼此不理解，就好像我们无法理解角色，本雅明、刘易斯以及沃特金斯家族和其他人无法理解外面的世界那样。读这部小说的时候，读者要参与进来。这就要求读者从字里行间挖掘出补充性的经验，但前提是，我们能够将这部小说理解成在当地与外面世界之间移动的表现，而不能首先就想到小说中的故事发生地和人物。

　　以第二次世界大战结束为例子。一个名叫曼菲尔德的德国战俘来到了这里，并顺利地安顿了下来，因为这里的人们并不知道这场战争，不知道伦敦爆炸，对德国人没有仇恨。对人们来说，他是一个陌生人，对他的评判就像人们通常对其他人的评判那样——他们安顿得怎么样？与他人无异，他是个农夫。因此，由外面世界带来的距离并不会因为一场战争或者一个德国人——一个十分擅长饲养家禽的德国人——而有所改变。

　　在一个春色迷人的清晨，这场战争结束了。但《拉德诺郡公报》上的那个粗黑体大字标题却彰显了更强烈的本土优势：

$51\frac{1}{2}$ 磅鲑鱼草

在科尔曼的池塘里
布里格迪尔说他花费了三小时
同一条硕大无比的鱼斗争（Chatwin，1982：188）

曼菲尔德根本不关心德国是否战败，尽管他在《世界新闻报》（*News of the World*）上看见了一张长崎上方升起的蘑菇云后，高兴了好几个月：

"很好，对吧？"

"不，"本雅明摇摇头，"很糟糕。"

"不，不！就是很好！日本完了！战争结束了！"

那个晚上，双胞胎兄弟做了同样的噩梦：他们的帷帐着火了，头发燃了起来，最后头被烧成了乌黑的碎片。一组一组的战俘被遣送回国，但曼菲尔德并没有显露出想要回去的迹象。他所谈论的都是在某地安置下来，结婚，经营家禽农场，等等。双胞胎兄弟都鼓励他留下来。（Chatwin, 1985：89）

小说剩余章节与这段类似，想要解读这样的表述，恐怕我们要戴上两副眼镜，再三琢磨。一言以蔽之，叙述者直接将一大堆事物扔给我们而不加任何解释或说明。通过对一组镜头的解读来看，这个世界如同一座封闭起来的露天博物馆。但同时，这个世界里又存在着生存的意愿，静默无闻地接受着外来事物，其封闭程度因而有所改观。这个世界与本土准则紧密相连，所处的位置就是它被指定的那个位置。

然而，还有另外一种解读。这个文本可被视作一种警告——外面的世界即将吞没当地的人们和他们的生活，他们无力抵抗，只能束手就擒。他们一点办法都没有，因此，他们的适应纯粹是可笑的幻想，折射出来自外面世界隐而不显的轻蔑。这种危险只在他们的潜意识梦境中显示出来，战争也只会发生在他们世界的边缘，绝不公然地显山露水。但，危险就在那里。通读整部小说，我们必须要同时保持以上两种可能性，不能自以为是地任选一种。我们跨越了交流、交际和协商中的内外之界，这个移动也界定了其所发生的地方；全球化的列车离开了，但当地人被留在了月台上。《在布莱克山上》对地方的描写，在查特文的《歌之版图》中也有，尽管这些地方以不同的方式出现在不同的地点。移动的现代意义在于其对立面，但几乎不会超出这些补充性观点。

三个文本都以文学形式赋予移动以意义，以构建起一种双重结构：身体的移动和通过持续变化条件下的各类媒体实现的移动。不同的文本层次统筹双重结构，而叙述者的层次有时间接地在本土世界中开辟出一片外在世界。与此同时，本土世界接受超越本地的移动，尽管会威胁到一些人，同时又对另外一些人有着不可抵抗的诱惑力；一些人并未察觉，但一些人又十分明悉，而对任何一个人来说，这都是一个实实在在的机会。换句话说，表现的模式让移动成为一个不可避免的选择，即便对于那些做梦都不曾想过的人而言，这仍是一个选择。

然而，从双重视角来解读封闭空间，就意味着我们要以一种敌对的方式强行进入这个空间——就像人物角色一样，比如戈迪默的祖母，她与外面世界保持着一个臂膀的距离。读者会团结一致，但我们不会。在高希的小说中，我们需要从一个开放世界的视角来解读。这个世界通过吞吞吐吐的阿米塔构建起来，位于小乡村之外，其中穿插着日常生活中的种种不解。在某个时刻，我们采用叙述者的视角，毕竟，叙述者拥有绝对主动权，并积极地进行决策和回顾。而在其他时刻，奴隶波马、纳比尔、捷普以及阿米塔自己，或者是戈迪默笔下的小女孩，也在选择。事实上，他们都可以选择。但有时，他们对选择并没有全面的理解和清晰的认识。即便如此，在模糊且无边界的条件下，他们仍选择移动，并允许自己在世界范围内被移动。随后，他们再一次寂寂无名地离开。

然而，在查特文的小说中，我们必须要撬开世界的大门，叩问那些不希望我们插手的人物角色。这与我们在第三章中看到的凯伦·布丽克森在论文《黑人、白人在非洲》中的观念相呼应。

> 于我而言，最具意义的相会发生了。在这里，我遇见了一群土生土长的黑色人群。……我们没有互相寻求安慰。我到这里不是来研究黑人的，他们也希望我最好离开。但命运让我们相遇，我们现在都属于我们每日的生活。在共同的命运之下，我们是人——如果下雨让我们白人失望，那这对黑人来说同样是场灾难；如果在旅途中水耗尽了，那么我们都会干渴。（Blixen，1985：57）

因为我们都参与其中，所以我们的日常建立在不同情况之上。但是，每个人都通过跨越当地与外界之间的距离这一移动与他人联系起来。有时，需要对团结保持一颗同理心以理解这种团结友爱，但有时候，又需要一种与之对抗的相反的理解。它通常是一种跨界移动，其中活跃着多种不同的调和，同时，这些跨界移动改变了我们需要跨越的距离。这就是我们如今所面对的现状，责任也由我们来承担。当我们暂且朝着新方向、带着新联系向前迈进时，不论我们恰巧出现在何处，移动所假定的意义以及意义带来的后果都需要由我们负责。

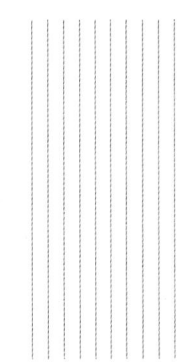

不同的视角：世界文学还是世界范围内的文学

⊙ 小城镇，全球影响

读者可能会疑惑为什么在探讨文学和全球化关系的时候，我用的关键词是"全球化的经验"，而不是标题中的"世界文学"①，其原因在于我把"世界文学"这个术语留在了第一章。现在是时候把它从一个更宽广的角度包含进来了。我将穿越时光回到 19 世纪，回到一个重要的地方——魏玛。一辆缓缓移动的四轮大马车让我疲惫不堪的身体极不舒服，我困在车内，练习着我的德语

---

① 欧洲、美洲和亚洲有着不同各自的背景，世界文学的范式建构在过去 20 年里发展成一项全球性的事业，跟随着早期个体研究者们的步伐，集研究、教育以及不同层面更为宽泛的延伸性工作于一体。他们当时对世界文学的视野还是来自 19 世纪的。如今的尝试在很多方面都重新定义了今日的比较文学（如勃兰兑斯、奥尔巴哈、斯特里奇、基拉哈、艾田蒲及其他学者的研究）。世界文学的研究范式朝着不同的方向展开了：（1）理论的、分析的和历史的层面（Schöning，2000；O'Brien & Szeman，2001；Damrosch，2003 & 2008；Prendergast，2004；Pradeau & Samoyault，2005；Thomsen，2008；Veit，2008；Beecroft，2015；Ette，2016a & 2016b）。（2）在民族层面，对其采取世界文学的视角（如 Buell & Dimock，2007 [美国]；Dixon & Rooney，2013 [澳大利亚]；Beebee，2014 [德国]；Ringgaard & Thomsen，2017；Larsen，2013 [丹麦]；Lionnet & Shih，2005 [全球]）。（3）诗学（Miner，1989 [洲际的和历史的]；Ramazani，2009 [英语为母语的和现代的]）。（4）出版和传播（Casanova，2004；Sapiro，2009）。六卷本《朗曼世界文学选集》（2004 年起）是这方面的里程碑。法国尝试建立的"文学-世界"发生在"法语国家组织"这一后殖民的框架内（Le Bris et al，2007）。《世界文学杂志》创办于 2006 年，旨在将全球范围内不同的研究取向统合在一起。

翻译，希望能够见到那位著名的世界主义者歌德。他在去世前就已经是欧洲文化记忆的一部分了。

如果没有约翰·沃尔夫冈·冯·歌德，魏玛还是一个无人知晓的地方，位于中欧东部的郊区。而有了歌德，对于欧洲德语地区以及整个欧洲来说，魏玛都成了持续数代之久的文化中心，在1832年歌德去世之后依然如此。这个城市是德国众多小公国之一——萨克森－魏玛的首都（德语称之为"Hauptstadt"）。实际上，它更多的是"首"（对应德语的"Haupt"），而不是"都"，因为这个所谓的"都"不过是一个仅有八千居民的城镇，而它的"首"就是歌德。歌德在这个小城市里面思考着世界。

歌德通过会面和书信，跨越领土的界限，聚集起那个时代全欧洲最重要的思想家、艺术家和外交家。在和这位著名人物握手之后，你大概几天都不愿洗手。他是一位外交家、人民公仆、饱学之士，拥有着18世纪的世界主义精神。他还热衷于现代科学，比如说地理、生物和哲学、艺术以及文学（Noyes，2006）。但是首先最重要的是，他对"人类生活"这个概念的发展起到了重要的作用。它为教育以及一般意义上的个人塑造打下了广泛而活跃的基础，尤其是在中欧和北欧。虽然他没有创造出"世界文学"这个术语，但是他对这个术语后来为众人所知帮助甚大。

歌德去世后，魏玛继续作为德语和欧洲文化的象征，无论利还是弊，都具有着全球性的影响。在歌德持续一生的活动之后，这座城市几乎需要一次"暂停休息"。它宽泛的文化影响就缩小到了艺术方面。你可以看到欧洲作曲家，比如弗朗兹·李斯特和理查德·瓦格纳沿着街道散步，造访沙龙和音乐厅。接着，1900年后不久，魏玛变成了一个艺术的家园和一所工艺大学校，影响着艺术、科学和政治，其影响力之深远与歌德的作品不相上下。这所学校叫作包豪斯大学，它影响全球，成为20世纪建筑、城市规划、设计和视觉文化发展的动力。它的作品成为审美现代性的标志。这种影响力的获得主要是因为包豪斯大学具有追求革新的创造力，在设计、物料和生产形式上，它结合了传统工艺技术和现代工业生产，并带有更加宽广的社会和政治视野。包豪斯大学的行动对我们城市环境中的街道、工作场所和家庭的形成均有全球性的影响。如果没有魏玛和包豪斯大学,现代设计以及我们在现代全球化中所谓的创造产业将不会存在。

此外,魏玛在后歌德时代还有别的影响。欧洲大陆最早的宪法之一诞生于1816年的魏玛,在此之后民主宪法才取得进展。1919年,第一次世界大战之后,德国试图实现真正的民主。这次尝试就发生在魏玛共和国中,它结束于1933年希特勒和纳粹的得势,不久之后另一次世界大战就爆发了。当然,纳粹政权很好地意识到,魏玛共和国可以让人回想起之前德意志的伟大荣光和最近这次的政治崩溃。纳粹利用这样一种变态的激情培育起了人们对伟大德意志象征体系的追求。这种激情对欧洲的物质、政治和道德领域都产生了负面的影响,它所带来的全球震荡至今仍未绝迹。早在1937年,布痕瓦尔德集中营就建立起来了,几乎就是建在歌德的后院里。豪尔赫·森普伦的小说,包括《漫长旅途》在内,围绕着这个地方,质疑为什么就是在这个地方世界性的文化变成了世界性的痛苦。

1968年,东德政府也尝试在魏玛发起制定一部新宪法。此举更多是在隐射歌德这一神话,而非其作品的真正贡献。最后,1988年,歌德的档案室、魏玛的旧区和包豪斯遗址被联合国教科文组织宣布为世界文化遗产,同时魏玛以及它现在的6.5万名居民成为1999年的欧洲文化首府。当一个像魏玛这样的小城市能够不断地在不同的历史条件下成为全球中心,就没有一个地方不能扮演这样的角色了。地方大小本身并不决定它的文化地位,只有它的视野和远见才会。

⊙ 城镇中的世界文学

这种远见在歌德早期的文学活动中得以发展,构成了他所有其他活动的来源。在晚期,他与约翰·彼得·爱克曼进行了一系列的谈话,后者将这位伟人话语中的细枝末节收集起来,并在歌德死后出版成了《歌德谈话录》(1836年)。这些谈话帮助我们洞察到了人类文化这个观念在欧洲18世纪中叶的形成。这个时期欧洲还未进入现代化,但正在积聚力量,工业化、城市化以及现代民主的雏形正在形成,将要发展成具有现代特征的全球化。

然而，就文学而言，歌德从他18世纪的前辈克里斯多夫·马丁·维兰德和奥古斯特·路德维希那里收获到的最重要的观念就是，存在一种世界文学①。这种观念零星散布在字里行间，但是它产生了持久的影响，并由他者朝着不同的方向进行了详细阐释。歌德把它应用到了自己的若干篇散文和诗歌中。如今这个观念对于我们如何在全球化背景下理解和把握文学至关重要。1827年1月31日，歌德告诉爱克曼他读完了一部中国小说，发现它既易懂又特别有趣。这部小说在描述人物角色，描述人与自然、人与文化环境关系的方式与欧洲文学存在一致之处。我们不知道他当时想到的是哪部小说，但是我们知道他阅读了众多东方文学的翻译和阐释作品，可能是汤姆斯收集的《花笺记》（1824），最有可能是雷慕沙1826年翻译的一部无名氏的小说《玉娇梨》。

歌德认为德国人如果不注意到更广大的世界，就会被隔绝在"学究的暮光"之中（Eckermann，1959：175）。除此之外，他说道："民族文学是个没有意义的词了，'世界文学'的时代即将到来，每个人必须努力加快它的到来。"（Eckermann，1959：174）但是在他纲领性的话语背后，歌德依然认为古老的希腊文学才是标准，它拥有一种超越任何历史、语言、文化和民族局限以及差异的表现力量。歌德的展望与17世纪出现的普世主义是一致的。他设想出了一些属于自身文学领域的作品，它们被置于民族文学之上并植根于普遍人类价值观念之中。伟大的文学作品总能够让读者进入那个领域，不管那部作品是何时、何地所写。

在歌德生前，人权观念已经被写进文件，法国和美国大革命试图在暴力流血的大环境中实现人权理想。阐释清楚一个正当有效、普遍存在的人类观念在人类的文化议程上显得迫在眉睫。当时法国正在和自己以及欧洲作战，美国也正在与英格兰开战。比起革命运动和民族边界问题这些议题，歌德更关心怎样循序渐进地在个体身上实现人类的普遍潜能。它存在于人类的一种能力之中，这种能力使得个体能够在与社会、自然接触的渐进过程中（德语叫"Bildung"），完全实现"他"或者"她"自身（大多数情况下是"他"自身）。

---

① 参见皮泽（Pizer，2006）、大卫（David，2012）。

一个广为接受的观点认为，民族本身就构成了这个过程的自然框架。我们自然地学会了我们的民族语言。它让每个个体都能够在与他人的关系、理想的人类自由中，实现自身潜能。这就是为什么"Bildung"逐渐被吸纳成了民族教育系统的指导性原则。这些教育系统从 19 世纪早期开始在全欧洲得到了确立。基于同样的原因，民族文学的角色至关重要。民族文学史体现了每个民族是如何在与人类普遍观念的联结中演变的。当特定的民族语言在文学的普遍形式中注模成型之际，这种联结就得到了实现。

我们认为文学具有普遍性，是因为文学能够跨越个体的差异和文化、民族的边界，从而表达人类的共同关注。因此，一种世界文学就成为可能。这种文学能够用某种民族语言来阐明普遍有效的人类境况，并因此能够不受限于语言差异，不依赖于翻译和其他文化交流的形式而被所有人接受，让所有人进入。伴随着民族文学史，一种全体性的、比较性的文学研究出现了。它的目的是去研究民族文学之间的关系，并揭示所有文学之间的普遍特色，搭起这项研究的概念架构。这种研究融合了民族文学研究和比较文学研究。它在一些其他同时出现的研究领域，比如文化研究（带来了比较的视角，结合了语言学、人类学、生物学等）中，又得到了强化。

歌德对世界文学的表述正以此为背景。比起民族事务，他对人类个体与全球范围中显现出来的人类发展新机遇之间的关系以及文化演化的新形式更加感兴趣。在与爱克曼的对话中，他认为他所阅读的中国小说的高品质来源于以下事实：它跟他自己的那部《赫尔曼和多罗特亚》（1797）中的抒情故事相像。然而，歌德并不是孤芳自赏。他是在间接表明，当我们去理解一个我们自己无法直接经历的世界文本的时候，总是有一个本土的、个人的出发点。我们将这个出发点作为一种必要的、补充性的经验。歌德自己尝试用东方风格写诗，最开始是在《东西诗集》（1819 年出版，1827 年又得到了扩充）中，书名中"诗集"一词用了波斯语"$diwan$"。在该书书名中他提到了自己的家园——西方，但是这并不意味着是该诗集自身的投影，相反，它是对自我的挑战。每一种地方文化都有自己的语言，都是进行全球旅行的出发地，这才是书名中"西方"一词的作用。每一种本土性都会被外界挑战，无关乎大小和方位。不管什么地方的人，是否为德国人，都不能为自己躲藏在"学究的暮光"之中的行为自圆其说。这就是歌德的反思的批判本质。

⊙ 作为世界文学棱镜的本土文学

格奥尔格·勃兰兑斯曾经接受过一次庆祝歌德 150 周年纪念活动的邀请，写了一篇关于世界文学的短文《世界文学》（1899）。在与歌德思想的互动中，他表明了自己的观点。就歌德而言，他行走在一条居于经典普世主义和现代全球观点之间的绳索之上，并且兼顾二者。在普世主义观点看来，要么是人类在与生命的理念与神圣对话，要么是上帝或者自然通过诗歌与我们交谈。但勃兰兑斯不同意这种观点，他认为虽然人类可以在来自不同文化的文学中分享共同的问题和忧虑，但是问题的核心在于那些实际存在的、大量的差异和变化，这些才更占上风，因此该问题就更依赖于文化和社会中更加宽广的、跨越民族的历史进程。这是现代的全球观点。

首先，勃兰兑斯提醒我们回顾作为一种全球性智力进程的科学进步，以及 19 世纪来自科学考察的旅行见闻记录。他补充说，运输、交流、现代出版业以及翻译都加速了全球化进程。他其实还可以列举出新设立的国际时区、电报以及世界博览会。在此，起作用的并非普适性的理想主义，而是实实在在的全球化的文化接触和互动。

因此，他不再关注世界文学（置于民族文学之上）所描写的带有普遍意义的内容。这之前，歌德正是将这些内容放在了中心位置。一种能够被任何地方的人快速直接理解的文学"丧失了活力"（Brandes，2013：27），因为它就是无根的浮萍。如果有人想写出一种世界文学，那它很可能是一些与你完全不相干的东西。也许更有可能的是，世界文学初期必须是一种本土文学。它只是暂时被用一种语言写出来，然后偶然地得到了全球性的传播。因此，一些小语种虽然书写着一些只有少数人了解的文学，但是它们拥有着成为世界文学的潜力。勃兰兑斯在此想表达的是，世界性的文学视角实际上是内置的，而不是超越民族和本土文学的。他说：

> 未来的世界文学有更多的民族标记在内,且更加多样化,它就会变得愈加吸引人,只要它保有作为艺术和科学的普遍人性。那些直接为了成为世界文学而写的作品不可能被称为一件艺术作品。(Brandes,2013:28)

世界文学不是一组文本,而是一个文学的维度。它是由我们阅读文学的方式带来的:在阅读过程中,我们超越了本土的框架,而将一个文本与其他文本和文化现象联系在一起,如勃兰兑斯所说的那样,是处于一个多样性的语境之中。当文学被我们如此阅读之际,它就成为一种服务于全球思维的认知模式。它推开了一扇窗户,让来自世界的风吹向了本土。这就是我们谈到文学和全球化关系时,文学研究中的世界文学研究范式所实践的观点。这本书可能就是这种实践的一个例子,只不过文学及其形式和历史变迁不像在世界文学研究当中那样处于中心的位置,其核心在于我们的全球化经历给文学作品和文学研究带来的挑战。

⊙ 世界范围内的文学

勃兰兑斯还谈到了另外一个重要的问题:文学和知识在世界范围的分布。如前所述,他提到了交通、交流和现代出版业的重要性。今天我们可以扩大他的列表:教育系统的引进和外传、电子媒体、学生交换、背包客、媒体集团以及现代全球交流进程中的其他因素。当勃兰兑斯强调世界文学本土定位的重要性时,他意在强调两个方面:首先,本土定位对于某种文学成为世界文学来说是一个必要但不充分的条件;其次,文学在某个时代通过任何可获得的渠道得以流传,对于一个文本成为世界文学来说是一个充分但不必要的条件。

在他的第一本重要著作《十九世纪文学主流》(1872)的第一卷中,勃兰兑斯用了望远镜的比喻来表达自己的观点:

> 比较的视角拥有双重好处:首先将外国的拉近到我们面前,以至于我们可以对它进行同化和吸收。第二,移除掉了那些熟悉的东西,直到我们能够在其中看到最真实的一面。我们既不看到靠近眼睛的东西,也不看到

太远的东西。文学的科学视角给了我们一架望远镜，它的一端放大物体，另一端缩小物体；它必须如此专注以至于能够纠正我们的视觉产生的假象。迄今为止，就文学而言，不同的国家之间相距甚远，以至于他们只能很有限地互相受益。(Brandes，1906：9)

在此，最重要的是清楚地意识到：在本土和全球面向中存在着一种紧张关系。我们可以在文本结构本身以及各式各样的阐释理论和方法论中清楚地看到这种紧张关系。这些理论和方法被赋予了最中心的地位，虽然也会有一些其他的补充，但毕竟没有一种单独的理论足以回应双重视域的挑战，或者至少能够确立一部超越性经典的合法地位。这就是为什么本书集中研究那些各式各样的、跨越边界的文本，并提出了"呈现形式"这个术语来拥抱这种跨越性所呈现出来的文本活力。

除此之外，这种观点假设：有一些流传范围还不那么广的文本是有潜力成为世界文学的，只是它们需要等待机会突破语言、文化和媒介的限制，进而为外界所熟知。因此，我把那些知名和不知名的作家混合在了一起。我坚持认为他们所有人的作品都是世界文学中具有相同重要性的文学作品。这些文学作品能够赋予全球化体验以文学的形式，并将这种体验视作一种"本土－全球"的关系，能够为全球化体验提供一个个体视角的呐喊，能够超越现代全球化并打开历史的维度，还能够展示出一种机敏的、美学的自我意识。这些意识强化了这些作品，使之成为一种实实在在的互动，就在此地，就在此时。

有些文本将在封闭的本土圈外取得成功，另一些不会；还有一些文本要推迟很久才成功，比如说澳大利亚土著居民梦幻文本为人所知，就是通过土著绘画以及布鲁斯·查特文的作品《歌之版图》的巨大成功实现的；其他一些文本不用那么久就能获得一席之地，比如说凯尔泰兹·伊姆雷的《命运无常》由于2002年获得诺贝尔奖而一下子从籍籍无名变成誉满天下。有一些作品虽然已经被翻译了，但是仍然在等待之中，比如说路德维·格霍尔堡的《爱拉斯谟·蒙塔拉斯》。在这三种情况中，本土视角和全球境况之间的紧张关系是文本的重要部分，即使它们的传播经常看起来是偶然的。这些文本可能需要新的阅读策略和理论方法，以此获得更大的读者群并刺激现存文学传统出现一次转向。这种转向发生于新的题材出现之际，比如说见证文学、移民文学或超小说，或者也可能发生于一些特殊的关注点，例如记忆、翻译、身体、空间和运动等吸引了学术研究注意之际。

⊙ 最后的视角

全球性的传播遵循着至少四条路径。每条路径都可以通过不同的方式在文本中体现出来，促进了未来新的文学阅读方式的出现，比如重写、阐释、改写或者翻译以及文化整合的其他一些类型。某些路径已为文学研究所采用，有一些还人迹罕至，但是它们共同描绘出了一幅未来的版图。

（1）可比性：比较文学的欧洲传统形成了世界文学的现代研究和文学研究的变体。它们对全球化的文化面向进行了批判性的讨论。但是，比较文学是和独立的民族文学概念同时产生的，这些民族文学都具有自己的文学史，而它们相互之间却很少正眼相看。其中有两个关键词。首先是"影响"。这个概念基于一些略严谨但仍显随意的术语。它们是对当时出现的科学知识形成的知识模型的回应。其次是"比较"，强调民族文学的首要地位。对民族文学、民族文学史的欧洲式理解占据了这个学科，尽管其名为"比较"，但它并没有表明一个关于比较的不同的概念。这个学科赞同国家的概念是由主权领土和民族语言定义的，历史是一种趋向于目前的国家状态的线性进步。首先要建立民族文学，然后比较文学研究才能在其中运作。

我们浏览世界地图就会发现，如果比较文学建立在这样一个不可靠的基础之上，那么很多文学就无法进入比较文学之中。大部分的口头传统、世界上众多的文学体裁、其他构成了文学的观念还没有被纳入基于理想民族模型建立起来的文化之中。多语种文化，殖民和后殖民地区，非民族语言（比如皮钦-克里奥尔语、法罗语、萨米语，非洲的1500种语言和其他大陆上类似的语言群）的文学，都会被排除在比较文学之外。

现代的比较研究必须另起炉灶。首先，它必须有一个更加广泛的比较观念，我称之为"可比性"（Larsen, 2015a）。我们要关注跨越文化的比较。它超越但是并不排除"初始-因果"式的影响比较。文学在很多层面上是在一个平行、相似性的网络中链接起来的。因此,专注于文本差异关系的阅读可以更加接近不同文化的地理、历史之关系的多重现实。这样它们就促进了一种新的文化联结理念,这一理念超越了早期经典比较所秉持的民族文学之间的二元对立比较模式。

第二,现在比较文学的相关研究要放弃欧洲式的对民族的狭隘定义。它把民族当作一个独立文学群体的理想模型,接受更加宽松的地理界限的划定。这些界限随着比较实践的进行而改变。它也尊重世界上定义社群的不同的方式,并将带来文学的创新。欧洲式的民族国家的现实当然无法撤销,但是文学真实生命的展开已经跨越了这些划定的界限。这样的考虑已经在指导着我们对文本的选择并影响了本书的分析重点。(参见 Walkowitz, 2006; Gelder, 2010; Cao, 2013; Larsen, 2016c)

(2) 翻译:大多数情况下,翻译被视作一种去语境化的技术程序。它将一个文本从一种语言传输到另外一种语言(还经常徒劳无功),减少甚至扭曲了文本的潜在意义。这种观点已经过时了,而且没有考虑到文本和文化的现实情况,特别是要考虑到一个现实:大多数的语言和文化都要依靠各种媒介的翻译。如第六章所示,翻译是一种生产性的文化介入活动,它受力于两种及以上的语言、媒介之间的互相挑战,促成了所有被牵涉到的语言的重新配置。翻译被视作两种及以上文化的汇合,杂交语言和破碎语言在很多文本中变成了重要的特征。翻译作为一种文化实践而非一种技术操作,在其众多的特定媒体形式中让我们看出语言和文化的边界。这样的发展形势引出了如下问题:文本是如何清楚地说明本土文化的全球维度的?所谓"全球维度",既包括所有文化产品的跨越区域的潜能,也包括对去语境化的全球性流通的抵抗。(Apter, 2013; Walkotwitz, 2015)

破碎语言当然是相比于之前的文本而言的,特别是在散文和喜剧中。社会方言和地域方言的混合经常用来标识出往往是可笑的外国人角色。这种语言差异背后的阐释框架是把风格划分成高级、低级和中级的传统划分法,每一种级别都分别对应了一种文化价值系统。巴尔扎克笔下的纽辛根男爵是这种划分标识的一个早期例子——纽辛根男爵讲着一口的法德混合语。最近的文本就不再仅仅是风格的简单混合了。破碎语在这里是个体的标志，或者说是全球移民现实的本土映射。这样的例子还包括亨利·罗斯的《安睡吧》(1934)、德里克·沃尔科特的《奥梅洛斯》(1990)、亚历山大·黑蒙的《寻找自尊的男人》(2002)、乔纳森·萨弗兰·福尔的《特别响，非常近》(2005)、尤纳斯·哈桑·霍米利的《蒙特柯尔》(2006)、郭小橹的《简明中英情人词典》(2007)、迪奈·门格斯图的《如何阅读空气》(2010)、奇麻曼达·阿迪契的《美国佬》(2013)等。

（3）隐匿的调解：文学的功效经常嵌入每天的语言和画面之中，人们虽然实际上没有读过、借阅或者购买过文学书籍，但是却能够利用并理解它。这种情况是由一种复杂、偶然意义的增殖带来的。它不能用精英对某部作品的阅读或者某些出版商所利用的特定交流和传播渠道来解释。对荷马或者《圣经》的引用，某个国家的风景，虚构的人物诸如格列佛，或者一些特定的行为如与风车大战，都被人们使用。虽然他们可能根本不知道他们所说和所想象的这些东西的出处，但去追溯来源也不会帮助我们理解这个过程是如何发生的（Hopper, 2017; Hoskins, 2009; Larsen, 2015b）。这种几乎是随意的文化印迹可能来源于学校的课程、流行的歌曲或者一些自己也不明就里的记者和政治家。文学一旦被人写了下来，就属于它自己的语言，属于被翻译的语言。它的一些习语会超越作者、出版人、批评家和其他使用者的意图和知识，而继续在那门语言中得以使用。通过翻译和文化之间的交流，这样的语言影响可能被难以预测地传送到其他文化中。电影也是如此：电影的视觉语言和其他的媒介语言给人灵感。这些人在城市布局、海报、潮流等方面都塑造着我们周围可见的环境。这是一种视觉上的冲击，构成了那些从来没有去过影院的人们生活的一部分。

这个过程还可能扩展到超市中。当我们看着超市货架的时候，我们可以很容易地看到标有马克斯·哈佛拉尔商标的食品。这个商标名最开始是一个荷兰的非政府组织的标志，该组织希望给一款咖啡贴这个商标。他们认为，无论是经济上还是生态上，生产这款咖啡的方式都是对当地的生产商有利的。随后，这个商标传播开来，成为市场交易中一个使用更加广泛的品牌名称。该名称起源于穆尔塔图里的有争议的殖民小说《马克斯·哈佛拉尔》(1860)，该书塑造了爪哇岛上一个奋起反抗荷兰殖民统治的男性，尽管如此，商标和品牌所取得的全球性成功和这部小说毫无关系，但却与作为一种意识形态并兼具实际效果的费尽心机的消费主义中媒体所传达的兴趣点有关。在与技术的关系方面，文学由此被融合进戈迪默所言的"无名的历史"之中（Giedion，2013）。

显而易见，本书认为，全球化经历的影响是显著的，而且这种影响超越了这里谈论到的影视和电视剧改编。尽管文学有着自身的内部结构和意义，但是它已经开始了全球性的传播。这种传播通过媒体实现并完全受限于媒体，由此它才得以走遍世界。在很多文学读本中，地域、意义的偶然特征的随意性变成了逻辑上的含混不清。这种含混包括角色的行动、时间和地点以及很多当代小说开放式的情节结构（Larsen，2011c）。这种隐匿的过程很难得到具体的研究和解释，但它却是文学全球传播过程中的重要因素。第五章特别探讨过这个问题。但是，在全球化时代背景下，隐匿性乔装打扮成一种日常的现象，这种现象在本书的各个章节中都是一股暗流。数字人文这一新兴领域也正对此进行研究。(Schreibman et al，2015)

（4）存在的重塑：很多文学作品试图掌握全球化的文化复杂性，它们倾向于将作品角色和角色声音转变成受压制的本土民族形象或者隐藏的全球权力结构的匿名产品，但也有文本未将全球化总体进程的环境及其直接文化或者精神后果主题化。这些也是全球化的映射。相反，它们深入挖掘被更大进程重构的人类生活的基本存在元素，由此将直接指涉全球现实之处推至文本的边缘：穿越时间形成的记忆连续性、在文化之间搭桥的翻译、作为经历中心的身体、经历的地点以及作为改变经历视野的可能性移动。这样的文本，首先也最重要的是，叙述了全球化对全球化个人经历的形成方式造成的影响，即使这些方式是跨越全球、在不同的地方形成的。文学一直以来都是围绕着人类生活的这个维度展开的，因此当跨越边界、穿梭于地方与全球这项事业成为文学的动力之际，文学也有完成它的使命的潜力。（O'Brien & Szeman, 2001；Damrosch, 2008）

在此，至少有两个正在出现且涉及文学研究的跨学科领域是很重要的。第一个是感情、激情和情绪的演化研究，这些情感被视作在全球化中被重塑的存在和文化的参数（Sætre et al，2014）。第二个是日益增长的对后人类研究的兴趣。后人类研究不但涉及无孔不入的技术发展，而且展开我们今天人之为人到底意味着什么的本体性追问。

在所有四种情况下，流通的过程显示出一个文学作品能够在全球进行充分传播的境况。这种境况是真实的、有力的进程。然而，这并不意味着这个进程不是清楚地扎根于文本结构的。对于那些将作品当作世界文学的阅读者来说，他们的任务是去建立理论、方法和实践，以便让我们准确地在文本中看到这种真实进程的反思，而非把它们当作与文学性无关之物了以抛弃。从这个角度来说，世界文学并不意味着世界范围内的文学，而是意味着它对我们的文学研究方法、存在境况，以及它在现代全球化进程中的作用形成了迷人的挑战。文学正如鸭嘴兽一样，它跨越所有边界，既属于每一个地方，又不属于任何地方。不管我们来自何处，它都与你我息息相关。

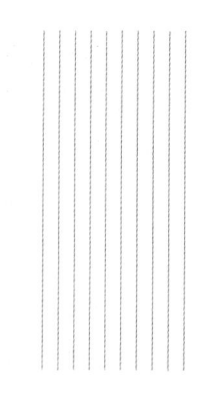

鸭嘴兽的故事

为何鸭嘴兽如此特别？澳大利亚各地区的土著民都把鸭嘴兽视为珍宝，因此，它不像大多数动物那样被猎杀来作为食物。猎捕鸭嘴兽是一种禁忌。梦境时代的传说解释了其中的缘由。这是一个来自古代居住在新南威尔士州中部的维拉杰里人的民间传说。

在梦境时代早期，祖先的灵魂决定图腾，而动物、水生物和鸟类都在为它们所认为的最高地位而争斗。

鸟类决定邀请鸭嘴兽加入她们。"她属于我们，"鸟儿们说，"她产蛋，而且她的喙长得像鸭子。""哦，不，我很高兴被邀请来参加你们的会议，但我并不是一只真的鸟。不过我会考虑的。"鸭嘴兽边说边跑回自己水边的洞里。

不久之后，所有的动物都召开了自己的会议。"我认为，"袋鼠说，"我们应该邀请鸭嘴兽加入我们的队伍。虽然她在某些方面与我们不同，但她在陆地上奔跑，而且和我们一样浑身是毛。"鸭嘴兽对于自己受到如此多的关注既感到惊讶又十分高兴，但她依然像回答鸟类的邀请那样予以回复，她在做决定之前必须考虑一下。

没过多久，一条大鱼召集所有的水生物开会，他们也邀请了鸭嘴兽参加。"她有蹼足，游泳游得非常好。"鸭嘴兽对这出现在她门前的鱼最为吃惊，她回复道："我下周给你们答复。"

于是，第二天，鸭嘴兽就去和她的朋友针鼹讨论这一奇怪的情况。针鼹仔细想了之后，建议鸭嘴兽不要加入任何团体。他们谈了一会儿，鸭嘴兽想不出更好的答案。因此，鸭嘴兽分别向鸟类、动物和水生物发送信息，邀请他们到她栖息处附近的一个地方，并坚持要他们友好地聚在一起。

当鸭嘴兽从她的洞里出来时，全场鸦雀无声。"你们都是我的朋友。我了解鸟类，因为你们同我一样必须让我们的蛋时刻保持温暖。我了解水生物，因为你们同我一样，潜入水底深处，探索海底世界。同时，我也觉得自己与那些在陆地上奔跑、长着毛皮的动物很像。我很感激 Byamee，这位万物之父使我与你们中的任何一类都有些许相似之处。所以我希望每当你们看到我的家人时，你们都会想起天上的 Byamee，这位创造了我们每一个种类的万物之父。"

就在此时，土著人可以与他们特有的图腾动物交换身体。他们听到了鸭嘴兽说的话，注意到她的信息，并一致认为她是独一无二的，应该被视为特殊。这个故事代代相传，经历了一个又一个世纪，各个地区的土著人仍十分珍视鸭嘴兽。

在古代，每当人们看到鸭嘴兽在河堤上跑来跑去或在河里游泳时，便认为这是好运的预兆。也许这就是为什么我们大多数人现在看到鸭嘴兽会感到一种莫名兴奋的原因。

——来自澳大利亚悉尼水族馆的一幅壁画

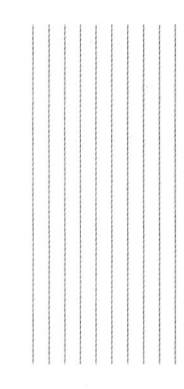

参考文献

以下文献包括书中引用或者讨论过的作品，但不包含只用于举例的作品。如果有两个日期，那么第一个就是此书所用版本出版日期，而第二个则是第一版出版日期。

Achebe, C. (1965). "English and the African Writer", in *Transition*, 18: 27—30.

Ackerley, C. & L. Clipper (1984). *A Companion to Under the Volcano*. Vancouver: University of British Columbia Press.

Adams, P. G. (1983). *Travel Literature and the Evolution of the Novel*. Lexington: University of Kentucky Press.

Adorno, T. W. (1992/1960). *Mahler*. Chicago: University of Chicago Press.

Agnew, V. (Ed.) (2005). *Diaspora, Memory, and Identity*. Toronto: University of Toronto Press, 2005.

Appadurai, A. (1996). *Modernity at Large*. Minneapolis: University of

Minnesota Press.

Appiah, K. A. (2006). *Cosmopolitanism: Ethics in a World of Strangers*. London: Penguin.

Apter, E. (2006). *The Translation Zone: A New Comparative Literature*. Princeton: Princeton University Press.

Apter, E. (2013). *Against World Literature: On the Politics of Untranslatability*. London: Verso.

Arendt, H. (1957). "Karl Jaspers: Citizen of the World", in P. A. Schilpp (Ed.), *The Philosophy of Karl Jaspers*, 539-555. La Salle: Open Court Publ.

Aristoteles (1941/c. 350 BCE). *The Basic Works of Aristotle*. R. McKeon (Ed.). New York: Random House.

Augustine of Hippo (2005a/c. 400 CE). *On Lying*. Accessed 4 Jan 2017, http://www.ccel.org/ccel/schaff/npnf103.v.v.html.

Augustine of Hippo (2005b/c. 400 CE). *Against Lying*. Accessed 4 Jan 2017, http://www.ccel.org/ccel/schaff/npnf103.v.vi.html.

Aydemir, M. & A. Rotas (Ed.) (2008). *Migratory Settings*. Leiden: Brill.

Balcom, J. (2006). "Translating Modern Chinese Literature", in S. Bassnett and P. Bush (Eds.), *The Translator as Writer*, 119-134. London: Continuum.

Bassnett, S. (2014). *Translation*. London: Routledge.

Bassnett, S. & A. Lefevere (Eds.) (1995). *Translation, History and Culture*. London: Cassell.

Bassnett, S. & A. Lefevere (Eds.) (1999). *Constructing Cultures: Essays on Literary Translation*. Bristol: Multilingual Matters.

Baylis, J. & S. Smith (Eds.) (2013). *The Globalization of World Politics. An Introduction to International Relations*. Oxford: Oxford University Press.

Beck, U. (2000/1997). *What is Globalization?*. London: Polity Press.

Beck, U. (2006/2004). *Cosmopolitan Vision*. London: Polity Press.

Beck, U. (2007/1986). *Risk Society: Towards a New Modernity*. London: Sage.

Beck, U. (2009/2007). *World at Risk*. London: Polity Press.

Beck, U., A. Giddens & S. Lash (1994). *Reflexive Modernization*. Stanford: Stanford University Press.

Beck, U. and W. Bonß (Eds.) (2001). *Die Modernisierung der Moderne*. Frankfurt: Suhrkamp.

Beebee, T. O. (Ed.) (2014). *German Literature as World Literature*. London: Bloomsbury.

Beecroft, A. (2015). *An Ecology of World Literature: From Antiquity to the Present Day*. London: Verso.

Bell-Villada, G. H. (1996). *Art for Art's Sake and Literary Life*. Lincoln: University of Nebraska Press.

Bellos, D. (2011). *Is That a Fish in Your Ear: Translation and the Meaning of Everything*. London: Penguin.

Benthien, C. (2002/1999). *Skin: On the Cultural Border Between Self and the World*. New York: Columbia Press.

Bermann, S. & M. Wood (Eds.) (2005). *Nation, Language and the Ethics of Translation*. Princeton: Princeton University Press.

Berns, J. J. (1993). "Umrüstung der Mnemotechnik im Kontext von Reformation und Guternbergs Erfindung", in J. J. Berns and W. Neuber (Eds.), *Ars Memorativa: Zur kulturgeschichtlichen Gedächtniskunst 1400 −1750*, 35−72. Tübingen: Niemeyer.

Bethge, H. (2001/1907). *Die chinesische Flöte*. Kelkheim: Yinyang Media Verlag.

Blixen K. (1979). "Daguerreotypes", in *Daguerreotypes and Other Essays*,

16—63. Chicago: University of Chicago Press.

Blixen, K. (1985/1939). "Sorte og Hvide i Afrika", in *Samlede Essays*, 56—80. Copenhagen: Gyldendal.

Blixen, K. (2013/1937). *Out of Africa*. Bowdon: Stellar Books.

Bloom, H. (2000). *How to Read and Why?*. London: Fourth Estate.

Blum, H. (1969). *Die antike Mnemotechnik*. Hildesheim: Olms.

Boemus, I. (1555/1520). *The Fardle of Facions*. Accessed 5 Jan 2017, https://ebooks.adelaide.edu.au/h/hakluyt/voyages/boemus.

Boemus, I. (1610/1520). *The Manners, Laws and Customs of all Nations*. Accessed 5 Jan 2017, http://quod.lib.umich.edu/cgi/t/text/text-idx?c=eebo;idno=A16282.0001.001.

Bohr, N. (1961). *Atomic Physics and Human Knowledge*. New York: Dover.

Bok, S. (1989). *Lying: Moral Choice in Public and Private Life*. New York: Vintage.

Bradley, J. & Yanyuwa Families (2010). *Singing Saltwater Country: Journey to the Songlines of Carpentaria*. London: Allen and Unwin.

Brandes, G. (2013/1899). "World Literature", in T. D'haen, C. Dominguez and M. R. Thomsen (Eds.), *World Literature: A Reader*, 23—27. London: Routledge.

Brandes, G. (1906/1872). *Main Currents in Nineteenth-Century Literature 1. The Emigrant Literature*. London: Heinemann.

Bredsdorff, T. & A.-M. Mai (Eds.) (2010). *100 Danish Poems: From the Medieval Period to the Present Day*. Seattle: University of Washington Press.

Buell, L. & W. C. Dimock (Eds.) (2007). *Shades of the Planet: American Literature as World Literature*. Princeton: Princeton University Press.

Cairns, D. L. (1993). *Aidōs: The Psychology and Ethics of Honour and*

Shame in Ancient Greek Literature. Oxford: Clarendon.

Campe, J. H. (1790). Briefe aus Paris zur Zeit der Revolution. Braunschweig: Schulbuchhandlung.

Cao, S. (2013). The Variation Theory of Comparative Literature. Beijing: Springer.

Carruthers, M. (1994). The Book of Memory: A Study of Memory in Medieval Culture. Cambridge: Cambridge University Press.

Casanova, P. (2004/1999). The World Republic of Letters. Cambridge: Harvard University Press.

Casey, E. S. (1997). The Fate of Place. Berkeley: University of California Press.

Casey, E. S. (2009). Getting back into Place (2nd ed.). Bloomington: Indiana University Press.

Cesari, C. de & A. Rigney (Eds.) (2014). Transnational Memory. Berlin: de Gruyter.

Chai, L. (1990). Aestheticism: The Religion of Art in Post-Romantic Literature. New York: Columbia University Press.

Chamayou, G. (2008). Les corps vils. Expérimenter sur les êtres humains aux XVIIIe et XIXe siècles. Paris: La Découverte.

Chatwin, B. (1982). On the Black Hill. London: Picador.

Chatwin, B. (2005/1987). The Songlines. London: Vintage.

Chew, T.-L. (2004). "The Identity of the Original Poem Mahler Adapted for Von der Jugend", in Naturlaut 3/2. 15 – 17. Accessed 5 Jan 2017, http://www.mahlerarchives.net/archives.html > Archives > Mahler's Works>Das Lied von der Erde.

Chew, T.-L. (s. d. 1). "Tracking the Literary Metamorphosis in Das Lied von der Erde". Accessed 5 Jan 2017, http://www.mahlerarchives.net/archives.html>Archives>Mahler's Works>Das Lied von der Erde.

Chew, T. -L. (s. d. 2). "*Das Lied von der Erde*: The Literary Changes". Accessed 5 Jan 2017, http://www.mahlerarchives.net/archives.html＞Archives＞Mahler's Works＞Das Lied von der Erde.

Coetzee, J. M. (1988). *White Writing*. New Haven: Yale University Press.

Cohen, R. (1997). *Global Diasporas*. Seattle: University of Washington Press.

Cohen, S. (1996). *Aristotle on Nature and Incomplete Substance*. Cambridge: Cambridge University Press.

Conrad, J. (1986/1897). "Preface", in *The Nigger of the "Narcissus"*, vii-xii. London: J. M. Dent and Sons.

Connell, L. & N. Marsh (Eds.) (2011). *Literature and Globalization: A Reader*. London: Routledge.

Corbin, A. et al. (Eds.) (2005). *Histoire du corps* 1-3. Paris: Le Seuil.

Corbin, A. et al. (Eds.) (2011). *Histoire de la virilité* 1-3. Paris: Le Seuil.

Cronin, M. (2003). *Translation and Globalization*. London: Routledge.

Damrosch, D. (2003). *What is World Literature?*. Princeton: Princeton University Press.

Damrosch, D. (2008). *How To Read World Literature*. Hoboken: Wiley-Blackwell.

David, J. (2012). *Spectres de Goethe: Les métamorphose de la "littérature mondiale"*. Paris: Les Belles Lettres.

D'haen, T. (2011). *The Routledge Concise History of World Literature*. London: Routledge.

D'haen, T., D. Damrosch & D. Kadir (Eds.) (2012). *The Routledge Companion to World Literature*. London: Routledge.

D'haen, T., C. Dominguez & M. R. Thomsen (Eds.) (2013). *World Literature: A Reader*. London: Routledge.

Dixon, R. & B. Rooney (Eds.) (2013). *Scenes of Reading: Is Australian Literature a World Literature?*. Melbourne: Australian Scholarly Publishing.

Eckermann, J. P. (1959/1836). *Gespräche mit Goethe in den letzten Jahren seines Lebens*. Wiesbaden: Brockhaus.

Eco, U. (1988). "Anars Oblivionis? Forget it", in *Publications of the Modern Language Association of America*, 103: 254—261.

Eco, U. (1997). *Kant and the Platypus: Essays on Language and Cognition*. New York: Hartcourt Brace.

Elliott, A. & J. Urry (2011). *Mobile Lives*. London: Routledge.

Engdahl, H. (Ed.) (2002). *Witness Literature*. Singapore: World Scientific Publishing.

Eriksen, T. H. (2014). *Globalization (Key Concepts)*. London: Bloomsbury.

Erll, A. & A. Nünning (Eds.) (2008). *Cultural Memory Studies: An International and Interdisciplinary Handbook*. Berlin: de Gruyter.

Erll, A. & A. Rigney (Eds.) (2009). *Mediation, Remediation, and the Dynamics of Cultural Memory*. Berlin: de Gruyter.

Ette, O. (2016a/2001). *Transarea: A History of Globalization*. New York: de Gruyter.

Ette, O. (2016b/2005). *Writing-Between-Words*. New York: de Gruyter.

Fairchild, H. N. (1961/1927). *The Noble Savage*. New York: Russell and Russell.

Fauconnier, G. (1997). *Mappings in Thought and Language*. Cambridge: Cambridge University Press.

Featherstone, M. (Ed.) (1990). *Global Culture: Nationalism, Globalization and Modernity*. London: Sage.

Feher, M. (Ed.) (1989). *Fragments for a History of the Human Body* 1—3. New York: Zone Books.

Felman, S. & D. Laub (1992). *Testimony: Crises of Witnessing in Literature, Psychoanalysis, and History*. London: Routledge.

Fisher, N. R. E. (1992). *Hybris: A Study of Values of Honour and Shame in Ancient Greece*. Warminster: Aris & Philips.

Frankfurt, H. G. (2005). *On Bullshit*. Princeton: Princeton University Press.

Fugard, A. (1989/1980). *Tsotsi*. Johannesburg: Donker.

Gelder, K. (2010). "Proximate Reading: Australian Literature in Transnational Reading Frameworks", in *Journal of the Association for the Study of Australian Literature: Common Readers and Cultural Critics* (special issue), 1–12. Accessed 5 Jan 2017, http://openjournals.library.usyd.edu.au/index.php/JASAL/article/view/9615.

Ghosh, A. (1992). *In an Antique Land*. New Delhi: Ravi Dayal.

Ghosh, A. (2000). *The Glass Palace*. New York: Harper Collins.

Giedion, S. (2013/1948). *Mechanization Takes Command: A Contribution to Anonymous History*. Minneapolis: University of Minnesota Press.

Gilmore, D. D. (1987). *Honor and Shame and the Unity of the Mediterranean*. Washington: American Anthropological Association.

Glissant, E. (1996/1981). *Caribbean Discourse*. Charlottesville: University of Virginia Press.

Goldsmith, O. (1992/1763). "On National Prejudices", in J. Gross (Ed.), *The Oxford Book of Essays*, 94–97. Oxford: Oxford University Press.

Gordimer, N. (1994/1991). "The Ultimate Safari", in R. Malan (Ed.), *Being Here: Modern Short Stories from Southern Africa*, 143–153. Cape Town: David Philip.

Gratz, W. (Ed.) (1990). *A Literary Companion to Science*. New York: Norton.

Guo, X. (2007). *A Concise Chinese-English Dictionary For Lovers*. London:

Chatto and Windus.

Gutman, Y., A. G. Brown & A. Sodaro (Eds.) (2010). *Memory and the Future: Transnational Politics, Ethics and Society*. London: Palgrave Macmillan.

Halliday, F. E. (1964). *A Shakespeare Companion*. London: Duckworth.

Hassig, D. (1995). *Medieval Bestiaries: Text, Images, Ideology*. Cambridge: Cambridge University Press.

Hefling, S. E. (2000). *Mahler: Das Lied von der Erde*. Cambridge: Cambridge University Press.

Heise, U. (2008). *Sense of Place and Sense of Planet*. Oxford: Oxford University Press.

Herrmann, E., C. Smith-Prei & S. Taberner (Eds.) (2015). *Transnationalism in Contemporary German-Language Literature*. New York: Camden House.

Hoffmann, A. (Ed.) (2005). *Coffret pédagogique sur "Le grand voyage" de Jorge Semprún (Novel, Film, Interviews, History and Other Materials)*. Luxembourg: Centre de Technologie de l'Education.

Holberg, L. (1990/1723). "Erasmus Montanus", in *Jeppe of the Hill and Other Comedies*, 145 − 192. Carbondale: Southern Illinois University Press.

Holland, D. & N. Quinn (Eds.) (1987). *Cultural Models in Language and Thought*. Cambridge: Cambridge University Press.

Hopkins, G. M. (1877). "Pied Beauty". Accessed 5 Jan 2017, http://www.poetryfoundation.org/poem/173664.

Hopper, P. (2007). *Understanding Cultural Globalization*. London: Polity Press.

Hoskins, A. (2009). "Digital Network Memory", in A. Erll & A. Rigney (Eds.), *Mediation, Remediation, and the Dynamics of Cultural Memory*, 91−106. Berlin: de Gruyter.

Howard, M. C. (2011). *Transnationalism and Society*. Jefferson: McFarland.

Howard, M. C. (2012). *Transnationalism and Medieval Societies*. Jefferson: McFarland.

Højskolesangbogen (18th ed. , 2006/1894). Odense: Andelsbogtrykkeriet.

Ibsch, E. (Ed.) (2000). *The Conscience of Humankind: Literature and Traumatic Experiences*. Amsterdam: Rodopi.

Jansen, F. J. B. & P. M. Mitchell (Eds.) (1971). *Anthology of Danish Literature* 1—2. Carbondale: Southern Illinois University Press.

Kant, I. (1994/1756). "Von den Ursachen der Erderchütterungen", "Geschichte und Naturbeschreibung der merkwurdigen Vorfälle des Erdbebens, welches an dem Ende des 1755 sten Jahres einen grossen Teil der Erde erschüttert hat", and "Fortgesetzte Betrachtung", in W. Breidert (Ed.), *Die Erschütterung der vollkommenen Welt*, 100—146. Darmstadt: Wissenschaftliche Buchgesellschaft.

Kant, I. (2006). *"Toward Perpetual" Peace and Other Writings in Politics, Peace, and History*. New Haven: Yale University Press.

Keats, J. (1973/1816). "On First Looking into Chapman's Homer", in *The Complete Poems* 72. London: Penguin.

Kern, S. (2003). *The Culture of Time and Space*, 1880—1918. Cambridge: Harvard University Press.

Kertész, I. (1992/1975). *Fateless*. Evanston: Northwestern University Press.

Kertész, I. (2005/ 2001). "Who Owns Auschwitz?", in *The Yale Journal of Criticism*, 14 (1): 267—272.

Kertész, I. (2002). "Heureka! Nobel Lecture". Accessed 29 Dec 2016, http://www.nobelprize.org/nobel_prizes/literature/laureates/2002/kertesz-lecture.html.

Ketham, J. de (1493). *Fasciculo de medicina*, Venice. Accessed 9 Jan 2017, https://ceb.nlm.nih.gov/proj/ttp/flash/ketham/ketham.html.

Kiddel, M. and S. Rowe-Leete (1989). "Mapping the Body", in M. Feher (Ed.), *Fragments for a History of the Human Body* 3, 448—469. New York: Zone Books.

Kierkegaard, S. (1992/1843). *Either-Or*. London: Penguin.

Kiernan, P. (2006). *Filthy Shakespeare: Shakespeare's Most Outrageous Sexual Puns*. London: Quercus.

Klibansky, R., E. Panofsky & F. Saxl (1964). *Saturn and Melancholy*. London: Thomas Nelson and Sons.

Knott, K. & S. McLoughlin (Eds.) (2010). *Diasporas: Concepts, Intersections, Identities*. London: Zed Books.

Koselleck, R. (Ed.) (1984). "Organ", in *Geschichtliche Grundbegriffe* 4, 519—622. Stuttgart: Klett-Cotta.

Kundziałek, M. (1971). "Der Mensch als Abbild des Kosmos", in A. Zimmermann (Ed.), *Der Begriff der Repraesentatio im Mittelalter: Stellvertretung, Symbol, Zeichen, Bild*, 35—75. Berlin: de Gruyter.

König, G. (1996). *Eine Kulturgeschichte des Spazierganges*. Wien: Böhlau.

Lakoff, G. (1988). *Women, Fire and Dangerous Things*. Chicago: University of Chicago Press.

Larsen, S. E. (Ed.) (1990). *Ahelluva Country: American Studies as a Cross-Cultural Experience*. Odense: Southern Danish University Press.

Larsen, S. E. (1997). "Metaphor—a Semiotic Perspective", in *Danish Yearbook of Philosophy*, 31: 137—156.

Larsen, S. E. (2005). "Self-Reference: Theory and Didactics between Language and Literature", in *The Journal of Aesthetic Education*, 39 (1): 13—30.

Larsen, S. E. (2006). "The Lisbon Earthquake and the Scientific Turn in Kant's Philosophy", in *European Review*, 14 (3): 359—367.

Larsen, S. E. (2007). "'To See Things for the First Time': Before and After Ecocriticism", in *Journal of Literary Studies/Tydskrif vir Literatuurwetenskap*, 23 (4): 341−373.

Larsen, S. E. (2011a), "Memory Constructions and Their Limits", in *Orbis Litterarum*, 66 (6): 448−467.

Larsen, S. E. (2011b). "Georg Brandes: The Telescope of Comparative Literature", in T. D'haen, D. Damrosch & D. Kadir (Eds.), *The Routledge Companion to World Literature*, 21−31. London: Routledge.

Larsen, S. E. (2011c). "How to Narrate the Other", in S. Y. Sencindiver, M. Beville & M. Lauritzen (Eds.), *Otherness*, 201−219. Frankfurt: Peter Lang.

Larsen, S. E. (2013). "From the National to a Transnational Paradigm: Writing Literary Histories Today", in *European Review*, 21 (2): 241−251.

Larsen, S. E. (2015a). "From Comparatism to Comparativity. Comparative Reasoning Reconsidered", in *Interfaces: A Journal of Medieval European Literatures*, 1 (1): 318−347. Accessed 5 Jan 2017, http://riviste.unimi.it/interfaces/index.

Larsen, S. E. (2015b). "Beyond the Global Village", in *The Journal of English Language & Literature*, 61 (3): 383−398.

Larsen, S. E. (2016a). "Translating Languages I Don't Know", in I. Z. Dinkovi & J. M. Djigunovi (Eds.), *English Studies from Archives to Prospects, Volume 2, Linguistics and Applied Linguistics*, 149−164. Cambridge: Cambridge Scholars Publishing.

Larsen, S. E. (2016b). "The Good Life Lost and Found: East, West, Home's Best", in J. Vassbinder & B. Gulyás (Eds.), *East-West. Cultural Patterns and Neurocognitive Circuits*, 141−168. Singapore: World Scientific Publishing.

Larsen, S. E. (2016c). "Comparative Literature: Issues and Prospects. An

Interview with Professor Svend Erik Larsen", in *Comparative Literature: East & West*, 24: 141—147.

Larsen, S. E. (2017a). "Ludvig Holberg: A Man of Transition in the Eighteenth Century", in D. Ringgaard & M. R. Thomsen (Eds.), *Danish Literature and World Literature*, 53—90. London: Bloomsbury.

Larsen, S. E. (2017b). "Body and Narrative. Mediated Memory", in L. Sætre, P. Lombardo & S. Tanderup (Eds.), *Exploring Text, Media and Memory*. Aarhus: Aarhus University Press.

Larsen, S. E. & J. D. Johansen (2002). *Signs in Use*. London: Routledge.

Las Casas, B. (1992/1552). *The Devastation of the Indies: A Brief Account*. Baltimore: Johns Hopkins University Press.

Le Bris, M., J. Rouaud & E. Almassy (Eds.) (2007). *Pour une littérature-monde*. Paris: Gallimard.

Leadbeater, C. & J. Wilsdon (2007). *The Atlas of Ideas: How Asian Innovation Can Benefit Us All*. London: Demos. Accessed 29 Dec 2016, http://www.demos.co.uk/files/Overview_Final1.pdf.

Leatherdale, W. H. (1974). *The Role of Analogy, Model and Metaphor in Science*. Amsterdam: North-Holland.

Lechner, F. & J. Boli (Eds.) (2004). *The Globalisation Reader* (2nd ed.). London: Routledge.

Leed, E. J. (1991). *The Mind of the Traveler: From Gilgamesh to Global Tourism*. New York: Basic Books.

Lefevere, A. (1990). "Translation: Its Genealogy in the West", in S. Bassnett and A. Lefevere (Eds.), *Translation, History and Culture*, 14—28, London: Pinter.

Lefevere, A. (Eds.) (1992). *Translation/History/Culture*. London: Routledge.

Léry, J. de (1990/1578). *Story of a Journey to the Land of Brazil*

Otherwise Called America. Berkeley: University of California Press.

Lestringant, F. (1994a/1991). *Mapping the Renaissance World*. London: Polity Press.

Lestringant, F. (1994b). *Le cannibal: Grandeur et décadence*. Paris: Perrin.

Lévi-Strauss, C. (1961/1955). *Tristes tropiques*. New York: Criterion Books.

Levy, D. & N. Sznaider (2002). "Memory Unbound. The Holocaust and the Formation of Cosmopolitan Memory", in *European Journal of Social Theory*, 5 (1): 87−106.

Levy, D. & N. Sznaider (2010). *Human Rights and Memory*. University Park: Pennsylvania State University Press.

Lindqvist, S. (2007). *Terra nullius: A Journey Through No One's Land*. New York: The New Press.

Lionnet, F. & S. -M. Shih (Eds.) (2005). *Minor Transnationalism*. Durham: Duke University Press.

Lowry, M. (1971/1947). *Under the Volcano*. New York: Signet.

Luo, X. & Y. He (Eds.) (2009). *Translating China*. Bristol: Multilingual Matters.

Mahler, G. (1998/1967/1908). *Das Lied von der Erde*. CD: C. Ludwig (contraalto), F. Wunderlich (tenor), Philharmonia Orchestra and New Philharmonia Orchestra, O. Klemperer (cond.) (Mahler's text is reproduced in the booklet). CDM 5 66892 2/ EMI Records.

Malmkjaer, K. & K. Windle (Eds.) (2011). *The Oxford Handbook of Translation Studies*. Oxford: Oxford University Press.

Malouf, D. (1990). *The Great World*. London: Vintage.

Mauss, M. (1980/1934). "Les techniques du corps", in *Sociologie et Anthropologie*, 365−386. Paris: Presses Universitaires de France.

McConnell, J. & E. Hall (Eds.) (2016). *Ancient Greek Myth in World Fiction Since 1989*. London: Bloomsbury.

Mehlsen, C. & F. Lau (2007). *Globalisterne: De gør din verden mindre*, Copenhagen: Gyldendal.

Merleau-Ponty, M. (2013/1945). *Phenomenology of Perception*. London: Routledge.

Miller, W. I. (1993). *Humiliation and Other Essays on Honor, Social Discomfort, and Violence*. Ithaca: Cornell University Press.

Miller, W. I. (2006). *An Eye for an Eye*. Cambridge: Cambridge University Press.

Miner, E. (1989). *Comparative Poetics: An Intercultural Essay on Theories of Literature*. Princeton: Princeton University Press.

Montaigne, M. de (1580). *Essays of Montaigne*. Accessed 5 Jan 2017, https://ebooks.adelaide.edu.au/m/montaigne/michel/essays/index.html.

Morris, D. (1991). *The Culture of Pain*. Berkeley: University of California Press.

Mudimbe-Boyi, E. (Ed.) (2002). *Beyond Dichotomies: Histories, Identities, Cultures, and the Challenge of Globalization*. New York: State University of New York Press.

Mudrooroo (1991). *Master of the Ghost Dreaming*. London: Angus and Robertson.

Munn, N. (1973). "The Spatial Representation of Cosmic Order in Walbiri Iconography", in A. Forge (ed.), *Primitive Art and Society*, 193−220. Oxford: Oxford University Press.

Nerrière, J.-P. (2005). *Parlez Globish! Don't Speak English*. Paris: Eyrolles.

Münster, S. (1544). *Cosmographia*. Accessed 5 Jan 2017, http://daten.digitale-sammlungen.de/~db/0007/bsb00074924/images/index.html?id=

00074924&groesser=&fip=193.174.98.30&no=&seite=1.

Møller, P. M. (1855a/1820). "Glæde over Danmark", in *Efterladte Skrifter* 1, 63—65. Copenhagen: C. A. Reitzel.

Møller, P. M. (1855b/1821). "Optegnelser fra Reisen til China", in *Efterladte Skrifter* 2, 225—258. Copenhagen: C. A. Reitzel.

Nabokov, V. (1973). *Strong Opinions*. New York: McGraw Hill.

Nietzsche, F. (1973/1873). "Über Wahrheit und Lüge im aussermoralischen Sinne", in *Nietzsche Werke* 3 (2), 367—384. Berlin: Walter de Gruyter.

Novalis (1960). *Schriften* 1. Stuttgart: Kohlhammer.

Novalis (1975). *Schriften* 4. Stuttgart: Kohlhammer.

Noyes, J. K. (2006). "Goethe on Cosmopolitanism and Colonialism: *Bildung* and the Dialectic of Critical Mobility", in *Eighteenth-Century Studies*, 39 (4): 443—462.

Nussbaum, M. (2004). *Hiding from Humanity: Disgust, Shame, and the Law*. Princeton: Princeton University Press.

O'Brien, S. & I. Szeman (2001). "The Globalization of Fiction/The Fiction of Globalization", in *South Atlantic Quarterly*, 100 (3): 603—623.

Olick, J., V. Vinitzky-Seroussi & D. Levy (Eds.) (2011). *The Collective Memory Reader*. Oxford: Oxford University Press.

Osterhammel, J. & N. P. Petersson (2009). *Globalization: A Short History*. Princeton: Princeton University Press.

Parker, J. & T. Mathews (Ed.) (2011). *Tradition, Translation, Trauma: The Classic and the Modern*. Oxford: Oxford University Press.

Peirce, C. S. (1998/1903). "Pragmatism as the Logic of Abduction", in *The Essential Peirce*, 2, 226—241. Bloomington: Indiana University Press.

Peristiany, J. G. (1965). *Honour and Shame: The Values of Mediterranean Society*. London: Weidenfeld and Nicolson.

Peters, E. (1996). *Torture*. Philadelphia: University of Pennsylvania Press.

Philips, K. R. & G. Mitchell Reyes (Eds.) (2011). *Global Memoryscapes: Contesting Remembrance in a Transnational Age*. Tuscaloosa: University of Alabama Press.

Pizer, J. (2006). *The Idea of World Literature*. Baton Rouge: University of Louisiana Press.

Pliny the E. (1961). *Naturalis historia*. London: Heinemann.

Pradeau, C. & T. Samouyault (Eds.) (2005). *Où est la littérature mondiale?*. Paris: Presses Universitaires de Vincennes.

Pratt, M. L. (1992). *Imperial Eyes: Travel Writing and Transculturation*. London: Routledge.

Prendergast, C. (Ed.) (2004). *Debating World Literature*. London: Verso.

Purdy, D. (2014). "Goethe, Rémusat, and the Chinese Novel: Translation and the Circulation of World Literature", in T. O. Beebee (ed.), *German Literature as World Literature*, 43—60. London: Bloomsbury.

Rahimi, A. (2002/1999). *Earth and Ashes*. London: Vintage.

Rawson, C. (2001). *God, Gulliver and Genocide*. Oxford: Oxford University Press.

Razinsky, L. (2016). *Writing and Life, Literature and History: On Jorge Semprún*. New Haven: Yale University Press.

Richardson, M. (2016). *Gestures of Testimony: Torture, Trauma and Affect in Literature*. London: Bloomsbury.

Ringgaard, D. and M. R. Thomsen (Eds.) (2017). *Danish Literature as World Literature*. London: Bloomsbury.

Rio Convention (1992). *Convention on Biological Diversity*, United Nations. Accessed 4 Jan 2017, http://www.biodiv.be/convention/cbd-text/preambule

Rogers, K. L., S. Leydesdorff & G. Dawson (Eds.) (1999). *Trauma and Life Stories: International Perspectives*. London: Routledge.

Rose, M. (1993). *Authors and Owners: The Invention of Copyright*.

Cambridge: Harvard University Press.

Rothberg, M. (2009). *Multidirectional Memory: Remembering the Holocaust in the Age of Decolonization*. Stanford: Stanford University Press.

Sanders, M. (2007). *Ambiguities of Witnessing: Law and Literature in the Time of a Truth Commission*. Stanford: Stanford University Press.

Sapiro, G. (2009). *Translatio: Le marché de la traduction en France à l'heure de la mondalisation*. Paris: CNRS.

Saussy, H. (Ed.) (2006). *Comparative Literature in an Age of Globalization*. Baltimore: Johns Hopkins University Press.

Schiller, N. G. & A. Irving (Eds.) (2015). *Whose Cosmopolitanism? Critical Perspectives, Relationalities and Discontents*. New York: Berghahn.

Scholte, J. A. (2005). *Globalization: A Critical Introduction*. London: Palgrave MacMillan.

Schreibman, S., R. Siemens & J. Unworth (2015). *A New Companion to Digital Humanities*. Oxford: Blackwell.

Schön, D. (1993). "Generative Metaphor", in A. Ortony (Ed.), *Metaphor and Thought*, 137-163. Cambridge: Cambridge University Press.

Schöning, U. (Ed.) (2000). *Internationalität nationaler Literaturen*. Göttingen: Wallstein.

Schütz, A. (1955). "Symbol, Reality, and Society", in L. Bryson et al. (Ed.), *Symbol and Reality*, 135-203. New York: Praeger.

Semprún, J. (1998/1994). *Literature or Life*. London: Penguin.

Semprún, J. (2001). *Le mort qu'il faut*. Paris: Gallimard.

Semprún, J. (2005/1963). *The Long Voyage*. New York: Overlook Press.

Shakespeare, W. (1983/1595). *Romeo and Juliet*. London: Routledge.

Shakespeare, W. (1989/1592). *King Henry IV 1-2*. London: Routledge.

Shakespeare, W. (2005/1611). *The Tempest*. London: Thomson Learning.

Shakespeare, W. (2010/1598). *The Merchant of Venice*. London: Bloomsbury.

Sinnett, F. (1966/1856). *The Fiction Fields of Australia*. Queensland: University of Queensland Press.

Solnit, R. (2006). *Wanderlust: A History of Walking*. London: Verso.

Solvik, M. (2005). "Mahler's Untimely Modernism", in J. Barham (Ed.), *Perspectives on Gustav Mahler*, 153—171. Aldershot: Ashgate.

Staden, H. (2008/1557). *Hans Staden's True History: An Account of Cannibal Captivity in Brazil*. Durham: Duke University Press.

Sutton, P. (1998). "Icons of Country: Topographic Representations in Classical Aboriginal Traditions", in D. Woodward & G. M. Lewis (Eds.), *The History of Cartography* 2 (3), 351 — 386. Chicago: University of Chicago Press.

Svensen, H. (2006). *The End is Nigh: A History of Natural Disasters*. London: Reaktion Books.

Swift, J. (1969/1729). "A Modest Proposal", in C. Beaumont (Ed.), *A Modest Proposal*, 11—18. Columbus: Charles E. Merrill.

Swift, J. (1975/1726). *Gulliver's Travels*. London: Everyman's Library.

Sætre, L., P. Lombardo & J. Zanetta (Eds.) (2014), *Exploring Texts and Emotions*. Aarhus: Aarhus University Press.

Tang X. (2002/1598). *The Peony Pavilion*. Bloomington: Indiana University Press.

Texier-Vandamme, C. (2003). "*The Songlines*: Blurring Edges of Traditional Genres in Search of a New Monadic Aesthetics", in *Commonwealth Essays and Studies*, 26 (1): 75—82.

Thevet, A. (1568/1557). *The New Found Worlde, or Antarctike*. Accessed 5 Jan 2017, http://quod.lib.umich.edu/cgi/t/text/text-idx?c=eebo;idno=A13665.0001.001.

Thomsen, M. R. (2008). *Mapping World Literature*. London: Bloomsbury.

Thomsen, M. R. (2013). *The New Human in Literature: Posthuman Visions of Changes in Body, Mind and Society after 1900*. London: Bloomsbury.

Todorov, T. (1982). *La conquête de l'Amérique: la question de l'autre*. Paris: Le Seuil.

Tomlinson, J. (1999). *Globalization and Culture*. London: Polity Press.

Urry, J. (2000). *Sociology Beyond Societies: Mobilities for the Twenty-First Century*. London: Routledge.

Valéry, P. (1957/1943). "Réflexions simples sur le corps", in *Œuvres* 1, 923–931. Paris: Gallimard.

Venuti, L. (Ed). (2012). *The Translation Studies Reader*. London: Routledge.

Veit, W. F. (2008). "Globalization and Literary History, or Rethinking Comparative Literary History-Globally", in *New Literary History*, 39: 415–435.

Vertovec, S. (2009). *Transnationalism*. London: Routledge.

Vinci, L. da (1998). *The Notebooks of Leonardo da Vinci*. Oxford: Oxford University Press.

Vitruvius (2002/c. 40 BCE). *On Architecture* 1–10. Cambridge: Harvard University Press.

Voltaire, F. (1912/1755). "Poem on the Lisbon Diaster", in *Tolerance and Other Essays*. 255–263, London: Putnam's Sons.

Walcott, D. (1996/1974). "The Muse of History", in A. Donnell and L. Welsh (Eds.), *The Routledge Reader in Caribbean Literature*, 354–358. London: Routledge.

Walkowitz, R. (2006). "The Location of Literature: The Transnational Book and the Migrant Writer", in *Contemporary Literature*, 47 (6): 527–45.

Walkowitz, R. (2015). *Born Translated: The Contemporary Novel in the*

Age of World Literature. New York: Columbia University Press.

Wallace, A. (1993). *Walking, Literature, and English Culture*. Oxford: Clarendon.

Walther, L. (Ed.) (1999). *Melancholie*. Leipzig: Reclam.

Wang N. & Y. Sun (Eds.) (2008). *Translation, Globalisation and Localisation: A Chinese Perspective*. Bristol: Multilingual Matters.

White, P. (1989/1958). "The Prodigal Son", in C. Flynn & P. Brennan (Eds.), *Patrick White Speaks*, 13—17. Sydney: Primavera Press.

Whitehead, A. (2004). *Trauma Fiction*. Edinburgh: Edinburgh University Press.

Yahoo! (2016). Accessed 29 Dec 2016, https://en.wikipedia.org/wiki/Yahoo!.

Yates, F. (1974). *The Art of Memory*. Chicago: University of Chicago Press.

Žižek, S. (2007). "Mozart as a Critic of Postmodern Ideology", in *JEP. European Journal of Psychoanalysis* 24: s. p. Accessed 29 Dec 2016, www.psychomedia.it/jep/number24/zizek.htm.

Ørsted, H. C. (1852/1836). "Danskhed", in *Samlede og efterladte Skrifter* 7, 39—58. Copenhagen: A. F. Høst.